Сначала Россия, потом Тибет

First Russia, Then Tibet by Robert Byron

Роберт Байрон (на фото слева) в Харькове, 1933

СОДЕРЖАНИЕ

Благодарю редакции «Кантри лайф», «Дейли экспресс», «Уикенд ревью», «Харпер базар» и «Аркитекчерал ревью» за любезное разрешение воспроизвести содержание некоторых статей.

*Посвящается Эмеральд Кунард**

* Мод Элис Берк, позже леди Кунард, известная как Эмеральд (1872–1948), светская львица, уроженка США, жила в Лондоне; замужем за Б. Кунардом, 3-м баронетом, внуком основателя знаменитой судоходной линии; конфидентка Джорджа Мура, Томаса Бичема, Уоллис Симпсон; в течение нескольких десятилетий была хозяйкой одного из самых влиятельных лондонских салонов.— *Здесь и далее, за исключением особо оговоренных случаев, примечания переводчика и редактора.*

Некоторые авторы путевых заметок хвалятся тем, что не стремятся поучать и развивать читателей. Я не прочь к ним присоединиться, ибо мастерски написанная развлекательная книга всегда желаннее той, что привлекает внимание ученостью или праведностью. И верно, в этом отношении следующие страницы безгрешны. Но вот о мотивах, побудивших меня к путешествиям, о которых я пишу, такого не скажешь. Признаюсь, я отправился в путешествие в поисках и наставничества, и совершенствования. Как представителю общества и наследнику культуры, общая ценность которой сейчас оспаривается, мне хотелось бы понять, если мнение Запада не отвечает современным требованиям, то какие еще идеи можно применить с большей пользой для управления миром. А для этого я также на собственном опыте узнаю, из кого и чего состоит этот мир. Спешу успокоить, что этим глубоким идеям в данном томе отведено мало места. Однако они выражают общий подход, поскольку ожидать хотя бы малейшего отклика публики можно, лишь объединив несколько разрозненных путешествий.

Бытует мнение, что получить представление о мире через личный опыт не только невозможно, но и презренно как цель. Согласно этой точке зрения, настоящее знание — привилегия специалиста и содержится, так сказать, в клетках, доступ к которым есть только у него. Специалист определяется как «тот, кто всё больше и больше узнает о всё меньшем и меньшем». С увеличением количества клеток объем каждой из них уменьшается, соответственно, содержащаяся в ней истина сокращается. Если же предположить, что настоящее знание должно исходить не из исследования отдельной клетки, а взаимоотношений между ними, станешь мишенью насмешек и враждебности. Ибо бюрократия разума, как и государственная, ревностно относится к тем, кто внимательно следит за согласованностью работы ведомств. Тем не менее некоторые ощущают естественную гармонию между содержанием и деятельностью, на поиск которой они тратят жизнь и неисчерпаемые доказательства которой можно выбрать только здравым смыслом и постоянной любознательностью индивидуума. Из этого процесса выявляется самый дорогой из человеческих ресурсов, эталон ценности, способный неограниченно расти.

Это особый вид людей — путешественники. Нет надобности в который раз рассуждать об удовольствиях путешествий, но, когда порыв такой настойчивый, что становится духовной потребностью, тогда путешествие должно стоять в одном ряду с более серьезными формами стремления. Правда, есть и другие способы познакомиться с миром, но путешественник — раб чувств, его восприятие факта становится полным лишь тогда, когда оно подкреплено чувствами, на самом деле он познает мир только через зрение, слух и обоняние. Отсюда и страстная жажда увидеть всё своими глазами, насытить которую можно лишь знакомством с обширными материалами о народах, политике и географии, которые существуют на земле. Специалист счел бы такое знакомство поверхностным. Путешественник лишь ответит, что он всё больше и больше желает знать о большем и большем.

В этой книге представлены два путешествия, различие которых символизирует чудовищные противоречия загадочного XX века, в котором нам выпало жить. Первая часть посвящена России, где моральное влияние промышленной революции достигло мрачного апофеоза. Вторая — Тибету, единственной стране на планете, где это влияние пока неизвестно, где запрещены даже повозки, чтобы пересекать долины, более ровные, чем Дейтона-бич*, и самого Далай-ламу носят в паланкине. До промышленной революции в каждой стране развивалась уникальная цивилизация со своими традициями. В России традиция пала жертвой вируса машин. Тибет же к нему остался полностью невосприимчивым. Среди наций, придерживающихся подобных традиций, эти две стра-

* Город во Флориде со знаменитым пляжем.

ны представляют собой крайние политические, социальные и интеллектуальные отличия от принятого среднего. Крайности подтверждаются даже их внешним видом: Россия кажется ниже и бесцветнее, Тибет выше и красочнее любой страны на земле. Такое подтверждение — не простое совпадение. Оно многое объясняет. Крайности подобного рода вызывают разные реакции у одного и того же путешественника. Убеждсния России проповедуются и подаются как вызов Западу. Тибет вызова не бросает: он просто пассивно сопротивляется. А значит, в России надо думать, спорить и защищаться. В Тибете же только созерцать и сочувствовать. Более того, Россия представляет собой своего рода карикатуру на Запад. Искусство, политика и философия пришли из Европы, и понять их можно только с точки зрения их европейского происхождения. Тибет же не имеет к Западу никакого отношения: знания, полученные на историческом факультете, там не пригодятся, наблюдение состоит в усвоении новизны. Эти различия отражены в структуре книги. Контраст между двумя частями — не только одна из тем, он отражается и в различных состояниях мышления путешественника. Если в книге наблюдается целостность, ее нужно искать именно в этом контрасте. И, возможно, кое в чем еще. Я всегда писал и пишу, смею надеяться, с уважением к мнениям и убеждениям коллег, даже когда их не разделяю.

I. Россия[1]

1 Краткая хронология путешествия Байрона по СССР: 2 января 1932 года он приехал в Москву, 12 января — в Ленинград, 15 января — в Новгород, оттуда вернулся в Москву, 26 января отправился в Ярославль и Сергиево (Загорск), 1 февраля к нему присоединился Майкл Харви Парсонс, 6-й граф Росс (1906–1979), капитан Ирландской гвардии, вице-канцлер и проректор Дублинского университета (они намеревались путешествовать по Туркестану, но им отказали в визах), 8 февраля компаньоны отбыли в Харьков и Киев, а покинули СССР 18 февраля в Одессе.

«Сэр, позвольте спросить, какие возвышенные мысли могут прийти в голову, если тело измучено бытовыми невзгодами? Только подумайте, в каких трудных условиях приходится жить северянам. Вспомните об усилиях, затраченных на нескончаемую битву со стихиями,— о дополнительной одежде и обуви, шарфах и шубах, коврах, пледах, дорогой и обильной пище, необходимой для поддержания тела в хорошей рабочей форме, о водопроводе, газе, о деревянных частях дома, о покраске и перекраске, о тоннах топлива, о зимнем освещении, об ухищрениях, чтобы защититься от морозов и дождя, о нескончаемом латании дыр, о ежедневной чистке и уборке, борьбе с пылью и тысяче других препон для духовной жизни!.. На закате дня северянин доволен собой. Он выжил и даже в чем-то преуспел... Он полагает, что достиг цели и смысла существования. Ослепленный борьбой, он не осознает, насколько несообразны были его усилия. И чего он добился? Принес себя в жертву на алтарь ложного идеала. О разумной жизни и говорить не приходится. Он исполнил гражданский долг, но понятия не имеет о долге перед самим собой. Я говорю о достойных людях, от которых можно ожидать лучшего. Что касается большинства, толпы, стада, для них он вообще не существует, ни здесь, ни где-то еще. Плодясь и охраняя потомство, они оставляют последующему поколению чисто физиологические черты. Как лисы. Для нас этого недостаточно».

Норман Дуглас[2]

2 Норман Дуглас. Южный ветер (1917), глава X, реплики графа Каловеглиа в диалоге с епископом Хердом.

Оказавшись в России, европеец, который ценит наследие гуманизма, вдруг обнаружит, что его считают опасным реакционером, напичканным папскими догматами, направленными не только на поиски «объективной истины», но на немедленное разрушение Российского государства. Если он уже не заражен такими предрассудками, как ненависть или энтузиазм, то в виде компенсации за подобное отношение получит бодрящий стимул рациональной мысли — он поймет, что его границы мира вдруг расширились сверх всех ранее сложившихся ожиданий. И, может, вопреки желанию откроет превосходство того, что его учили называть мракобесием и тиранией, которые неизбежно перевешивают лучшие общественные цели. Тем не менее ему придется признать, что такой огромный интеллектуальный стимул содержит зерно добра. Вопрос в том, как объяснить это противоречие.

Читатели надеющиеся получить о России сведения строго научного характера — вроде наблюдения за различными явлениями, которые натуралисты проводят в заводях, оставленных приливом, могут не утруждаться, записки не для них. Большевики — люди, а не животные. Я смотрю на них как обычный человек, а не социальный зоолог. Поскольку каждое их слово защищает догму, чем я хуже? Я изложу сугубо личное мнение, выражу личные чувства в защиту европейской традиции, попытавшись не потерять из виду более научную истину, чем та, что содержится в записях полевого натуралиста, и увидеть Россию не такой, какой ее видят реакционеры и энтузиасты, с этической точки зрения по отношению к настоящему, а с культурной по отношению к будущему. Задействованные силы старше, чем революция, и еще долго никуда не денутся. Они присущи стране и народу, хотя до сих пор частично скрывались под тонким налетом западной культуры. Отсюда шок от их появления и всеобщее любопытство к их будущей роли в истории.

Смею уверить, что высказанные здесь мнения полностью ограничиваются теми, которые сложились сами собой у меня в голове и которые в действительности не приняли осознанных форм, пока я не вернулся в Англию и не решил рассмотреть собранные мной свидетельства. Большую часть поездки меня гостеприимно опекал сэр Эсмонд Ови, посол Его Величества в советской России, и леди Ови[3]. Я проводил довольно много времени с другими работниками посольства и, естественно, познакомился с англичанами, живущими в Москве. Хочу выразить искреннюю признательность за доброту, с которой меня приняли, и за содействие передвижению по стране и исследованиям. Однако категорически заявляю, что толкование собранных фактов исключительно мое собственное. До самого конца пребывания в России толкование оставалось настолько неопределенным, что, попроси кто-нибудь описать впечатление от поездки, когда корабль отчаливал из Одессы, вряд ли бы я ответил. А такой вопрос мне на самом деле задавали и в Константинополе, и в Лондоне. Поскольку я не отвечал, меня, соответственно, считали либо тупицей, либо лицемером. Моя неуверенность происходит от невежества. Если я еще могу похвастаться хорошим вкусом и приличным знанием других стран, что позволило мне оценить изобразительное искусство России и судить о нем по общепринятым меркам, то в описании современной окружающей действительности

3 Эсмонд Ови (1879–1963), выпускник Итона, с 1902 года — британский дипломат; был чрезвычайным и полномочным послом в Мексике (1925–1929), СССР (1929–1934), Бельгии и Люксембурге (1934–1937), Аргентине и Парагвае (1937–1942). В СССР был назначен после фактического разрыва отношений между двумя странами в 1927 году, а отозван после трудного урегулирования истории с обвинением советскими карательными органами шести английских инженеров «Метрополитен Виккерс» в шпионаже и вредительстве. Э. Ови был женат дважды, Байрон знаком со второй женой дипломата — Мари-Армандой, франко-латиноамериканского происхождения (состояли в браке с 1930 года и до ее смерти в 1954 году).

признаю поражение. Что касается лабораторий, инженерных достижений и отдельных социальных экспериментов, то они настолько слабы, что впечатление может быть только отрицательным, хотя именно эти отдельные направления большевистской деятельности вызывают энтузиазм иностранных гостей. За шесть недель мне пришлось выбрать сферу интересов. Я решил избегать условных рефлексов, грузовиков «Форд» и клиник для абортов. И всё же не нужно ни знать инженерное дело, чтобы ощутить романтику «строительства» Днепростроя[4] — как раньше, в Суккуре[5], ни быть предприимчивым, как Астор[6], чтобы отдать должное какой-нибудь гиперборейской Деметре[7] за детей на улицах в подбитых мехом шапках и с румяными, как яблоки, щеками. Если иногда и заметите злобную нотку, вините в этом незабываемую русскую бюрократию, которая предпочла считать меня, скорее вопреки себе, нежелательной личностью. А всё из-за моей безответственности: явился в Россию непонятно зачем и не с туристической группой. Почти все иностранцы заказывают поездки заранее и потому обязаны придерживаться установленных маршрутов. Это вовсе не значит, как решат многие, что путешественнику покажут только то, что угодно власти. Напротив, сегодня свободное передвижение по России — кроме восточных республик, которые зарезервированы для американских миллионеров, — включает меньше формальностей, чем до рево-

4 Одна из главных строек первой пятилетки. ДнепроГЭС был в основном построен в 1927–1932 годах (руководитель проекта И. Г. Александров, главный архитектор В. А. Веснин, главные консультанты «Хью Купер и Ко»).

5 Плотина Суккур является краеугольным камнем крупнейшей в мире ирригационной системы Пакистана.

6 Нэнси Уитчер Астор (1879–1964), британская политическая и общественная деятельница, суфражистка, первая женщина — депутат Палаты общин (1919–1945); в 1931 году посетила СССР, при встрече с И. Сталиным напрямую спросила его о репрессиях.

7 В древнегреческой мифологии богиня плодородия, покровительница земледелия.

люции. Преимущества туристических поездок с гидом таятся в их замечательной дешевизне и в очень удобном «сопровождении»: туристу, естественно, скормят экспонаты действующего режима. Но так как мне всё это кажется даже заранее чрезвычайно скучным и совершенно неинтересным, я полагаюсь на свой страх и риск и, пользуясь случаем, благодарю тех, кто мне в этом помог. Путешествие, соответственно, получилось не без препон, но не менее увлекательным. Если отголоски смеха, вызванного рассказами о моих странствиях, докатятся до русских друзей, они всегда могут пропустить их мимо ушей или, в лучшем случае, пожалеть о таком неуважении. Легкомыслие — аккомпанемент европейца, поклоняющегося ложным богам, которые в действительности — в марксистской в том числе — не существуют. Ортодоксальному марксисту, как и ортодоксальному христианину, остается только благодарить за то, что он не такой, как остальные, и оставить их вариться в собственных заблуждениях. Сомнения ему не к лицу, а восприимчивость к чужому мнению равносильна сомнению. Самые лучшие мгновения путешествия рождаются в равной степени из красоты и непривычности: первое угождает чувствам, второе — разуму. Такие совпадения довольно редки, отсюда и редкость подобных мгновений. Со мной тоже было такое: когда в трехлетнем возрасте я осмелился пойти на пляж в Англси[8] и нашел пурпурную скабиозу[9], потом еще раз, когда стоял на перевале Джелеп Ла[10] и любовался тибетскими вершинами; и еще, когда на второй день после приезда в Россию, ближе к вечеру, подошел к берегу Москвы-реки. Красная столица зимой — тихое место. По снегу, как черные гули[11], бесшумно сновали по своим делам

8 Остров в Уэльсе.

9 Однолетнее растение семейства ворсянковых.

10 Высокогорный перевал между Сиккимом и Тибетским автономным районом Китая. Находится на маршруте, который соединяет Лхасу с Индией.

11 Мифическое существо и фольклорный персонаж, оборотень в арабской, персидской и тюркской мифологиях.

москвичи в меховых, овечьих, кожаных и бархатных шапках, каждый в пальто с большим воротником, поднятым для защиты от восточного ветра. С опущенными головами, они спешили мимо друг друга и меня, безразличные, словно потерявшие чувствительность за десять лет коллективизма. Дальше, на углу у моста, стояла вереница наемных саней, хозяева которых, арьергард капитализма, сидели, съежившись, в добротных синих тулупах. Мимо тянулись другие сани более крепкой конструкции, перевозя груды сена и ящики. Подъезжая к склону у моста, они все начинали крениться на бок, а лошади царапали лед. Наконец я очутился в Красной России, в орде темных призраков — большевиков, центре внимания взбудораженного мира. И не только в России, это была столица Союза, пульс пролетарской диктатуры, миссионерский центр диалектического материализма. Я взглянул через реку. Передо мной возвышалась самая сокровенная святыня — Кремль.

Любопытная ирония судьбы наделила столицу утилитаризма этим сооружением, как символом показной силы. Пока в нем сидит поборник коллективизма, стены его не признают и купола соборов громко смеются. Фантастическое зрелище, знакомое еще по фотографиям. Реальность же воплощает фантазию в неземном масштабе — на холме вдоль реки поднимаются выложенные треугольником две с половиной тысячи метров обветренного кирпича. Воздушные стены, которые местами вздымаются до двенадцати метров, увенчаны глубокими зубцами, расщепленными и облицованными белым камнем на венецианский манер[12]. Их неуловимый оттенок и текстура скорее свидетельствуют о защите какого-то сказочного огорода, чем об отражении средневекового штурма. Однако из их по-

12 Кирпичный Московский Кремль возводился при Иване III итальянскими зодчими, взявшими за образец замки Скалигеров (Верона) и Сфорца (Милан). Читатель не должен удивляться белому цвету кремлевских стен: почти до конца XIX века их покрывали побелкой, окончательно удаленной только при реставрации после Второй мировой войны.

логих откосов вырывается череда произвольно расположенных девятнадцати башен, выдающих такое скопление архитектурной невероятности, какое могло бы получиться, если бы бробдингнегцы[13] во время игры в шахматы внезапно построили из фигур замок для Гулливера. Когда я перевел взгляд на запад, семь из этих невероятных сооружений украшали композицию почти на тысячу метров вперед, слегка отклоняясь от основной стены. Угловые башни возвышались над остальными, каждая представляла собой цилиндр, заканчивающийся навесным балконом и увенчанный восьмиугольным конусом, словно шляпой-хлопушкой со слуховым окном, сужающейся к небу и заканчивающейся бронзовым флюгером. Между ними шли пять приземистых башен — крутых прямоугольных конусов из темно-зеленой черепицы, разделенных средним этажом из того же розового кирпича, но разной высоты и ширины. Эти башни, хотя и отличаются размерами, представляют собой архитектурный образец, введенный татарами. Таким образом, историк может наблюдать китайско-византийское слияние стилей, осуществленное под эгидой итальянских архитекторов. Как бы то ни было, мое внимание сосредоточилось на другом. За стенами Кремля возвышался белый холм, похожий на длинный стол, прикрытый снежным покрывалом, поднимающий к зимнему небу резиденции исчезнувших властелинов, царя и Бога. На западе виднелись два дворца — один в русско-венецианском стиле XIX века[14], кремовый на фоне мрачного неба, предвещавшего снег, и маленький итальянский дворец XV века[15] с серым каменным фаса-

13 «Путешествия Гулливера» Джонатана Свифта. Второе было в страну великанов — Бробдингнег.

14 Большой Кремлевский дворец был возведен в 1838–1849 годах, строительство осуществляли Л.К. Боде, К.А. Тон, П.А. Герасимов, Н.А. Шохин, Ф.Ф. Рихтер, Дж. А. Артари, Н.И. Чичагов и другие, во время путешествия Р. Байрона дворец был резиденцией Советского правительства.

15 Грановитая палата была построена итальянскими архитекторами М. Фрязином и П.А. Солари в 1487–1491 годы →

дом и с ромбовидными решетками, скрывающий крошечные апартаменты первых царей. Затем шли соборы: Благовещенский[16] с девятью куполами, Успенский[17] с пятью шлемовидными куполами, где происходили коронации, и Архангела Михаила[18], центральная глава которого возвышается над четырьмя меньшими спутниками — всего девятнадцать куполов, каждый из которых украшен крестом, большинство с тонкой позолотой; а потом, выше всех, массивная звонница, увенчанная плоской главой, и последний купол колокольни Ивана Великого[19], колоссальной в одиночестве как кульминация цезарепапистской[20] фантазии. Я посмотрел вниз на реку подо мной, посмотрел на небо, посмотрел направо и налево: по горизонтали и вертикали весь вид заполнили башни и купола, шпили, конусы, купола-луковки, зубцы. Похоже, это изобретение Данте, пришедшее в русский рай. А потом сцена ожила: зажглись огни — и перед ними закружились давно ожидавшие своей очереди снежинки. Когда

→ в архитектурной традиции итальянского Ренессанса; использовалась московскими великими князьями и царями для протокольных мероприятий.

16 Благовещенский собор приобрел современный Байрону вид в середине XVI века, после сооружения белокаменных порталов Алевизом Новым и устранения последствий пожара 1547 года.

17 Нынешний Успенский собор был сооружен Аристотелем Фиораванти в 1475–1479 годы и расписан Дионисием и его мастерской, является одним из главных памятников итальянско-русского зодчества; был кафедральным собором до 1917 года.

18 Архангельский собор был возведен в 1508 году по проекту Алевиза Нового с оглядкой на венецианские церкви; это усыпальница московских и русских князей.

19 Собор Иоанна Лествичника был выстроен по проекту итальянца Бона Фрязина в 1505–1509 годы; его колокольня была достроена до 81 м в 1599–1600 годы под руководством Федора Коня, в ходе реализации замысла постройки церкви всех Святых на Соборной площади.

20 Соотношение церкви и государства, при котором устанавливается примат светской власти над духовной, а царю помимо абсолютной светской власти передаются и священные функции.

я дошел до поворота к мосту, по противоположной улице маршировала рота солдат. Красная армия! Яркий представитель пролетарской власти и едва ли менее фантастический для меня, чем крепость над рекой. В серых суконных шинелях, развевающихся до пят, и в серых суконных же шлемах с остроконечными татарскими тульями солдаты были похожи на толпу гоблинов с адской миссией. Топ! Топ! Серые полы суконных шинелей раскачивались, но шагов слышно не было. За плечами каждого гоблина висела пара лыж, выше человека, готовая сбросить его на какое-нибудь деревенское кладбище, чтобы поднять мертвецов. Разворачиваясь, чтобы пройти по мосту, они грянули звонким хором что-то из серьезных, меланхоличных песен, свойственных русской музыке. Текст, несомненно, был революционный и вполне соответствовал достигнутому эффекту — будто войско древней Руси выходило на священную войну. Стемнело, повалил снег. Позади поющих гоблинов призрачным задником к спешащему городу мерцал электричеством Кремль: башня за башней, купол за куполом, громоздясь от розово-красных укреплений и снежной возвышенности в них, до последней гигантской главы колокольни Ивана Великого в 137 метрах над черной рекой.

Я пошел за солдатами и, взобравшись по крутой дороге, параллельной восточной кремлевской стене, вышел на Красную площадь. В центре освещенной прожекторами заснеженной площади выстроилась очередь к Мавзолею Ленина[21], издали похожая на муравьев. Мавзолей был открыт. Я встал за молодым туркменом. Его бледное выразительное лицо, орлиный профиль с четко вылепленными скулами характеризовали его как личность и казались доброжелательными, несмотря на венчавшую их густую копну волос, выделявшую его в толпе грубоватых славян. Кроме группы крестьян, одетых в кожу и обутых в бере-

21 Строительство третьего, преимущественно гранитного, Мавзолея В. И. Ленина (все проекты осуществлял А. В. Щусев) завершилось в октябре 1930 года.

сту, очередь состояла из обычного безликого вида городского населения — представителей масс, готовых воздать дань уважения новому русскому Христу.

Перед тем как нам войти, объявили перерыв: выметали снег, оставленный предыдущими паломниками. Потом парами, я и туркмен, вошли через бронзовый турникет в низкой балюстраде. По обе стороны входа стояли часовые в тулупах с примкнутыми штыками. Мы прошли пустой вестибюль, если не считать советского герба — серпа и молота на земном шаре, поддерживаемого снопами пшеницы — серебряного рельефа на сером камне. Когда повернули налево, лестничный пролет и подземный коридор привели нас к усыпальнице.

Посреди высокого сумрачного помещения, облицованного темным мелкозернистым камнем, на высоком постаменте лежала мумия, защищенная перевернутой люлькой из зеркального стекла и ярко освещенная. Внизу парами на каждом конце стояло четверо часовых. Мы вытянулись в очередь гуськом. Поднявшись на несколько ступенек, я пристально всмотрелся в вождя и, подчиняясь общему порыву, отдал дань уважения этому человеку. По стенам, как я заметил, проходит фриз с выложенной над ним алой зигзагообразной полосой.

Ленин, наверное, был небольшого роста. Он покоился на ложе из серо-коричневой драпировки, накрывавшей ноги с изящной небрежностью, как в витрине модистки. На нем был пиджак цвета хаки, застегнутый у шеи. Лицо и изящно уложенные руки, словно восковые, как лепестки цветка магнолии. Борода и усы сменили цвет с соломенного на коричневый, что удивило Бернарда Шоу[22] больше (как он мне сказал), чем что-либо еще в изобретенном им «русском Элизии»[23].

22 Джордж Бернард Шоу посетил СССР в июле 1931 года и назвал его «государством надежды».

23 Автор иронизирует над симпатиями Бернарда Шоу к социализму и СССР. Элизий — в античной мифологии часть загробного мира, где царит вечная весна и куда попадают герои и праведники.

Можно бы сказать: славный человечек, любящий внучат и увлекающийся обрезкой деревьев. Я задумался, не сделано ли столь безмятежное и доброе лицо из воска. Ибо ходят слухи, что недавно в святыню прорвало канализацию Кремля, что нанесло ущерб памятнику. Однако выйдя на улицу, не прошел и ста метров, как встретил старика с бородой, чертами и выражением лица точно такими же, как те, которые только что рассматривал. Так что в нынешнем облике реликвии нет ничего изначально ложного. Красная площадь называлась так задолго до революции, русское слово «красная» означает «красивая». Снег всё еще идет, каждая снежинка мягко искрится в тумане электрического света. В северной части большого белого прямоугольника площади возвышается кроваво-красный корпус Исторического музея[24], здание в древнерусском стиле, но теперь преображенное в нечто сказочное благодаря снежной филиграни на башнях-близнецах и извилистых крышах. Вдоль Кремлевской стороны идет такая же зубчатая розово-красная стена, прерываемая тремя башнями. Ту, что находится рядом с музеем, увенчанную стройным, холодным зеленым шпилем, взорвал Наполеон, но после его ухода башню отстроили заново по старому проекту[25]. Южнее, на другом конце площади возвышается знаменитая Спасская башня[26], кирпичный замок, увенчанный англичанином Христофором

24 Здание Исторического музея было построено в 1875–1883 годы архитектором В. О. Шервудом и инженером А. А. Семёновым в «историческом русском стиле»; Шервуд был отстранен от работ в 1879 году.

25 Никольская проездная башня привлекла внимание Байрона своим отличным от остальных («итальянских») готическим стилем. Это последствия реконструкции 1805–1806 годов, выполненной Л. Руска и А. Н. Бакаревым, и послевоенных восстановительных работ под руководством О. Бове.

26 Спасская (до 1658 года Фроловская) проездная башня была построена в конце XV века по проекту П. Солари. В 1624–1626 годы архитектор К. Галовей увенчал ее готическим шпилем с часами.

Галовеем в 1625 году верхом в готическом стиле со шпилями и навершиями из белого камня, напоминающими башню Тома, созданную Кристофером Реном[27]. На башне богатый восьмиугольный шатер, украшенный позолоченным циферблатом. На самой вершине сияет царский герб, золотой орел, чьи сверкающие двойные головы[28] служат указателем приезжему, заблудившемуся в Китай-[29]городе.Эти две башни, да еще одна на западной стене служат главными входами в Кремль. Стену между ними прерывает глухая башня[30] прямоугольного типа с двойным конусом, над которой возвышается плоский, покрытый позеленевшей медью купол в строгом греческом стиле позднего екатерининского периода. На куполе развевается простой красный флаг, не символ шумного первомайского фарса, как в других столицах, а олицетворяющий достоинство архитектурного окружения. Под стеной проходит ряд низких трибун из серо-белого гранита. Непосредственно под башней они прерываются Мавзолеем Ленина, который сзади прикрыт ширмой из черных

27 Башня Тома, построенная К. Реном в 1681–1682 годы, является главным входом в корпуса знаменитого Оксфордского колледжа Крайст-Черч, основанного временщиком Генриха VIII кардиналом Томасом Уолси.

28 Российские двуглавые орлы украшали проездные башни Кремля с XVII века до осени 1935 года, когда были заменены пятиконечными звездами, сперва металлическими, украшенными самоцветами (одна из таких звезд венчает шпиль Северного речного вокзала г. Москвы), а спустя два года — сделанными из рубинового стекла.

29 Исторический район в центре Москвы, ограниченный Красной, Театральной, Лубянской и Старой площадями и набережной реки Москвы.

30 Сенатская башня была построена по проекту П. А. Солари в конце XV века, в течение долгого времени называлась Глухой или Безымянной, вплоть до сооружения здания Сената. Во время путешествия Байрона на ней был помещен барельеф «Павшим в борьбе за мир и братство народов», созданный С. Коненковым, но автор его не упоминает (демонтирован в 1948 году).

елочек. Мавзолей, приземистый и мощный, возвышается как ступенчатая пирамидальная башня и отполирован как британская пивная. Он построен из красного украинского гранита и черного и серого лабрадора, испещренного переливающимися синими крапинками, как на крылышках бабочки. Монолит из красного карельского порфира длиной восемь метров, который весит 59 тонн, подсвечивается фонарем. Цвет гранита — не наш худосочный розовый, а насыщенный коричневато-красный, слегка с желтоватым оттенком. Этот цвет — нечто среднее между алым флагом и розовыми стенами и гармонично подходит монументу на древней площади.

Архитектор Мавзолея — Щусев[31]. Первоначальный вариант, простоявший пять лет, был сооружен из дерева. Настоящий, с виду похожий, крепче и строже. Он построен, или скорее создает иллюзию постройки, из блоков превосходного камня, огромными размерами которых напоминает стены инков. Впечатление гармонии складывается с помощью сочетания трех красок: черной, серой и красной, а также неравномерным расположением разноцветных ступеней. Ступени, хотя и неодинаковые, далеки от хаотичности. Их размеры — и высота, и ширина — вычислены с предельной точностью, чтобы подчеркнуть образ силы и власти. Основа памятника слегка возвышается над поверхностью площади и окружена низким парапетом с закругленными углами впереди, а задние завершаются двумя небольшими павильонами. Этот парапет, павильоны, а также длинные ряды трибун, идущие параллельно кремлевской стене, построены из слегка отполированного серовато-белого гранита с плотной твердой текстурой. Внутри парапетного ограждения, по бокам входа, высажены небольшие ели, которым, надо надеяться, не дадут вырасти высокими. И последним в дальнем конце, где начинается спуск к реке, возвышается знаменитый собор Василия

31 Алексей Викторович Щусев (1873–1949), архитектор, академик архитектуры.

Блаженного[32]. Расположенный ниже общего уровня площади, без других зданий следом, он завершает панораму, словно призрачный корабль, затертый во льдах на фоне горизонта. В шутливом настроении его можно принять за огромную мишень из уличного кегельбана, где сбивают кокосовые орехи. Только скучные коричневые кокосы на разных уровнях заменили на морских ежей, лук-порей, ананасы и очищенные гранаты — разноцветные плоды, витые, остроконечные и рифленые, которые холодными ночами искушают призрак Ленина разогреться, кидая в них снежками. На Красной площади ночью всегда встретишь пьяных. Наверное, какой-нибудь ошеломленный мистик, или околевший на морозе извозчик, или отряд сотрудников ГПУ, проходящих мимо в предрассветную рань, не раз замечали всем знакомую призрачную фигуру, карабкающуюся на свой мавзолей, чтобы еще раз окинуть взглядом результаты претворенного в жизнь прошлого решения. Я и сам грешен тем, что после одной вечеринки в «Метрополе»[33] наблюдал пару явно инопланетных кораблей, несущихся по воздуху к тому зеленому ананасу с красной кожурой... Но лучше не злоупотреблять. Когда в тот день я вышел из Мавзолея после осмотра убедительных останков Ленина, было около пяти. Внезапно куранты на Спасской башне пробили час мелодичным перезвоном последнего из московских колоколов, который, пока я оставался в городе, не переставал навевать легкую грусть и умиротворение. Когда первый удар эхом прокатился по снегу и вдоль красных стен, в небеса с хриплым карканьем взмыла черная стайка ворон, выражая презрение к неподвиж-

32 Собор Покрова на Рву (таково официальное название собора; согласно легендам, юродивый Василий собирал деньги на его постройку) был возведен в 1555–1561 годы. С овощами и фруктами «рога изобилия» Байрон сравнил его не первым из иностранцев: см., например, мемуары А. Кюстина.

33 Одно из знаменитых сооружений московского модерна, гостиница «Метрополь» была построена в 1899–1905 годы (инвесторы — акционерные общества под контролем С. И. Мамонтова, первоначальный проект В. Валькота «Женская головка»).

ному пережитку прошлого — царскому орлу. Видение рассеялось. Моментальное впечатление сменилось памятью, которая не покинет меня до самой смерти. Я больше никогда не увижу Москву такой, какой она предстала передо мной в тот день.

Однако, кроме Москвы романтических видений, меня ждала не менее уникальная встреча с москвичами. Я вышел с Красной площади у Исторического музея, где раньше стояли Иверские ворота[34], и, перейдя через площадь с оперным театром[35], подошел к гостинице «Метрополь». Здесь мне предстояло передать Альберту Коутсу[36], страдающему от фурункулов, три драгоценных лимона. А еще встретиться с молодым английским коммунистом по фамилии Морган[37]. Я ожидал встретить чахоточного с заостренными чертами лица, а увидел скандинавского великана. Когда-то Морган работал шофером, но обрел веру в коммунистическую идею, увидев фильм о России, и направил стопы в «землю обетованную» и страну творческих возможностей. Какой он увидел Россию на расстоянии, такой она для него и осталась, несмотря на одиночество, трудности с языком, а в первое время борьбу с голодом. Мужество, с каким он преодолевал препятствия, меня вос-

34 Воскресенские ворота (И́верские ворота, до 1680 года — Неглиненские, также Львиные, Курятные) — двойные проездные ворота в Китайгородской стене, расположенные в одноименном проезде между зданием Городской думы и Историческим музеем. Построены в 1538 году по проекту архитектора Петрока Малого. Выстроены заново в 1680 году. В 1931-м снесены, восстановлены в 1995 году под руководством О.И. Журина.

35 Академический Большой театр СССР.

36 Альберт Коутс (1881/1882–1953), английский дирижер и композитор, родился в Санкт-Петербурге, в 1911–1919 годах был главным дирижером Императорских (столичных) оперных театров, трижды приезжал на гастроли в СССР.

37 Настоящая фамилия этого человека — Маршалл. Известно, что он был сыном каменщика из лондонского Ист-Энда, работал шофером, секретарем рабочего киноклуба; перебрался в СССР, где трудился на «Мосфильме».

хищало. Теперь он работал с группой студентов тридцати семи национальностей, деля время между материалистической философией и студиями «Мосфильма»[38] и получая зарплату, на которую жил. Я привез ему несколько посылок. Не зная, что в них содержится, я упросил таможенников в Негорелом[39] их не открывать. Поэтому он, кажется, предположил, что я тоже обрел веру. А значит, мы плохо понимали друг друга. Всё началось с того, что я попросил официанта принести водки.

М. Мы здесь против дурмана.

Р. Б. Извините, но я без спиртного жить не могу.

М. Что ж, ну, я полагаю, постепенно привыкнете.

Р. Б. Может быть. Но я начинаю сомневаться, что когда-нибудь стану коммунистом. (*Морган удивлен.*) Я вообще политикой не интересуюсь. Мне, скорее, хочется узнать, выполнят ли пятилетний план[40] да сколько миллионов крестьян через десять лет выучат алфавит, но что гораздо важнее, обретут ли люди счастье после стольких страданий. И хотя подспудно чувствую, что обретут, не пойму, как это возможно, когда вы подменяете банальную идеологию упражнениями для ума. Например, советская культура, что это такое и где она?

М. Вы мыслите по старинке, просто не понимаете. Наше искусство коллективное, и мы воспитаем интеллигенцию, которая научится мыслить и творить вместе. В революционный период всё шло по-другому, там вдохновлялся каждый. А период строительства, к которому мы приступаем, в искусстве отобразить гораздо труднее.

Р. Б. Вы хотите сказать, что уже нет такого грандиозного восторга?

38 В 1932 году было уже завершено строительство главной студии Московской фабрики «Росфильм» в конструктивистском стиле на Воробьевых горах.

39 Поселок в Минской области, служивший пограничным пунктом железнодорожного сообщения Европа — СССР до 1939 года.

40 Официально о досрочном (четыре года и три месяца) завершении первого пятилетнего плана было объявлено в конце 1932 года.

м. Да. Хотя борьба по-прежнему продолжается.

р. б. (*раздраженно*). Объясните, ради бога, что вы имеете в виду под этой борьбой, о которой все твердят. Борьба с чем? Разве в России еще остался кто-нибудь, с кем надо бороться? Не представляю.

м. Разве вы не понимаете, что всё вокруг — борьба. Поставьте этот стакан с водой на стол, и стакан со столом будут в состоянии войны. Их взаимодействие — борьба. То же самое происходит в развитии общества. Рабочие могут строить социализм только в борьбе, продолжая классовую войну.

р. б. А когда вы покончите с классами, то в результате создадите новые и превратите несколько миллионов рабочих в аристократию, которая будет управлять страной через угнетение, то есть борьбу с оставшимся большинством. Каким же образом из этой навязчивой идеи о классе может получиться что-то творческое или просто интересное, я ума не приложу. Это еще хуже, чем в Англии.

м. На самом деле вы многого не понимаете. Возьмите Бетховена. Конечно, мы признаём, что он гений, но разве вы не замечаете в его симфониях признаков классовой борьбы того времени. Или Вагнера. Когда его сослали за революционные идеи, он написал «Кольцо»[41]. Потом снова превратился в добропорядочного буржуа, и в результате написал оперу «Парсифаль»[42].

р. б. (*успокаивающе*). Согласен, «Парсифаль» ужасна. Полагаю, если перевести всё, что вы мне сказали на простой язык, это значит, что гений — продукт окружающей среды. В этом нет ничего нового. А можно спросить? Как вы считаете, удалось бы Ньютону открыть закон тяготения, живя в современной России?

41 «Кольцо нибелунга» — название цикла Р. Вагнера из четырех эпических опер, основанных на реконструкциях германской мифологии, исландских сагах и средневековой поэме «Песнь о Нибелунгах».

42 Вероятно, идеология последней оперы Р. Вагнера «Парсифаль» (1877–1882) могла быть названа в СССР «реакционным романтизмом».

м. Конечно. Наши лаборатории снабжены лучше европейских.

р.б. Я говорю о мыслительной деятельности, не об опытах, о том, что однажды происходит с одним человеком. Если взять великие периоды человеческих открытий, научных либо каких-то других, то вы обнаружите, что люди могли думать о чем хотели. Такова атмосфера бескорыстных исследований. Возьмем, например, XIX век в Англии — в это время среди прочего появился «Капитал» Маркса, как он говорит *в предисловии*[43]. Или период Возрождения...

м. (*недоверчиво*). Возрождение! Неужели? Вот-те на. Да Возрождение было просто периодом классовой борьбы, началом века капитализма, когда к власти стали приходить торговцы и буржуазия.

р.б. (*твердо*). Дорогой Морган, вы напоминаете мне протестантского проповедника, который прав перед Бо-

43 «По сравнению с английской социальная статистика Германии и остальных континентальных стран Западной Европы находится в жалком состоянии. 〈...〉 Положение собственных дел ужаснуло бы нас, если бы наши правительства и парламенты назначали периодически, как это делается в Англии, комиссии по обследованию экономических условий, если бы эти комиссии были наделены такими же полномочиями для раскрытия истины, как в Англии, если бы удалось найти для этой цели таких же компетентных, беспристрастных и решительных людей, как английские фабричные инспектора, английские врачи, составляющие отчеты о здоровье населения, как члены английских комиссий, обследовавших условия эксплуатации женщин и детей, состояние жилищ, питания. 〈...〉 В Англии процесс переворота стал уже вполне осязаемым. Достигнув известной ступени, он должен перекинуться на континент. 〈...〉 Потому-то, между прочим, я уделил в настоящем томе столь значительное место истории, содержанию и результатам английского фабричного законодательства. Всякая нация может и должна учиться у других...» «Капитал». Предисловие к первому изданию 1867 года. [Маркс Карл. «Капитал (Критика политической экономии)». Перевод И.И. Степанова-Скворцова.]. — *Примеч. авт.*

гом, когда все остальные ошибаются. Я могу ошибаться. Но я не за тем проделал весь этот путь в Россию, чтобы спорить с людьми, похожими на Святого Афанасия[44]. Это слишком скучно. Мне нравится ваш энтузиазм, и я хочу понять, чем он вызван. Только я далек от мысли, что всё, когда-либо происходившее, было проявлением классовой борьбы. Неужели вы считаете, что протоптеры[45] тоже пережили революции? Я заявил бы, что для России революция стала благом. Однако не стал бы передвигать стрелки часов назад. И всё же хотелось бы знать, есть ли под этой сухой шелухой классовой идеологии хоть какая-то надежда для остального мира.

м. Мы с вами абсолютно разные. У вас изначально не может быть правильного мнения. Вы же...

р.б. Я принадлежу к другому классу. Верно?

м. Именно. Ваша речь... мне она кажется вычурной.

р.б. Очень может быть. Но я не вижу повода из-за этого начинать за столом классовую борьбу, как и не понимаю, почему ГПУ высылает за Урал старых профессоров, которые пишут о византийских иконах[46].

м. Они принадлежат другому классу, они наши враги. Интеллектуалы слишком часто нас подставляли. Война может начаться в любой момент, и мы больше не хотим рисковать.

р.б. Ну вот, опять вы за свое. Какая война?

м. Такое уже случалось. Вспомните интервенцию.

44 Афанасий Великий (ок. 295–373) — один из Отцов Церкви, архиепископ Александрийский, известен как один из наиболее энергичных противников арианства. Его называли «Афанасий против всего мира».

45 Протоптеры — род лопастеперых рыб надотряда двоякодышащих; это рыбы-одиночки, отличаются неуживчивостью, друг с другом при встрече дерутся (наблюдения А. Брема).

46 Вероятно, имеется в виду участь одного из ведущих историков и реставраторов древнерусской и византийской живописи Александра Ивановича Анисимова (1877–1937), репрессированного в январе 1931 года (Соловецкий лагерь, Беломорско-Балтийский лагерь) и расстрелянного в 1937 году.

Р. Б. Вы полагаете, что вся Англия населена одними Черчиллями[47]?

М. Об этом я ничего не знаю, но война будет — это как дважды два. Да что там, она уже началась в Маньчжурии[48]. Более того, скажу серьезно, что через два или три года я надеюсь пригласить своих здешних товарищей пожить со мной в Букингемском дворце[49].

Р. Б. Ну это какое-то буржуазное стремление. (*Переводит разговор на другую тему*.) Вы дружите с евреями?

М. Я долго жил в Ист-Энде и привык к ним. Они мне нравятся. И всё же они от нас отличаются. Давайте поднимемся, и вы познакомитесь с Сильвией Чен[50].

Р. Б. А что, она еврейка?

М. Нет, она дочь Юджина Чена и французской негритянки. Ее брат — командир в Красной армии, а она танцовщица.

Мы поднялись наверх в квартиру мисс Чен. Хотя ее книжные полки ломились от трудов отцов материализма, она тем временем боролась с невозможностью добыть новые пластинки с танцевальными мелодиями, поскольку российская таможня объявила джаз «идеологически несоответствующим». Даже Морган, освободившийся от споров, признал неудобства этого лишения. Они поставили старую пластинку, и мисс Чен запорхала по ком-

47 Знаменитый британский политический деятель Уинстон Черчилль обоснованно считался главным инициатором английской интервенции в Гражданскую войну в России и непримиримым оппонентом Советской власти.

48 Японское вторжение в Северный Китай (Маньчжурию) началось в сентябре 1931 года, Харбин пал 5 февраля 1932 года, а 1 марта было создано зависимое от Японии государство Маньчжоу-Го.

49 Официальная и главная резиденция британских монархов.

50 Сильвия (Си-Лан) Чен (1905–1996), танцовщица китайского происхождения, работала и жила в СССР, ее сольные программы ставил К. Голейзовский; вышла замуж за американского кинорежиссера Дж. Лейда, ученика С. Эйзенштейна; в 1935 году пара уехала из СССР.

нате, милое создание на фоне старомодной роскошной обстановки.

— Что вы собираетесь делать в России? — поинтересовалась она.

Я сказал, что надеюсь побывать в Ленинграде, а также посмотреть в Новгороде старинные церкви.

— Церкви? — удивилась она.— Что может быть интересного в этой рухляди?

Я понял, что объяснить не сумею.

Вера и обычаи

(1) Я привел вышеуказанный разговор как один из образцов. Я попал в новый мир: Морган был для меня вроде кенгуру для капитана Кука[51] или едгинцем[52] для эдвардианца[53]. И всё же, поскольку он не был ни животным, ни вымышленным лицом, я не мог и не могу относиться к нему и ему подобным с вежливой беспристрастностью зоолога[54]. Это более нормальное отношение иностранного гостя, чем другое, которое, если русские, конечно, понимают, оскорбительнее и быть не может. Тем не менее за безумным лепетом марксистских клише я ощутил силы, существование которых отрицать нельзя и важ-

51 Несмотря на то что Австралия была открыта голландскими мореплавателями в XVII веке, ее исследование и колонизация начались только после первого кругосветного путешествия Джеймса Кука (1770).

52 «Едгин, или По ту сторону гор» — роман-антиутопия Сэмюэла Батлера (1835–1902), опубликован анонимно в 1872 году, сатира на общество викторианской Англии.

53 Эдвардианская эпоха, или эдвардианский период, в истории Великобритании — период правления Эдуарда VII с 1901 по 1910 год.

54 Публикация этой фразы в «Аркитекчерал ревью» обогатила словарный запас России. В «Правде» от 8 апреля 1933 года появился заголовок: «Зоологическая ненависть „твердолобых“ к Советской власти».— *Примеч. авт.*

ность которых пробудила во мне жадное любопытство. Это любопытство, насколько я понимал, останется неудовлетворённым, если я не научусь видеть то, что стоит за фанатизмом и жаргоном, которые в современной России заслоняют всё. Иностранцу прежде всего необходимо понять, что революция и ее последствия были результатом процессов, которые начались с российской историей, с ней и закончатся. Византийская православная церковь всегда отличалась от католической тем, что ее идеал скорее достижение рая на земле с помощью размышлений, чем стремление к хорошей загробной жизни. От господствовавших идей, которыми эта церковь руководствовалась начиная с X века, никакое Возрождение Россию не избавляло. И крепостных, как в других странах, не освобождали от материального рабства экономическим спросом на свободную рабочую силу. Таким образом, русские всегда воспринимали прогресс как массовое продвижение к ближайшему тысячелетию, а не как последовательные шаги одаренных индивидуумов к объективной истине. Хотя ни в одной стране не было столько теоретиков, стремящихся усовершенствовать человека, их всегда интересовала скорость поставок, а не качество поставляемого совершенства. Только таким образом можно было бы правильно понять мистическое возвышение масс, которое всегда было лейтмотивом российских умозрений. Отдельную личность с объективным мышлением ради собственного блага как постоянный фактор общества игнорировали по очевидной причине, что у русских нет представления об индивиде в этом смысле — это достаточно ясно следует из тех пародий на человеческую природу, какими изображают некоторых героев русских романов.

В прошлом веке рост интеллигенции придал силу и голос этой русско-мессианской концепции коллективного духовного подъема. В то же время с Запада пришла новая индустриальная идея о чисто физической вселенной, управляемой Богом, который был не более чем инженером-химиком. Эта идея, оказывавшая сопротивление всепроникающему мистицизму православия, и фантастические секты, проросшие на столь плодородной почве, породили философский вакуум, своего рода мистическое ничто, понятие, из которого Бакунин (1814–1876) разработал философию под названием «нигилизм»[55]. И началась классическая эпоха террористов-смертников, чьи эффектные убийства привлекли внимание внешнего мира. Их либеральные сторонники в других странах самодовольно воображали, что убийцы, пусть и слегка ошибавшиеся в методах, вдохновлялись желанием освободить свою страну от жестокого самодержавия. Даже сегодня эта идея искусно внедряется в умы иностранных туристов превращением Петропавловской крепости, где содержали главных мятежников, в музей для демонстрации царских зверств. Ненависть анархистов к монархии была, несомненно, искренней и бескорыстной. Если кто-то желает освободиться от иллюзий, что они хотели заменить ее на режим англо-саксонской свободы, пусть прочитает приложение к книге Рене Фюлёпа-Миллера «Сущность и лицо большевизма»[56], в котором содержатся цитаты из романов «Бесы» и «Братья Карамазовы», написанных Достоевским в 1871 и 1879 годах[57]. Даже этих пророчеств более чем достаточно. Разве не Ленин сказал, что свобода — буржуазный предрассудок? Европеец может заклей-

55 М. А. Бакунин был одним из основателей и теоретиков анархизма. Нигилисты считались радикальным течением русского анархизма, термин стал популярным после публикации романа «Отцы и дети» (1862) И. С. Тургенева. В английской культуре русские нигилисты действуют в пьесе О. Уайльда «Вера, или Нигилисты», романе Дж. Конрада «Тайный агент».

56 Р. Фюлёп-Миллер (1891–1963) — австрийский, американский литературовед и писатель, специализировался на русской культуре и литературе; автор работ о Г. Распутине, Л. Толстом, Ф. Достоевском, русском театре, царском Охранном отделении и т. д.; книга «Сущность и лицо большевизма» вышла в 1927 году.

57 Английские переводы «антинигилистических романов» Достоевского «Бесы» и «Братья Карамазовы» появились соответственно в 1916 и 1912 годах.

мить позором пагубную одержимость русского теоретика безрадостной, безвольной массовой нирваной и признать непригодной его концепцию человеческих масс как единственного представителя прогресса, подчиняющегося порывам самовлюбленного мистицизма. Ему, может, даже позволят выразить справедливое негодование, если эти идеи угрожают его собственной кропотливо разработанной традиции. Однако нет смысла проклинать русских за то, что они думают не так, как вы, или обесценивать их идеал, позволяющий массам променять бесстыдную лень на вдохновенное самосожжение на алтаре промышленной революции. У нас цель другая. Мы стремимся к более широкому распределению материальных благ в рамках, сохраняющих исключительное право личности. Только давайте поймем, что большевизм, независимо от того, окажется он экономически целесообразным или нет, прямо и искренне вытекает из русского взгляда на мир, который рассматривает стремление обычного человека сделать всё ради блага обычных людей как высшую форму самовыражения.

Нигилисты и им подобные побуждали к самопожертвованию, но не предоставляли программы для совместных действий. Этот недостаток частично восполнил Карл Маркс, выдвинув новую философию исторического развития, и частично Ленин, который с обычным русским нетерпением не опоздать на второе пришествие выдернул из той философии социальную доктрину, которую можно применить немедленно, и там, где дело касается постепенного развития, решил сам ускорить ход обременительного процесса.

Карл Маркс прибыл в Лондон в 1849 году[58] и посвятил время исследованию огромного количества собранных материалов об условиях жизни английского рабочего класса. В моменты просветления он питал здоровое уважение к классовым различиям и действующей власти: «...он посетил в Обществе искусств званый вечер, укра-

58 Карл Маркс в 1849 году был последовательно выслан из Германии и Франции.

шенный присутствием членов королевской семьи... Ему нравилось, когда жена подписывалась „*Дженни, урожденная баронесса фон Вестфален*“[59]... наконец, он принял должность констебля ризницы Сент-Панкраса[60], принес обычную присягу и в торжественных случаях надевал форму по уставу»[61]. Он сохранил преданность по отношению к Германии, «воспевал немецкую музыку и литературу» и называл участие Германии в войне 1870 года оборонительным. В философию он привнес концепцию общества как чего-то живого, постоянно меняющегося, и свое представление о законе, управляющем этим процессом. Говорят, что его роль в развитии социологии подобна роли Дарвина в биологии. Утверждение несколько преувеличено, поскольку, если Дарвин основывал выводы на всей мировой истории, возможности Маркса ограничивались сравнительно узкой областью, которая содержится в письменных источниках, накопленных за несколько тысяч лет.

Исходя из предположения, что вся «ценность» является результатом труда, его закон эволюции естественным путем приобрел чисто экономический оттенок: все общества основаны на эксплуатации труда в той или иной форме, и, поскольку нельзя ожидать, что эксплуататоры откажутся от привилегированного положения по собственной воле, внести необходимые изменения в производство можно лишь взрывами насилия, которые являются результатом постоянной, хотя, как правило, скрытой борьбы — войны классов, а все, что касается политики, морали, религии, искусства и всего остального, это лишь ее идеологическое выражение. Маркс считал, что приближается время, когда труд должен освободиться от последнего из череды эксплуататорских классов и трудящиеся оставят плоды усилий себе. Таким образом, его теория социальной

59 Отец Женни Маркс (1814–1881) был бароном и прусским чиновником.

60 Церковный приход и исторический район Лондона.

61 *Loria A.* Karl Marx. London, 1920. P. 48. — *Примеч. авт.*

эволюции растворяется, или ее растворяют те, кто хотел бы применить ее на практике, в тумане надвигающегося тысячелетия. Будет ли действовать марксистский закон после того, как рабочие перестанут подвергаться эксплуатации, или нет, остается под вопросом.

Выдвигая свою теорию развития общества в соответствии с экономическими законами, Маркс кое-что добавил к общей методике исторического исследования. Но, стремясь создать на основе этих законов всеобъемлющую философию, он проявил недостаток научного подхода, который можно приписать неспособности еврея постичь сущность чувств и идеалов, которые он не испытал лично.

Наверное, ни к чему указывать, какие именно пункты марксистской философии пролили воду на мельницу революции. Нелишне подчеркнуть, что эти теории могли бы легко кануть в Лету, как и большинство им подобных, если бы не их воплощение в воинствующий символ руками Ленина. К добру или к худу, но Ленин был одной из самых удивительных личностей в истории не только благодаря влиянию на судьбы миллионов, но и из-за уникального упорства и последовательности в достижении, казалось бы, невыполнимой цели. В марксистской теории он узрел практический инструмент и его использовал. Читать его работы после Маркса — всё равно что обращаться к Символу веры Афанасия после Нагорной проповеди. Он нашел в Марксе исходный материал как для политико-экономической программы, так и для философии, ее поддерживающей. Пришло время, оружие было готово, и он пустил его в ход.

(2) Я не предлагаю исследовать природу политического организма, который сегодня существует в результате деятельности Ленина. Более способные головы, чем моя, натыкались на эту кирпичную стену и будут продолжать о нее биться. Однако мне хотелось бы отметить совершенно точное впечатление о нервозности, неуверенности и напряжении, которые преобладают в среде образованных и полуобразованных людей в России, включая

членов Коммунистической партии. Не стану перечислять эпизоды, которые вызвали такое впечатление, их было слишком много, и они оказали совокупное влияние. Надо сказать, что его происхождение было столь же закономерным, сколь и случайным. Если впечатление правильное, то его значимость жизненно важна для просеивания пепла, из которого в итоге возродится феникс коллективной культуры. Чужеземцу необходимо выяснить, что его вызывает.

Описывая систему, при которой они живут, русские неизменно упоминают два термина, политический и экономический: «диктатура пролетариата» и «государственный капитализм».

«Пролетариат» — так называется гипотетическая масса людей, с целями которой Ленин, как добропорядочный русский, непременно отождествлял собственные. У Маркса это слово обозначает предложение свободной рабочей силы, без привязки к месту или собственности, по первому зову экономического, то есть капиталистического спроса. К сожалению, во времена революции в России таких масс почти не существовало. Власть большевиков, оттолкнувшая тиранией симпатии интеллигенции и утвердившая экономическую систему, которая, судя по материальным стандартам, была и остается провальной с точки зрения крестьянина, лишена главной поддержки, провозглашенной их верой, основой всей теоретической структуры. Пока эта поддержка не сформируется — то есть пока большинство населения России не завербуют в ряды истинного пролетарского ядра, уже сосредоточенного в крупных городах, нынешние правители России будут пребывать в нервной неуверенности, особенно учитывая существующее недовольство, каким бы пассивным оно ни было. Отсюда те безумные усилия, которые предпринимались и предпринимаются для создания сельского пролетариата путем вовлечения крестьян в коллективные хозяйства — по сути, путем искусственного стимулирования процесса, который весь «Капитал» должен был проклясть на веки вечные.

Маркс восхваляет независимость английского крестьянина до того, как произошли великие огораживания: «С другой стороны, капиталистическая система требовала униженного и почти рабского положения народных масс, превращения их в наемников, а средства их труда — в капитал». Ленин пишет в статье о Марксе для российской энциклопедии: «Если, наконец, мы хотим понять отношение марксистского социализма к мелкому крестьянству ⟨...⟩ мы должны обратиться к заявлению Энгельса, выражающему взгляды Маркса: „*обладая государственной властью, мы и не подумаем о том, чтобы насильно экспроприировать мелких крестьян... Наша задача по отношению к мелким крестьянам состоит прежде всего в том, чтобы их частное производство, их собственность перевести в товарищескую, но не насильно, а посредством примера, предлагая общественную помощь для этой цели*“» [62]. Что ж, если бы они стали свидетелями того, как обращались с русским крестьянином от их имени в течение последних пяти лет, Маркс, вероятно, разнес бы Хайгейтское кладбище, а Ленин — Мавзолей. Негодование, вызванное таким обращением, было столь горьким и широко распространенным, что Сталин, по крайней мере временно, положил этому конец. Это достижение не социализма, а государственного капитализма, как признают русские. Маркс изо всех сил старался указать на то, что капиталисты всегда склонны поглотить друг друга. «Наряду с постоянно уменьшающимся числом капиталистов... растут нищета, угнетение, рабство, деградация, эксплуатация». Подходит ли такое описание для России, где число капиталистов сократилось до одного? Если да, то каков будет результат?

Либо разгневанные донельзя крестьяне воспротивятся попыткам превратить их в пролетариат, в этом случае они будут постоянно не в ладах с коммунистической аристократией городов, и классовая борьба продолжится,

62 *Ленин В. И.* Полное собрание сочинений. Т. 37. М.: Издательство политической литературы, 1969. С. 208.

подтверждая эволюционную теорию Маркса. Либо подчинятся безрадостной безликой эксплуатации со стороны властей, взамен на начальное образование и радиовещание. Теория Маркса либо умрет от бесклассового истощения, либо получит потрясающее подтверждение в последующем восстании экспроприированных против единственного великого экспроприатора — государства. Обе альтернативы могут потревожить нынешнюю власть. Большевики сделали ставку на пятилетний план. Если его выполнят успешно, в стране появится чисто промышленный пролетариат в достаточном количестве, который можно будет содержать и нанимать на работу без ответной неприязни, вызванной принудительными мерами. А пока вся страна живет в напряжении, как человек, борющийся за жизнь. Подобная обстановка не способствует поиску объективной истины или созданию великих произведений искусства, но заставляет действовать и дает пищу для размышлений.

(3) Ленин и его соратники с самого начала признавали, что преданность их политико-экономической системе зависит в конечном счете от общего принятия сопутствующей ей философии теми, кто способен мыслить хотя бы элементарно. Пытаясь заручиться этой поддержкой, они лицом к лицу столкнулись с самым слабым звеном в их тщательно выкованной цепи порабощения личности — фактически, настолько слабым, что образовалась брешь. Чтобы устранить недостаток, они проявили изобретательность, заслуживающую всяческих похвал. Вот только ухищрения, к которым они прибегают, яснее ясного раскрывают совершенно ненаучный характер их философии.

Сторонники диалектического материализма, как называет их Ленин, рассматривают мир только как совокупность явлений, подлинность которых подтверждается проверками их ощущений. Религия для них — отрава. Она отвлекает внимание и силы человека от общества, в котором он живет, служение Богу — несомненно, признак политического и общественного застоя. Эта точка зрения довольно разумна и, за редким исключением, с ней нетрудно согласиться или, в конце концов, ее понять. Однако материалисты — сами жертвы яростной и глупой ненависти к древним верованиям и непременным атрибутам, которые символизируют, возможно в самой примитивной форме, поиск человечеством главной истины и, следовательно, препятствуют распространению Нового Евангелия. Эта ненависть, доходящая почти до безумия, мешает провести независимое исследование и докопаться до причин, почему религия существует и существовала всегда. Они, как страусы, не смогли признать, что религия удовлетворяет врожденную человеческую потребность.

После революции религия в России вышла, или ее выбросили, из по-настоящему всеобщего употребления. Не успело это толком произойти, как потребности, которые как бы худо-бедно она до сих пор ни удовлетворяла, проявились распущенностью, беспокойством и разочарованием. Деревенская жизнь утратила основу основ, крестьянин — развлечение. Образованные и относительно образованные слои населения ощущали нехватку веры или свода законов, без которых не упорядочить жизнь. Кроме того, новая власть вскоре обнаружила, что тоже кое-что утратила и что сейчас неподходящий момент отказываться от традиционного союзника любой власти. «Религия — опиум для народа!» — восклицали они, в полной мере осознавая ее очевидную практическую ценность. Поскольку новая философия запрещала все ранее существовавшие религии, у них остался лишь один способ получить популярное снотворное: превратить в религию саму философию, чем они и воспользовались. Они сохранили ревностное служение и обряды, отказавшись от самого Бога и православной церкви. Единственного Бога, восседающего на небесах, они заменили народной массой, царившей на земле, церковь — не менее нетерпимой теократией — молодежью. Это новый вид опиума, его сны не такие спокойные. Тем не менее он действует.

Итальянский профессор Ахилл Лориа[63] завершает монографию о Карле Марксе словами, которые, как можно предположить, не зная контекста, взяты из недавно обнаруженного папируса святого Иоанна Богослова:

«Ибо грядет день[64]. И в тот день, когда неумолимое время уничтожит статуи святых и воинов, возрождающееся человечество воздвигнет в честь автора сего разрушительного сочинения на берегах его родной реки огромный мавзолей, представляющий пролетария, разрывающего цепи и вступающего в эру сознательной и славной свободы. Туда с дарами в знак благодарности устремятся возрожденные народы, чтобы возложить их к усыпальнице и почтить память великого мыслителя, который в муках, унижениях и бесчисленных лишениях неустанно боролся за спасение человечества. Матери, показывая детям страдающую и наводящую на размышления фигуру, скажут дрожащими от волнения и радости голосами: посмотрите, из какой тьмы появился свет, сколько слез оросило семена нашей радости, посмотрите и окажите дань уважения тому, кто боролся, страдал и умер ради высшего искупления».

И впрямь, обещанный памятник на Рейне так и не установили. Но, гуляя 22 января по Москве, я не переставал думать, какой любезный и в то же время недорогой жест сделали бы британские власти, выкопав останки Маркса и Дженни на Хайгейтском кладбище и подарив их России[65].

63 Итальянский экономист Ахилл Лориа (1857–1943) был одним из главных специалистов по наследию К. Маркса, Ф. Энгельса, Г. Плеханова и других социалистов.

64 Исаия 2:12. Далее Лориа перефразирует канонические тексты Евангелия от Иоанна и Апокалипсис Иоанна.

65 На том же кладбище погребены Томас Худ, поэт, и Лиллиуайт, игрок в крикет. Там же могила Кольриджа за углом в кокаиновом притоне. [Поэт Сэмюэл Тейлор Кольридж похоронен в приделе приходской церкви Святого Михаила в Хайгейте. Его пристрастие к наркотическим средствам известно.] Этими сведениями любезно поделился мистер Джон Бетжемен, исследователь некрополей.— *Примеч. авт.*

Ленин, в конце концов, занимает всего лишь второе место. Тем не менее паломников у него не счесть, и тип местного святого, безусловно, сейчас больше в моде. Ленин умер 21 января. По какой-то непостижимой русской причине его кончину оплакивают 22 января[66], или просто так получилось в этом году. Красная Великая (страстная) пятница дала повод для тщательно продуманных проявлений скорби, такими же отмечают это время в Риме. Всем магазинам и конторам любого уровня выдали красные знамена с золотыми серпом и молотом и с траурной черной лентой, неподвижно висевшие в холодном тумане, вкладом природы в национальное горе. Грандиозный фасад Большого оперного театра с обеих сторон задрапировали огромными гобеленами того же типа, а поперек портика алым светом, подобно гигантскому IHS[67], было выгравировано имя «ЛЕНИН». В дополнение к этой латиноамериканской показухе в нее вкралось что-то от английского шабаша. Продажу алкоголя запретили, чтобы скорбь не омрачили обычные нетрезвые экскурсанты. Даже еду было трудно достать. В то же время отели и рестораны были переполнены делегациями и участниками конгрессов, собравшимися отдать священный долг. На Красной площади образовалась огромная очередь, извивающаяся и петляющая на огромном снежном пространстве, как проволочная головоломка без начала и конца. В Лондоне подобную увидишь, разве что когда для торжественного прощания выставляют тело покойного монарха. С утра до ночи очередь, дергаясь, передвигалась, шаг за шагом. Народу там было не счесть, десять или сто тысяч. Но что поразило: вряд ли кто-нибудь из них стал бы стоять целый час на холоде, не будь он искренне убежден в торжественной значимости события. Примеры сходства меж-

66 В 1926 году в СССР траурные мероприятия памяти В.И. Ленина и жертв русской революции («Кровавое воскресенье», 22 января, или 9 января по старому стилю, 1905 год) объединили.

67 Iesus Hominum Salvator (*лат.*). Иисус — спаситель человечества.

ду проявлениями материалистической веры и древними религиями можно приводить бесконечно. Иностранца они поражают на каждом шагу. На заводах и в клубах угол с иконами сменили уголки Ленина или Маркса: уродливые бюсты «под бронзу» стоят на пирамидальных подставках, задрапированных красным, с красными бантами или на красном фоне. В отдельных залах прежние дешевые иконы сменили на дешевые цветные гравюры, предвестники новой однообразной агиографии[68] с изображением Сталина, Калинина, Крупской и Будённого. В крупных городах эти ужасные портреты всех размеров, на любой кошелек, встречаются в каждой третьей витрине — о художественном мастерстве речи нет. Когда я узнал сумму, вырученную Печерской лаврой в Киеве от продажи святых икон, мне не терпелось узнать, сколько из подобного источника достается новому правительству. Выяснилось, что государство не только не получило никакой прибыли, но фактически понесло значительные убытки, способствуя распространению благословенных образов. Помимо почивших святых, существуют живые первые отцы церкви: Иеронимы, Клименты, Оригены и Афанасии[69], которые ежедневно с непоследовательностью, вызванной современными печатными средствами, громогласно комментируют символ веры и его применение в чрезвычайных ситуациях. В Кремле, комиссариате, клубе, на заводе, в институте и школе эти Первые отцы живут и множатся,

68 Агиография — жития святых, описание жизни, благочестивых деяний, подвигов или страданий людей, которых церковь после смерти канонизировала.

69 Софроний Евсевий Иероним (около 345 или 347 — 419 или 420) — иллирийский аскет, создатель канонического латинского текста Библии. Климент Александрийский (Тит Флавий Климент, ок. 150 — ок. 215) — христианский богослов, апологет, проповедник и философ, руководитель Александрийской богословской школы, возглавлявший ее до Оригена. Ориген Адамант (ок. 185 — ок. 253) — греческий христианский теолог, философ, ученый, основатель библейской филологии, основоположник оригенизма, автор термина «Богочеловек».

выискивая ереси и толкования с жадностью византийских христологов. На их счастье, ни тому, ни другому нет конца, ибо их учение основано на самой неопределенной из наук, а детали применения неуловимы, как ртуть. Сравнения с христианством кому-то могут показаться притянутыми за уши, но хотя личные мнения, что составляет, а что не входит в религию, могут отличаться, они на самом деле лучше, чем что-либо, передают психологическую атмосферу большевистской России. Нам, в частности мне, ничего не стоит посмеяться над идеологическим педантичным жаргоном Армии спасения, который образовался вокруг материалистического вероучения, как, скажем, Гиббону[70] высмеивать монофизитов[71] и монофелитов[72]. И всё же цель идеологических и христологических разногласий одна и та же, и в высшей степени понятная, а именно: необходимо расширить положения вероучения и охватить все непредвиденные обстоятельства формулой, понятной неграмотной или полуграмотной массе. Параллель, возможно, потеряет силу только в природе духовности или веры, стоящей за двумя религиями.

Вера, вдохновлявшая ранних русских революционеров, убеждала, как я пытался объяснить, в том, что спасение человечества должно и может быть достигнуто через духовный и материальный прогресс человечества в массе. Так считал Ленин. Это может включать в себя своего рода поклонение дьяволу. Но, судя по его преданности собственной вере, Ленин был человеком великим и благородным. Приехав в Россию, я задумался, не сменилась ли эта вера на внешнее хвастовство и манию величия, эта-

70 Эдуард Гиббон (1737–1794) — британский историк и мемуарист, автор монументального труда «Упадок и гибель Римской империи».

71 Монофизитство — христологическая доктрина в христианстве, возникшая в IV–V веках в Византии, постулирующая наличие в Иисусе Христе только одной природы (естества).

72 Монофелитство — христологическая доктрина, признающая одну волю Богочеловека Иисуса Христа. Согласно монофелитству, во Христе две природы, но одна воля — божественная.

кий пустой, перевернутый фашизм. В России, как и везде, слишком много говорят об энтузиазме молодых. Подозрительна сама фраза, она прикрывает пустоту. Великие движения не могут черпать силу у сторонников, находящихся в состоянии окаменелой незрелости. Российская молодежь, чего доброго, возомнит, что ей предначертано властвовать над миром. Опьяненная титаническими мечтами, бросится в шахты и на заводы. Сейчас пятилетний план обеспечивает психологический предохранительный клапан для этого взрывчатого опьянения, классового шовинизма. А где же изначальная вера? Что поддержит сегодняшних молодых ударников и комсомольцев через двадцать лет, если награда не оправдает надежд?

На эти вопросы, как и на вопрос, суждено ли материализму простоять века, как жизненной силе, или он раскрошится, как зуб, из которого удалили нерв, ответа у меня нет. А пока он укрепляет власть всеми средствами завистливого мракобесия и притеснения личности, известными со времен средневековой церкви или испанской инквизиции. В таких условиях вера может сохраниться дольше, поскольку крепнет социальная структура, но искусство и культура либо погибнут, как они умерли вместе с Юлианом Отступником[73], либо обретут неизвестную доныне форму, как в готических соборах. Пока нисходит лишь тьма, новый свет еще не забрезжил. Темные века[74] продолжались четыреста лет. Неужели и России, погруженной в научный мрак, придется ждать столь же долго?

> «На известной ступени своего развития материальные производительные силы общества приходят в противоречие с существующими производственными отно-

73 Флавий Клавдий Юлиан, в христианской историографии Юлиан Отступник (331 или 332–363) — римский император. Страстный сторонник традиционных римских и греческих верований, ритор, философ и поэт.

74 Темные века — историографический термин, подразумевающий период европейской истории с VI по X век.

шениями, или — что является только юридическим выражением последних — с отношениями собственности, внутри которых они до сих пор развивались... — пишет Маркс[75]. — Тогда наступает эпоха социальной революции. С изменением экономической основы более или менее быстро происходит переворот во всей громадной надстройке. При рассмотрении таких переворотов необходимо всегда отличать материальный... переворот в экономических условиях производства от юридических, политических, религиозных, художественных или философских, короче — от идеологических форм, *в которых люди осознают этот конфликт и борются за его разрешение*».

Курсив мой. В словах, выделенных курсивом, заключено ядро большевистской истины: мысль, творческая сила, может иметь только одно начало и один конец, один стимул и одну цель — продолжение классовой борьбы.

Образование, таким образом, заключается в том, чтобы привить ученикам (от шести до шестидесяти лет) веру в то, что продолжение этой борьбы является истинной целью всех людей и особой — всех добропорядочных россиян. Что касается общих принципов, благовидная безнравственность внушается через обычные тетрадки. Девиз русского детства: «Шпионь за соседом и береги станок!» В городах главные храмы неряшливо увешаны плакатами и фотографиями, будто передвижной кофейный ларек. Если взглянуть поближе, обнаруживается наглядное разоблачение беззаконий и классовых предубеждений всех религий — православного, католического и протестантского христианства, сект, иудаизма, магометанства и буддизма. Кальвинистская[76] ярость материализма не терпит соперников. Толпы детей ходят за учителями на выстав-

75 *Маркс К., Энгельс Ф.* Избранные произведения в двух томах // пер. И.Степанова-Скворцова. Т. I. М.: Госполитиздат, 1948.

76 Кальвинизм — направление протестантизма, созданное и развитое французским теологом и проповедником Жаном Кальвином.

ках в Берлингтон-хаусе[77], впитывая знания о незыблемой грани между новым правильным и неправильным, проведенной в атеистических музеях. Та же самая грань очевидна в прессе и на публичных мероприятиях. Англичанину в прессе не подобает швырять камни. Могу только молча виновато краснеть, но однажды по московскому радио в программе на английском языке я услышал такое, что шокировало бы даже мистера Макстона[78]. Диктор говорил о промышленном центре на Урале, Свердловске, ранее известном как Екатеринбург. В свободное время рабочие с улыбающимися детьми ходят в бывший дом Ипатьева, теперь музей, где семья Романовых встретила судьбу, которую по праву заслужила[79]. Мне показалось, что голос диктора дрогнул, когда он произносил глупое сообщение. И возможно, что так и было. Если большевики именно так ведут пропаганду за рубежом, то революции миру не грозят. Хотел бы я побывать в Свердловске и увидеть, как улыбаются дети в подвале, где погибли их сверстники. Это зрелище стало бы благородным свидетельством силы новой веры, а также трусливого, лицемерного притворства в непогрешимости, отличительного признака всех религий, которое, несомненно, замалчивает самые отвратительные происшествия. Атмосферная подавленность страны, где единственными истинами являются индустриализация и классовая борьба и где вся культура должна быть подчинена этим целям, смягчается новизной — можно даже сказать, эксцентрично-

77 В здании проводились выставки Королевской академии художеств, а также находились научные общества, соответственно, Берлингтон-хаус был своего рода символом конвенциональных наук и искусств.

78 Джеймс Макстон (1885–1946) — британский левый политик, лидер Независимой лейбористской партии, пацифист, выступавший против обеих мировых войн.

79 Музейная экспозиция работала в доме, где расстреляли семью последнего императора, в 1927–1932 годы. Байрон побывал в доме Ипатьева в 1935 году, во время своего второго путешествия в СССР.

стью, — которая возникает в результате. Воздух смешан с веселящим газом, но смесь удушливая — а в какой степени, я понял, только приехав в Киев, который каким-то непостижимым образом сохраняет старые университетские традиции гуманитарных наук и позволяет нормально дышать. Не скажу, чтобы я был несчастлив в России. Честно признаюсь, что ни в одной стране я не получал такого истинного удовольствия, не тосковал и не жалел о том, что скоро уезжаю. Отчасти это было вызвано приятным чувством задиристости, проснувшимся у меня в груди. Система предназначалась для всего мира — это было ясно с самого начала. Испытай на мне чертову религию, думал я, и ты получишь достойный ответ! Так они и поступали время от времени. И всё же я не мог не уважать людей, столь глубоко приверженных определенной цели и столь единодушно придерживающихся, сердцем или на словах, определенной веры. Представители нации, чьими избранными патриотами являются Ноэл Кауард[80] и Уинстон Черчилль, не могут презирать такую стойкость. Ей можно лишь позавидовать.

Великую неправду я впервые по-настоящему ощутил на концерте в Московской консерватории. Исполняли «Пасторальную симфонию» Бетховена, дирижировал Оскар Фрид[81]. Играли неплохо, хотя инструменты были настроены отвратительно. Когда всё закончилось, я поднял глаза и вспомнил, где нахожусь. И внезапно до меня дошло, что здесь — не в капитализме, не в христианстве, а здесь, в концертном зале, в этих потрепанных партитурах — таится враг, которого материализму никогда не победить, и он неизбежно победит материализм. По-моему, позволить такое публичное представление со

80 Ноэл Кауард (1899–1973) — английский драматург, композитор, режиссер, актер и певец.

81 Шестая («Пасторальная») симфония написана Л. ван Бетховеном в 1808 году. Немецкий дирижер Оскар Фрид (1871–1941) неоднократно выступал в России и СССР, а после прихода к власти нацистов эмигрировал в Советский Союз.

стороны властей было просто донкихотской глупостью. Теоретически «Пасторальная симфония», несомненно, является образцовой иллюстрацией классовой борьбы в сельской Австрии. На практике же... Я оглядел аудиторию и прочитал, или мне показалось, что прочитал, собственные мысли на их лицах. Только бригада ударников труда, молодых иерархов в высоких сапогах, смотрела угрюмо, как, собственно, и полагалось по долгу службы. Упрекни я их за посещение, мне объяснили бы, что музыка превыше всех искусств способствует обобществлению эмоций. Говоря проще, она действует на многих людей сразу. Однако спроси я их, почему отдельные сочинения обладают этой бесценной властью в большей степени, чем другие, или не является ли вызванное ими чувство результатом крайне неверного представления об абстрактной красоте, не знаю, что бы они ответили. Функции искусства — это одно. Другое дело — его творения и их влияние. Или искусство следует полностью запретить, как советовал святой Климент Александрийский, или, если его воздействие считается полезным для широких масс, индивидууму нужно разрешить свободно играть с абстракциями, чтобы его создать. Ученые доктора материализма утверждают, что классовая борьба за спасение человечества должна быть достаточной абстракцией для любого художника. Может, и так. Культура может вырасти спонтанно на почве совершенствования масс, но таких признаков я не видел. Когда я спрашивал, мне отвечали только словами Христа: «Род лукавый и прелюбодейный знамения ищет, и знамение не дастся ему»[82]. Это разочаровывало. И всё же я упорно продолжал поиски. По просьбе Моргана я посмотрел два новых звуковых фильма, снятых на российских студиях. Российские фильмы революционного или эпического периода подавали большие надежды. Те, которые изображали нынешний период строительства, наоборот, несколько разочаровывали.

82 Евангелие от Матфея 16:4.

Первый назывался «Снайпер»[83]. Началось с того, что полк британских солдат в килтах из тряпок с радостными возгласами отправился на фронт под звуки «Типперери»[84], мелодию которой, как я впоследствии узнал, их научил петь Морган. Потом шла запутанная череда эпизодов на различных фронтах, в ходе которых Нейтральная земля внезапно превратилась в кукурузное поле, где женщин, собирающих урожай, которым доблестно помогала в трудах немецкая армия, расстреляли из орудий союзников. Наконец, сцена сменилась новой Россией, в которой рабочие определенного завода, за исключением одного молодого человека, на досуге учились стрельбе из винтовки. Этот персонаж, беспомощный юноша, слонялся с теннисной ракеткой, пока однажды не началось капиталистическое нашествие, и теннисная ракетка не пригодилась для защиты личности владельца или отечества. Мне фильм напомнил нелепые британские постановки, спонсируемые Имперским торговым советом[85], где цель была простой — укрепление связей между регионами Британской империи. Справедливости ради, скажу, что даже московская пресса громко осуждала подобную топорность. Другой фильм получил признание как национальный триумф и, по-видимому, приобрел популярность за рубежом, поскольку впоследствии я обнаружил, что его показывали в Константинополе и в Лондоне. Работа оператора в целом была хорошей, а местами и превосходной. Фильм назывался «Путевка в жизнь»[86].

83 Один из первых советских звуковых фильмов (другое название «Искусство убивать», режиссер С. Тимошенко), снят в 1931 году.

84 Популярная песенка Дж. Джаджа 1912 года, ставшая неофициальным маршем британских войск в Первую мировую войну.

85 Одна из организаций самоуправляющихся регионов и доминионов Британской империи, существовавшая в первой четверти XX века.

86 «Путевка в жизнь» — первый советский звуковой художественный фильм, режиссер Николай Экк (1931). В 1932 году фильм получил награду I Международного кинофестиваля в Венеции.

Тема фильма — спасение беспризорников, которые выросли как дикие зверьки и наводнили Россию со времен великого голода. Сначала показали, что они превратились в воров и разбойников. Однажды, когда они спали в подвале, их схватили и перевезли в заброшенную церковь за городом, которая со временем превратилась в мастерскую. Их постепенное перерождение в полезных членов общества происходило под руководством своего рода наставника скаутов, который стремился привить им школьное чувство гордости, и в этой благородной работе ему существенно помогал другой герой фильма, татарин, мальчик по имени Мустафа. Однако дурные привычки искореняются с трудом. Пока командир отряда скаутов был в отъезде, недовольные мальчишки, несмотря на противодействие друзей Мустафы, поломали станки, на которых работали. Наставник скаутов, вернувшись, не скрыл горечи, но вместо упреков достал из оберточной бумаги игрушечный поезд. Он поставил его на игрушечные рельсы, и, вдохновленные примером, воспитанники начали строить настоящую железную дорогу. Тем временем недовольная группа подростков обнаружила бревенчатую хижину в лесу, притон, где собираются проститутки и льется рекой водка. На это ужасное пиршество они заманили Мустафу и его друзей, теперь одетых в приличные костюмы. В разгар оргии ребята из отряда Мустафы по знаку командира достали револьверы, расстреляли бандитов и связали рыдающих растрепанных женщин. Наконец, железнодорожная ветка построена. В ночь перед открытием Мустафа едет по ней на дрезине, напевая татарскую песню. Занимается рассвет, щебечут птицы, и квакают лягушки. Но враг в засаде не дремлет. Дрезина опрокидывается, и Мустафу убивают. После некоторой задержки церемониальный поезд, управляемый теперь уже полностью преобразившимися мальчишками, отправляется в первое путешествие без Мустафы. Обнаружив его тело и благоговейно положив его на бегунковую тележку паровоза, они направляются к конечной остановке маленького городка. Радость сразу же сменяется горем. Хочу сообщить, что в реальной жизни Мустафа всё еще с нами. Москва теперь понимает, что он, в конце концов, живой человек и что у него более широкие интересы и удовольствия, чем те, что показаны в фильме.

В фильме были моменты настоящего торжества духовности, такие как «Татарская песня на рассвете». Для меня же впечатление было полностью испорчено назидательной нереальностью всей истории и катехизисом о добре и зле, на который зрителям пришлось откликаться, чтобы быть в курсе сюжета. Атмосфера фильма была похожа на книгу об Эрике, или «И снова о семье Фэйрчайлд»[87], с тем же очарованием изображения современного общества. Я отдал бы половину своего пребывания в России за то, чтобы заглянуть в сердца коллег-зрителей и выяснить, вдохновила ли их эта грубая антитеза материалистическим ценностям на подлинное эмоциональное благочестие или же они просто, как и я, утомились. Можно бесконечно продолжать список событий, доказывающих, что совершенно невозможно и с материалистической точки зрения нежелательно, чтобы какая-либо форма независимой, неполитической или неэкономической культуры когда-либо процветала на почве современной России. Мое внимание привлек один пример, который яснее и ярче других, выявил лживое и бесполезное мракобесие, к которому прибегает новая религия в целях самозащиты. В Москве проходит выставка представительной коллекции французской живописи[88]. Над входом в каждый зал размещены печатные объявления, которые призваны помочь оценить их менее искушенным посетителям. Прилагая подборку из этих заметок, я воздерживаюсь от комментариев, которые были бы не-

87 «Эрик, или И снова о семье Фэйрчайлд» — книга Фредерика В. Фаррара, первое издание 1858 года.

88 Государственный музей нового западного искусства, в основу которого были положены национализированные коллекции И. Морозова, С. Щукина и др., существовал в 1923–1948 годы, размещался по адресу: ул. Пречистенка, 41.

уместны для английского читателя и оскорбительны для моих русских друзей:

МОНЕ. Эпоха перехода от капитализма к империализму. Вкус промышленной буржуазии.

СЕЗАНН. Эпоха предварительного периода империализма. Вкус промышленной буржуазии.

ПИССАРРО И СИСЛЕЙ. Эпоха предварительного периода империализма. Вкусы промышленной буржуазии.

ГОГЕН. Вкус рантье.

КРОСС И СИНЬЯК. Вкусы мелкой и средней буржуазии под влиянием мелкой промышленной буржуазии.

ВАН ГОГ. Вкус мелкой буржуазии.

МАТИСС. Эпоха искаженного империализма. Вкус рантье.

(4) Хотя учение материализма приписывает художественное творчество гению массы и эпохи, а не личности, оно волей-неволей признает, что конкретные плоды творческого процесса на самом деле обязаны своей формой усилиям индивида, даже если его обязанности заключаются только в интерпретации и формировании вкуса и эмоций массы и эпохи, и что успешное выполнение этой задачи, какой бы обезличенной она ни была, требует от индивида определенной сосредоточенности и мышления, которые выделяют его из стада, таким образом, предполагается существование интеллигенции. «Мы, рабочие, создадим свою интеллигенцию»,—говорят настоящие партийцы. Вполне возможно, хотя, каким образом, ни они, ни я объяснить не сумеем. Каково бы ни было ее происхождение, интеллигенция будет сильно отличаться от рабочих и крестьян и станет подозрительным классом. Всякая бескорыстная мысль, которую мы считаем первым условием культурного развития, становится невозможной в России из-за ревности господствующей религии, но даже те представители интеллигенции, которые искренне придерживаются этой религии—«В нее нужно верить, иначе здесь жить нельзя»,—сказал мне сын бывшего землевладельца, ныне инженер,—даже они подвер-

жены системе сбивающих с толку препятствий, которые заставляют иностранного наблюдателя задуматься: а возможно ли адекватное выполнение задачи и получится ли в результате их усилий что-либо по-настоящему сто́ящее? Хочу подчеркнуть, что пишу здесь не о недовольных обездоленных, а о тех, кто искренне желает работать на новую систему и с ней вместе, но чьи профессии относят их к интеллектуальному классу.

Шестьдесят лет назад один из персонажей Достоевского следующим образом высказался о социальной системе, описанной другим:

> «У него хорошо в тетради, у него шпионство. У него каждый член общества смотрит один за другим и обязан доносом. Каждый принадлежит всем, а все каждому. Все рабы и в рабстве равны... Первым делом понижается уровень образования, наук и талантов. Высокий уровень наук и талантов доступен только высшим способностям, не надо высших способностей! Высшие способности всегда захватывали власть и были деспотами. Высшие способности не могут не быть деспотами и всегда развращали более, чем приносили пользы; их изгоняют или казнят».[89]

Пророчество несколько преувеличено, поскольку материализм очень нуждается в выдающихся талантах, и его представители это признают. Однако в нем есть многое из того, что может увидеть приехавший в Россию.

Менее удачливые наблюдатели, которые вынуждены полностью полагаться на превосходные удобства, предлагаемые российским туристическим агентством, остаются совершенно равнодушными к тому уникальному положению дел, которое наиболее четко отличает жизнь российского населения от жизни человечества в любой другой части земного шара. Такое положение дел заключается во всеобщей, всепроникающей практике шпионажа и подозрительности,

89 Из «Бесов». Цитата Рене Фюлёпа-Миллера в книге «Сущность и лицо большевизма». Реплика Петра Верховенского о Шигалеве.— *Примеч. авт.*

проводимой среди всех слоев материалистического общества. Ходят слухи, что каждый четырнадцатый житель России так или иначе является агентом тайной полиции. Правда ли, судить не берусь, но мой недолгий опыт показал, что даже самые смелые полеты фантазии покойного мистера Эдгара Уоллеса[90] не сравнятся с реальными волнениями, которые ежедневно посчастливилось испытывать русскому народу. Теперь, когда я вернулся в Англию, ни одно сообщение, распространяемое твердолобой прессой, не кажется абсурдным, чтобы в него не поверить, хотя в девяти случаях из десяти я всё-таки им не верю. Временами в России я начинал сомневаться в собственном здравомыслии, но ненадолго, беседы с теми, кто действительно пережил испытания, связанные с российским гражданством или видом на жительство, всегда помогали его восстановить. Заговорщики, саботажники, информаторы, кулаки, наемные убийцы, контрреволюционеры и постоянно возрождающаяся буржуазия, местная или иностранная, прячутся за каждым окном, играя отведенные им роли с неистребимой злобой вауриенов в «Пурилии» Элмера Райса[91]. Против мерзких созданий коммунистические идеалисты, члены незапятнанной элиты, собственно партии[92], ведут непрерывную войну. Это своего рода страна кино, где все персонажи заранее подготовлены, а Добро ярко сияет в вечной победе над Злом. Даже проститутки, которым запрещено объединяться в профсоюз, не могут процветать. Тайная полиция известна как ГПУ[93]. Обычно произносится

90 Ричард Горацио Эдгар Уоллес (1875–1932) — английский писатель, киносценарист и драматург, журналист, военный корреспондент. Более известен как Эдгар Уоллес. Основоположник литературного жанра «триллер».

91 Антиутопия популярного американского драматурга и постановщика Элмера Райса «Путешествие в Пурилию» (1929).

92 Организация насчитывает только два миллиона человек. — *Примеч. авт.*

93 Объединенное главное политическое управление (ОГПУ) при Совете народных комиссаров СССР — специальный орган государственной безопасности в 1923–1934 годах.

как «Гэпэу», но только иностранцами. Русские это слово не произносят никогда. Могут иногда шепотом намекнуть: «сами знаете кто», но обычно избегают всяческого упоминания. Я стал развлекаться, произнося роковые слоги в общественных местах, чтобы увидеть дрожь удивления и дурного предчувствия, появлявшуюся у всех, кто меня слышал. Однажды мы с моим спутником по рассеянности устроились в купе поезда, предназначенном для государственных курьеров. Первый из них, естественно, возмутился и, увидев, что мы не понимаем, указал на красные нашивки на воротнике.

— Ой! — сообразил я. — Так вы из ГПУ?

При этом даже он, работавший там, вздрогнул, словно я воткнул ему в спину булавку. В дальнейшем он проявил образцовую вежливость и готовность помочь, и даже проснулся в три часа ночи, чтобы проводить нас на выход.

У этой картины есть и другая, отталкивающая сторона. Следует помнить, что большинство тех, кто сегодня обладает реальной властью в России, — это люди, которых в юности преследовала царская охранка и которые прошли огонь, воду и медные трубы: сидели в тюрьмах, жили в ссылке в Сибири, и в них еще жив старый дух подозрительности и мести. Кроме Ленина и Троцкого, которые, может, и питали подобные чувства, но их созидательная энергия взяла верх. Сегодня Россией правят люди более низкого склада, люди, чье извращенное мировоззрение заражает весь Советский Союз духом злобы и недоверия. Воздух отравлен злом. Каждый человек живет в страхе перед ближним. Даже школьникам в букварях, по которым они учатся читать, советуют шпионить в своих деревнях. Я не преувеличиваю. Я беседовал с лицами, которых недавно вызывали на перекрестный допрос в ГПУ, и с жертвами ночных рейдов. Я узнал из первых рук о холодных казематах. Я обнаружил, что выдающиеся ученые, с которыми мне хотелось встретиться, «исчезли». Я лично столкнулся с жестокой инквизицией. Однако такие сведения были получены чисто случайно, самым непринужденным образом[94]. Мне слишком интересна неизменная Россия, какая она есть и всегда будет, и мне там слишком нравилось, чтобы рыскать в поисках зла. Наконец, после того, как Министерство иностранных дел умоляло продлить мое пребывание, какой-то неизвестный орган власти счел за лучшее не продлевать мне визу. «А что вы хотите, — подумал я, — сто́ит ли в стране, которая празднует Октябрьскую революцию в ноябре, удивляться тому, что Министерство иностранных дел не вправе выдавать собственные визы?» У меня нет намерения, да и не мое дело осуждать правительство России и духовенство материализма за содержание группы агентов и полиции, которые всегда считались необходимыми для поддержки правительства и религии страны. Исходя из исторических свидетельств, остается предположить, что русским народом и другими, населяющими страну, управлять может только деспотизм, основанный на шпионаже, и что без подобного органа в Российском государстве не обойтись. Я просто обеспокоенно отмечаю психологическое воздействие системы, жестокость которой в течение последних пяти лет неуклонно растет и основная тяжесть которой ложится в основном на плечи интеллигенции, не обязательно из-за подрывной деятельности, а из-за того, что это интеллектуальный класс. Именно таких людей выставляют к позорному столбу как врагов общества на показательных процессах. Каждое их слово и шаг ограничены страхом совершить «идеологическую ошибку». За их работой следят полуграмотные молодые партийцы. Численность интеллигенции постоянно сокращается, пополняя уральские лагеря, а их семьи страдают от жестокой неопределенности. Возможно, такие меры необходимы, —

94 О деятельности ГПУ Байрону рассказывали британский консул в Москве Д. У. Кин и корреспондент ряда англоязычных газет А. Т. Чолертон. Последний работал в СССР более двадцати лет, был женат на русской, ее родственники подвергались репрессиям. Чолертону принадлежит крылатое выражение о сути Московских процессов: «Там все было правдой, кроме фактов».

в их среде могут скрываться враги. Учитывая тяжелые условия, в которых работает интеллигенция, я удивился бы, если бы их не было, но не мне об этом судить. Однако что я хочу сказать и чем хотел бы поделиться с читателем, так это презрением к иностранным интеллектуалам, и особенно к англичанам, которые, видя в России образец социального и экономического планирования, кульминацию конструктивной политики, рай для молодежи, — короче говоря, модель, к которой должны стремиться все по-настоящему прогрессивные люди для спасения мира, — настолько опьянены восхищением, что не находят слов сочувствия для собратьев-интеллигентов, которые больше всего нравятся им в России и для которых нет ни места, ни надежды в системе, так привлекающей англичан. Придя к власти, система немедленно уничтожит жалких лицемеров, этих загипнотизированных дутой теорией ублюдков, прилично повысив за их счет доход, — вот единственное удовлетворение, которое я мог бы извлечь из ее внедрения в Англии. Эти фабианские[95] призраки, либеральные политики, редакторы-социалисты и женщины-поборницы мира — те самые люди, которые безостановочно предают анафеме тиранию Гитлера и его притеснение немецких интеллектуалов. В России, где строят не только социализм, но и собирают тракторы «Фордзон»[96], отношение к интеллектуалам не имеет значения: что значит свобода мысли, ученость или индивидуальное творчество рядом с возрождением «Великого немытого»[97], бедняка? Осмелюсь сказать, очень мало.

95 Реформистско-социалистическое движение в Англии, названное по основанному в 1884 году Фабианскому обществу, в свою очередь названному так в честь римского полководца Фабия Кунктатора, действовавшего медленно и вместе с тем неуклонно. Фабианцами были Б. и С. Веббы, Б. Рассел, Б. Шоу, Г. Уэллс, Д. М. Кейнс и другие.

96 Тракторы «Фордзон-Путиловец» выпускали в 1924–1932 годы в Ленинграде по американской лицензии.

97 «Великие немытые» — голытьба, бедняки. Пренебрежительное выражение, которое вошло в обиход в XIX веке, когда главной

В новом мире эти понятия не имеют ценности, так же как в старом не ценятся олицетворяющие их люди, которые отрекаются от них ради большевистской похлебки. Пусть лучше среди нас будет красный революционер, который попытается подстрекать к бунту войска и попадет за это в тюрьму, чем эти энтузиасты-русофилы, которые называют гибель себе подобных окончательным триумфом цивилизации. Как это ни жестоко звучит, можно утверждать, что старый интеллигент заслужил такую участь из-за душевной нерешительности и медлительности с присоединением к новому движению, когда оно пришло к власти. Под подозрение попадает не только старый интеллигент. Новые — изобретатели, проектировщики, инженеры, специалисты, редакторы, архитекторы, кинорежиссеры и им подобные, все пророки современной эпохи — страдают от невыносимого недостатка свободы. В 1930 году развязанная против них кампания ГПУ достигла такого накала, что власти начали подсчитывать убытки. Рыков[98] привел цифры, доказывающие, что неразумная политика препятствовала выполнению пятилетнего плана. Пока, наконец, Сталин, который становится реалистом, когда до него доходит правда, не отменил террор. Считалось, что ГПУ переходит все границы, в результате чего были приняты административные меры по уменьшению его власти. В то же время специалистам увеличили заработную плату. Очевидно, что с тех пор эти меры отменили, и террор возобновился, чтобы свалить вину за провал промышленных проектов на специалистов и иностранцев. В любом случае зло совершилось, и потребуется нечто боль-

целью бедных было просто утолить голод, а не забота о личной гигиене. Эдвард Джордж Эрл Литтон Бульвер-Литтон (1803–1873), английский писатель, придумал фразы «великий немытый», «погоня за всемогущим долларом», «перо сильнее меча».

98 Алексей Иванович Рыков (1881–1938, репрессирован, расстрелян), советский партийный и государственный деятель, председатель Совета народных комиссаров СССР в 1924–1930 годы, нарком почт и телеграфов в 1931–1936 годы.

шее, чем временные полумеры и терпимость, чтобы его исправить. Морис Хиндус спрашивает: «Может ли Россия взрастить таких же изобретательных, талантливых, творческих граждан, как капиталистический режим, который кладет к ногам каждого Форда, Розенвальда, Вулворта, Рокфеллера[99] все существующие в мире награды? В этом суть коммунистического вызова капитализму»[100]. На мой взгляд, суть не в этом. Национальный подъем по отношению к труду проявлялся почти у всех, кого я встречал, — даже у второстепенных действующих лиц спектакля, таких, как археологи и хранители музея, — он сам по себе награда. В чем сейчас кроется суть (писал Хиндус в начале 1929 года) и из-за чего всей системе грозит крах, так это в боязни ответственности, которая возникла в результате нелепой кампании против интеллигенции в последние пять лет. Один из иностранных специалистов в стране заверил меня, что, как только он покидает офис, уезжая в одну из частых деловых поездок, весь отдел полностью перестает работать из-за страха, сопровождающего принятие любого решения. Конечно, оговорился он, на пути выполнения пятилетнего плана не обошлось и без других трудностей, однако их можно было преодолеть. В идеологической и фактической опале интеллектуального класса он видел непреодолимое препятствие для успешного выполнения плана. И предсказал, что если не устранить психологические последствия последних трех лет, если, по сути, не прекратится классовая борьба, то строящиеся сейчас огромные заводы придется передать под управление иностранцев, иначе из-за их краха обанкротится государство.

99 Перечисляются крупнейшие семейства американских предпринимателей и филантропов.

100 «Человечность вырвана с корнем» (Humanity Uprooted; 1929. P. 82). [Морис Гершон Хиндус (Гиндус) (1891–1969) — русско-американский писатель, иностранный корреспондент, лектор, специалист по Советскому Союзу и странам Центральной Европы.] — *Примеч. авт.*

Завершая весьма неполный отчет о психологической атмосфере, в которой вращается и пытается выжить российский интеллигент, я хотел бы упомянуть два последних фактора, значение которых ни в коем случае нельзя недооценивать и которые в какой-то степени компенсируют перечисленные выше недостатки. Это русский патриотизм и парадокс, связанный с русским поклонением машине.

Интервенция союзников в Россию после окончания войны была самой бесполезной, бездарно проведенной и в дальнейшем пагубной авантюрой, которую только может показать современная история. Материалистическая философия выражала, по крайней мере, хоть какую-то разновидность интернационализма, даже если она означала только верность международному социализму. Из-за интервенции и отношения, которое от нее унаследовала зарубежная пресса, Россия оказалась в духовной изоляции от остального мира, которая сначала просто носила отрицательный характер, но теперь кристаллизуется в откровенный национальный эгоизм. Из-за общей невозможности путешествовать, переписываться с иностранцами или приобретать иностранные книги как образованные, так и полуобразованные русские искренне верят, что только в них самих сосредоточена прогрессивная мысль всего мира; это убеждение подтверждается согласием зарубежных энтузиастов. Такое положение дел, хотя и вряд ли способствует выгодному использованию мировых интеллектуальных ресурсов, поддерживает российского интеллектуала в его нынешних трудностях, ставя его, по крайней мере по собственной оценке, в авангарде человеческой деятельности. Более того, его тщеславию льстит огромное любопытство, которое продолжает вызывать его страна. Нет ничего неприятного в том, чтобы на тебя смотрели либо как на божество, либо как на спасителя, но не как на ничтожество из-за национальности. Кроме того, этот духовный шовинизм усиливается постоянными страхами перед войной. Читателю, может, трудно поверить, но однажды утром, выйдя на улицы Москвы, я обнаружил, что до сих пор вроде невзрачные трамваи украшены плакатами, призывающими мудрого гражданина, пока не поздно, купить себе противогаз. Ходили злые слухи, что армейские запасы оказались бракованными, и теперь предметы личной защиты пытались сбыть гражданскому населению по семь рублей за штуку. Как бы то ни было, ни один русский, похоже, не счел это предостережение абсурдным. «А как же интервенция?» — последовал неизбежный ответ. Реальное же объяснение заключается в том, что глубоко в сердцах населения живет более древний патриотизм, чем тот, который прививается материализмом, — патриотизм, который всегда связывают со Святой Русью. Мне рассказывали об одном вечере в опере примерно год назад, когда главный солист закончил партию, кульминацию произведения, словами: «БОГ СПАСЕТ РОССИЮ»[101]. Зрители вскочили в едином порыве и так бурно выражали чувства, что ходуном заходила крыша. Ликовали не старые христиане, а голос России, той самой, которая стояла и будет стоять до конца света. Парадокс, связанный со всеобщим обожанием машин, заключается в том, что культ нашел преданных приверженцев в самой немеханизированной стране мира. В начале нынешнего века, когда Западную Европу покорили русская литература и русский балет, мелькнула мысль, что обычный русский живет в романтических славянских сумерках, в вишневом саду собственной никчемности, где всё оправдывается заламыванием рук и ссылкой на темперамент. Сомневаюсь, всегда ли так было, теперь это определенно не так. Сегодняшняя российская некомпетентность — нечто упорядоченное, почти жестокое, презирающее оправдания и не ищущее их. Иностранцу не следует отпускать замечания по этому поводу, даже если его вынуждают обстоятельства: это считается дурным тоном. За неделю пребывания на Украине мы с моим спутником пережили не

101 И спасет их Господь Бог. Захария 9:17. Слова звучат в опере М. Глинки «Жизнь за царя» («Иван Сусанин»).

менее пяти железнодорожных аварий, в одной из которых — хотя, к счастью, это случилось с впереди идущим поездом — погибли девятнадцать человек и более сорока получили ранения. У нас глаза на лоб полезли, и только когда воспоминание о трагическом происшествии улетучилось, мы разразились неудержимым смехом и дразнили нашего гида до тех пор, пока бедняга почти не потерял веру в прогресс. «Неужто это страна пятилетнего плана?» — с непристойным скептицизмом вопрошали мы. Нашему вопросу не хватало великодушия. Ибо эти пять неудач точно объяснили, почему Россия является страной пятилетнего плана.

В другой раз, когда в конце путешествия меня не ждал корабль, я уже спокойнее обсудил вопрос с интеллигентным молодым евреем, его фамилия Лукницкий[102], который хорошо понимал мое отвращение к культу машин. Он пояснил: чтобы оценить его значение, нужно осознать, через что прошли русские в период гражданской войны, интервенции и великого голода. Когда в 1926 году первая партия иностранных туристов прибыла в Ленинград, потребовалось сорок машин, чтобы перевезти их в Царское Село. Нашли сорок довоенных автомобилей, и еще двадцать пять оставили в запасе. Тем не менее группа не доехала до Царского Села, находившегося примерно в тридцати километрах отсюда. Молодой человек рассказал, что, когда некоторое время спустя из Америки впервые после революции прибыли новые автомобили, по улицам за ними ходили толпы людей, чтобы прикоснуться, как будто ехал кардинал с протянутым кольцом[103]. Молодой человек тоже был там. И хотя он улыбнулся при воспоминании, он всё еще помнил восторг, который испытал, увидев первый грузовик российского производства в дей-

102 Сведениями о нем не располагаем; во всяком случае, это не П. Лукницкий — литератор, биограф Н. Гумилева и А. Ахматовой.

103 По средневековым традициям каждый, кто представал перед кардиналом или понтификом, в знак послушания ему и Католической церкви должен был приложиться губами к кольцу.

ствии. Потом он заговорил об отце, бедном нэпмане, которого арестовали после отмены Новой экономической политики, и с тех пор его никто не видел. Какую замкнутую жизнь вел отец, погруженный в семью и мелкий бизнес. И вот передо мной его сын, мой друг, участник великих событий, инициатор великой мировой силы — хотя и всего лишь туристический гид. Он счастлив. Я еще не видел никого, более довольного собой. И всё же юноша, благоговейно коснувшийся первого автомобиля «Форд», был таким же нетерпеливым и энергичным, как и я, когда в пронизывающий холод карабкался по шатким строительным лесам, чтобы изучить фрески новгородских церквей четырнадцатого века. Тем, кто, как я, считает нужным отпускать насмешки по поводу российского культа машины, не мешает вспомнить Англию сороковых и пятидесятых годов. Пусть они прочтут панегирик Маколея[104] фабрикам и железным дорогам страны, написанный языком художника, стоящего перед Парфеноном, и, прочитав, не презирают, а лучше позавидуют стране, которая в двадцатом веке всё еще может наслаждаться той смесью уверенности, новизны и волнения, которая породила наше собственное величие в девятнадцатом столетии. У нас было время извлечь выгоду из ошибок коренных материалистов, викторианских рационалистов и экономистов. Возможно, русские тоже выиграют, когда придет время. А пока воздух свеж и бодрит. Русская интеллигенция, как старая, которой удалось выжить, так и дети нового времени, испытывает на себе все недостатки, которые изобретают догматизм и зависть. Но, несмотря на это, они избегают главных изъянов, которые поражают интеллигенцию, — бездеятельности и самодовольства. Последнее и самое ценное, что у них есть, — это их страна. Они избежали безнадежной участи эмигрантов. В Москве я познакомился с одной дамой, представительницей старинной

104 Маколей Томас Бабингтон (1800–1859) — британский историк, политический деятель, публицист. Автор пятитомной «Истории Англии».

русской семьи, которая недавно вышла замуж за иностранца и, получив его гражданство, смогла выехать из России и навестить старых друзей в Париже и Риге. Дама сильно пострадала от большевиков — особенно в последние два или три года, но заверила меня, что после того, как испытала психологический бурбонизм[105], с помощью которого ее старые друзья поддерживают свои вялые надежды на реставрацию, ей было приятно думать, что она всё еще живет среди страхов и неудобств Красной Москвы. Поскольку она была патриоткой, они в конце концов сочли ее предательницей. Именно патриотизм, прежде всего, укрепляет веру образованных русских в то, что жить по-прежнему сто́ит.

Русская эстетика

Здесь уже объяснялось, что противоборство между Россией и Западом — нечто большее, чем конфликт между принципами собственности и индустриальной моралью. Слово «большевизм», лишенное тех вызывающих отвращение ассоциаций, которые столь любезно пропагандируются воображением тори, представляет собой не просто экономическую систему, но фундаментальный образ мышления, присущий русским. К этому образу мышления добавили всеобъемлющую философию, диалектический материализм, сознательно и разумно разработанную Лениным как орудие революции.

Основное положение этого вероучения состоит в том, что всё, воспринимаемое органами чувств, реально и что всё реальное содержит в себе зародыш естественного изменения. Такая доктрина, которую выдвигают механистические материалисты, по сути, мистическая в том смысле,

105 Психологический феномен, слепое отвращение к изменениям, происходит от имени династии французских королей, которые, согласно крылатому выражению, «ничего не забыли и ничему не научились» после их реставрации.

что она отрицает физические или химические объяснения изменений, а следовательно, и жизнь. Таким образом, она содержит великую практическую истину и хорошо приспособлена к нынешней функции религии, внешние проявления которой уже были кратко описаны. За этим, что более важно для понимания непростых отношений большевизма с внешним миром, стоит извечный всеобъемлющий русский эгоизм, который требует возрождения масс, а не отдельной личности, и приводит к самоанализу в жертвенном масштабе. В конце прошлого века, когда русская литература получила высокую оценку от западноевропейского читателя, последствия этого настроения едва ли осознавались. Как тема для Достоевского это было превосходно. Как тема для воплощения в практическую политику это не воспринималось всерьез, за исключением Центральной Азии, где опасения англо-индийских стратегов были окончательно развеяны англо-русской конвенцией 1907 года[106]. Наше родство с Россией было связано с русскими художниками, а не с провидцами, которых эти художники изображали. Теперь провидцы стали деловыми людьми. Их правление выпало на преходящий настоящий момент, и они хотели бы включить в него и нас. Только мы с этим желанием не согласны. Между тем эстетический гений народа, который когда-то вызывал у нас восхищение, еще сохраняется и расцветет снова, хотя трудно предсказать, в ближайшем или отдаленном будущем. Читатель, ищущий сведений об этом гении, возможно, уже почувствовал, что его втянули в лабиринт политических и экономических соображений, не иначе как злоупотребляя его доверием. Если он так считает, хотелось бы напомнить, что современная российская культура находится в зачаточном состоянии — если вообще была задумана; что главный интерес, который она представляет, скорее поле для

106 Договор о разграничении сфер влияния в Афганистане, Персии и Тибете, подписанный в Петербурге министром иностранных дел А. П. Извольским и послом А. Николсоном.

пророчеств, чем поле достижений; что даже ее зародыш скрыт оболочкой унизительного прошлого, на котором вырос неизбежный грибной урожай современных плагиаторов. И, если иностранный наблюдатель хочет разглядеть какие-либо признаки, самобытную жизнь, он должен искать, изучая личность образованного русского и ту эволюцию, которую он сейчас претерпевает. Об этой эволюции, о сопутствующих ей муках и умственном напряжении я попытался дать краткий отчет.

Полтора месяца — срок ограниченный, путешественник, приехавший в новую страну, составит о ней лишь поверхностное представление, и наиболее доступным ключом к культуре народа служит архитектура. В золотых куполах и маковках церквей, в кремлевских башнях, дворцах в стиле барокко, улицах в стиле ампир, в возрожденных музеях и железобетонных многоквартирных домах раскрываются история и характер русского народа. Я спрашиваю себя, какое будущее может возникнуть из столь несочетаемого прошлого и настоящего, которое символизирует разнообразная архитектура. И ответ нахожу в неизменном, безличном факторе, неподвластном времени и политике, который сыграет решающую роль в формировании большевистского вкуса к архитектуре и на котором должны основываться все пророчества в этом отношении: уникальная традиция цвета и формы, проявляющаяся в изобразительном искусстве России начиная с XI века. Архитектура, как наиболее плодотворный вид искусства, по сути, искусство массовое. Именно в архитектуре традиция или возродится, или окажется бесплодной, а вместе с ней и культура революции.

Бойкие западноевропейские знатоки часто называют русскую эстетику восточной. Конечно, она могла позаимствовать какие-то мотивы у мусульман и китайцев, но ее основной дух — чисто русский. Сходство с восточными видами искусства, какое проявляется в архитектуре или живописи, чисто поверхностное и проистекает из того, что все они преодолевали одни и те же трудности, которые обычно заключаются в пейзаже. Русский пейзаж не дает ни формы, ни цвета, ни теней с богатой фактурой. Поэтому понятную форму, яркий цвет и великолепие приходится обеспечивать искусством. Однако ландшафт не просто унылый. Его безграничные пространства и небеса, прозрачные летние облака и четкие очертания деталей на фоне зимнего снега — всё говорит о том, что его недостатки необходимо восполнить с помощью искусства. В нем скрыта сила, которая любит повествовать о грандиозном и монументальном. Для нее не существует ни непреодолимых трудностей, ни невыполнимых задач. Города строятся с размахом, соизмеримым с огромными бурлящими реками, на берегах которых стоят. В то же время в планах используется поэзия поля и деревни и крестьянская любовь к сказочному. Каким-то образом, благодаря народному гению, возникает эстетический порядок: будто на вечном заднем плане группируются здания, их окрашивают, внутреннее оформление подчиняется здравому смыслу. Лирическая нота отсутствует, здесь нет того сокровенного совершенства, которое проникает в потаенные уголки разума. Всё открыто, полностью доступно с первого взгляда, даже откровенно; нет ни скрытых приемов, ни экономии средств, тем не менее всё находится в определенных рамках и выдает любовь к благополучию, которая ничем не отличается от того же чувства на моем родном скучноватом острове.

Для средств архитектурной выразительности русские обычно заимствовали грамматику какого-нибудь иностранного языка и на ее основе создавали свой. Вначале обратились к византийскому стилю, который расширили, как расширяли и всё остальное, увеличив храмы до неузнаваемости и заменив аккуратные свинцовые своды и блюдцеобразные купола греков шлемообразными куполами и маковками. Со временем их позолотили, раскрасили и нанесли узоры; купола располагали на разных уровнях; воздвигали в несметных количествах, как лес, или раздували поодиночке до ошеломляющих размеров. Когда пришли татары, вокруг церквей выросли стены и башни татарского образца, окаймлявшие местные кремли и укрепленные монастыри.

Их сменили итальянцы, позже обрусевшие похлеще самих русских. Привнесенные иностранцами венецианская готика, классические пилястры и аркады, балконы с резными панелями, искусная рустовка[107] и обилие фаянса дополняли русскую гармонию. Иностранцы, принимавшие российские цели, находились на привилегированном положении, вроде специалистов, нанятых сегодня в рамках пятилетнего плана. Освободившись от суровых канонов своих стран, они с головой окунулись в русскую любовь к фантазии, планировали и строили с подчеркнутой оригинальностью, которая становится не менее логичной благодаря размерам. Местные мотивы, яркие краски и вездесущие «луковицы» от иностранного вторжения ничуть не пострадали, лишь расцвели заново, как растения в ухоженном саду. Собор Святой Софии XI века в Великом Новгороде[108], построенный под непосредственным влиянием греков, имеет меньше специфически русского характера, чем буйные и пестрые церкви XVI века, выросшие за два столетия итальянского господства, такие как в Ярославле или Подмосковье. Во время правления Петра Великого, которого Ленин называл своим духовным предком, начался новый, более методичный про-

107 Рустовка, также рустика (от *лат.* rusticus — «деревня; простой, грубый, неотесанный») — в архитектуре облицовка внешних стен здания или некоторых пространств на них четырехугольными, правильно сложенными и плотно пригнанными один к другому камнями, передняя сторона которых оставлена неотесанной или отёсана очень грубо, и только по краям обведена небольшой гладкой полосой. Термин «руст» обозначает либо сам камень, либо разделительную полоску между камнями.

108 Пятинефный крестово-купольный храм в Новгороде, построенный в середине XI века. Аналогичную архитектуру имеют только храмы того же периода — Софийские соборы в Киеве и Полоцке, церковь Ирины и Георгия в Киеве. В 1929 году богослужение в Новгородской Софии запретили и открыли там Антирелигиозный музей.

цесс ориентации на Запад. Церкви и жилища знати строили в стиле барокко. Растрелли[109], архитектор Зимнего дворца и Царского Села, покрыл Россию колоссальными колокольнями, возвышающимися скоплениями арок и колонн, но такими же исконно русскими, как монастыри, в которых они стоят. Затем в моду вошел ампир, который русские, хотя и по-прежнему зависели от разработок итальянцев, особенно полюбили, и он прижился. Куда ни глянь, повсюду бесконечным потоком росли государственные здания. Для них даже изобрели государственную цветовую гамму — ровный желто-коричневый цвет, на фоне которого колонны и орнамент выделяются белым цветом. Сохранились башни, огромные шпили, такие как у Ленинградского адмиралтейства[110]. В то же время появилась очаровательная домашняя архитектура, массивная и малоэтажная, будто отечественные архитекторы всё еще использовали для фронтонов и колонн балки и бревна. Орнамент смелый, но не витиеватый на немецкий манер, пространство заполнено настолько, что создается либо узор, либо почти преувеличенно индивидуальный элемент, в котором всегда есть смысл. В прошлом столетии русские, как и мы сами, становились жертвами распространенного культурного возрожденчества. Под влиянием столь разнообразного прошлого создавались самые гротескные и необычные сооружения. Дворцы Виттельсбахов[111] или изобретения сэра Гилберта

109 В.В. Растрелли (1700–1771) — знаменитый русский архитектор из обрусевшей итальянской семьи, один из основателей елизаветинского барокко.

110 Здание Главного адмиралтейства было заложено в 1704 году, дважды перестраивалось (1738 и 1823 годы), но в основе своей облик его был неизменным, соответствовал первоначальным чертежам, утвержденным Петром I.

111 Виттельсбахи — немецкий феодальный род, с конца XII века и до конца Первой мировой войны правивший Баварией, Курпфальцем, а также некоторыми близлежащими землями. Байрон имеет в виду в первую очередь постройки, инициированной эксцентричным баварским королем Людвигом II.

Скотта[112] кажутся палладианскими[113] в своей простоте по сравнению с неославянскими ратушами и музеями в кремлевском стиле. Тем не менее врожденное чувство русских к монументальному, их долгая практика упорядочивания фантазии, общее отсутствие эстетических запретов и любовь к ясности наделили эти здания достоинством, неизвестным их современникам в других странах, которое под волшебным покровом снега достигает почти очарования. Это, конечно, был «предварительный период империализма». Наконец, когда разразилась Англо-бурская война, с Запада хлынул поток art nouveau — модерна, уничтоживший последние остатки здравомыслия и вкуса. В России стиль принял форму настолько причудливую и нелепую, что это спасло его от самодовольного субурбанизма[114], свойственного его проявлениям в других странах. Наступает десятилетний перерыв. Когда занавес поднимается, появляется Мавзолей Ленина и безликие, но всё еще монументальные бетонные сооружения новой индустриальной эры. При выборе цвета русские всегда полагались на ровные, четко очерченные поля. Оттенки выразительны, почти как у стихий, но природный вкус людей, их умение сочетать и переплетать различные цветовые области в сбалансированном ритме, а также гигантские пространства, на которых в архитектуре исполь-

112 Сэр Джордж Гилберт Скотт (1811–1878) — английский архитектор эпохи готического возрождения. Автор многих культовых сооружений, в том числе мемориала принца Альберта и здания Министерства иностранных дел и по делам Содружества в Лондоне. По его проектам также были построены Кафедральный собор Святой Марии в Глазго, главное здание Университета Глазго, Кафедральный собор Святой Марии в Эдинбурге и часовня Королевского колледжа в Лондоне.

113 Палладианство или Палладиева архитектура — «стилевое течение раннего классицизма, выросшее из идей итальянского архитектора Андреа Палладио (1508–1580)». В западноевропейской историографии — палладианизм (*итал.* palladianesimo), в русскоязычной традиции — палладианство.

114 Субурбанизм — социальные и культурные характеристики, типичные для людей, проживающих в пригороде.

зуется цвет, предотвращают появление фальшивой народности в живописных и фотографических репродукциях. В этой сфере деятельности, более, чем в другой, русские сохранили византийское наследие, о чем свидетельствуют иконы. Однако и здесь они снова добавили собственный принцип откровенного призыва к взору, а не к разуму. Тот же принцип, примененный в цвете архитектуры, выживший в XIX веке, сегодня можно увидеть на ленинградских улицах, где нынешние власти не только сохранили и обновили старый правительственный желтый — говорят, цвет предложил итальянец, которому он напоминал солнце[115], — но и занялись реставрацией дворцов знати, восстанавливая оригинальный нарядный вид. Цвет в архитектуре должен демонстрировать нечто большее, чем просто нарядность. Без богатства текстуры и материала он становится таким же утомительным, как вечная пантомима. Ни один народ не понимал эту заповедь лучше, чем русские, и ни одна страна не имела столько средств для ее реализации. Сусальное золото для куполов они всегда могли себе позволить. В XVIII и XIX веках русские щедро украшали интерьеры и экстерьеры бронзой и латунью, столь же обильно, как в других странах используют штукатурку, но славу России, с точки зрения зодчего, составляют родные каменоломни. Разнообразие мрамора и блестящих лабрадоров, мелкозернистых порфиров и гранитов, камней еще более тонкой текстуры — настолько тонкой, что при полировке они выглядят как металл, — и ее полудрагоценных сортов, таких как ляпис и малахит, неисчерпаемо и до сих пор почти не использовалось. Здесь такое многообразие оттенков, любая текстура, которые могли бы понадобиться архитектору.

Из бесед с известными московскими архитекторами я выяснил, что в настоящее время разрабатывается официальная архитектурная политика, которая в конечном итоге избавит Россию от серого функционализма нынешней эпохи и снова позволит свободно проявить себя гению

115 Имеется в виду В. В. Растрелли.

страны. Выдающимся образцом, как это переводится на язык материализма, является Мавзолей Ленина работы архитектора Щусева. Как я уже упоминал, мастер добился успеха не за счет какого-то компромисса с прошлым — ибо более безжалостный, более бескомпромиссный памятник едва ли был воздвигнут со времен пирамид, — а за счет гармонии цвета с окружающим пейзажем. Перед встречей с главными архитекторами Москвы я ознакомился с представленными со всего мира проектами нового Дворца Советов[116], который должен занять место недавно взорванного «покойного храма Христа Спасителя». Место находится в самом центре Москвы и вплотную примыкает к Кремлю. Я обеспокоился крайне скудной фантазией, проявленной на протяжении конкурса: возможно, проекты, выполненные в виде газометров или упаковочных ящиков, и подходят для фабрик и даже жилых домов, но такая архитектура неизбежно изуродовала бы центр Москвы до неузнаваемости, как это, впрочем, уже удалось небоскребу ЦИК[117] на другом берегу реки. Когда я высказал опасения архитекторам Щусеву и Гринбергу[118], оба ответили, что, хотя

116 Дворец Советов — неосуществленный проект строительства высотного административного здания в Москве для проведения сессий Верховного Совета СССР. План архитектора Бориса Иофана предполагал, что высота Дворца Советов вместе с венчающей его стометровой статуей В. И. Ленина составит 415 м. Планировалась его построить на месте взорванного в 1930 году храма Христа Спасителя.

117 Возможно, Байрон имел в виду конструктивистское здание, построенное архитектором В. М. Маятом в 1927 году на ул. Ильинка для акционерного общества АРКОС. После англо-советского кризиса, спровоцированного деятельностью АРКОСА, в здании размещались советские учреждения.

118 А. З. Гринберг (1881–1938) — крупный советский архитектор-конструктивист, один из основателей Ассоциации новых архитекторов (АСНОВА) и Объединения архитекторов-урбанистов (АРУ), с середины 1930-х годов отошел от работы вследствие критики. В 1935 году Байрон осматривал в Новосибирске строившийся по первоначальному проекту Гринберга Дом науки и культуры.

призы распределят, как и обещано, власти решили не использовать ни один из проектов по тем самым причинам, которые я выдвинул, и сейчас ищут другие идеи, поскольку современный железобетонный стиль совершенно не соответствует достоинству великой столицы или российскому пейзажу. Одним из главных соображений при выборе нового дизайна было бы использование цвета и благородных уральских камней, благодаря которым современное здание, каким должен быть Дворец, избежит диссонанса с несравненным историческим окружением. Немало русских страдают косностью мышления, чтобы рассматривать такой диссонанс как саму цель художественных усилий. Эти жертвы материалистической новизны не в состоянии отличить «диссонанс» от «различия». Первое — плохо. Второе может быть плохим. Но также может означать контраст между равными по художественным достоинствам, который обеспечивает высшую форму интеллектуального стимула и сам по себе содержит основу гармонии между сравниваемыми памятниками. Пусть новая архитектура во что бы то ни стало будет другой. Только пусть этим занимается взрослый, а не малый ребенок. Когда через несколько лет Дворец Советов наконец возведут, можно будет увидеть, насколько продвинулся большевистский вкус в этом решении и насколько эстетический гений страны оправился от потрясений последних пятнадцати лет.

Москва

Познакомив вас с интеллектуальным и эстетическим фоном, который я увидел, теперь расскажу о путешествии и обнаруженных сокровищах.

Турист едет в Испанию, чтобы увидеть Испанию, в Италию, чтобы увидеть Италию, но в Россию он едет, чтобы увидеть большевизм. Я поехал в Россию, чтобы посмотреть Россию. Когда я это говорю, люди меня не понимают и хотят узнать, выполнят ли успешно пятилетний план, будто я инженер или экономист и всё объясню. Настоящий интеллектуал, на мой взгляд, справится с такими вопросами. Никогда в жизни не видевший завода, разве что снаружи, он идет в турагентство «Интурист»[119], проводит три недели, глазея на заводские конвейеры, изобретенные в Детройте, и, вернувшись, провозглашает зарю человеческого счастья. Тем временем его полная противоположность, консерватор, сидит дома, исступленно размышляя о жуках в сливочном масле. За этим туманом энтузиазма и предубеждения Россия, которая была, есть и будет, исчезает из поля зрения мира. Пейзаж, население, привычки мышления и поведения, здания, произведения искусства, новое и старое, но рассматриваемое всегда неотделимо одно от другого, — именно это, а не скучное зрелище строительства социализма, должно привлекать внимание путешественника. Обычному путешественнику развлечения не нужны. Он стремится в рай или ад, отыскать истину или выявить ложь, и настроен крайне решительно. Лично для меня большевизм менее привлекателен, чем политические системы других стран, главным образом потому, что он более навязчивый и более шовинистский, а еще потому, что он рассматривает иностранца либо как объект для пропаганды самого скучного рода, либо, если это не вызывает серьезного возражения, как еретика, к которому относятся с глубочайшим подозрением. Тем не менее в целом Россия может многое дать путешественнику, который хочет расширить познания и делает это умеючи, не принимая желаемое за действительное, а видя то, что происходит на самом деле. Прошлое, настоящее и будущее непрерывно взаимодействуют, быстро и осознанно, как в фильме, новизна и масштаб которого не имеют себе равных ни в одной другой части современного мира. У меня почти не было времени на критику. Я только наблюдал и был благодарен, что мне разрешили всё посмотреть.

Пресловутая байка путешественника обязана величайшими чудесами великолепию заморских властите-

119 Государственное акционерное общество «Интурист» было основано в 1929 году.

лей, церемонным ритуалам и манерам, используемым для выражения власти одного над многими. На сегодняшний день самая невероятная из всех историй повествует о власти многих над одним и столь же очевидном отсутствии не только помпезности и церемоний, но и элементарных удобств, которыми до сих пор пользовались по всему миру те, кто родился в богатстве или им вознагражден.

В других странах социальная структура возвышается в форме пирамиды. В России пирамида перевернута: вершина, ныне сведенная к интеллигенции, уткнулась носом в землю, а на ней ненадежно балансирует сокрушительная орда работников физического труда, облеченных строгими, но не всегда некрасивыми символами их нового суверенитета. Это гигантское основание сейчас поднято в воздух, в то время как техники внизу пытаются соорудить для него устойчивую основу, которая делится на две группы: верхняя — политически сознательный городской пролетариат, нижняя — недовольные политикой крестьяне. Верхняя, хотя и в меньшинстве, обладает властью. Именно она обеспечила силу, которая провела великий эксперимент, из ее рядов набрали Коммунистическую партию, насчитывающую около двух миллионов человек и формирующую аристократию веры. Вера в конечный успех эксперимента вдохновляет, а затем приводит в исполнение решения руководителей центрального, федерального и провинциального уровней. Организм, рожденный верой одного человека, Ленина, живет ею, ибо материальные успехи еще не достигнуты.

В настоящее время вера сильна, а ее источник — город Москва. Туда, как в новый Иерусалим, прибывают паломники из всех уголков земли, кто поклониться, кто спросить. Стоит лишь прогуляться в тишине по ее улицам, чтобы понять: здесь общество, подобного которому мир ещё не видел. Пройдитесь по Китай-городу, деловой и административной части города, в пять часов зимним днем, когда служащие расходятся по домам. На улицах полно народу, трамваи переполнены и снаружи увешаны гирляндами людей. Все носят валенки, ходят быстро короткими шагами по скользким ледяным кочкам. Когда две группы переходят дорогу с противоположных сторон и сталкиваются посередине под носом у встречного трамвая, возникает общая неразбериха.

Оживленная толпа слишком занята. Невосприимчивая к человеческому контакту, она толкается в тишине, не отрывая глаз от тротуара, будто каждая молекула стремится оказаться в пункте назначения раньше собратьев. Прогуливающийся иностранец ощущает странную изоляцию, своего рода враждебность, исходящую не от отдельного человека, который обычно любезен, когда к нему обращаются, а от безликой массы, претендующей на власть над индивидом. Так, наверное, чувствовал себя христианин в Константинополе в XVI веке, когда ислам был в расцвете высокомерия. И это первое, что должен осознать иностранец в России, если хочет по-настоящему увидеть Россию. Если он обоснованно не верит в ее цели и не вдохновлен доктриной и практикой марксизма как единственного средства спасения человечества, если не обнаружит в себе не только восхищение смелостью российского эксперимента и перенесенными при его проведении трудностями, но и убежденность в том, что сам охотно помог бы принятию его остальным миром: тогда, как бы он ни был преисполнен любви к человечеству вообще и к русским в частности, он враг России и, пока он здесь, сам находится среди врагов. Интеллигенция других стран ошиблась, поверив, что страны встретятся на полпути. Это невозможно. Спорт, интеллектуальные интересы, юмор или поразительное дружелюбие, вызванное водкой, создают ничейную территорию, на которую совершают вылазку обе стороны, чтобы похоронить догматы и обнаружить, что они представители одного и того же вида. Перемирие лишь временное. Бесчисленные книги о России, выпущенные за последние два-три года, производят противоположное впечатление именно потому, что экскурсионные туры, в которые отправились их авторы, просто продлевают перемирие на определенное количество недель, и впечатления, передаваемые этой литературой, совершенно обманчивы.

До поездки в Россию у меня не было предвзятого представления о таком положении дел, на самом деле безумная пропаганда, распространяемая политиками, обнадеживала, что личный контакт преодолеет барьеры, которые, как мне казалось, существовали только в воображении консерваторов. Обнаружив, что барьеры присутствуют на самом деле в форме религиозного фанатизма, требующего беспрекословной преданности, и что революционный жаргон, столь гротескный издалека, представляет жизненно важное вероучение, я был потрясен и даже восхищен. Кто в наши дни презирает тех, у кого есть цель, которой они следуют? Более того, это неизменно подбадривало. Меня, англичанина, рожденного со всеми преимуществами наследственности и возможностями, которые предлагает современный мир, весьма отрезвило то, что на меня внезапно стали смотреть как на отпрыска ядовитого гриба. Как путешественник, я признаю своеобразную пользу большевизма: уж он смывает слои самодовольства, накопленные за жизнь в цивилизованных, я бы сказал, слишком цивилизованных западных столицах. И в то же время пробуждает новую воинственную веру в будущее западной цивилизации и решимость никогда не жертвовать индивидуальной целостностью мышления перед славянскими идеологами, которые, найдя Спасителя на Западе, как мы нашли его на Востоке, ввергли бы мир в новые Темные века, чтобы подвергнуть испытанию его убеждения.

Хотя всё это дает пищу для размышлений, на первый взгляд государство рабочего класса, где собственность, удобства, качество и заработная плата сведены до минимума, может показаться скучным и угнетающим. Могло бы, но вы в неизменной России, где происходят исторические события, России, которая носит новый организм, словно плачущего, сосущего грудь младенца. Мать и дитя неразрывно связаны. За плачем и пролитым промышленным молоком скрывается великая страна, любящая размах и украшенная прежде всего замечательной столицей. Ни в Риме, ни в Париже вы не найдете ничего подобного московской Красной площади по красоте ее формы, цвета и пропорций. А что касается Кремля, треугольник зубчатых розово-красных стен которого образует кольцо протяженностью в два с половиной километра, чьи девятнадцать разных, но уникальных башен охраняют дворцы, церкви и казармы, там есть место как сокровищам прошлого, так и правительству настоящего. Кремль, этот зримый символ российской истории, находится совершенно за пределами предыдущего визуального опыта, настолько великолепен масштаб, в котором представлены цвет и фантазия.

Вдали от известных памятников мрачноватые торговые улицы на первый взгляд внимания не привлекают. То, чего им не достает в показухе, возмещается отсутствием полупохабной, полуснобистской вульгарности, без которой не обойтись для рекламы и продажи товаров на Западе. Те, кто знал этот город лет двадцать назад, с сожалением вспоминают лихие тройки, лотки со сверкающими драгоценностями и лавочников, кланяющихся покупателям у порога. Сегодня только самые важные магистрали вымощены как следует. Их планировали как «образцовые», с общеизвестной целью — произвести впечатление на иностранцев иллюзией процветания, ибо русские, несмотря на самомнение, страдают от тщеславия, как дебютантки на международной сцене.

Витрины магазинов, чудесным образом составленные из простейших товаров, смотрятся довольно жизнерадостно, толпы покупателей в больших магазинах, конечно, не производят впечатления нуждающихся, хотя на их лицах и написано беспокойство. Магазины Торгсина[120] — отличная приманка. Раньше они обслуживали иностранцев, но теперь открыты для тех россиян, которые

120 Всесоюзное объединение по торговле с иностранцами (1930–1936) обслуживало через сеть своих магазинов иностранных граждан и советских граждан, «имеющих валютные ценности».

могут расплатиться иностранной валютой, а те, кому это недоступно, с завистью глазеют на витрины. С тех пор как россиянам разрешили получать деньги от друзей или родственников за рубежом, в эту организацию хлынули миллионы, чтобы помочь правительству оплачивать зарубежные счета. Других магазинов класса люкс в стране нет, хотя предметы роскоши в них продаются те, которые может купить в выходные английский рабочий. За исключением тех случаев, когда мне требовалась новая пара утепленных зимних ботинок или жестяная коробка печенья в дорогу, мой интерес к заведениям Торгсина ограничивался антикварными отделами. Как и следовало ожидать, там были прекрасные иконы, но произведенные в России артефакты XVIII и XIX веков неожиданно удивили. Вместо витиеватой французской элегантности, производимой в тот период Германией и Центральной Европой, русская мебель и предметы роскоши отличаются индивидуальностью и качеством, характерным для современной Англии. В России очень любят яркие краски и позолоту, часто сочетают золото и бронзу с редкими и незнакомыми породами дерева, как карельская береза, и с теми великолепными уральскими камнями с плотной текстурой, из которых малахит одновременно самый известный и наименее декоративный. Природный вкус хорошего замысла не позволяет этому богатству выродиться в простую вычурность. К сожалению, руководство Торгсина имеет весьма странное представление о текущей рыночной стоимости и решительно настроено на то, чтобы никто не покупал по выгодной цене, поэтому приобрести хоть что-нибудь совершенно невозможно. С другой стороны, букинистические магазины, которых полным-полно, предоставляют знатокам неисчерпаемые охотничьи угодья, где роскошные довоенные издания санкт-петербургских издательств по русскому, византийскому и среднеазиатскому искусству, недоступные в других местах, можно заполучить примерно за четверть их рыночной стоимости. Иногда встречаются редкие английские издания, и в одном магазине я наткнулся на серию великолепных акватинт «Санкт-Петербург» Патерсена[121], которые до войны стоили от двадцати до тридцати фунтов стерлингов каждая, а теперь распродавались по цене от одного фунта до десяти шиллингов. Хотя встретиться с русскими невозможно, кроме как по важному делу, московский день приятно разнообразен. Первая трудность заключается в том, чтобы определить, какой сегодня день, поскольку названия нашей семидневной недели устарели[122]. Намечаете дату и, когда оказывается, что она делится на шесть, понимаете, что этот день выходной, и все дела откладываются. Однако, если вам удастся вспомнить, когда выпадает христианское воскресенье, можно сходить на рынок. Самый крупный из них — Сухаревский[123], широко известный как «барахолка» или «толпа», по вполне понятным причинам. Я отправился туда с дочерью норвежского министра, которая проявила по-настоящему бойцовские качества, когда мы пробирались сквозь толпу. Мы буквально продирались, поскольку земля заледенела, снег замерз, причем неровно, и был покрыт лужами, устоять на ногах получалось лишь потому, что падать было некуда. Если после того, как кто-то резко бил по

121 Б. Патерсен (1750–1815) — шведский художник, с 1787 года работавший в России; известен своими городскими пейзажами (ведутами).

122 Первого октября 1929 года в СССР появился реформированный календарь. Его задачей было уничтожение христианского религиозного недельного цикла с пятницами, субботами и воскресеньями. Дни лишались традиционных названий. Их нумеровали — первый день пятидневки, второй день пятидневки и т. д. Люди работали четыре дня, а на пятый отдыхали. В конце 1931 года пятидневная неделя была заменена на шестидневную с фиксированными днями отдыха, которые приходились на 6, 12, 18, 24 и 30-е числа каждого месяца. Работать нужно было теперь пять дней, а на шестой отдыхать.

123 Так называемый Ново-Сухаревский рынок работал в 1925–1930 годы, здание его главной конторы — один из шедевров конструктивизма (архитектор К. Мельников). Затем рынок был ликвидирован, но там продолжалась стихийная торговля.

ребрам двоих или троих, мешающих пройти, толпа расступалась, человек либо бросался вперед, на шею врагу, либо падал к его ногам. Половину толпы составляли торговцы, другую — покупатели. Продавцы просто стояли, устремив взгляд в вечность, и держали товары на уровне плеч. И какие товары! Торговались подолгу из-за порванных кофточек, поношенных калош, грязных воротничков рубашек. Какой-то торговец, когда мы проходили мимо, плюнул нам вслед. Спутница сказала мне, что слышала — хотя и не могла полностью поручиться за это, — что однажды был замечен торговец, продававший лишь один товар — карту туз пик. В конце концов мы добрались до кабинок фотографов. Хотя из соображений гигиены мы не стали надевать алые с золотом казачьи мундиры, в которых обыкновенно позировали натурщики, перед декорациями итальянского сада с дирижаблем, парящим над кипарисами, устоять было невозможно. Мы встали перед устройством, похожим на инкубатор Хита Робинсона[124], и те, кому посчастливилось увидеть результат, никогда его не забудут. С Сухаревского мы отправились на Арбатский рынок, небольшой по размерам, где обездоленные классы продают сокровища, которые у них сохранились: иконы, кружева и ювелирные украшения. Здесь же мы познакомились с директором антикварного отдела Торгсина, который, как и мы, искал выгодные предложения. Там мы сели в трамвай. Это утверждение может показаться неинтересным. Само действие напоминало игру «Итонский пристенок»[125]. После того как несколь-

124 Уильям Хит Робинсон (1872–1944) — английский художник и иллюстратор, известен рисунками придуманных им затейливых и бессмысленных технических устройств, например: кресло для удаления бородавок на макушке; машина для поливания орущих под окнами котов и т. д. Имя его стало нарицательным.

125 В эту игру играют с 1766 года всего один раз в год — 30 ноября. Чаще всего матч заканчивается ничьей со счетом 0:0. Игра проводится у стены, построенной в 1717 году (отсюда ее название). Площадка для игры — площадь шириной 5 метров и длиной 110 метров, то есть вся длина этой старинной стены. Участвуют

ко боевых попыток были отбиты с серьезными потерями, мы поднялись на платформу водителя, куда допускаются только беременные женщины. Затем маленький старичок хлопнул дверью по руке моей спутницы, которая была таким образом прижата, как Джейн Дуглас[126], защищающая свое первенство.

— Черт побери, — разозлившись, сказал я по-английски, — разве можно так поступать с женщиной?

— Ну-ну, — ответил обидчик тоже по-английски, — не надо так говорить, потому что я всё понимаю. Пожалуйста, простите. Я слепой.

При этих словах меня охватили угрызения совести, и, чтобы загладить вину, мы высадили бедного старика из трамвая в пункте назначения и объяснили дорогу.

В тот вечер я отправился в «Метрополь» в компании холостяков[127], чтобы «посмотреть на жизнь». В отличие от Индии, где после наступления темноты нельзя выходить из спальни иначе как в вечернем платье, я сменил буржуазный смокинг на пролетарский повседневный костюм. Прибыв в отель, мы проследовали в апартаменты,

две команды. Цель игры — протащить мяч вдоль всей стены от одного его конца до другого. Одна команда защищает стену, другая пытается протащить мяч. Игра длится два тайма по 30 минут.

126 Возможно, имеется в виду знаменитое судебное дело Британии XVIII века. В семействе Дугласов не было потомков ни у пожилого герцога Арчибальда, ни у его незамужней сестры и наследницы Джейн. В случае, если бы она осталась бездетной, то большая часть состояния и титулы должны были перейти к родственникам Дугласов — Гамильтонам. Но в почтенном возрасте Джейн забеременела от своего морганатического мужа и родила близнецов, что положило начало долгой судебной тяжбе между братом и сестрой, а затем Гамильтонами и сыном Джейн Дуглас — Арчибальдом. Судебные разбирательства сопровождались полемикой в европейской печати и даже народными волнениями.

127 Алан Уокер, первый секретарь посольства, и У. Уолтон, третий секретарь, который встречался с балериной ГАТОБа.

похожие на Хрустальный дворец[128]. По всему гигантскому залу через равные промежутки стояли огромные фонарные столбы, на каждом из которых висела корзина с двумя или тремя сотнями голых электрических лампочек. На возвышении тридцать цыганок с искусственной живостью под стать современному кабаре демонстрировали голоса и ножки. Посреди площадки монотонно бил фонтан, в аквариуме под ним плавал карп, чьи движения были скрыты внезапными вспышками цветных огней. Позже приехал эстрадный оркестр. В компании с несколькими другими я пошел танцевать с девушкой из Ленинградского балета[129]. Далее мы перешли в бар, где открывался потрясающий вид на бутылки (и цикламены с бантиками), которому позавидовал бы даже Шанхай. За всем этим ожили барменши Ренуара и Тулуз-Лотрека, настолько совершенные в своем типаже, такие очаровательно пухленькие и похожие на персик, такие мастерски застенчивые, что их, возможно, готовил к этой роли мистер Кокран[130], гримировал мистер Кларксон[131], а позировать учил профессор Рейнхар[132]. В половине четвертого мы вышли в тишину заснеженных улиц на холодный морозный воздух. На другой стороне Театральной площади мы увидели дремавшего в санях извозчика. Он си-

128 Хрустальный дворец был возведен из деревянных рам, листового стекла, железа и чугуна для Всемирной Лондонской выставки 1851 года в Гайд-парке, затем перенесен в Сайденхем (Лондон), где находился до 1936 года, когда сгорел дотла.

129 Государственный академический театр оперы и балета, прежде и в настоящее время — Мариинский.

130 Чарльз Блейк Кокран (1872–1951) — английский импресарио и режиссер. Ставил популярные мюзиклы и пьесы в 20–30-х годах XX века.

131 Уильям Кларксон (1861–1934) — гример, прославился изготовлением театральных париков.

132 Макс Рейнхардт (1873–1943) — знаменитый австрийский театральный деятель, один из наиболее влиятельных режиссеров первой половины XX века; после прихода к власти нацистов вынужден был покинуть Германию и Австрию.

дел, кутаясь в большой синий тулуп, и на бороде у него поблескивали сосульки. Мы разбудили его, устроились поудобнее под пледом, завернули за угол у Исторического музея и галопом помчались на Красную площадь. Над Мавзолеем Ленина на зеленом куполе над розово-красными кремлевскими стенами развевался красный флаг — символ суверенитета спящих москвичей. Однако спали не все. Когда мы добрались до реки, из переулка, покачиваясь, вышла компания из пяти человек, они играли на балалайке и тихо напевали в ночи, как будто стоял июнь, а они были соловьями.

Недели в Москве пролетели как один день, до того они были насыщены событиями. Иностранцы, проживающие здесь, оказывали неизменное гостеприимство и старались развлечь — журналисты, спешащие подвергнуть свои депеши цензуре Министерства иностранных дел, дипломаты, ведущие собственное цивилизованное существование, ученики Маркса, прокладывающие себе путь через комментарии Ленина к Учителю, вместе с такими обособленными личностями, как мистер Чаттопадайя[133], брат миссис Сароджини Найду[134], жалующийся на снисходительность, проявляемую тайной полицией по отношению к своим и его политическим врагам, или Альберт Коутс из люкса в отеле «Метрополь», который, лежа в постели под фикусом, предлагал всем желающим бокал кавказского вина. Вечерами ходили на спектакли, концерты, балеты и в оперу; я ознакомился с подземными лабиринтами Большого театра, с его буфетами с чаем

133 Вирендранат Чаттопадайя (1880–1937, репрессирован и расстрелян) — социалист, деятель Коминтерна, секретарь Антиимпериалистической лиги; работал в Институте антропологии и этнографии АН СССР; стал одной из жертв Большого террора.

134 Сароджини Найду (1879–1949) — индийская поэтесса, общественная деятельница, сподвижница М. Ганди по движению неповиновения; президент Индийского национального конгресса в 1925–1926 годах.

и пирожными, такими же вкусными, как и в Куинс-холле[135]. В театре женщины были одеты в платья домашнего пошива двухлетней давности, на которые, притворяясь элегантными, они накинули шелковые шали. У мужчин сапоги и блузы, которые носили три года назад, были вытеснены невзрачными костюмами, сшитыми из грубой саржи, с воротничком и галстуком. Пролетариат обуржуазился — но насколько, я понял, лишь когда узнал, что единственным промышленным предприятием пятилетнего плана, выпуск продукции которого пока идет в соответствии с графиком, является Ленинградский шпаклевочный завод. Однажды субботним вечером мы поехали в Дорогомиловскую церковь[136] в пригороде, где собралась двухтысячная толпа, чтобы послушать пение. В качестве противоядия на следующий день я отправился в Антирелигиозный музей[137], где фотографии сэра Генри Детердинга[138], папы римского[139]

135 Куинс-холл — концертный зал в центре Лондона. Построен в 1893 году, действовал до 1941 года, был разрушен в результате бомбардировки самолетами Люфтваффе. В Куинс-холле впервые прошли променадные концерты (1895), организаторами которых были Роберт Ньюмен и Генри Вуд.

136 Богоявленский собор в Дорогомиловской слободе (на пересечении Большой Дорогомиловской улицы и 2-го Брянского переулка), построенный в 1898–1908 годы по проекту В. Сретенского, вмещал до десяти тысяч прихожан (больше был только храм Христа Спасителя); после революции стал центром «обновленцев», там была кафедра местоблюстителя Патриаршего престола Сергия Страгородского; взорван в 1938 году.

137 Центральный антирелигиозный музей Союза безбожников СССР (1925–1947) с 1929 по 1937 год находился в Страстном женском монастыре.

138 Генри Вильгельм Август Детердинг (1866–1939) — голландский предприниматель, крупнейший нефтепромышленник, в течение тридцати шести лет руководивший корпорациями «Ройял Датч» и «Ройял Датч Шелл», финансировал и всячески поддерживал антисоветские движения, в т. ч. НСДАП.

139 Папа Пий XI (Акилле Ратти, 1857–1939) был папским посланником в Варшаве во время советско-польской войны в 1920 году, в 1930-м провозгласил крестовый поход против СССР.

и его оксфордского товарища[140], заводящих грузовик во время Всеобщей забастовки[141], олицетворяли силы реакции. Я побывал в Кремле, увидел великолепную коллекцию елизаветинского и якобинского серебра, английскую карету 1625 года, обтянутую бархатом[142], облачения, привезенные из Константинополя митрополитом Фотием в 1414 году[143], трон из слоновой кости, привезенный из Италии Софьей Палеолог[144], когда она вышла замуж за царя Ивана III в 1467 году, бесчисленные украшения из персидского и брусского бархата, а также такие шедевры царских предпочтений двадцатого века: платиновый поезд в пасхальном яйце в ознаменование открытия Транссибирской магистрали[145] или женская ножка в туфельке на высоком каблуке, вырезанная из агата и обвитая бриллиантовой подвязкой. Я прошелся по церквям и дворцам, мне показали крошечные апартаменты, уже знакомые по их увеличенной версии на театральных подмостках, где Борис

140 Рональд А. Нокс (1888–1957) — английский религиозный деятель, литератор; в 1917 году перешел из Англиканской церкви в Католическую; учился в Оксфорде, был капелланом Тринити-колледжа.

141 Всеобщая забастовка 4–13 мая 1926 года в Великобритании, крупнейший промышленный конфликт в истории британского рабочего движения. Вызвана тяжелым положением в угольной промышленности Великобритании после завершения Первой мировой войны.

142 Карета была подарена королем Яковом I Борису Годунову примерно в 1603 году.

143 Большой саккос митрополита Фотия украшен изображениями более чем ста персонажей библейской истории и политических деятелей того времени, а также 4 кг жемчуга.

144 Софья Палеолог (ок. 1455–1503) — Великая княгиня Московская, вторая жена Ивана III Великого, мать Василия III, бабушка Ивана IV Грозного. Происходила из византийской императорской династии Палеологов, племянница последнего императора Византии Константина XI Драгаша. Байрон допустил небольшую неточность: в 1467 году Иван Московский овдовел, а женился на Софье в 1472 году.

145 Пасхальное яйцо, изготовленное фирмой К. Фаберже для царской семьи в 1900 году.

Годунов играл со своими детьми[146], и, наконец, проходя мимо часовых на выходе, чуть не столкнулся с Калининым, президентом всего Союза Советских Социалистических Республик[147]. Наконец, в последнее утро перед отъездом из Москвы в Государственном банке[148] собралась компания, чтобы посмотреть на царские драгоценности. Когда мы проходили через хранилища, были приняты тщательные меры предосторожности. Пальто оставили в раздевалке. Вооруженный охранник топтался то впереди, то сзади. В конце концов мы добрались до небольшой комнаты, где в стеклянных настенных шкафах сверкали императорские регалии, другие были разложены для более близкого рассматривания на столе, покрытом зеленой скатертью. Изысканные драгоценности всегда приводят меня в восторг. Но, увидев корону Екатерины[149], решетчатую луковицу, украшенную пятью тысячами подобранных бриллиантов, поддерживаемую основой из отборных жемчужин диаметром с сигарету и увенчанную рубином размером с голубиное яйцо... увидев этот предмет стоимостью 10 400 000 фунтов стерлингов прямо под носом, я чуть не лишился дара речи. Придя в себя, я повернулся к столу и взял орден Святого Андрея Первозванного[150], знак на орденской

146 Один из эпизодов оперы М. Мусоргского.

147 М. И. Калинин с 1919 по 1946 год был номинальным главой советского государства, в 1932 году его должность называлась Председатель Центрального исполнительного комитета СССР.

148 Здание на Неглинной улице, 12, построено в 1894 году по проекту К. Быковского, достраивалось и перестраивалось И. Ивановым-Шицем и И. Жолтовским.

149 Большая императорская корона, созданная для венчания на царство Екатерины Великой в 1762 году.

150 Императорский орден Святого апостола Андрея Первозванного — первый по времени учреждения российский орден, высший орден Русского царства и Российской империи с 1698 по 1917 год. Знак на орденской цепи и звезда. Знак ордена: изображение распятого святого Андрея на кресте на фоне золотого двуглавого орла. Звезда: серебряная звезда с восемью лучами. Имеется в виду награда князя Станислава Понятовского, племянника последнего короля Речи Посполитой.

цепи из платины и мелких бриллиантов, изготовленный в Генуе в 1776 году, отличался изысканным рисунком и мастерством. Экскурсовод монотонно бубнил в углу, охранник снаружи продолжал поглаживать свои револьверы, как вдруг свет погас, и я обнаружил, что стою в полной темноте с орденской цепью в руке. Словно обжегшись, я отбросил ее на стол. Снаружи послышались сердитые голоса, чиновники из Министерства иностранных дел раскудахтались, словно потревоженные квочки, а посетители расхохотались. Через четверть часа, в течение которой я испытывал сильное искушение сунуть пару сережек в чей-нибудь карман, свет снова зажегся. К тому времени нервы наших охранников и экскурсоводов были настолько на пределе, что, когда я ушел раньше других, мне разрешили бродить одному повсюду, даже по хранилищам, заполненным мешками с деньгами, пока, наконец, никем не замеченный, я не нашел выхода на улицу.

Ленинград

Разница между Москвой и Ленинградом — это заметное отличие в историческом выборе, всегда стоявшем перед российским государством: самодостаточность изнутри или привлекательность извне. В настоящее время перевес в пользу первого, и Москва — опять столица государства. Ленинград стоит как памятник господству западных идей в России в XVIII и XIX веках и последнему расцвету англофильского либерализма, чьи надежды были сосредоточены на Думе и который потерпел поражение, когда самодержавие в 1917 году пало, сменившись демократией. Эта неудача привела к установлению новой автократии, поддерживаемой новой ортодоксией и новой фазой духовной изоляции. В то время как Московский Кремль выражает парадоксальную симпатию к возрождению старой традиции, Ленинград, кажется, не связан с большевизмом и как будто оплакивает прошедшее событие. Тем не менее город остается самым идеально спланированным и впечатляющим классическим городом в Европе, а его красота — лучший памятник индивидуальному гению русской эстетики.

«Северную Пальмиру» обыкновенно представляют как чисто западный город с прямыми линиями, созданный в различных классических стилях. Конечно, улицы в основном прямые, а архитектурные стили заимствованы из современной Европы. Московский Кремль тоже строился итальянцами и до сих пор отражает суть русского воображения. Ленинград не менее красив. Поскольку русские требуют от архитектуры цвета, украшения и, прежде всего, потрясающего масштаба, западные формы отвечают этим целям, усиленные подчеркнутой эксцентричностью, которая часто бывает фантастической, как у Джона Мартина[151] или Рекса Уистлера[152], но не причудливой, как у художников Нюрнберга[153]. Таким образом, Ленинград — город не архитектурных блоков, а архитектурных ландшафтов, и пейзажи, которые, если такое избитое определение может быть применено к столь необычному предмету, скорее романтичны, чем официальны, несмотря на их рощи колонн и множество лепных украшений. Достоинством этой безмерной похвальбы является ее очевидная честность. Национальная мания величия в сочетании с несомненным стремлением к смелому, откровенному дизайну не оставляет места для милой вульгарности. Его выражение может быть сознательным, а в последние годы стало намекающим. Здесь никогда не бывает заторможенности, как на Миланском железнодорожном вокзале. Прогуляться по улицам Ленинграда —

151 Джон Мартин (1789–1854) — английский художник и иллюстратор, известный картинами на религиозную тематику и фантастическими композициями.

152 Реджинальд Джон «Рекс» Уистлер (1905–1944) — британский художник, который писал фрески и светские портреты, а также разрабатывал театральные костюмы.

153 Нюрнбергская академия изобразительных искусств основана в 1662 году. Возможно, Байрон подразумевал Ф. фон Каульбаха, известного своими иллюстрациями к пьесам В. Шекспира.

значит насладиться более качественными зданиями, более общими и легче воспринимаемыми, чем в любой из крупных столиц мира. Я не стал бы утверждать, что мои прогулки были не случайными или что я уделял особое внимание какому-то конкретному зданию. Устав от осмотра достопримечательностей Москвы, я собирался несколько дней просто отоспаться. Однако переезд из одного города в другой оказался слишком интересным, чтобы впадать в кому. Всё началось с самого непредсказуемого события: поезд, конечно, прибыл не вовремя, он прикатил раньше времени. Следовательно, машина из консульства еще не приехала на вокзал. Мы прибегли к помощи старинного транспортного средства, которое, хотя и работало на бензине, воняло, как рычащий автомобиль, а двигалось медленнее клячи. Адреса консульства у нас не было, но водитель решил, что знает, и высадил нас у порога обветшалой гостиницы под названием «Англетер»[154]. Нас выручил прохожий, сообщивший, что пункт назначения находится напротив Казанского собора[155] на Невском проспекте. Итак, мы вернулись туда и имели удовольствие заплатить четыре фунта стерлингов за это окольное приключение. Квартал, где живет представитель Его Величества, принадлежит финскому правительству — сносному арендодателю, по словам консула[156]. Окна консульства выходят на кафедральный собор, построенный в 1801 году, чьи изогнутые колоннады создают миниатюрную имитацию площади Святого Петра[157]. Немного ниже консульства, там, где река Мойка пересекает Невский проспект — или проспект 25 Октя-

154 Здание гостиницы было возведено в середине XIX века, неоднократно перестраивалось.

155 Казанский собор был закрыт для богослужений как раз во время путешествия Байрона — 25 января 1932 года, вскоре в нем открыли Музей истории религии и атеизма.

156 Консулом в Ленинграде был Буллард, знакомый Байрона еще по Греции. В Ленинград Байрон ездил со вторым секретарем посольства Гринуэем.

157 Площадь Святого Петра в Риме.

бря, как его теперь называют в честь «ноябрьской» революции, — стоит Строгановский дворец, спроектированный Растрелли в 1752 году, на барочном фасаде которого выстроились белые колонны на сиреневом фоне. На противоположном углу, за рекой, я заметил еще одно здание насыщенного голубого цвета, также выделенное белым. Эти цвета недавно были восстановлены нынешними муниципальными властями. Самый распространенный из них, и не менее привлекательный, — насыщенный матово-желтоватый цвет, ранее использовавшийся на правительственных зданиях и недавно восстановленный до первоначальной свежести. Кремль, думал я, всегда должен быть кульминацией русского изобретения, но в 1823 году в Адмиралтействе архитектора Захарова снова зазвучал голос Кремля[158]. Это длинное здание более четырехсот метров длиной состоит из шести портиков, два из двенадцати колонн, каждая из которых поддерживает богато украшенные фронтоны, и четыре из шести колонн. Посередине массивная арка, внешне напоминающая подкову, увенчанная семидесятиметровой высоты башней, по бокам которой расположены две группы женских фигур на пьедесталах, поддерживающих небесные сферы. Это фантастический выступ в форме тонкого позолоченного шпиля, опирающегося на купол и поддерживающего большой корабль, несущийся на всех парусах. Купол возвышается над квадратной колоннадой в стиле ампир, на вершине которой стоит ряд статуй. Все колонны, декоративные панели и фризы, рустовка цоколя, замковые камни окон и триглифы карнизов выделяются белым цветом на фоне великолепной желтизны в тон осени. Напротив Зимнего дворца плавно изгибаются не менее огромные и того же цвета здания Генерального штаба. У них нет башни, но они прерываются триумфальной аркой, орнамент которой выполнен из бронзы. За огромной площадью Урицкого[159],

158 Здание Адмиралтейства было капитально перестроено в 1823 году А. Захаровым с оглядкой на московский классицизм.

159 Дворцовая площадь.

где произошла резня 1905 года, сам Зимний дворец виднеется как бы на далеком горизонте. Он, опять же, построен архитектором Растрелли, но сейчас здание тускло-коричневое. Подозреваю, что замышляли его розовым. За исключением собора в Эстергоме[160], в Венгрии, Исаакиевский собор в Ленинграде — единственный пример стиля ампир, используемого в церковных целях в самом широком масштабе. Спроектированный Монферраном в 1817 году, он построен в форме куба с портиками с четырех сторон. Колонны, поднимающиеся от бронзовых оснований и заканчивающиеся бронзовыми коринфскими капителями, выполнены из розового олонецкого гранита. Храм воздвигнут из серого камня, но вокруг основания на одном уровне с нижней частью колонн проходит ровная полоса гранита. На каждом углу парапета массивные группы бронзовых ангелов поддерживают огромные факелы, а за восточным и западным фронтонами попарно возвышаются позолоченные купола, опирающиеся на группы розовых колонн. Центральный купол высотой сто метров опирается на высокий барабан, окруженный колоннадой и увенчанный кольцом статуй. Несмотря на то что детали выполнены в самом строгом классическом стиле, суровом до бездушия, в целом создается впечатление чрезвычайного великолепия, которое могла создать только Россия. Пресытившись ошеломляющими памятниками, мы нашли убежище в Эрмитаже, который, наверное, содержит больше плохо развешанных работ Доменикино[161] и ему подобных, чем любая галерея в мире. А «Благовещение» Ван Эйка[162], «Поклонение» Боттичелли[163],

160 Базилика Вознесения Пресвятой Девы Марии и Святого Адальберта — католический собор в венгерском городе Эстергоме, главный католический храм страны.

161 Доменикино (Доменико Дзампьери) (1581–1641) — итальянский живописец. Один из крупнейших представителей болонской школы в эпоху барокко.

162 Продано Меллону за 502 тысячи долларов, в настоящее время — Национальная галерея искусства, Вашингтон.

163 Продано за 838 тысяч долларов, местонахождение неизвестно.

«Польский дворянин» Рембрандта[164], «Иннокентий X» Веласкеса[165] и «Уортон» Ван Дейка[166] — все они исчезли и, насколько мне известно, еще не появились на стенах мистера Меллона[167]. Осталось еще сорок Рембрандтов, этого хватит любому, и мне было более чем достаточно, когда я, пошатываясь, прошел несколько залов голландских интерьеров и с отвращением отвернулся от двух фальшивых Эль Греко[168]. В укромном углу я обнаружил любопытную маленькую английскую галерею, где посредственные картины Морланда, Райта из Дерби, Лоуренса, Рейберна и Ромни[169] чередуются с ветхими буфетами и сломанными стульями. Они дают слабое представление о нашей культуре в ранний период империализма. Но, справедливости ради, хочу отметить, что в Эрмитаже мне не встретилось ни одного из тех абсурдных комментариев, которые уродуют французскую коллекцию картин в Москве. В тот же день в сопровождении профессора Вальдгауэра[170] и вооруженного охранника мы осмотрели знаменитую коллекцию древних золотых украшений, аналогов которой нет ни в одном музее. Часть из них — скифские, огромные, похожие на крабов чудища длиной

164 Местонахождение неизвестно.

165 Считается, что работа принадлежит кругу Веласкеса.

166 Портрет сэра Ф. Уортона был также приобретен Э. Меллоном за 250 тысяч фунтов.

167 Эндрю Уильям Меллон (1855–1937) — американский банкир, с 1921 года секретарь министерства финансов, коллекционер живописи, известный искусствоведам в связи с «Эрмитажной сделкой».

168 Вероятно, имеются в виду «Портрет апостолов Петра и Павла» и «Портрет поэта Алонсо де Эрсильи-и-Суньиги».

169 Английские живописцы, преимущественно второй половины XVIII века и романтического направления.

170 Оскар Вальдгауэр (1883–1935) — археолог, профессор. Работал в отделе древностей Эрмитажа в Санкт-Петербурге. С 1927 по февраль 1928 года был директором Эрмитажа. Преподавал историю древнего искусства в Ленинградском университете. Автор трехтомного труда «Древние скульптуры Эрмитажа». Член Академии наук в Гёттингене.

сантиметров тридцать, строением не похожие ни на что, созданные другой расой, а материал по блестящей мягкости почти как масло. Некоторые напоминают иранские браслеты с изображением двух змеиных голов или знакомы по нашему сокровищу Окса[171]. Часть из них — родом из греческого Херсонеса, самой изысканной работы и задумки. От них мы перешли к коллекции античной скульптуры, которая значительно пополнилась за счет бывших частных коллекций. Профессор Вальдгауэр умолял нас обратить внимание на портретный бюст римской еврейки, выполненный в натуральную величину. На следующий день мы пожертвовали искусством ради истории, начав с площади Жертв революции, бывшего пространства для парадов, известного как Марсово поле, посреди которого гранитный четырехугольник окружает братскую могилу ста восьмидесяти героев революции. На граните выгравирована надпись, говорят, очень трогательная, сочиненная Луначарским в стиле русской баллады[172]. Отсюда мы поехали в старое британское посольство, теперь Институт политического и коммунистического образования имени Крупской[173]. Там я устроил переполох: оши-

171 Амударьинский клад или иначе Сокровища Окса — коллекция из 170 золотых и серебряных предметов, датирующихся периодом правления Ахеменидов (с 550 по 200 год до нашей эры), найденная в 1877 году на развалинах древнего городища на берегу реки Амударья (Окс) на территории современного Таджикистана (Древняя Бактрия). В изделиях Амударьинского клада отражены традиции ахеменидского искусства, а также местного греко-бактрийского искусства и скифского «звериного стиля». Части из этой коллекции сейчас находятся в Музее Виктории и Альберта и в Британском музее.

172 Памятник «Борцам Революции» (1919; архитектор Л. Руднев, художники В. Конашевич и Н. Тырса); надпись сочинил народный комиссар просвещения А. В. Луначарский (см.: http://www.encspb.ru/object/2805470579). Похоронено 184 человека.

173 Педагогический институт был открыт в 1911 году в Москве на средства промышленника Шелапутина, после революции преобразован в Академию коммунистического воспитания, с 1924 года носил имя Н. К. Крупской, вдовы и сподвижницы →

бочно приняв портрет Калинина, президента Советского Союза, висевший на фоне потрепанного бархата, за портрет Троцкого, я с притворным негодованием спросил, как они смеют выставлять его перед студентами. Перейдя по мосту Неву, мы подошли к небольшой деревянной церкви, построенной Петром Великим, как раз во время службы, прихожан было человек пятьдесят. А чуть дальше наше внимание в саду привлекло отвратительное строение из желтого кирпича — дворец балерины Кшесинской, любовницы царя. Этот дом вызвал народную ярость во время революции, и именно сюда проводили с вокзала Ленина после его знаменитого путешествия в «пломбированном» вагоне, в этом доме он разместил штаб-квартиру. Миновав мечеть с рифленым куполом из голубой черепицы в стиле Самарканда[174] и заглянув в особняк бывшего торговца каучуком[175], ныне дом отдыха, где множество заслуженных работников играли в шахматы под несколько неожиданным бюстом Спасителя, мы подошли к Петропавловской крепости. Известный символ царской тирании, столь удачно сочетающийся с прилагательным «мрачный», внешне напоминает старинный колониальный форт, а внутри похож на двор деревенской пивоварни. Старомодное, ветхое здание, которое запрещено фотографировать, — Монетный двор Советского Союза. Внутри собора, позолоченный шпиль которого высотой сто двадцать метров, — одна из самых известных достопримечательностей в России, находятся царские усыпальницы: снаружи, в голубом павильоне, хранится резной корабль, «дедушка российского флота»[176], на который с сожалением взирают

→ В. И. Ленина. В начале 1930-х годов преобразована в Коммунистический педагогический институт и переведена в Ленинград.

174 Ленинградская соборная мечеть была построена в стиле модерн в 1909–1920 годы.

175 Вероятно, Дом Второго Каменноостровского товарищества устройства постоянных квартир (1914), где жили русские предприниматели, а после революции размещались социальные учреждения.

176 «Святой Николай» — деревянный ботик Петра Первого.

потомки. За Монетным двором, в бестолково построенном деревенском доме, сохранились знаменитые тюрьмы, в которых сейчас обитают реалистичные восковые манекены в позах глубокого отчаяния. Я не удержался от вопроса, когда можно будет посетить «холодные казематы» нынешнего ГПУ в похожих условиях. Я, конечно, далек от мысли, что Россией могли, могут или станут управлять без подобных учреждений. Но лицемерие, заключающееся в извращениях злодеяний прошлого, потому что они совершались во имя короны, а не молота, слишком раздражало, чтобы терпеть его молча. В конце концов гид, человек интеллигентный, прекратил бесполезные зазубренные нравоучительные истории. У моего спутника в старом посольстве работал кузен, который в 1916 году умер и похоронен на лютеранском кладбище на Васильевском острове[177]. Мы поехали на этот отдаленный некрополь, расположенный в недостроенном районе многоквартирных домов, чтобы разыскать могилу и посмотреть, в каком она состоянии. Пока остальные пытались что-нибудь разузнать, я в одиночестве бродил среди заснеженных надгробий под нависшими ветвями деревьев. Временами мимо медленно проходила очередная пожилая дама в черном с венком из лиловых цветов. Среди роскошных мавзолеев прошлого, с урнами, колоннами и погребальной вульгарностью, новые могилы свидетельствовали о более простой и суровой эпохе. Груда свежесрезанных еловых веток или деревянная стела, выкрашенная в алый цвет и отмеченная советской звездой, — таковы были памятники современности, повествовавшие о достоинствах их эпохи. Они напомнили о солдатских могилах и о том, что мы слишком легко забываем: каждый русский сегодня борется за выживание души и тела, которое мы в Западной Европе едва ли в состоянии постичь.

Улицы и площади Ленинграда поражают не только прекрасной архитектурой, но и горькими воспоминаниями.

177 Смоленское лютеранское кладбище существует с 1747 года.

Они были свидетелями двух революций: в марте и октябре. Мысли, вызвавшие этот переворот, зародились еще в предыдущем столетии. История реальных событий восходит к ночи 16 декабря по старому стилю 1916 года, когда депутат Пуришкевич, опьяненный собственным героизмом, заявил растерянному полицейскому, что Распутин мертв и Россия спасена.

Ровно пятнадцать лет и две недели спустя я шел по берегу узкой замерзшей реки Мойки через бывшие богатые кварталы старого Санкт-Петербурга. «Местом события был выбран наш дом на Мойке» [178], — пишет князь Юсупов в своих воспоминаниях. И с тех пор дом на берегу Мойки так и стоит, ничуть не изменившись: длинное пространство желтой штукатурки с белым орнаментом. Герб над входом на мансардном этаже напоминает о великолепии семьи Юсуповых-Сумароковых-Эльстон. А под ним две таблички с белыми буквами на красном фоне сообщают прохожим о том, что теперь здесь находятся Клуб научных работников и Клуб профсоюза работников образования. День был печальный и мрачный. Однако, как всегда в России, я испытал непередаваемое возбуждение, связанное с тем, что впервые видел места, которые часто и недостоверно представлял раньше. К счастью, мой экскурсовод состоял в одном из этих клубов, которые работали во дворце, и решил, что, хотя иностранцев обычно в здание не допускали, для меня можно сделать исключение. Нас бурно приветствовал полный и румяный золотоволосый товарищ, который галопом взбежал по главной лестнице, чтобы включить несколько сотен лампочек на центральной люстре.

Ослепленные ярким светом, мы проследовали в парадные залы на втором этаже, через двойные двери красного дерева, украшенные розетками из позолотной бронзы, миновали комнату за комнатой, каждая новая была богаче предыдущей, обставленные на манер дворцов, с шел-

178 Цитируется по книге Феликса Юсупова «Конец Распутина (Мемуары)» (1990).

ковыми портьерами и позолоченными купидонами, со столиками из агата и порфира, диванчиками, обитыми гобеленовой тканью из Обюссона[179], креслами, обтянутыми испанской кожей и каминными полками из фарфора и малахита. Мы прошли через малый и большой бальные залы, через картинную галерею и спустились в миниатюрный, оформленный в стиле рококо театр со зрительным залом, длиной около пятнадцати метров, уставленный ложами в три яруса. Сам князь Юсупов не мог бы гордиться обстановкой больше, чем гид, который попросил нас обратить внимание на то, как драгоценные стулья хранятся в чехлах от пыли. Добравшись до театра, он запрыгнул на сцену и опустил занавес, изображающий загородный дом Юсуповых, так, будто это был его дом. Только два или три парадных зала оказались заняты. В одном мы обнаружили художника, только что вернувшегося из научной экспедиции на Камчатку. Он развешивал серию пейзажей, которые иллюстрировали поведение вулканов. Поскольку художник явно недоедал, я спросил, не собирается ли он продавать картины.

— Конечно, нет, — ответил он. — Трудящихся нельзя лишать культуры.

Половина картин достанется институту, который финансировал экспедицию, другая останется ему. Он мечтал устроить выставку за границей.

Мы спустились на первый этаж, и вереница коридоров вывела нас в зимний сад, где научные работники и члены профсоюза работников образования ели суп. За садом была бильярдная, копия из Альгамбры, а далее шли апартаменты князя Юсупова, где недавно под половицами обнаружили сейф. Я спросил об огромном кладе с сокровищами, замурованном во дворце, который нашли три или четыре года назад, и наш гид ответил, что весь дворец пронизан потайными ходами. На днях в здание ввалился пьяный рабочий и сказал, что может показать им несколько

179 Обюссон — город во Франции, известный гобеленами и коврами с XIV века.

новых, которые он сам построил, но на следующий день, когда вернулся трезвым, так ничего и не отыскал.

Мы проследовали через анфиладу дверей и пустых покоев, пока не очутились в небольшом восьмиграннике двух с половиной метров высотой и с трехметровым внешним радиусом пола. В каждой из восьми стен была окрашенная в белый цвет деревянная дверь со вставленной широкой панелью из зеркального стекла, за которой виднелась голубая шелковая занавеска с оборкой. Одна из дверей вела в крохотную ванную комнату, за которой находилась не менее миниатюрная спальня. Стены зловещих апартаментов были обиты толстым материалом. За второй дверью оказалась простая квадратная комната с двумя окнами, выходящими на Мойку. Теперь это помещение использовалось для военной подготовки — на стенах висели плакаты: как оказать первую помощь, как надеть противогаз и как выполнять тактические упражнения. На подставке стояла винтовка, направленная дулом на улицу. Третья дверь вела во тьму. За другими находились глухие стены, так что, оказавшись в восьмиграннике, не сразу найдешь выход. Кроме того, я заметил, что одну из дверей, ведущих в восьмигранник, пришлось осторожно открыть и подпереть, так как она мгновенно захлопывалась и запиралась сама по себе.

Это были личные апартаменты князя Юсупова, именно сюда ночью 16 декабря 1916 года прибыли Великий князь Дмитрий Павлович, Пуришкевич и доктор Лазоверт. Так называемой конспиративной штаб-квартирой стала комната, выходящая окнами на Мойку. Здесь доктор Лазоверт подсыпал кристаллы цианистого калия в пирожки с шоколадной начинкой и бокалы. Но основной сценой действия стала темная комната. Заглянув в нее, я заметил узкую винтовую лестницу, шириной едва ли в полметра. Гид просил меня не спускаться, там было скользко и опасно. Я же настоял на своем и оказался в подвале, разделенном аркой и сантиметров на пятнадцать залитом водой, потому что потеплело. В вышине сквозь стену пробивался дневной свет. Князь Юсупов писал, что эта промозглая комната «была устроена в части винного подвала. Она была полутемная, мрачная, с гранитным полом, со стенами, облицованными серым камнем и с низким сводчатым потолком... Из кладовой принесли старинную мебель». Растопили огромный камин. Сверху комнату освещали фонари с разноцветными стеклами. Пуришкевич тоже оставил воспоминания. «Комната эта была совершенно неузнаваема; я видел ее при отделке и изумился умению в такой короткий срок сделать из погреба нечто вроде изящной бонбоньерки»[180]. Князь Юсупов, одолжив автомобиль Великого князя, поехал за Распутиным и около часа ночи вернулся с гостем. «Перспектива пригласить к себе в дом человека с целью его убить была чересчур ужасна,—говорит в своей книге Юсупов.—Я не мог без содрогания представить себе свою роль в этом деле: роль хозяина, готовящего гибель своему гостю». За этими заявлениями скрывается мерзкое самодовольство. Но заговорщики подбадривали друг друга до тех пор, пока не достигли мессианского воодушевления, которым объясняется большинство событий российской истории. Все русские — по призванию спасители. Заговорщики, желая освободить императорский трон от нечестивого советника, просто ускорили гибель всех, кого надеялись спасти. Войдя в дом, хозяин с гостем прошли через восьмигранник и спустились по винтовой лестнице в подвал. Распутин ел пирожки, пил отравленное вино из бокалов, а хозяин играл на гитаре и ублажал его пением. Наверху, в «кабинете» ждали Великий князь с помощниками. Наконец к ним ворвался хозяин дома с новостью, что яд не действует. Посовещавшись с остальными, он схватил револьвер и вернулся в подвал. Все вышли за ним и встали, прислушиваясь, у лестницы. Прозвучал выстрел, потом глухой стук. Князь пришел наверх: дело было сделано.

Через несколько минут он вернулся, чтобы взглянуть на тело. Лицо жертвы дернулось, и глаза открылись.

180 Владимир Пуришкевич «Убийство Распутина» (М.: Слово, 1990).

Неожиданно Распутин вскочил и, схватив юношу за горло, принялся душить. Юсупов отчаянно боролся, вырвался и взбежал по лестнице, а старец на четвереньках карабкался за ним, но не полез наверх, а выскользнул через дверь во двор. Увидев, как огромная фигура шатаясь бежит по снегу, Пуришкевич бросился вслед за ним. «Феликс, Феликс, — кричал Распутин, — всё скажу царице!» [181] Один за другим раздались два выстрела, и фигура упала. Князь был в уборной, его тошнило. Узнав, что Пуришкевич закончил дело, он схватил резиновую дубинку и с остервенением стал избивать труп. Пуришкевич был тронут такой реакцией. К прибытию полицейских слуги застрелили одну из княжеских собак, чтобы оправдать пятна крови и звуки выстрелов. Могилу пса, как сообщил гид, еще можно увидеть в саду. Мы выглянули. В саду заливали каток для научных работников и членов профсоюза работников образования.

Великий Новгород

За организованным безумием большевистской России быть впереди планеты всей трудно узнать гостеприимную, добродушную страну, описанную довоенными путешественниками. И всё же кое-где, в уголках, избежавших промышленных и политических бурь последних пятнадцати лет, сохраняется романтика Святой Руси. К таким местам, по-моему, относится Новгород. И его романтика, даже для того, кто знаком с традициями Константинополя, не кажется полностью устаревшей или неуместной в настоящем. Ибо русская цивилизация изначально была византийской, и, учитывая условия современного мира, законным потомком Византии можно назвать большевизм.

181 Историки сомневаются в достоверности этих слов, записанных Пуришкевичем. Распутин, или кто другой, назвали бы царицу по имени и отчеству — Елизавета Фёдоровна. [Байрон ошибся в имени, должно быть: Александра Фёдоровна.] — *Примеч. авт.*

Утро выдалось морозным, и еще не рассвело. В семь утра я стоял на платформе в Новгороде, сойдя с поезда, укатившего дальше, в Псков. Наконец нашлись сани, и мы галопом помчались по спящим улицам, подпрыгивая на ухабах, пока на фоне тусклого неба не обозначилась черная линия зубцов кремлевской стены. Въехав через арку, свернули на полном скаку направо, с грохотом пронеслись по узкому туннелю и остановились у старинного дворца архиепископа, ныне дома отдыха ученых. Напротив маячил силуэт Святой Софии. Внутри нас ждала ярко освещенная, прекрасно обставленная комната с мебелью в стиле позднего ампира, изготовленной из карельской березы с украшениями из позолотной бронзы и обитой малиновой шелковой парчой с белым цветочным узором. В туалете было чисто, там нашлась горячая вода для бритья, а над раковиной чистила зубы какая-то девушка. На завтрак подали кофе с молоком и сахаром, черный хлеб, похожий на «Ховис»[182], свежее сливочное масло и холодный пирог с капустой. Когда занялся рассвет, в окнах показались свинцовые маковки и золотой шлем Святой Софии, неподвижные и безразличные за кисеей тихо падающих снежинок. Рядом с кремовыми стенами собора на мертвенно-белом снегу отчетливо выделялась полоса невысоких голых деревьев с изящными ветками, напоминавшими скелеты засушенного папоротника. Наверное, в XI веке всё выглядело так же, как и в двадцатом. Я вспомнил о белой краске и классическом архитектурном фоне, которые присутствуют на иконах новгородской школы, и как раз говорил об этом гиду, когда вошла администратор с регистрационными бланками. Паспорт? Я его забыл. Она притворилась, что испугалась, и, предвидя споры, я отдал ей английские водительские права и вышел прогуляться, предоставив вопросу уладиться без моего участия, как и получилось. Этот город называют Великим Новгородом в отличие от «парвеню», Нижнего

182 Черный хлеб из непросеянной муки грубого помола, выпускался с 1887 года.

Новгорода. В старину один из первых городов-княжеств настолько почитали, что даже школяров учили говорить: «Господин Великий Новгород». В России немного городов, основанных до татарского нашествия в XIII веке и сохранивших первоначальный дух. Новгород — главный из них, по размерам и очарованию он напоминает английский Солсбери с его собором. Это центр крупного сельскохозяйственного района, построенный вокруг кремля, в отличие от Солсбери, где город окружает соборную площадь. Поездка стала для меня передышкой от нервного напряжения после Москвы и Ленинграда, от ужасающей политической экскурсии, в которую вовлечена вся нация и которую не может предвидеть ни один приезжий, и воспоминания о тех двух днях, проведенных в исследовании старейших церквей России, стали вроде месячного отпуска в напряженный год. Когда я спросил мальчишку-кучера, управлявшего санями, в какой из двух молодежных коммунистических организаций он состоит, комсомольцах (скаутах) или пионерах, и он ответил презрительным: «А ни в какой!», я был несказанно доволен. Я нашел существо, безразличное к собственному возрождению, и в мире всё встало на свои места. Чиновники, ответственные за сохранение памятников и картин, явно были в восторге от того, что иностранец стал свидетелем проявленной к ним заботы со стороны ученых. К ним мало кто удосуживался приехать — всего двое или трое гостей в год. Стоило лишь пожелать, что я хотел посмотреть, и желания исполнялись. Такие порядки приятно отличались от бесконечных ограничений и запретов, которые преследуют путешественника в других местах.

Прежде всего я посетил Святую Софию, собор в византийском стиле, воздвигнутый между 1045 и 1052 годами, но значительно выше и укрепленный массивными опорами вместо тонких колонн, как обычно строили греки. Интерьер храма расписывали сотней лет позже, фрески реставрировали дважды, в 1838 и 1893 годах, так что от первозданного вида не осталось ничего, кроме тусклого фрагмента с изображением Константина и Елены. Самое известное украшение церкви — ее бронзовые врата[183], предположительно датируемые XII веком. Одна пара, с узором и хорошо отполированная, напоминает византийские двери[184] того времени, хотя двойные кресты, поднимающиеся из украшенных цветами оснований, скорее, свидетельствуют об армянском влиянии. Другая, которую, говорят, привезли из Херсона, представляет собой серию рельефов, иконография и стиль которых вдохновлены Германией. На них надписи на латыни. Мое внимание также привлекла мозаика в алтарной части, украшенная узорами из цветного камня и смальты[185], выполненными в стиле opus alexandrinum[186]. В стенах было обнаружено несколько больших глиняных кувшинов, которые поместили туда, чтобы улучшить акустику. Спустившись по темной винтовой лестнице и минуя по очереди семь запертых дверей, с которыми пришлось повозиться при свечах, не без споров, мы попали в Сокровищницу, где из стеклянных витрин для осмотра извлекли экспонаты. Первой была куполообразная дарохранительница из серебра с позолотой высотой сорок пять сантиметров без креста, который добавили в XVII веке. Купол опирается на шесть украшенных чернью колонн. Каждая из шести образованных таким образом арок закрыта двойными дверями, на которых изображены рельефы двенадцати апостолов. Тонкое ма-

183 Магдебургские — название бронзовых дверей.

184 Корсунские врата византийской работы. XI век. Филенки створок украшены изображениями процветших крестов. Во времена Иоанна Грозного на поверхность врат был добавлен растительный орнамент.

185 Смальта — цветное непрозрачное (глушеное) стекло, которое в виде пластин или кубиков используют для изготовления мозаики.

186 Opus alexandrinum — тип декоративной мозаики, широко распространенный в Византии в IX веке. В этой технике используются крошечные кусочки цветного камня и смальты геометрической формы, организованные в сложные геометрические узоры, дополненные большими дисками из полудрагоценных камней.

стерство изготовления рельефов, как и шести медальонов на куполе, свидетельствует о сильном византийском влиянии. Но надписи, хотя и греческие, неграмотны, а филигранные панели над дверями имеют восточный характер, по-видимому армянский или кавказский. Далее следовала пара массивных серебряных с позолотой кубков высотой около двадцати пяти сантиметров, украшенных более грубыми рельефными фигурами и узорами из виноградной лозы. Они, по словам хранителя музея,— самые ранние из существующих образцов чисто русских изделий из металла и были изготовлены в Новгороде в XII веке под греческим влиянием. По краю каждого выгравирована библейская цитата, по основанию — надпись, кому вещь принадлежит: на одном — «Петрову и его жене Варваре», а на другом — «Петрову и его жене Марии». Буквы славянские. Мне также показали прекрасный византийский крест высотой с полметра, покрытый серебряными с позолотой пластинами с рисунком в виде шеврона. Медальоны на трех лучах креста и в местах их соединения были добавлены в XVII веке и, наверное, заменили другие, выполненные из эмали. Наконец принесли шкатулку из слоновой кости с бордюрами из розеток и панно с танцующими купидонами, выполненную в то же время и в том же стиле, что и шкатулка Вероли в музее Южного Кенсингтона[187]. Я размышлял, не повлияло ли это на задумку только что описанных кубков, когда увидел огромный золотой замо́к с шифром некоего великого герцога Голштинского[188]. Своим титулом Великий герцог был обязан императрице Елизавете, и предполагается, что на встрече в Финляндии он подарил замо́к ей, а она, возвращаясь в столицу, оставила подарок в Новгороде. Таким образом, он не попал в византийские сокровища собора до середины XVIII века. В окрестностях Новгорода, в деревнях, разбросано несколько церк-

187 Резьба по слоновой кости, X век — Дионис в повозке и т. д.; Музей Виктории и Альберта в Лондоне.

188 Карл Фридрих Гольштейн-Готторпский (1700–1739) — зять Петра Первого, муж Анны Петровны и отец Петра Третьего.

вушек XII–XIV веков. По стилю и убранству они выглядят скромнее современников в Киевской и Владимирской областях — Новгород был всего лишь торговой республикой, но их коробчатая строгость, господство высоты над другими размерами и массивные стены с минимальным числом окон определяют их роль пограничных постов культуры и цивилизации на враждебном севере и придают им особое очарование и интерес. Самый известный из них — храм Спаса на Нередице, построенный в 1198 году и сохранивший нетронутые фрески того же времени.

Я сказал, что Нередицу, которая расположена в пяти верстах от Новгорода, нужно посетить непременно. Сани меня ждали, но как добраться до Нередицы, юный извозчик не знал. Нашли карту, с ее помощью мы проехали по городу, спустились с крутого берега и оказались на льду великой реки Волхов, среди севших на мель колесных пароходов. Ветер, холодный, как клинок, гнал серую кобылу галопом. Мы скользили по льду, как по трассе в Брукленд-се[189], согнувшись под ковриком, спиной к летящему снегу. Навстречу тащились другие сани потяжелее, везшие из окрестных деревень кучу капусты и соломы. В одном месте реку пересекала линия каменных опор высотой в двенадцать метров, мрачных и угрожающих на фоне снежного пейзажа. Строили новый железнодорожный мост — хотя тогда еще не было ни железной дороги, ни моста. На противоположном берегу над краем далекого леса, который, по словам извозчика, когда-то был поместьем графини Орловой[190], возвышались монастырские купола. Наконец

189 Бруклендс — автодром, протяженностью 4,43 км, построенный недалеко от Уэйбриджа в графстве Суррей (Англия). Он открылся в 1907 году и был первым в мире специально построенным автодромом и одним из первых британских аэродромов.

190 Анна Алексеевна Орлова-Чесменская (1785–1848) — камер-фрейлина, единственная дочь Алексея Орлова, сподвижника императрицы Екатерины II, и наследница его многомиллионного состояния. Полученное наследство Анна Орлова потратила на благотворительность и особенно на новгородский Юрьев монастырь, которым управлял ее духовный отец Фотий.

показалась церковь, взгромоздившаяся на холм и увенчанная огромной луковицей. Рядом с ней виднелась небольшая колокольня с конической крышей. Мы стали подниматься по склону от реки, миновали поля и подъехали к Нередице, деревянные дома которой были увешаны рыболовными сетями и горшками, чтобы ловить раков. Тут мы встретили сторожа церкви, седобородого старика, который сообщил, что он и другие жители Нередицы — островитяне, как и англичане. Внутри церкви прямо к куполу вели строительные леса. Если они и не улучшали общего впечатления от архитектуры церкви, то, по крайней мере, позволяли посетителю рассмотреть самый знаменитый из древнерусских фресковых циклов вблизи, насколько позволял холод. По сравнению с изнуряющими многочасовыми разглядываниями, к которым я привык в монастырях горы Афон, меня ждала приятная неожиданность. Вид росписи напоминал «народную» школу, которая существовала в Леванте[191] и Южной Италии вплоть до XIII века. Любопытно, что эти фрески и я, смотревший на них, так сказать, теми левантийскими глазами, находились немногим более чем в сотне миль от Финского залива. В тот вечер мы с гидом отправились развлекаться. Сначала танцевала пара: крестьянская девушка и флейтист, ее городской кавалер. Потом проводили идеологическую беседу, во время которой чудаковатый профессор вызвал всеобщий смех, заявив, что наука не имеет ничего общего с политикой. На следующий день мы запланировали более продолжительную вылазку. Когда наступило утро, вместо старой серой кобылы в сани запрягли гнедую. Это было новое приобретение хозяйки гостиницы, которая суетилась, приговаривая: «Принцесса! Принцесса!», поглаживая кобылу по носу и наказывая извозчику, на этот раз взрослому, ее беречь. Однако лошадь того стоила; мы трусили по улице так же быстро,

191 Левант — общее название территорий стран восточной части Средиземного моря (Сирия, Ливан, Палестина, Израиль, Иордания, Египет, Турция, Кипр и др.).

как скакала галопом серая, лавируя между другими санями, и прохожие останавливались, чтобы полюбоваться. Сначала мы остановились у Антониева монастыря[192], где шла служба, которую проводил очень старый священник в золоченой ризе. Зажгли свечи. Прихожан насчитывалось чуть больше десятка. Священник, пошатываясь, зашел за иконостас, чтобы найти ключи от старой церкви, в которой еще виднелось несколько фрагментов неинтересной росписи. Оттуда мы поскакали галопом по насыпной дороге, продуваемой северными ветрами, пока не добрались до деревни Волотово[193]. Я искал фрески, и первым делом нужно было найти церковного сторожа. Нам подсказали, что сторож живет на краю деревни, в последнем доме. К несчастью, мы заехали не в тот конец, а потом вернулись обратно, по широкой улице между двойными рядами деревянных домов, каждый из которых был с одной стороны обложен сеном, чтобы защитить от ветра. В садах стояли высокие столбы, к верхушкам которых были прикреплены скворечники. Добравшись до нужного дома, мы застали только двух женщин, которые, хотя и были заняты хозяйством и разинули рты при появлении иностранца, пригласили нас в дом. Мы прошли через дровяной сарай и сели в кухне-гостиной. В углу, у окна, перед иконами горела лампада. На крючках рядом с плитой, у которой одна из хозяек пекла пироги с мясом, висели тулупы. Пока другая искала ключи, я осмотрел прялку, расписанную розами и запускаемую ногой. Собравшись, женщина села в сани ко мне на колени, и мы подъехали к церкви, дорожка, погост и окружающие деревья которой напомнили мне Англию. Внутри церкви тоже стояли строительные леса, что меня огорчило, ибо, в отличие от Нередицы, церковь была действующей. Воспользовавшись лесами, я вскоре об этом пожалел, потому

192 Монастырь был основан в начале XII века Антонием Римлянином, возможно, выходцем из Киева; в нем сохранились фрески того же времени.

193 Церковь Успения в Волотове построена в середине XIV века.

что, когда стоял под куполом в двадцати метрах от каменного пола, содрогаясь от холода, конструкция закачалась. Я стал поспешно слезать, но не прошел и полпути, как послышался странный, необъяснимый гул, сначала отдаленный, потом всё ближе и громче, и, когда я спустился на землю, прямо над головой раздался оглушительный рев. Я отбежал от двери и посмотрел вверх. Со свинцового неба спикировали четыре темно-серых военных самолета с красными звездами под крыльями так низко, что я разглядел летчиков. Пролетев над пустой долиной за деревней и взмыв в небо, они исчезли в мгновение ока. Я повернулся к сельской церкви, построенной 580 лет назад, к темным елям, дрожащим на ветру, и к могильным крестам, которые могли бы сподвигнуть какого-нибудь русского Грея[194] сочинить очередную элегию. Я видел, как вооруженная мощь Советского Союза уменьшилась до точек и исчезла. Старая и новая Россия, меняющаяся, и всё же неизменная... Пробиваясь сквозь молчаливые деревья, снова падал снег, укрывая еще одним слоем могильные холмы. В самом Новгороде находится несколько небольших церквей, построенных в XIV веке. Мое любопытство привлекли две из них: Феодора Стратилата[195] и Спаса Преображения[196]. В их архитектуре странным образом

194 Томас Грей (1716–1771) — английский поэт-сентименталист XVIII века, предшественник романтизма, историк литературы. Одно из самых известных его произведений — элегия «Сельское кладбище» (1750), дважды переведенная на русский язык В. А. Жуковским.

195 Церковь Феодора Стратилата «на Ручью» — недействующий православный храм в Великом Новгороде 1360–1361 годов постройки. Классический памятник новгородского зодчества и один из выдающихся памятников архитектуры средневекового Новгорода. Расположен на перекрестке Андреевской улицы и улицы Фёдоровский ручей. Памятник архитектуры музеефицирован (часть Новгородского музея-заповедника) и открыт для посещения.

196 Церковь Спаса Преображения на Ильине улице — недействующий православный храм в Великом Новгороде на Торговой

смешались греческое и немецкое влияния. Хотя оба здания квадратные в плане и образуют византийскую апсиду на востоке, каждая стена каждого квадрата заканчивается треугольником, поддерживающим карниз двускатной крыши на западный манер. С другой стороны, из середины крыши, на пересечении ее четырех гребней, возвышается византийский купол. Внутри своды и арки греческой традиции сохранились без изменений. В церковь святого Феодора Стратилата я попал без труда и не спеша изучил ее росписи. В храме Преображения Господня получил неожиданный отпор. Дверь оказалась незапертой, я толкнул ее и уже собирался войти в неф, когда, словно тигрица из логова, выскочила «товарищ» в алом берете и захлопнула дверь у меня перед носом. Через пару минут я предпринял новую попытку. И опять на меня выскочила менада[197], но на этот раз я успел придержать дверь ногой, и ей оставалось только болтать и огрызаться, пока я рассматривал ее неприятное круглое лицо и удивлялся не тому, что в России разрешили аборты, а тому, что для этого появился повод. Наконец, увидев, что я сильнее и постепенно пробиваю дорогу в храм, она позвала на помощь, и к ней присоединился бородатый магог[198], чуть не сломавший мне бедро своей тушей, и вынудил меня отступить. Я тоже пришел в ярость и во что бы то ни стало захотел увидеть фрески этой церкви. Запрыгнув в сани, мы галопом помчались в офис музейного комитета, чтобы выразить протест. С искренним сожалением мне сообщили, что эта церковь, единственная из всех в округе, не входит в их ведомство, а восстанавливается по приказу непосред-

стороне, построенный в 1374 году и знаменитый тем, что в нем одном сохранились фрески кисти Феофана Грека. Роспись сделана в 1378 году.

197 Менады («безумствующие», «неистовствующие») — в древнегреческой мифологии спутницы и почитательницы Диониса.

198 Гог и Магог, в христианской и иудейской эсхатологической традиции имена варварских народов, которые, согласно пророчествам, завоюют Палестину или христианскую ойкумену в «последние времена».

ственно из Москвы. Помочь мне они не могли. Несмотря на их вежливость, прошло некоторое время, прежде чем отвращение, вызванное встречей со столь ужасным представителем рода человеческого, полностью испарилось. Позже, окольными путями и обещая не раскрывать источник, я узнал, что «реставрация», которой в то время занимались менада и ее спутник, заключалась в снятии золота с иконостаса или алтарной ширмы. Поэтому они не хотели впускать иностранца. Насколько оправданным было это нежелание, стало ясно только полгода спустя. Конечно, ничего не может быть разумнее, чем демонтировать иконостас, если церковь в конечном итоге восстановят и она будет содержаться в надлежащем состоянии в первую очередь благодаря фрескам — как это и было на самом деле, поскольку очень высокий православный иконостас неизбежно скрывает важные композиции в православной иконографии. Я рассказал о приключении и его причинах различным соотечественникам, скорее для того, чтобы завести разговор о путешествии, чем с какой-либо другой целью. Представьте мое удивление, когда следующей осенью я встретил на охоте друга, недавно вернувшегося с дипломатической службы в Каире, который заметил, что слышал мое сообщение о продолжающемся осквернении церквей в Новгородской области. Только тогда я понял, какие инструкции получила менада и почему каждый иностранец, самостоятельно путешествующий по России, рассматривается как потенциальный агент капиталистической пропаганды.

В Новгороде мы с гидом пробыли два дня. Счет за проживание в покоях архиепископа составил 225 рублей, из которых восемьдесят пришлось за еду, семьдесят — за лошадей, а двадцать пять за «организацию». От последнего пункта мы отказались, и в знак примирения хозяйка открыла консервированную осетрину, когда в комнату вбежал мужчина и сообщил, что поезд отправляется через двадцать минут, на час раньше, чем ожидалось. Нам подали двое саней. Первые тянула Принцесса, и мы галопом поскакали по темным улицам, за нами, в санях, запряженных серой кобылкой, следовал багаж, и народ разбегался, будто на них обрушился апокалипсис. Когда паровоз, пыхтя, отъехал от станции, мне пришло в голову, как, впрочем, и сейчас, что из всех городов России, куда бы я хотел вернуться, главный — Великий Новгород.

Древнерусская живопись

Вернувшись в Москву после поездки в Новгород, я выступил с научным докладом перед собранием профессоров в помещении ВОКС[199], организации, которая в России соответствует Обществу культурных связей в Лондоне. Мою безрассудную смелость при этом оправдывало лишь то, что иначе я не смог бы встретиться с такими известными людьми, как профессор Грабарь[200], с которым мечтал увидеться. С переводчицей не повезло: доклад с трудом переводила дама, чье знание английского в основном ограничивалось инженерными тонкостями. Когда я закончил, председатель собрания вежливо похвалил выступление, но сожалел, что я ничего не рассказал слушателям о воздействии искусства Эль Греко на массы. На это я резковато ответил, что, на мой взгляд, публика была рада хоть раз в жизни отдохнуть от социальных влияний. Дама сочла нецелесообразным переводить замечание, но те, кто понимал английский, цинично хохотнули. Доклад касался не только Эль Греко, но и русского искусства как

199 Всесоюзное общество культурных связей с зарубежными странами (ВОКС) было создано правительством СССР в 1925 году для содействия международным культурным контактам между писателями, композиторами, музыкантами, кинематографистами, художниками, учеными, педагогами и спортсменами СССР и других стран.

200 И.Э. Грабарь (1871–1960) — художник, искусствовед и реставратор; создал и возглавлял Центральные реставрационные мастерские в 1918–1930 годы; один из основателей Института истории искусства и охраны памятников архитектуры АН СССР (1944).

параллельно развивающейся ветви византийской традиции. Из-за невозможности точно донести мысль до аудитории мои аргументы лишились той убедительности, которую они, возможно, имели бы на английском языке, но их смысл был достаточно очевидным, и в ходе последовавшей за докладом дискуссии несколько авторитетов в области русского искусства выразили несогласие. Поэтому с некоторой неуверенностью приведу замечания о тех образцах древнерусской живописи, которые я успел увидеть, как в Новгороде, так и в Москве. При этом меня можно простить по двум причинам: во-первых, потому, что мое предыдущее знакомство с современными стилями в Греции показало, что они развивались параллельно со стилями в России с похожестью, о которой историки русского искусства до сих пор не подозревали. Во-вторых, сама тема русской живописи теперь настолько отдалилась политическими барьерами, что любой взгляд на нее, каким бы близоруким он ни был, несомненно представляет интерес.

Разница между византийской и русской живописью хорошо заметна даже на репродукциях и тех иконах, которые доступны или были доступны для изучения в Западной Европе. Я всегда воображал ее, как отличие между опытным, умудренным и волнующим родительским искусством и поверхностным украшательским ремеслом никчемного дитяти. Однако ошибочность такого суждения не замедлила проявиться. А также и породившие его причины. Ибо русское искусство на самом деле менее глубокое и не озадаченное столь заумной целью, как константинопольское. Поэтому его композиции в репродукциях и на небольших картинах выглядят поверхностно, что не только чуждо, но и уступает греческой манере. При таких обстоятельствах кажется, что они ограничены простыми образцами цвета или светотени, образчиками, представленными только в двух измерениях, художественный смысл которых едва ли глубже лоскутного одеяла. Доверять впечатлению от искусства по репродукциям — значит недооценивать великую культуру.

Древнерусская живопись — по сути внешняя, она больше привлекает взор и фантазию, чем разум. Однако привлекательность достигается средствами, независимые достоинства которых заслуживают сравнения на равных с таковыми в родительском искусстве. В древнерусской живописи византийский формализм сочетается с местной поэзией, чуждой логичному Средиземноморью, мастера размещают изысканные и тщательно продуманные детали на позитивном, непринужденном фоне, смело используют яркие краски, из которых не в последнюю очередь примечателен сияющий белый; изображения характеризует безошибочный вкус сочетаемости красок, будь то на отдельных полях или тесно переплетенных, и, наконец, неосязаемая прозрачность, рожденная снежным пейзажем, березами и широким небом равнин. Эти качества тонки и неуловимы, и у второсортных мастеров или на фотографиях их легко можно принять за пародию на оригинальные греческие образцы.

Русское искусство началось с формирования городов-государств и принятия христианства киевским князем Владимиром в 988 году. Главный памятник этого раннего периода — цикл мозаик в Киевском соборе[201], который датируется серединой XI века. Стиль чисто греческий. Мозаики в монастыре Святого Михаила, также в Киеве[202], датируемые XII веком, считаются работой русских художников. Они примечательны в основном неумелостью и, кроме белого фона, не демонстрируют никаких специфически русских особенностей. Фрески, украшающие лестницу Киевского кафедрального собора и датируемые XI веком, были настолько отреставрированы, что представляют исключительно исторический интерес. В церкви

201 Киево-Софийский собор перестроен в стиле барокко в XVI–XVIII века; закрыт для богослужения в 1929 году, с 1934 года — музей; площадь мозаик — 260 квадратных метров.

202 Соборный храм Архангела Михаила построен в XII веке, снесен в 1933–1937 годы; мозаики перенесены в Софийский собор Киева.

Святого Кирилла в Киеве[203] сохранились лишь красные и белые контуры, и к тому же неумелые. В Новгородском соборе, расписанном в XI веке, реставрации избежал только один фрагмент, изображающий Константина и Елену. Это свидетельствует о полной некомпетентности, которая отвергает какие бы то ни было традиции и лишена даже примитивных усилий необразованного дикаря. Изучение русской живописи следует начинать именно с фресок Старой Ладоги[204] и Святого Димитрия[205] во Владимире (около 1200 года). Их, к сожалению, я увидеть не смог. Мое исследование начнется в Новгородской области в 1198 году. В том году был начат цикл фресок, который до сих пор украшает церковь Преображения Господня в деревне Нередица, недалеко от Новгорода. Шесть лет спустя в результате Четвертого крестового похода пал Константинополь, но Латинская империя оказалась лишь эпизодом, и жизнеспособность византийской культуры сохранилась и даже обрела новую силу, по мере того как Греческая империя окончательно погибла в XIV и XV веках. Достаточным свидетельством этой жизнеспособности являются мозаики Кахрии и фрески Мистры и горы Афон[206]. Отсюда

203 Шестистолпный храм XII века, фактически заново расписан в 1880–1885 годы под руководством А. Прахова и Н. Мурашко (одним из художников был М. Врубель).

204 Церковь Святого Георгия — недействующий белокаменный православный храм второй половины XII века, находящийся в Староладожской крепости. Один из древнейших сохранившихся храмов России. Наряду с собором Староладожского Успенского монастыря является самым северным русским каменным храмом домонгольского периода.

205 Дмитриевский собор — недействующий православный храм во Владимире, возведенный Всеволодом Большое Гнездо на княжеском дворе и освященный в честь великомученика Димитрия Солунского. Канонический пример крестово-купольного белокаменного храма Владимиро-суздальской архитектурной школы. Знаменит своей белокаменной резьбой.

206 Кахрие-Джами, или храм Христа Спасителя в Хоре (1077–1081); Стамбул. Фрески Митрополии, Афендико, Перивлептос, Мистра, Греция.

исходило главное вдохновение новгородских художников в XIV веке. Таким образом, ребенок достиг зрелости прежде, чем родитель впал в маразм, и с XII по XV век русская и византийская живопись следовали двумя разными путями художественных открытий, постепенно расходящимися, но подверженными одним и тем же изменениям стиля, что допускает отнесение их к одним и тем же школам. Наконец, около 1410 года, Россия произвела на свет великого художника-индивидуалиста в лице Рублёва, который, хотя и происходил непосредственно из современного греческого источника, выкристаллизовал до сих пор изменчивые особенности, свойственные русской живописи, в авторитетную национальную школу. Отход от Константинополя был завершен, и к 1453 году, когда этот город был взят турками, опекунская функция греческого искусства в России стала излишней. Последовавшая за этим полноценная критская школа не имеет значимых аналогов в основном потоке русского искусства. Она породила Эль Греко. И он отправился на Запад.

После иконоборческой полемики XIX века византийское искусство приобрело официальный характер стереотипной иконографии и роскошного цвета. Созданное расчетливое великолепие символизировало обильное богатство и высокий уровень цивилизации великой столицы. Однако во времена правления династий Македонской[207] и Комнинов[208] в провинциях действовали другие влияния, придавшие безличному великолепию официального искусства человечные и вызывающие симпатию черты. Эти влияния, особенно в Малой Азии, нашли выражение в школе мастеров фрески, произошедшей от сирийских миниатюристов доиконоборческих времен, которые сосредоточились на реализме, приспособленном для

207 Македонская династия, византийская императорская династия (867–1056). Основана Василием I Македонянином, сыном крестьянина из балканских областей империи, с римских времен носивших обобщенное название — Македония.

208 Династия Комнинов правила в Византийской империи в 1057–1059 и 1081–1185 годы, а в Трапезунде с 1204 по 1461 год.

обучения неграмотных основам христианства с помощью священных изображений. В общем, фигуры невысокие и коренастые, но подвижные, головы большие, губы поджаты, а лица сохраняют то эллинистическое выражение вечного удивления, которое возникает из-за приподнятых бровей, расширенных зрачков и белых глазных яблок на файюмских портретах. Стиль, созданный этой культурой в X и XI веках, был назван каппадокийским, его фрески сохранились главным образом в высеченных в скале церквях к юго-западу от Евфрата. В XII веке влияние этого стиля, хотя и нежеланное в Константинополе, распространилось на Италию и на Россию, о чем ясно свидетельствуют фрески Нередицы. Как по иконографии, так и по энергичным действиям изображенных лиц эти картины напоминают мозаики в монастырской церкви святого Луки Стирисского близ Дельф, датируемые XI и XII веками и которые сами по себе обнаруживают заметное сходство с работами художников-просветителей. В некоторых сценах, особенно в сцене Распятия, фрески Нередицы кажутся еще более непосредственно связанными с теми, которые обнаружил в Каппадокии отец де Джерфанион[209]. Их краски мрачные, выразительные и непрозрачные, нет предсказаний о грядущем сиянии. Основные тона: холодный синий, охра, красный и розовый. На портрете основателя, который держит церковь в руке, изображено бородатое, хмурое, унылое лицо в охряных и коричневых тонах, увенчанное шапкой с меховой оторочкой, далее видна длинная красная шелковая мантия с византийским узором, которая контрастирует с темно-синим фоном. Общее впечатление от убранства — мрачная напряженность и серьезность, присущие Северу. Помимо этого, мало что указывает на местную работу. Тем не менее надписи, хотя в основном на греческом, перемежаются славянскими буквами, из чего можно сделать вывод,

209 Гильом де Джерфанион, иезуит, стал известен благодаря своим исследованиям в области археологии и пещерных церквей Каппадокии.

что художник был русским. В начале XIII века Русь захватили монголы, и только во второй половине XIV века стали доступны новые циклы фресок, позволяющие оценить развитие традиции. В Греции тем временем влияние художников-просветителей проникло в столицу и объединилось там с волной мистицизма и подчеркнутого стремления выразить красоту страдания, которое захватило все мысли Империи в ее последние дни и предшествовало появлению в Италии «Святого Франциска» Джотто[210] и эпохи Возрождения. Результатом стал отказ от грубой театральной условности, как в церкви Святого Луки в Стирисе; теперь художники детализировали, углубляли и очеловечивали различные иконографические клише в свете новых эмоций. С акцентом на страдания пришла и новая радость: мастера стали замечать и использовать фрагменты природы, яркие и блестящие краски. Появились две школы. Более ранняя, известная как македонская, работала на горе Афон в начале XIV века, где еще можно увидеть ее фрески, не подвергшиеся серьезной реставрации, в монастыре Ватопеди и церкви Протатона[211] в Кариесе. Более поздняя и радостная, датируемая второй половиной XIV века и первыми десятилетиями XV, процветала в Мистре на Пелопоннесе, где ее произведения сохранились главным образом в храме Богоматери Перивлепты и монастыре Пантанасса. В России македонская школа представлена росписями в церкви Успения Пресвятой Богородицы в Волотово, недалеко от Новгорода, которые датируются 1363 годом. Фрески ясно пока-

210 «Святой Франциск, получающий стигматы» — панно, написанное темперой итальянским художником Джотто около 1295–1300 годов для церкви Святого Франциска в Пизе, которое в настоящее время находится в Музее Лувр в Париже. На картине изображен эпизод из жизни святого Франциска Ассизского. Ее высота (до вершины треугольника) составляет 314 сантиметров, ширина — 162 сантиметра. Подписано: OPUS IOCTI FLORENTINI («Произведение флорентийца Джотто»).

211 Кариес — монашеское поселение на горе Афон. Главной церковью в Кариесе является Протатон.

зывают, что к тому времени уже утвердилась местная традиция пытливого ума и свободного творчества.

Сразу же замечаешь схожесть между циклом фресок Волотово и теми, которые относятся к Македонской школе на горе Афон: это ярко выраженные типы лица, которые наиболее заметно отличают македонскую школу от тех, что были до нее и появились после. У пророков и патриархов, таких как Давид и Иов в Волотово, густые седые кудри и бороды, хмурые лица, головы выдаются вперед за пределы туловища, лбы нависают, губы плотно сжаты, так что нижняя часть лица мала по сравнению с верхней. Христос тоже остается неизменным: в «Двойном причастии» в Волотово у него столь же хмурое лицо, обрамленное более длинной, но всё еще густой черной бородой, почти идентично его изображению в Протатоне в Кариесе (около 1310 года). Безбородые лица также похожи, особенно у женщин, с округлыми, четко очерченными подбородками и выражением унылой покорности судьбе — чертами, которые в византийском искусстве указывают на возврат к формам античности. Эти лица смело начертаны широкими импрессионистскими мазками. В русской церкви импрессионизм расширил поле деятельности: даже лица раннехристианских отцов церкви, таких как святой Климент, хотя и удивительно напоминают их собратьев по Протатону, сменили древнюю условность на менее жесткую и угловатую. Однако в целом сострадание, которое излучают эти фрески, обусловлено греческим влиянием и становится наиболее пронзительным, как в монастыре Ватопеде на горе Афон, в «Распятии», яркой сцене человечности и скорби. Выбор сцен и их расположение также соответствуют фрескам греческих храмов. Если метод окрашивания в целом русский, то в обширных зонах, легком прикосновении и непрерывности сами цвета воспринимаются в основном как греческие. От македонской школы пришли преобладающие бледно-лиловый, грязно-красновато-розовый и холодно-голубой тона. И всё же кое-где видны признаки нового источника, как, например, в голубовато-зеленых одеждах женщин в «Воскрешении Лазаря». Источник не из местных, из Мистры.

Местный гений тем не менее нашел свои средства выражения. Хотя схема всего волотовского цикла традиционна, иконография отдельных сцен показывает новое отступление и первое воплощение в искусстве русской поэзии и фантазии. Фигуры неземные и вытянутые за пределы даже афонского канона. В движениях иератическую позу и грубый жест [212] сменила воздушная грация. Кажется, на древних священных персонажей снизошло что-то от балета. В сцене «Благовещения» согбенный, стройный ангел, чья пышная одежда и расправленные крылья говорят о скором полете, манит крошечной ручкой Деву Марию, которая сжимается в комок, как Данилова [213] перед заигрываниями Лифаря [214]. Более того, Богородица облачена в другое одеяние: ее покров образует нечто вроде пастушьей шапки с уголками на висках. В теме «Три Марии [215] у гроба Господня» иконография была радикально изменена: ибо, хотя обычный ангел восседает на открытой крышке, видно, как Христос исчезает, Марии, вместо того чтобы стоять прямо, падают ниц, а на заднем плане появляются взволнованные солдаты. «Вознесение»,

212 Иератизм — обусловленные религиозно-каноническими требованиями торжественная застылость и отвлеченность композиции и трактовки человеческих фигур и лиц (иератическая трактовка подразумевает, например, изображение людей в строго фронтальных позах, с неподвижным взглядом и т. п.). Характерен главным образом для искусства Древнего мира и Средневековья.

213 Александра Дионисиевна Данилова (1903–1997) — русская и американская балерина, балетный педагог.

214 Серж Лифарь (Сергей Михайлович Лифарь [1904 или 1905–1986]) — французский артист балета, балетмейстер, теоретик танца, коллекционер и библиофил. Танцевал в «Русских сезонах» Дягилева. Четверть века руководил балетом Парижской оперы.

215 У Иоанна, 19:25, читаем, что при кресте Иисуса стояли «Матерь Его, и сестра Матери Его, Мария Клеопова, и Мария Магдалина».

на взгляд византолога с консервативным вкусом, откровенно говоря, необычно. Здесь нет никаких попыток добиться симметрии. Апостолы и Пресвятая Дева мечутся в хореографическом буйстве, а из круговорота облаков в уголке неба вырываются языки молний. Кроме сюжетов, предписанных православной традицией, в церкви в Волотово есть четыре сюжета, представляющие отчасти исторический, отчасти художественный, но исконно русский интерес. На первом изображена сама церковь в процессе освящения и показано, что с момента ее постройки и до настоящего времени в ней не изменился ни один камень. На втором изображена трапеза, устроенная для компании фантастически одетых знатных людей в современном монастыре, один из монахов в белых одеждах подает блюда с приставного столика. Два других — портреты Моисея и Алексия, архиепископов Новгородских в XIV веке. Они выполнены почти полностью в одном стиле и не имеют никакого отношения к существующим догматам, греческим или иным. Моисей, по-видимому, умер в 1359 году[216]. Алексий стал архиепископом, когда построили церковь[217]. Его портрет написан в более свободной манере, чем другой: мы видим типично славянское лицо с редкой бородкой, широкими скулами и очертаниями крестьянской куклы. Этот пример настоящего искусства создания образа, очевидно, сделан с натуры с целью добиться сходства, а не просто изобразить символ. Первый пример такого рода в русской живописи, которого греческая живопись, даже после завоевания, так и не достигла. В 1910 и 1912 годах в Новгороде произошли два события огромной археологической важности. Под побелкой были обнаружены фрески, сначала в церкви Святого Феодора Стратилата, затем в церкви Преображения Господня. Первые были полностью от-

216 Считается, что в 1359 году Моисей удалился на покой, а умер три года спустя.

217 Алексий был архиепископом Новгородским в 1360–1388 годах, почти до своей смерти.

крыты. Из последних пока видны только росписи в куполе, но есть надежда, что со временем вся серия будет представлена в целости и сохранности.

Значение этих открытий заключается в установленном факте, что фрески в церкви Преображения Господня были написаны в 1379 году греком по имени Феофан, который известен в России как Грек, точно так же, как Доменикос Теотокопулос известен в Испании. В жизни этих художников, греков в изгнании, наблюдаются любопытные параллели. Оба были известны как философы. Пользовались славой, которая присуща людям с сильным характером и творческой смелостью. Феофан, как известно, презирал религиозные каноны и иконографические догматы. Он писал по вдохновению или с натуры и изобразил на стене виды Москвы[218] точно так же, как Теотокопулос изобразил виды Толедо[219]. В одной из летописей того времени сохранилась миниатюра, на которой мы видим его за работой, окруженного толпой зевак. В 1405 году он уехал из Новгорода в Москву, где расписывал различные церкви. Среди них был Благовещенский собор в Кремле. Он работал здесь вместе с Рублёвым, который, таким образом, на раннем этапе карьеры попал под прямое влияние византийского мастера. Ту малую часть работы Феофана, которая еще была видна, я не смог увидеть из-за ярости менады, отвечающей за церковь, в которой она находилась. Профессор Анисимов, прежде чем его постигла участь, уготованная мятежным интеллектуалам при царе, и его сослали в неизвестном направлении в Сибирь, высказал мнение о том, что фрески в церкви святого Феодора Стратилата, датируемые примерно 1370 годом, с достаточной вероятностью

218 В Москве Феофаном Греком был расписан также терем князя Владимира Андреевича Серпуховского, на стене которого он представил вид Москвы.

219 «Вид Толедо» — один из трех сохранившихся пейзажей, помимо «Вида и плана Толедо» и «Горы Синай». Другое название полотна — «Толедо в грозу».

можно рассматривать как работу этого русского Греко. Предположение подкрепляется тем, что все надписи сделаны на греческом языке, в отличие от надписей в Нередице и Волотово, которые перемежаются буквами кириллицы. Однако подтвердить это окончательно можно только после завершения реставрации церкви Преображения Господня.

Войдя в церковь Святого Феодора Стратилата и еще не осознавая вышеприведенных фактов, я мысленно воскликнул: «Вот Византия!» — и, конечно, эта живопись, с совершенной техникой и подлинным духом греческого Возрождения, может сравниться с картинами самой Мистры. И всё же, несмотря на явное византийское влияние, в ней также присутствует дух русского танца. Здесь, по сути, в первый и последний раз перед окончательным расхождением, полностью достигнуто слияние местного гения со средиземноморской способностью к интеллектуальному трехмерному рисунку.

Краски, пропитанные тем неосязаемым намеком на внутренний свет, присущий византийскому шедевру, взяты из той же палитры, что и в Периблептосе в Мистре (конец XIV века). В ней представлен спектр жемчужины: розовый, бежевый, винно-красный, голубой «любовь в тумане», ярко-серый и белый. Последние два в сочетании предвещают развитие поздней критской школы и ее главного цветка — Эль Греко. Прекрасна композиция цикла «Сошествие во ад» в западной апсиде. Здесь подвижный Христос, с распростертыми в театральном жесте руками, обрамлен, за исключением отставленной ноги, круговой аурой из двух оттенков серого, окружающих белую землю, — тройной аурой безмолвных размышлений. По обе стороны в мольбе встают из могил ветхозаветные цари-праведники, а над аурой группа ангелов утверждает крест.

Хотя в чисто греческой иконографии такой техники не было, в переплетенной симметрии и гармонии композиции тем не менее заметно греческое влияние. Изящное подчеркивание телесных контуров незаметными белыми штрихами также свойственно грекам, особенно когда штрихи наносятся на выпуклости лба, по носу и под глазами в манере мастера по мозаике. Это прослеживается во всей росписи церкви. В верхней части купола архангелы, одетые в царские облачения, со сферами в руках, чередующиеся с шестикрылыми херувимами, напоминают об искусстве греческого двора золотого века. В то же время свободные и грациозные движения солдат в белых одеждах в «Шествии на Голгофу» в сочетании с архитектурным фоном в западной перспективе указывают на рост нового гуманизма, совпадающего с итальянским, который достиг своего апогея в Пантанассе в Мистре в 1428 году. Фрески храма Святого Феодора Стратилата, по сути, представляют собой промежуточное звено между Периблептосом и Пантанассой, а в некоторых отношениях между мистрской и критской школами, звено, памятников которому в самой Греции нет. Тем временем развитие русской традиции продолжается. Компоновка росписей более свободная, фигуры менее статичные, чем в Греции; а в красках, помимо присущего им света, скрывается намек на тот перламутровый блеск, славу которого спустя четыре десятилетия приберегли для Рублёва.

В дополнение к фрескам, описанным выше, исторические свидетельства указывают на возможность того, что сцена Успения Пресвятой Богородицы, написанная на оборотной стороне иконы Донской Богородицы[220], также может быть работой Феофана Грека. Сейчас эта икона находится в Третьяковской галерее в Москве. Довольно подробно изучив ее оборотную сторону, я обнаружил, что мне трудно преобразовать возможность в вероятность. Однако есть еще две иконы, покрупнее, площадью, насколько я помню, около полутора квадратных метров, которые российские власти склонны приписывать Феофану. Одна, «Распятие», находится в музее в Новгороде. К сожалению,

220 Икона является двусторонней: на лицевой стороне помещено изображение Богородицы с Младенцем, выполненное в иконографическом типе «Умиление», на обороте — Успение Богородицы.

когда я добрался туда, близился вечер, и у меня было мало времени для подробного изучения; я заметил только шоколадные одежды, складки которых были подсвечены яркими бликами бледно-лазурного цвета. Другая, «Преображение Господне», сейчас находится в Третьяковской галерее в Москве, хранитель которой, профессор Некрасов[221], выразил твердое убеждение в том, что она принадлежит кисти Грека. Ее краски демонстрировали яркие сокрушительные контрасты и всполохи молний, которые в Греции обычно относят к критской школе — те же лазурные блики применялись к одеждам ржаво-красного и медово-желтого цветов, красные блики переходили в оливково-зеленый, синевато-серые в винно-розовый, а сам Христос, выгравированный в золоте, выделен аурой светло-серо-голубого, золотистого и белого цветов. Прежде чем высказать свое мнение, профессор Некрасов поинтересовался моим. Я датировал икону XV или началом XVI века, но, ознакомившись с росписью храма Святого Феодора Стратилата, понял, что критский стиль, достигший расцвета в начале XVI века, начал развиваться уже в конце XIV. Таким образом, икона Преображения Господня может быть работой Феофана, и цвета, общие как для нее, так и для новгородских росписей, возможно, были намеренно преувеличены на панно, предназначенном для тщательного изучения. Используемые краски, за исключением способа их нанесения, по существу одинаковы в обоих случаях. Именно эти цвета Рублёв, несомненно, унаследовал через своего греческого учителя от недолговечной весны византийского возрождения и теперь, в первом десятилетии XV века, нашел им дальнейшее применение. Андрей Рублёв был монахом Андрониевского монастыря в Москве. Первое упоминание о нем

221 Алексей Иванович Некрасов (1885–1950) — искусствовед, историк и теоретик архитектуры, основоположник московской школы искусствознания. В 1930–1936 работал в Третьяковской галерее. Репрессирован в 1938–1948 годах, в 1949 году вновь арестован и выслан.

связано с Феофаном и росписью церкви Благовещения Пресвятой Богородицы. В 1408 году он расписывал церковь Успения Пресвятой Богородицы во Владимире. Считается, что около 1410 года он написал великую икону «Троица» для иконостаса одноименного монастырского собора в Сергиево, где она оставалась вплоть до революции. О жизни Рублёва известно немного, а о творчестве — и того меньше. Тем не менее его влияние изменило характер русской живописи, и у себя на родине он достиг огромной, почти легендарной славы. В 1551 году церковный собор, осудивший новшества в иконописи, провозгласил стиль Рублёва истинным эталоном православного искусства, к которому нужно стремиться вечно.

До 1920 года оправдание славы Рублёва с точки зрения эстетического таланта было несколько недостаточным, даже в глазах россиян. Кондаков[222], например, в книге о русской иконе, опубликованной издательством «Оксфорд Юниверсити Пресс», сомневается в том, что панно с изображением Троицы было написано рукой Рублёва, и не имеет ни малейшего представления о его реальной художественной ценности. Ибо Кондаков покинул Россию до того, как с иконы сняли покровы XIX века. Даже сейчас многочисленные иностранные гости, приезжающие в Россию, видят ее редко. До 1929 года она находилась в Сергиево. Затем икону перевезли в Третьяковскую галерею, где центральное отопление тут же нанесло больший ущерб, чем пять столетий холода и сырости. Куски панели покоробились, а краска посередине потрескалась. Когда я увидел ее, она лежала на столе реставратора, так что мне пришлось встать на стул и смотреть на нее сверху. Зрелище стало откровением. Передо мной находился величайший шедевр, когда-либо созданный славянским художником, беспримерное изобретение, подобного которому в искусстве не найти. Дело было не в том, что я увидел кар-

222 Никодим Павлович Кондаков (1844–1925) — русский историк византийского и древнерусского искусства, археолог, создатель иконографического метода изучения памятников искусства.

тину более величественную, чем все, что встречал раньше, просто икона отличалась от общепринятых канонов величия больше, чем можно себе представить. Площадь иконы примерно полтора квадратных метра. На ней изображены три ангела, сидящих за престолом, — тема, часто встречающаяся в православной иконографии и основанная на том, как Авраам угощал странников. Фон светлый по тону и, вероятно, когда-то был белым, но теперь имеет неопределенную текстуру грязно-кремового цвета. С одной стороны возвышается дом, с другой — гора, оба светлые по тону и отдаленные. Почти в середине, хотя и справа от головы центрального ангела, стоит более близкое дерево, зеленое, плоское и схематичное. Центральный ангел виден только до колен, у остальных — ноги перед столом. Все трое представлены в цветовой гамме, спокойная простота которой кажется необычной по сравнению с редким и лирическим великолепием целого.

Ангел в центре и тот, что справа от зрителя, одеты в хитоны с длинными рукавами, поверх которых накинуты гиматии, закрывающие одну руку и плечо. На ангеле в центре эти одежды соответственно насыщенного шоколадного цвета с красноватым оттенком и блестящего синего, цвета настолько выразительного, но в то же время настолько сдержанного, что во всей природе аналога ему подобрать не получается. Ангел справа одет в хитон такого же синего оттенка, но посветлее. Поверх него накинут гиматий цвета блеклой увядшей зелени, цвета листьев в конце лета, при ярком освещении светлый серо-зеленый оттенок переходит в чистый белый. У ангела слева гиматий розовато-сиреневого цвета, подсвеченный бледным полупрозрачным серым, поверх белого хитона. Все лица и руки смуглые, светло-каштановые, созданы только вариациями оттенков одного и того же цвета и обведены черным. Распростертые крылья, перья которых обозначены тонкими золотыми линиями, более плоские и бледно-коричневые, что-то среднее между чаем и сливочной тянучкой, заполняют пространство между фигурами и деревом. Каждая голова окружена простым белым нимбом, который раньше, хотя, возможно, и не изначально, был заполнен сусальным золотом.

Со временем понимаешь, что кажущаяся простота замысла обманчива. Композиция имеет внутреннюю конструкцию, которая строится на контрасте не только между цветовыми полями, но и между оттенками и текстурами. В то время как ангел, сидящий в центре, заявляет основные притязания с такой позитивной утверждающей силой, что глаз почти шарахается, именно потому, что ангелы, сидящие по бокам, способны поглощать эту силу и оспаривать ее, глаз, вместо того чтобы отшатнуться, очарован ярким взаимодействием. Этот процесс происходит, главным образом, благодаря гиматиям сидящих по бокам ангелов. Цвета этой одежды были описаны в общих чертах. Но на самом деле описать их невозможно, с таким же успехом можно было бы попытаться проанализировать палитру плоти на картинах Рембрандта. Розовато-сиреневый и бледный синевато-серый, цвет зеленой листвы, подсвеченный серо-зеленым и белым, — при рассмотрении этого чуда становится видно, что оно включает в себя не только эти, но и все цвета жемчужного спектра. Они мерцают, как холмы над пустыней вечером. Неземная прозрачность, заключенная в широкие плоские цветовые поля, обладает подвижностью и силой, которые сдерживают господство центральной фигуры и уравновешивают композицию.

Сколько я ни смотрел, не мог с уверенностью сказать, каким образом Рублёв добился такого впечатления. Лишь предположил, что иконописец использовал тонкие кисти и множество пигментов, но я был совершенно уверен в том, что, как бы то ни было, он создал шедевр, равного которому в европейском искусстве нет. Даже в лицах очевиден налет гениальности. Он следовал догмату, избегая использования цвета для изображения тела до такой степени, что его превзошел. И всё же лица живые, а их серьезные, устремленные вниз взгляды свидетельствуют о жизненном, если не сверхъестественном, интеллекте странных существ среднего рода. Хотя Рублёв был мастером всего, что унаследовал от греков, как в канонах, так и в цвете, настоящим вдохновением для него были русские. В его палитре живет поэзия страны, в композиции — ее сила. За монашеской серьезностью скрывается нечто большее, чем мелодия и танец, нечто наднациональное, принадлежащее всему миру. До Рублёва греческое искусство могло претендовать на родительский авторитет над русским — последнее не создало ничего, что могло бы сравниться с мозаиками Кахрие. В Рублёве, наконец, выразилась медленно созревавшая независимость ребенка. Это провозглашение было окончательным и в другом смысле. Ибо только в литературе XIX века славянский гений вновь достиг высот, открытых безвестным монахом, единственным памятником которому является икона с изображением трех ангелов.

Рублёв оставил после себя школу, иконы которой отражают его цели, но не гений: почти сразу подражание мастеру переходит в догмат. Критерием его отдаленного влияния на настенную живопись должны быть фрески Ферапонтова монастыря, выполненные между 1500 и 1502 годами мастером Дионисием. Фотографии этих картин демонстрируют искусство масштабного замысла и грандиозной изобретательности. Однако фотографий недостаточно, а монастырь настолько окружен болотами в одной из северных провинций, что никто из тех, кого я спрашивал в Москве, не смог даже подсказать мне название Кириллова, ближайшей к нему станции. Лучшее мое достижение в поисках преемников Рублёва — поездка в Ярославль, церкви которого были расписаны в середине XVII века. В самих церквях, насколько я могу судить, много красоты, но их фрески говорят о гибели византийской православной традиции. Вот все недостатки русского искусства, не искупленные ни одним из его достоинств. Формализм, неоспоримый и непостижимый, породил безумные изыски и аляповатость. Восемнадцатому веку оставалось создать светскую традицию живописи, а XIX — произвести на свет хотя и не самородков, но весьма искусных реалистов, Верещагина и Репина, вместе с этим тошнотворным отбросом, само имя которого нечестиво, неовизантийцем Врубелем[223]. Можно возразить, что приведенный выше обзор, в котором нет ссылок на иконописные школы, выражает очень поверхностный взгляд на русскую живопись. Возражение справедливо, поскольку иконы составляют основную массу русской живописи до XVI века, а вот фрески сравнительно редки. Однако два вида искусства существенно различаются. Многие мастера фресковой живописи, правда, не достигли ничего, кроме отживающего соблюдения условностей, с другой стороны, иконописцы создавали произведения величайшей красоты и чувства. Фреска принадлежит к великой традиции искусства, в то время как сама природа иконы обрекает ее на вечное сближение с ремеслом. Мастер фресковой живописи, если только он не создает простые обои, как в Ярославле, обязательно должен проявить талант к изображению пространства, движения и равновесия, попытаться создать трехмерную композицию на площади и плоскости, которые варьируются в зависимости от каждой отдельной церкви. Каким бы бездарным он ни был, чтобы достичь цели, ему приходится изобретать. Иконописцу, каким бы одаренным он ни был, изобретать не нужно. Если у него есть к этому побуждение, он, как правило, ограничивается проработкой деталей. Такая утонченность, особенно в новгородской иконописной школе, часто граничит с гениальностью, но тот гений неизбежно был ограничен или, по крайней мере, адаптирован к меньшей среде, в которой работал. Рублёв, который также начинал как мастер фресковой живописи, отказался от подобных ограничений, поскольку его панно «Троица» является иконой. Он начинал творить, вдохновленный великой традицией, и продолжил ее в иконописи.

223 Фамилия Врубель образована от польского слова «wrobel», что в переводе означает «воробей». Предположительно такое прозвище мог получить человек, который отличался ловкостью и хитростью.

Во время пребывания в России, где было так много интересного и в политической жизни, и в разных встречах, я не осмеливался пускаться в лабиринт школ иконописи, опасаясь, что, пока действует виза, могу из него не выбраться. Тем не менее мне удалось увидеть некоторые известные иконы, чье нынешнее состояние и местонахождение заслуживают беглого упоминания.

В Новгородском музее иконы отобраны и расставлены с такой же разборчивостью и вкусом, как и в частной коллекции. Более известные и многократно воспроизведенные образцы новгородской школы находятся в других местах; многие из тех, что сейчас находятся в музее, до революции были неизвестны, их собрали в окрестных церквях только за последние десять лет. Такая возможность свидетельствует об услуге, оказанной революцией искусству. На детальное изучение у меня не хватало времени. Скажу лишь, что главным впечатлением от коллекции было качество, которое по цвету и эмоциональности превосходило даже лучшие иконы Афин и горы Афон. Самой известной иконой в коллекции является картина XIV века, изображающая святого Феодора Стратилата в белых сапогах. Одно из ранних панно выделялось среди остальных уникальной светской тематикой — новгородцы отправляются на битву с врагами, суздальцами, перед стенами города, причем ход битвы изображен в трех зонах, а небо заполнено летящими стрелами. Казалось, что иконы отбирали в связи с идеальным состоянием, и, действительно, большинство из них были скорее законсервированы, чем повреждены слоями жира и дыма, которые на них скопились. Я посетил реставрационный зал неподалеку. Большое панно с изображением святителя Николы Липенского[224], датированное 1294 годом, лежало на столе в работе у мастера. Реставрация была почти закончена,

224 Никола Липенский — икона святителя Николая Чудотворца, написанная для церкви Николы на Липне под Новгородом в 1294 году мастером Алексой Петровым. Хранится в собрании Новгородского музея-заповедника.

и в целом на нее уйдет полтора года жизни. Однако я не встречал в Советском Союзе человека, более довольного своей участью. К концу моего путешествия по России, в музее Печерской лавры в Киеве, я увидел древнейшие иконы в мире. В XVIII веке их привез с горы Синай русский митрополит Порфирий. Они датируются VI веком и выполнены на небольших панно в восковой росписи, преобладавшей в тот период. На одном изображены святые Сергий и Вакх, между головами которых в медальоне находится изображение Христа, на другом — святой Иоанн Креститель, на третьем — Богородица с младенцем. Все три работы тесно связаны с фаюмской и коптской традициями портретной живописи. Мазок смелый и выразительный, в изображении тела использованы зеленые и розовые тона, брови приподняты, а глаза смотрят неестественно. Пояснительная записка сообщает посетителю о том, что в 392 году император Феодосий запретил размещать портреты на мумиях. Следовательно, вместо них использовали иконы святых, выполненные в том же стиле.

До революции самым известным из всех святых образов в России — и наиболее действенным в передаче человеческих молитв властям, способным их исполнить, — была Иверская икона Божией Матери в Москве. Она находилась в Иверских воротах, двойной арке с двумя шпилями, которая примыкала к Историческому музею и давала доступ к Красной площади. Из-за роста автомобильного потока древнее сооружение недавно снесли, а над местом поклонения Богородице была установлена надпись, которая напоминает прохожему знакомую фразу Ленина: «Религия — опиум для народа». Когда я был в Москве, икона хранилась в малоизвестной часовне. Однажды вечером меня провели туда. Под низким сводом шло богослужение, на котором присутствовало около пятнадцати человек. Иверская икона Божией Матери висела на стене в дальнем конце, и я подошел с зажженной свечой поближе, чтобы ее рассмотреть. С художественной точки зрения она оказалась разочаровывающе топорной и, похоже, датировалась XVI веком[225]. Однако мне было приятно увидеть столь замечательную и почитаемую реликвию старой России. Вскоре после возвращения в Англию я получил письмо из Москвы, в котором говорилось, что Иверская икона Божией Матери внезапно исчезла. Ходят слухи, что ее продали Греции. Я написал в Афины запрос, но подтверждения подобной сделки получить не смог.

Основная коллекция икон в Москве располагается в Третьяковской галерее. Во время моего визита она находилась в процессе перестановки, но профессор Некрасов любезно разрешил мне доступ, и я побродил по маленькой комнате, перекладывая тяжелые доски, как страницы какой-то гигантской деревянной книги. Мое внимание привлекли две иконы Богоматери. Первой была Донская, датируемая XIV веком. Богородица и Младенец склоняются друг к другу с любовью и симпатией. Но выражения лиц неподвижны, а их формы слишком округлые, как бока яблока в рекламе. Это не изображение женщины, а подобие подобия. На голову накинут темно-шоколадный покров, из-под которого, обрамляя щеки и шею, вырывается вуаль ультрамаринового цвета, настолько яркого, что в данном случае невольно отводишь глаза. Этот синий цвет богаче и символичнее, чем тот, который изобразил на среднем ангеле Рублёв. Второе изображение, известное как Смоленская икона Божией Матери, представляет собой огромную композицию в натуральную величину, устрашающую своим грубым, жестким величием, как резьба на тотемном столбе краснокожих индейцев. Дева Мария снова одета в шоколадный покров, из-под которого свисает синевато-серая вуаль, обведенная киноварью. Лицо яблочно-красное и коричневое, нос напоминает большой церковный ключ, а глаза похожи на черные горошины. Икона примитивна в истинном смысле этого слова и, казалось, показывала, каким бы могло быть русское искусство, если бы до него не дошла традиция Константинополя.

225 Копия списка Иверской иконы датируется 1669 годом.

Ибо традиция Константинополя, когда я огляделся по сторонам, воплощалась на мольберте перед моими глазами. Я видел еще одно панно с изображением Богородицы, которое, как полагают, прислал из Константинополя император Константин Мономах в середине XI века, оно существовало к середине XII века и, несомненно, нарисовано греческим художником, выходцем из столичной среды во времена золотого века византийского искусства. В течение первых двух столетий пребывания в России эта икона оставалась во Владимирском соборе и известна как Владимирская, в западной традиции Владимирская Богоматерь, под таким названием в 1928 году в Праге «Семинариум Кондаковианум» опубликовал о ней монографию профессора Анисимова. Со временем она стала палладиумом[226] российского государства и монархии, а в 1395 году ее перенесли в Кремль, где два золотых оклада, в которые она была помещена, теперь находятся среди государственных сокровищ. После революции ее освободили от этих украшений и подвергли квалифицированной реставрации. При этом выяснилось, что первоначальная краска сохранилась только на тех частях, которые всегда были открыты, а именно на двух лицах. Уже по цветной репродукции профессора Анисимова я получил некоторое представление о красоте этих лиц, но реальность, внезапный взгляд на картину на мольберте, открыли мне новое впечатление от произведения искусства, точно так же, как и «Троица» Рублёва. Перечислить краски, которыми написано лицо Богоматери: яблочно-красный и полупрозрачный коричнево-зеленый цвет щек и шеи, при-

226 Палладиум, также палладий, палладион, в древнегреческой и римской мифологиях, — священная статуя-оберег, изображавшая Афину Палладу. По наиболее распространенной версии мифа, ее сбросил с Олимпа на землю Зевс, и поначалу она хранилась в Трое. По преданию, до тех пор, пока статуя находилась в городе, Троя оставалась неприступной. В переносном смысле палладиум — талисман, сакральный предмет, приносящий удачу владельцу (чаще стране).

косновение чистого холодного белого на носу, пылающая киноварь губ и уголков глаз, непостижимая чернильная тьма зрачков и четкие линии, которые отмечают верхние ресницы — описывать эти детали всё равно что переписывать партитуру неслыханной симфонии. Даже с точки зрения исполнения подобной этой иконе нет, поскольку это единственная сохранившаяся картина высокого имперского искусства Константинополя. Помимо академических соображений, это одна из очень немногих картин, в которой церковный догмат использовали как художественный прием, без изменений или расширения, для выражения такой глубокой и трогательной человечности, на какую способно искусство. Человечность существует не в рамках условности или вопреки ей, а благодаря ей, на ее языке. В некотором смысле, это больше не условность. И всё же именно условность неприступной сдержанностью усиливает живучесть скрывающихся за ней чувств. Они довольно просты: мать ласкает ребенка, его щека прижата к ее щеке, его бледные нежные пальцы ласкают ее шею. Простые чувства неподвластны времени. В серьезных темных глазах и в грустных губах живут вечные печали и радости и вся судьба человека. Икона вызывает слезы на глазах и умиротворение в душе. Я не знаю изображения прекраснее. Прощаясь с Владимирской Богоматерью, я выразил ей неизменную преданность. Для меня она стала новым стандартом древней иконописи, и насколько он ярок, судить можно по тому, что некоторые картины, которые я раньше ненавидел, теперь, на мой взгляд, лучше бы не существовали.

Ярославль и Сергиево

Если Великий Новгород сохраняет что-то от характера Древней Руси до татарского нашествия, то памятники Ярославля напоминают о расширении торговли, ознаменовавшей XVII век. В 1237 году город был полностью разрушен татарами, но был заново заселен Иваном Грозным с помощью купцов, привезенных из Новгорода[227]. Он расположен на Волге, в 240 километрах к северо-востоку от Москвы. Купцы торговали с Европой через Архангельск и с Персией через Каспий. Англичане построили здесь корабельную верфь[228], за ними последовали голландцы, немцы, французы и испанцы. В город пришло великое процветание, нашедшее выражение в строительстве храмов, просторные пропорции и богатство архитектурного убранства которых не имели себе равных в России того времени. В отличие от московских зданий XV века, в них мало иностранного влияния. Местные художественные взгляды, давно взращиваемые итальянцами, теперь распускали собственные цветы, прежде чем снова прийти итальянцам с канонами позднего классицизма. С началом реализации пятилетнего плана Ярославль вновь вышел вперед, благодаря расположению на Волге и на основных путях от Москвы до Владивостока и Архангельска. До 1932 года там находился завод по производству электрических машин шведской компании ASEA[229] — единственной иностранной концессии, оставшейся в России на тот момент. Мы с гидом[230] к поездке не готовились, только решили, на какой поезд сесть. Так мы оказались в Сполье, где в шесть утра нас встретил шведский инженер. Он отвез нас в Ярославль на своей машине и поселил в квартире управляющего, который заболел и задержался в Москве. Моя благодарность за эту доброту возросла, когда гид обнаружил, что местные гостиницы не только неудобны до такой степени, что встревожили даже его, но и переполнены. После завтрака мы поехали на трам-

227 Многие новгородские купеческие фамилии переселились в Ярославль после опричного разгрома Новгорода в 1570 году.

228 Английская фактория существовала примерно с 1587 года.

229 ASEA (Allmänna Svenska Elektriska Aktiebolaget, Всеобщая шведская электрическая акционерная компания) — шведское промышленное предприятие, крупный производитель электротехнической продукции и машин, трамваев, электровозов.

230 Байрона сопровождал в Ярославль гид «Интуриста» по фамилии Бендер.

вае в центр города и спросили у местных жителей, как добраться к некогда знаменитым церквям. Даже старики, к которым в основном я обращал расспросы, казалось, забыли своего Создателя и беспомощно разевали рты, когда я произносил имена Иоанна Предтечи и Иоанна Златоуста, ибо мой проводник был таким воинствующим атеистом, что ему эти суеверные звуки были не по силам. В отчаянии мы сели в сани, огромный возница которых, в длинном, отороченном белым каракулем черном тулупе, подвязанном красным кушаком, отвез нас к разрушенной церкви, которая, по его словам, была собором пророка Илии. Так бы оно и осталось в моем воображении, если бы в этот момент не подъехали два чиновника, которые нас разуверили. Они посоветовали обратиться в музейную канцелярию в Спасском монастыре[231] и получить сведения там. Мы отправились в Спасский монастырь, обнесенный белокаменной оградой, охраняемый массивными квадратными башнями с деревянными коническими крышами. Внутренний двор тоже был в руинах, потому что во время Гражданской войны в Ярославле проходили бои[232]. Единственный обитатель монастыря с ликованием сообщил, что музейная канцелярия находится в другом месте. В то же время часовой попытался отобрать у меня фотоаппарат, поэтому я подтолкнул ямщика, и мы галопом помчались прочь. Внезапно я узнал настоящий собор Святого Илии, поскольку раньше видел его фотографию. Напротив располагалась музейная канцелярия. При входе нам сказали, что идет заседание комитета и прервать его нельзя. Я рискнул предположить, что потревожить можно, и, таща за собой гида, ворвался в комнату, сопровождаемый протестующим дворником. Чиновники сразу откликнулись, показали мне несколько славянских рукописей и рассказали, как добраться до

231 Архитектурный ансамбль основанного в 1216 году Спасо-Преображенского монастыря относится к XVII веку.

232 В июле 1918 года в Ярославле произошло крупное антибольшевистское восстание под руководством Бориса Савинкова.

памятников, которые я искал. Ближайшим был собор Святого Илии, пять куполов которого, внешние галереи и отдельно стоящая колокольня с конической крышей демонстрируют основные черты ярославского стиля. Построили его в 1647 году с зелеными куполами, а снаружи покрыли простой побелкой. Однако внутри стены, расписанные фресками, раскрывают джунгли священных сюжетов в самых ярких красках, которые всё еще заключены в схематичные рамки, установленные Византийской церковью, и, таким образом, представляют собой последнее и самое фантастическое порождение ортодоксальной традиции христианского искусства. Это был единственный интерьер, к которому мы получили доступ. Я так обрадовался увиденному, что большего и не требовалось, поскольку интерес к росписи был скорее агиографическим, чем искусствоведческим.

Следующей целью была церковь Святого Иоанна Златоуста в деревне Коровники. Это место отделено от города притоком Волги, через который по железному мосту, известному как Американский [233] ходят трамваи, сани же преодолевают короткий путь по льду. Церкви в Коровниках — а их две — затмевает огромная наклонная колокольня восьмиугольной формы [234], с конусом сверху. Церковь Святого Иоанна Златоуста, основанная в 1649 году на средства двух братьев-купцов по фамилии Неждановские, украшена кирпичными узорами, которые в основании принимают форму глухой аркады, выполненной в приземистой манере и напоминающей кровати эпохи Тюдоров. К этим узорам примыкают изразцовые вставки из местной керамики, а в восточной части три окна окружены широкими изогнутыми изразцовыми наличниками. Как архитектурный материал этот фаянс можно сравнить

233 Крытый железный мост был построен в 1873 году по так называемой американской системе — однопролетным, с береговыми опорами.

234 Церковь Владимирской иконы Божией Матери и колокольня построены в последней четверти XVII века.

только с мексиканскими асулехос[235]. Позже, в тот же день, мы нашли еще более роскошный пример его использования в церкви Святого Николы Мокрого (1672), где купола меньшего размера в форме луковицы полностью выполнены из шевроноподобных изразцов переливчатого сине-сиреневого и зеленого цветов, чередующихся с бордовым. Здесь снова появились те же изразцовые наличники. И они, и вставки, а иногда даже карниз крыльца выполнены с выступом, размером в пять сантиметров. Цвета глазури отчетливы, по большей части синие, зеленые и желтые на белом фоне. Оттуда мы поехали в Толчково, другую деревню, где увидели другую колокольню, еще более наклонную и поднимающуюся восьмиугольными ярусами, как шоколадный свадебный торт. На каждом ярусе сверкал ряд позолоченных сфер, поддерживаемых рядом шпилей. Мы знали, что это, должно быть, церковь Святого Иоанна Крестителя (1671)[236], но как до нее добраться, подсказать никто не мог. Наконец мы остановились у сторожки лакокрасочной фабрики, где двое часовых и группа товарищей воспротивились нашему проходу, очевидно убежденные, что я профессиональный саботажник, подосланный британским правительством, чтобы расстроить производственные планы на 1932 год. Мой гид к этому времени убедился в моей незаинтересованности, увидев, как я буквально расплакался от холода, обморозив пальцы, когда в Коровниках фотографировал, лежа на животе в снегу, и успокоил их, сказав с жалостливым взглядом в мою сторону, что не смог затащить меня ни на одну фабрику и что в этом мире меня интересуют только церкви, церкви, церкви. Наконец я предложил каждому из них по сигарете, и всё уладилось. Я и сам закурил, и через пять

235 Асулехос пришли в Мексику с испанскими завоевателями, а в Испании эта плитка появилась из арабского мира в XIII веке, когда там пытались имитировать римскую мозаику. Даже слово «асулехос» произошло не от испанского «асуль» (синий), а пришло из арабского zellige (полированный камень).

236 Церковь была закрыта в 1931 году, здание передано в качестве склада заводу «Победа рабочих».

минут, приняв предосторожности, сидел на большом баке с горючим маслом и всласть дымил, пока настраивал фотоаппарат. Сразу оговорюсь, что это сомнительное поведение было вызвано скорее рассеянностью, чем желанием пожертвовать жизнью ради срыва пятилетнего плана. Церковь стоила затраченных усилий. Над храмом насыщенного шоколадного цвета, украшенным фигурным кирпичом и зелеными изразцами, над заснеженным ландшафтом в лучах внезапно выглянувшего солнца засияли пять чешуйчатых луковичных куполов на вытянутых барабанах, как будто по ним стекало расплавленное золото, яркое, как сердцевинка лютика.

Зимний день в России короткий, и жители не желают вставать рано, поэтому едят все раз в день, каждые двадцать четыре часа. Происходит это, когда мы обычно пьем чай. В тот вечер меня пригласил на ужин шведский инженер, который встретил нас тогда на вокзале. В половине пятого он забрал меня из квартиры управляющего, и мы прошли около мили до его дома. Здесь нас ждали еще четверо шведов, живших в том же доме. У каждого была своя комната, расписанная фресками — насколько я понял — его собственной рукой.

— Мистер Байрон, — сказал инженер серьезным, даже встревоженным тоном, — мы надеемся, что вы не трезвенник.

После утомительного дня на свежем воздухе в сильный мороз, когда лицо раскраснелось, а тело внезапно расслабилось в тепле уютной комнаты, жизнь не может предложить большей радости, чем первый глоток какого-нибудь Богом данного спиртного. Божественный напиток по этому случаю состоял из смеси портвейна, бренди и водки. К водке принесли закуску. За водкой подали пиво, а к пиву — главное блюдо и портвейн. Таким был ужин. Через некоторое время начали прибывать гости. Все они были русскими и единственными, с кем я встречался в нормальных условиях. Сначала пришли дама и джентльмен. На даме из «благородных» было весьма строгое платье. Дом, в котором мы находились, раньше принадлежал ее дяде. Для них подали зеленый шартрез. Затем появился молодой врач с горящими глазами в сопровождении двух дам другого типа. Одна из них была его женой, «но,— как мне сказали,— это не имеет значения». Доктор играл на фортепиано. Дамы и господа танцевали. На смену пианино завели граммофон, напитки лились рекой. Доктор показал нам танец, пройдясь вприсядку и выбрасывая перед собой ноги. Под неистовым натиском сидящих мебель не выдержала и стала разваливаться. Мы с доктором, хотя и не знали общего языка, вступили в серьезный разговор: он указал на жену и затем на лестницу. Благородная пара собралась домой. В половине третьего, когда вечеринка продолжалась уже десять часов, я тоже отправился восвояси, прошел километра полтора пешком в сопровождении одного из хозяев, чье веселье, несмотря на неуверенные скачки по замерзшим кочкам, внезапно сменилось слезливой меланхолией.

На следующее утро без четверти десять меня ждали на экскурсию на завод ASEA. Я прибыл вовремя, как и мой друг, инженер. Остальные еще не вылезали из постели, а их начальники удивлялись, не поразила ли дом какая-нибудь эпидемия. Я с гордостью отмечаю, что иностранный завод был единственным в России, который я посетил. Вторую половину дня я провел на берегу Волги. А вечером уехал в Сергиево, испытывая чувство вечной благодарности к этому оазису веселья в пустыне мрачных целей.

Мы должны были прибыть в семь часов. Я проснулся в восемь, боясь, что мы нечаянно проспали пункт назначения, но узнал, что впереди еще девяносто километров пути. Вскоре после этого объяснили, что произошло. Перевернулся товарный поезд, паровоз которого лежал на боку, слабо дыша, как издыхающий слон. Нам это было даже на руку, так как пошел снег, а тепло спального мешка казалось предпочтительнее долгого ожидания на придорожной станции. До Сергиево — теперь оно называется Загорск[237] — мы добрались в десять и направились прямо к монастырю. Через долину за завесой мягко падающих снежинок

237 Город назывался Загорском в 1930–1991 годах.

виднелись скопления куполов, окруженные белой стеной с толстыми угловыми, выкрашенными в красный башнями, и увенчанные колокольней Растрелли. Сто метров бело-розовых арок в стиле барокко казались скорее раскрашенной тканью, чем сооружением трехмерным, материальным и обитаемым. Не сказать, что иллюзия совсем несправедлива. Монастыри и кремли, переливающиеся красками на фоне мрачного пейзажа, на самом деле служат декорацией к современному историческому этапу и, если зритель — иностранный путешественник, спасают пьесу от монотонности заранее обреченной индустриализации. Троицкая лавра в Сергиево — одна из самых известных. Основанная в 1340 году и всегда пользовавшаяся благосклонностью императора, ее община из сотни монахов владела полумиллионом крепостных[238]. Так, задыхаясь от негодования, сообщила дама, которая показывала нам окрестности. После революции монастырь стал музеем и убежищем для ученых, но теперь пришел в запустение. Ученых обвинили в заговоре и разогнали: одних отправили «удобрять социалистические поля», других — заселять уральские города и лесопилки. Тишину заснеженного двора неправильной формы, по площади с два оксфордских колледжа, с церквями, трапезной и рядами келий нарушало только карканье ворон на голых деревьях. Рядом со входом в собор с голубым куполом в приземистой гробнице, наполовину скрытой стволами небольшой рощицы, до сих пор покоятся останки царя Бориса Годунова. Нам показали митрополичьи покои, где мебель, которой пользовался Петр Великий, осталась нетронутой. А потом я попросил показать то, что раньше было величайшим сокровищем монастыря, — вышитую пелену или знамя, подаренное ему в 1499 году Софьей[239], женой

238 Накануне конфискаций 1763 года монастырь владел ста тысячами душами.

239 После победы Василия над Дмитрием-внуком Софья Палеолог велела вышить пелену и назвать себя на ней «царевна царьгородская великая княгиня московская Софья Великого князя московского».

Ивана III, царевной константинопольской — так ее называет вышитая надпись — и последней исторической фигурой свергнутого с престола рода Палеологов. Моя просьба вызвала сначала притворное неведение чего-либо подобного, затем раздражение и, наконец, молчаливое согласие при условии, что я не буду пытаться сопровождать хранителя в кладовую, где спрятана пелена, поскольку там такой беспорядок! После двухчасового ожидания я смог рассмотреть драгоценную реликвию — большое полотнище с выцветшей шелковой вышивкой, на котором пятна глубокого розово-малинового цвета выделяются на остатках синего фона. Серия знакомых сюжетов, таких как «Благовещение», «Вознесение» и «Пятидесятница», окружает центральный прямоугольник, на котором изображена «Гетимасия, или Приготовление Престола»[240]. Две узкие колонны, тянущиеся от нижних углов этого прямоугольника к нижней части знамени, содержат надпись, выполненную металлической нитью. Ее любезно переписал для меня старик, последний из ученых, и звучит она следующим образом:

> «Лета 7007 создана сия пелена при благоверном великом князе Иване Васильевиче всея Руси и при его сыне великом князе Василе Ивановиче при архиепископе Симане митрополите замышлением и повелением царевны царьгородцкия великою княгинею московьскою Софьею великого князя московьского; молилася Троице живоначальныя и Сергию чюдотворцу и приложила сию пелеую»[241].

240 Алтарный стол, по представлениям восточного христианства, есть престол, то есть трон, на котором невидимо сидит божество. (Композиция, встречающаяся также и в византийской живописи для изображения неизобразимого высшего божества, называется гетимасия, «престол уготованный», и состоит в изображении алтарного стола, на котором лежит крест и Евангелие и на котором мыслится невидимо восседающим божество.)

241 Цит. по: Погребения XV — начала XVI / ред. и сост. Т. Пановой // Некрополь русских великих княгинь и цариц в Вознесенском монастыре Московского Кремля. Соч. в 4 т. Т. 2. М., 2015. С. 347.

Зои — или, как ее впоследствии стали называть, София Палеологиня, привнесла в Московию церемонность и отчужденность византийского двора, и надо отметить важность, придаваемую связи с римским престолонаследием, ведь даже спустя тридцать лет после замужества ее девичий титул всё еще ценился выше титула мужа.

Когда он закончил, мы со стариком поспорили о религии. Ученый, чьи преклонные годы, казалось, сделали его невосприимчивым к ужасам пролетарской цензуры, сказал, что религия, в какой бы форме она ни проявлялась, необходима человечеству всегда. Я предположил, что в современной России эта необходимость была восполнена новым Христом на Красной площади.

— Возможно, — ответил он, — возможно.

Позже, на вокзале, я устроил переполох, отхлебнув водки из бутылки, купленной в деревенском магазине. Такое поведение запрещено в общественных местах. Садясь в поезд, мы услышали, как люди говорили, что они рискнули бы сесть в передний вагон, несмотря на утреннюю аварию и ужасающую катастрофу, произошедшую под Москвой два или три дня назад и унесшую жизни почти двухсот человек. Обратно мы ехали на пригородном поезде. Свет в вагоне не горел, сиденья были деревянные, а колеса, по моему убеждению, квадратные, а не круглые. И пахло отвратительно. У меня на груди заснул красноармеец. Я же привалился спиной к грузной старой крестьянке. Так мы вернулись в столицу.

Украина

Впервые Россия удивила меня по-настоящему, когда, покинув польскую границу, я прошел в вагон-ресторан и обнаружил, что нахожусь в зарослях цикламенов, каждый из которых был скрыт огромным белым бантом. Эти банты были не такими уж неуместными, как кажется. Потому что сам вагон был пережитком той же эпохи вкуса и, как по убранству, так и по размерам, напоминал ресторан лондонского отеля «Ритц»[242]. На самом деле огромные караваны вагонов, пересекающие по широкой колее два континента, для путешественника свидетельствуют о стремлении русских к удобствам. Этот приятный порок у англичанина вызывает только одобрение. Мне очень нравились бесконечные поездки с их нескончаемыми происшествиями. Вагончики, похоже, пережили революцию без единой царапины, латунь цела, бархат не потускнел. Проводники в них — приятные пожилые люди, всегда готовые подать стакан чая из самовара в коридоре и гордящиеся чистым белым постельным бельем. Даже обычные купейные вагоны, рассчитанные на четверых, вполне удобные: выберите верхнюю полку, и сможете управлять вентилятором в крыше. Помню лучшее путешествие из Ленинграда в Москву на «Красной стреле», которая обогнала три других поезда, следовавших в тот же пункт назначения, и в среднем делала пятьдесят километров в час. Посреди ночи меня разбудили два товарища, устроившие пир в купе при свете обычной лампы с розовым шелковым абажуром. Их невнятное бормотание было мне совсем не по душе, и я был вынужден позвать кондуктора, прежде чем незваный гость удалился, и сосед по купе улегся спать. Недельное путешествие по Украине, которым закончилось мое пребывание в России, дало мне и моему спутнику почувствовать вкус путешествия по железной дороге как развлечения, которое казалось типичным для этой страны, а может, и нет, но, безусловно, давало море разнообразных впечатлений. Сам отъезд из Москвы отнял у нас несколько дней и много сил. Срок действия моей визы истек. И, что еще хуже, по прибытии я не зарегистрировался в полиции. Если Министерство иностранных дел умиротворить ничего не стоило, то полиция настаивала на том, чтобы к 18 февраля я покинул страну. Таможня тщательно проверила мои заметки,

242 Название роскошной лондонской гостиницы стало в английском языке нарицательным обозначением роскоши, стиля, моды.

дневник, книги, которые я купил, всё это в конце концов проштамповали, упаковали и опечатали таким образом, чтобы успокоить коллег в Одессе. Наконец, необходимо было получить турецкую визу. Тут нас ждал приятный сюрприз. Обычно вялые, нудные турецкие чиновники действовали небывало быстро, вдохновившись невероятной некомпетентностью вокруг.

После стольких потрясений начало нашего путешествия в Харьков[243] в половине восьмого вечера казалось самой нирваной. Из-за капризов соперничающего поезда, который случайно вырвался со станции на наш путь, фактическое отправление было отложено на час. На следующее утро мы, соответственно, прибыли в Харьков поздно и сразу же невзлюбили город, в котором нет ничего примечательного, кроме хорошего современного почтового отделения и Дворца промышленности[244]. Последний находится на окраине города, посреди пустой равнины, и, когда будет завершен, образует круг небоскребов, соединенных мостами. Даже сейчас, когда построена только пятая часть окружности, он выглядит как промышленное «безумие», архитектор которого постарался превзойти Стоунхендж. Внезапно обнаружилось, что единственный отель в городе переполнен. Нам разрешили временно отдохнуть в люксе, в котором находился багаж, но не сама хозяйка — французская герцогиня[245]. Мы воспользовались ванной, чтобы побриться, но деликатность не позволила нам занять ее постель, а поскольку остановиться больше было негде, решили той же ночью отправиться на Днепрострой, чтобы посмотреть плотину. Мы отклони-

243 В 1919–1934 годы Харьков был столицей Украинской Советской Республики.

244 Харьковский дом государственной промышленности (1925–1928; архитектор С. Серафитов и др.; инженер П. Роттерт) — один из памятников конструктивизма; в 1928–1934 годы там размещался Совет народных комиссаров Украинской ССР.

245 Элизабет де Клермон-Тоннер (урожденная де Грамон, 1875–1954), ее называли «красной герцогиней» за сочувствие социализму и феминизму.

лись от программы, нарочно не предусматривавшей посещения достопримечательностей пятилетнего плана, но, предвидя вопросы, которые будут задавать дома, пришли к выводу, что и на эту тему следует что-то сказать. Перед отъездом мы пообедали в загородном клубе «Динамо», просторном заведении, к которому примыкают два современных коттеджа и стадион, где несколько членов клуба играли в хоккей с шайбой. Стены столовой были обшиты строгими панелями в современном французском стиле из дерева различных цветов, освещение осуществлялось стеклянными полосками, расположенными вровень с деревом и проходящими по стенам и потолку. Но дизайнер, ответственный за эту элегантную строгость, вряд ли предвидел появление целого леса четырехметровых пальм с бочкообразными стволами, перевязанных гигантскими бантами. На каждом столе красовалась увядшая хризантема, также перевязанная двумя, а иногда и тремя белыми бантами, и сама комната больше напоминала заброшенный цветочный магазин, чем попытку коллективистского психодизайна. Еда, если не считать этих препятствий, была вкусной — украинский борщ со сливками, почками и картофелем, а также мандариновый салат. Затем мы поехали на вокзал, где нас провели в зал ожидания — бывшие «царские палаты». Ибо наш гид, предвидя трудности с обеспечением спальных мест в столь сжатые сроки, дал властям понять, что мы — важные персоны и от нашего комфорта зависят будущие отношения между Россией и Англией. В беседе с начальником станции, который поспешил засвидетельствовать почтение, мы старались держать марку:

— Шестьдесят поездов в день до войны и сто пятнадцать сейчас? Да что вы говорите?

— Конечно, а летом их сто двадцать девять.

— Вот это успехи!

— Город разросся с тех пор, как из Одессы перенесли столицу[246]. В 1913 году здесь проживало всего двести во-

246 Обмолвка Байрона: имеется в виду Киев.

семьдесят шесть тысяч человек. Сейчас шестьсот тысяч. Мы делали вид, будто с трудом верим своим ушам, и, когда подошел поезд, протестующие пассажиры освободили для нас целое купе. В коридоре висело объявление, предлагающее награды пассажирам и транспортным работникам за разумные предложения в адрес руководства железной дороги. До конца недели у нас скопилось несколько ценных советов.

Сон в ту ночь приходил урывками. В три часа поезд чуть не переломился пополам, и меня резко ударило железной дверью в висок. Теперь мы были в Александровске и, выйдя из вагона, обнаружили, что придется вести борьбу не на жизнь, а на смерть с толпой обезумевших крестьян[247], которые уже несколько дней ждали, чтобы сесть в поезд. Сцена была ужасной: согнутых плачущих старух сбили с ног, нам пришлось изрядно повозиться, чтобы вытащить багаж, а затем его охранять. Наконец нашлась машина, которую только что покинула герцогиня, возвращавшаяся с плотины в оскверненные апартаменты. На ней мы и проехали несколько миль до нового города. Утро началось с яркого солнца, гостиницы, которая, хотя и была достроена недавно, уже разваливалась на части, и яиц пашот на завтрак. Подкрепившись, мы прогулялись по строящемуся городку — сцене неописуемой неразберихи, но спокойной по сравнению с плотиной. Здесь, на огромном надземном шоссе, перекинутом через замерзшую реку, пытались сохранить противоположные направления два потока закутанных в черное людей. Визжащие паровозы, тянувшие тяжелые товарные поезда, создавали угрозу ногам: как носкам, так и пяткам. Часовые в засаленных тулупах стращали штыками каждого заблудившегося пассажира, а острый, как бритва, ветер хлестал по ушам и губам. Оглушенные и напуганные, мы прошли примерно с километр или чуть дальше — такова

247 Реакция крестьян на принудительную коллективизацию и увеличение объемов хлебозаготовок — предвестие ужасного голода 1932–1933 годов.

ширина реки,— с опаской хватаясь за ненадежные обледеневшие перила и бросая боязливые взгляды на шлюзы внизу, где вода с ревом вырывалась из-подо льда, а замерзшие мостки скрипели и зияли дырами. В главном офисе на противоположном берегу нас ожидала группа чиновников и инженеров[248]. Они были готовы ответить на наши вопросы. Что именно мы хотим узнать и какая статистика нас интересует? Вопросы лишили нас дара речи: едва ли было бы вежливо признаться, что единственной причиной нашего присутствия на Днепрострое был багаж герцогини в харьковском гостиничном люксе. Однако вспомнив аналогичный случай на Суккурской плотине в Синде, я всё же задал несколько слабых вопросов: сколько шлюзовых ворот, сорок девять, три шлюза на левом берегу, девять турбин мощностью 90 000 лошадиных сил. Обмануть чиновников не удалось. Они очень тактично сменили тему, поинтересовавшись, что мы предпочли бы на обед[249]. Вооружившись специальным пропуском, я отправился фотографировать. Из-за положения солнца пришлось возвращаться на берег, откуда мы пришли, и, не желая вновь сталкиваться с ужасами плотины, я решил довериться льду, пообещав тщательно придерживаться существующих следов, поскольку в последнее время люди необъяснимо пропадали всё чаще, что вызывало тревогу. Когда я дошел ссредины реки, внезапно начала стрелять пушка: ослепленный ярким светом, я почти не видел, куда иду, и мне вдруг показалось, что ледяная поверхность реки вот-вот задрожит и от грохота треснет. Потом у меня слиплись от мороза веки. «А вот святой Петр, по крайней мере, этого избежал»[250],— подумал я. Ковыляя, я наконец добрался до берега, где меня приветство-

248 Байрона и Росса сопровождал Михаил Рубин, инженер и автор книг о строительстве ДнепроГЭСа (в соавторстве).

249 Известно, что Майкл Росс, двоюродный внук изобретателя паровой турбины Чарльза Парсонса, осмотрел машинный зал ДнепроГЭСа.

250 Аллюзия на события главы 14 Евангелия от Матфея.

вал какой-то дикарь, выскочивший из-за кучи шлака и потребовавший сигарету. Получив ее, он тут же убежал от меня, как от прокаженного. Затем я прошел с километр вниз по течению в поисках лучшего ракурса. Вдалеке через реку, как огромная серая крепость, частично скрытая облаками дымящихся брызг, тянулась плотина. По ее вершине ползли миниатюрные, как в фильмах со сценами катастроф, поезда. Из сорока девяти шлюзов из-подо льда вытекала вода, устремляясь вниз по порогам, образованным двумя скалистыми островками, и неся множество крошечных льдинок, круглых и белых, словно полярные лотосы. Мы пообедали на одной из вилл, построенных на берегу для ныне уехавших американских экспертов. Подали восхитительные, тщательно приготовленные блюда. За бутылками водки последовало крымское шампанское. Чем больше пили, тем жарче разгорались споры. «У европейцев культурное и политическое наследие накапливалось в течение двух тысячелетий,— заявили мы,— и мы не видим причин от него отказываться». Русские ответили, что это просто классовое наследие. «В этом случае,— продолжили мы,— нам не требуется дальнейшего оправдания правящего класса». Наконец наш хозяин, образованный человек с приятными манерами, заметил: абстрактно человек может думать о социализме все, что угодно, а на практике, если в него не верить, то сегодня в России жить невозможно. Затем мы обсудили сельские развлечения. Дичь, как сообщил наш хозяин, ни в коем случае не бесплатная. Чтобы иметь возможность охотиться, он состоит в клубе, это стоит ему шестьдесят рублей в год. Поскольку получал он шесть тысяч, сумма, по его мнению, была мизерной. Он пожалел, что не раздобыл на обед зайца. В старину здесь охотились с борзыми на зайцев и лис, но сейчас перестали — дабы не вредить крестьянским посевам.

Вечером мы посетили концерт украинского хора. Программа состояла из двух частей: первая — традиционная; вторая, более продолжительная, — идеологическая. Последняя стала еще утомительнее из-за присутствия композитора, который принялся обучать как исполнителей, так и публику слабым революционным частушкам собственного сочинения. После концерта уважаемым иностранцам вручили книгу посетителей для подписей и комментариев. Таков обычный порядок среди тщеславных спасителей. На плотине мы ограничились похвалой кухне, посчитав, что герцогиня достаточно отметила инженерию, написав: «Творение титанов!» Теперь мы заметили, что, каким бы замечательным ни было пение, нельзя не сожалеть о том, что оно было потрачено впустую на такой скверный материал. Возможно, это было немного невежливо и вызвало смятение, но мы испытывали необходимость время от времени издавать какую-нибудь ноту, отличную от попугаев, повторяющих за Бернардом Шоу, которую ожидают от всех приезжающих в Россию англичан.

Полночь снова застала нас в Александровске, на жесткой скамье в кабинете начальника станции. Поезд опоздал на два часа; в нем отключилось электричество, и была только одна свеча, которую мы украли. Однако, как обычно, постельное белье было чистым, и проводник сделал всё возможное, чтобы нам было удобно. Даже неизбежное дорожное происшествие не потревожило наш сон.

Когда мы вернулись в Харьков, нам нанес визит режиссер оперного театра[251]. На нем была оленья шуба, мех которой при движении колыхался, как солома, и дождем ниспадал до земли. Шубу он приобрел во время съемок фильма в Арктике.

— И как фильм? Успешный? — поинтересовались мы.

— Куда там! Нет, не хватило идеологии.

Он предпочитал нынешнюю работу. Классика есть классика, и в нее не вмешаешься.

251 Н. М. Фореггер (1892–1939) — театральный режиссер, педагог; руководитель Мастерской Фореггера в 1920–1924 годах, фактический основатель советской сценической сатиры и буффонады; в 1929–1933 годах был главным режиссером и балетмейстером Харьковского театра оперы и балета им. Н. В. Лысенко, в частности, поставил там «Князя Игоря» и «Днепрострой». Речь у Байрона идет о фильме «Северное сияние».

Поужинав с музыкантами оркестра, мы отправились в Киев, в путешествие, которое оказалось самым жутким из всех и подтвердило во мне подозрение, что главной ценностью пятилетнего плана для России и всего мира станет его неопровержимое свидетельство тщетности материалистической экономики. На этот раз отказало отопление. Я, съежившись, сидел в спальном мешке. С нами ехали двое незнакомцев: один, в очках с роговой оправой, — сотрудник тайной полиции, похожий на Гарольда Ллойда[252] в роли Торквемады, другой — невзрачный мужчина, объявивший, что выходит в Полтаве. «Что за название для пункта назначения?» — подумал я и представил Карла XII, убегающего с поля битвы на носилках. В поезде мы провели четыре ночи подряд. Когда проснулись, светило солнце, поезд стоял. «Очередная авария», — подумали мы, но на этот раз случилось что-то серьезное. Из-за перегрузки сошел с рельсов последний вагон следовавшего перед нами пригородного поезда. Мы и другие пассажиры стояли на снегу с непокрытыми головами, провожая величественно проплывающий мимо одинокий паровоз, увозивший в багажном вагоне девятнадцать жертв. Еще сорок человек получили ранения, и оставшееся у нас ви́ски помогло облегчить страдания бородатого, истекающего кровью старого крестьянина. В то утро казалось, что продолжения путешествия можно не ждать. В хвосте нашего поезда был специальный вагон с беспроводной антенной и прицепленный к нему автомобиль «Паккард», в котором находился президент Украины[253]. Здесь мы нашли кипяток и приготовили суп. Только когда сгустились сумерки, мы приплыли в Киев по Днепру на пароходе. С лесистого холма над снегом, лесом и огромной замерзшей рекой приветственно сияли золотые купола Печерской лавры.

252 Гарольд Клейтон Ллойд (1893–1971) — американский актер и кинорежиссер, известен своими немыми комедиями.

253 Г.И. Петровский (1878–1958) — председатель Всеукраинского ВЦИКа в 1919–1938, председатель ЦИК СССР от Украинской ССР в 1922–1938 годах.

Это было не радостное приветствие верующих паломников, а отчаянное послание бессилия и опустошенности в мире закоренелых циников. Шеф-повар гостиницы был художником, а также другом нашего гида. Он угостил нас потрясающим ужином, за который, как и за не менее чудесное угощение на следующий вечер, менеджер попытался содрать с нас пятьдесят фунтов стерлингов. Потом мы посетили театр, где в 1911 году застрелили Столыпина[254]. Слушали «Князя Игоря». Спектакль стоил целой недели в претенциозном Большом театре в Москве. Публика тоже отличалась более жизнерадостными лицами и менее вычурными нарядами. На следующее утро в холле гостиницы мы лицом к лицу встретились с герцогиней.

— Сию минуту отбываю в Польшу, — сообщила она. — Приезжайте навестить меня в Париже.

Аромат ее духов, надолго оставшийся в воздухе, был веселым напоминанием о классовых привилегиях.

Сокровищ и памятников в Киеве множество, как и подобает самой древней и цивилизованной из российских столиц. Первым делом мы посетили кафедральный собор[255], построенный в 1036 году по греческому образцу, который так был восстановлен в 1705 году гетманом Мазепой[256], что его архитектура сейчас интересна в основном как образец украинского барокко. Однако внутри главная апсида[257] сохранила оригинальные мозаики, в которых преобладает образ Богородицы. Ее фигура, которая на фотографиях кажется посредственной, явила нам шедевр

254 П. А. Столыпин (1862–1911) — российский государственный деятель, председатель Совета министров, министр внутренних дел; был смертельно ранен в Киевском оперном театре 1 сентября 1911 года в результате одиннадцатого покушения.

255 Софийский собор.

256 И. Мазепа (1639–1709) — гетман Запорожский и Украинский в 1684–1709 годах, во время Северной войны перешел на сторону Швеции.

257 Апсида — полукруглый, многоугольный или прямоугольный в плане выступ здания, перекрытый полукуполом или сомкнутым полусводом.

византийского искусства в эпоху расцвета. Профессор Василевич[258] объяснил, что поверхность свода, на котором изображена Богородица, трехлопастная: состоит не из одного изгиба, а из трех, и если алтарь мысленно рассечь от крыши пополам, то рисунок одной половины напоминает изображение второй. Верхняя часть конхи охватывает голову и плечи Богородицы, средняя — живот и бедра, а нижняя — колени и всё, что находится под ними. Такое расположение предохраняет фигуру от зрительного «падения» вперед и сохраняет пропорциональный размер головы по отношению к остальной части тела. Итальянец поместил бы мозаику в купол. Греки, дабы не исказить изображения, решили приспособить свод. Цвета Киевской Богородицы уникальны в византийской мозаике и, следовательно, производят неповторимое впечатление. Фигура изображена в одиночестве, без декораций или других персонажей, как воплощение величия в золотой пустоте квадранта. Руки подняты от локтей в молитвенном посредничестве между человеком и Богом, колени согнуты, а ступни расставлены в стороны. Объемное одеяние подчеркивает контуры ног. Через левое плечо перекинут плат, покров, наброшенный по диагонали на грудь и ниспадающий веером до уровня колен каскадом угловатых складок. Покров скрывает цвет в оттенке непостижимой темноты, на котором яркие блики каждой складки повторяют с большим блеском золото фона. Но одеяние под покровом вместе с рукавами, которые из-под него выступают, имеют оттенок, сияющую необычность которого увидевшие его забыть не смогут. Этот оттенок — синий, как кобальт на фарфоре, цвет колокольчиков или глаз сиамской кошки, ярко выделяется на фоне золотистой дымки свода, подчеркивая непобедимую индивидуальность владелицы. Под покровом это заявление

258 Возможно, Василий Митрофанович Базилевич (1892–1942) — советский историк, архивист, краевед, музеевед. Член и секретарь Исторического общества Нестора Летописца. Профессор Киевского университета. Был несколько раз арестован и репрессирован советскими органами (1923, 1932, 1935); расстрелян немецкими оккупационными властями.

дополняют красные сапожки. Вокруг талии завязан сиренево-розовый шнурок, яркость которого не уступает синему и который представляет собой нечто среднее между этим цветом и красными сапожками, образуя, таким образом, несмотря на крошечную площадь, стержень композиции. На шнурке небрежно свисает маленький золотой платок, украшенный бахромой. На рукавах плотные манжеты с золотым рисунком.

На изогнутой стене, непосредственно под сводом, изображена «Евхаристия». Апостолы[259], по шесть с каждой стороны, ритмичной чередой приближаются к престолу под балдахином, где дважды изображенный Христос причащает их хлебом и вином. Одеяния апостолов серого, желто-коричневого и белого цветов сшиты двойными ярко-красными швами. Христос одет в темно-синий гиматий поверх золотого хитона. Лица, руки и ноги выполнены в нежно-розовых тонах, и вся мозаика выглядит свежей и воздушной, контрастируя с подавляющим, уединенным величием фигуры выше. Во второй зоне, под апостолами, изображены Отцы церкви, иератические фигуры, эти фрагменты от пояса вниз подверглись реставрации. В соборе, помимо других фрагментарных мозаик, хранится великолепная византийская реликвия — гробница князя Ярослава[260]. Этот властитель, дочь которого вышла замуж за короля Англии Гарольда[261], скончался

259 Первыми к Христу подходят Петр (слева) и Павел (справа). За Петром идут Иоанн, Лука, Симон, Варфоломей, шествие замыкает Филипп (либо Фома). Позади Павла представлены Матфей, Марк и Андрей.

260 Ярослав Владимирович (Ярослав Мудрый) (ок. 978–1054) — князь ростовский (987–1010), князь новгородский (1010–1034), великий князь киевский (1016–1018, 1019–1054).

261 Байрон ошибся: мужем Елизаветы Ярославовны и зятем Ярослава был Харальд III Суровый (1015–1066), король Норвегии (1046–1066). Он погиб в битве при Стамфорд-Бридже при попытке завоевать английский трон. Английский король Гарольд, погибший при Гастингсе (1066), был отцом Гиты Уэссекской, жены Владимира Мономаха.

в 1054 году, доведя киевскую цивилизацию до пика великолепия. Усыпальница представляет собой монументальный саркофаг длиной около двух с половиной метров, который находится в темной часовне, наполовину скрытой окружающими стенами и уровнем пола, который значительно поднялся от первоначального. По общей форме, с акротериями и покатой крышкой, он напоминает похожие на ковчег порфировые гробницы, в которых когда-то покоились византийские императоры, теперь саркофаги стоят в ряд перед музеем в Константинополе. В данном случае материалом служит белый мрамор из Проконнеса, и вся видимая поверхность богато украшена резьбой в стиле саркофагов в Равенне, хотя и с добавлением более поздних мотивов. Российские специалисты сходятся во мнении, что захоронение Ярослава датируется VI веком, и предполагают, что гробницу привезли из Херсона после смерти князя. В западной части собора, по обе стороны от главного входа, расположены две широкие винтовые лестницы, стены которых в XI веке были расписаны сценами светской жизни Константинополя. Редкость таких сцен, даже в рукописных иллюстрациях, печально известна. И когда мы обнаружили, что железные ворота, ведущие на каждую лестницу, заперты, мы немедленно отправили наши визитные карточки профессору Василевичу, который жил в соседнем доме и, как нам сказали, занимался реставрацией икон. Несмотря на то что это был «шестой день» и, следовательно, выходной, профессор весьма любезно пожертвовал свободным временем и в конце концов посвятил большую часть дня, знакомя нас с городом.

Картины на лестнице были обнаружены примерно в середине прошлого века, когда их безжалостно отреставрировали. После трехлетней работы одна серия теперь почти полностью освобождена от наносов. Она начинается с охотничьих сцен, таких как человек, стреляющий из лука в животное на дереве, или всадник на белом коне, на которого нападает лев. Чуть выше появляются индивидуальные портреты, конные и прочие, обрамленные каждый двумя колоннами и увенчанные значками ипподрома, из которых наиболее распространенным является черный полумесяц на синем круге. Предполагается, что они должны представлять чемпионов фракции. Затем идет королевская ложа, пристройка к Большому дворцу, которую арендуют император и императрица, а также ложа дипломатического корпуса, обитатели которой, судя по всему, персы. Другие высокопоставленные зрители сгруппированы в ряде галерей. Развлечения, предлагаемые играми на ипподроме, включают мужчину в турецком маскарадном костюме, трех всадников, преследующих дикую лошадь, ряженых в необычных костюмах, мужчин, играющих на свирелях и арфе, и мальчика, взбирающегося по шесту, балансирующему на плече мужчины, по моде, описанной Лиутпрандом[262] во время рождественского ужина императора Константина Багрянородного. В последнее время обратили внимание на различные граффити на греческом языке, из которых, следовательно, можно предположить, что художник был греком и рисовал по памяти сцены, свидетелем которых он действительно был. В сопровождении профессора Василевича мы поехали в монастырь Святого Михаила, в церкви которого находится скучная мозаика XII века с изображением Двойного причастия, копия, вероятно, работы русских художников, на ту же тему, что и в соборе. Более интересными оказались две барельефные таблички из красного гранита с изображением святых на конях, датируемые XII веком. На каждой табличке изображены сражающиеся всадники, похожие на жителей Ближнего Востока: на одной — святые Феодор Стратилат и Меркурий, на другой — святые Георгий и Димитрий. Первая пара топчет дракона, вторая сражается с человеком в доспехах, который, возможно, олицетворяет Юлиана Отступника. Оттуда мы про-

262 Лиутпранд (920–972) — итальянский дипломат, историк; несколько раз был в Византии в составе посольств, в частности, в 949 году при дворе императора Константина VII Багрянородного (905–959; правил с 945 года).

должили путь к монастырю Святого Кирилла на окраине города, о немногих сохранившихся фресках которого уже упоминалось.

Позже в тот же день профессор Василевич повел нас в Академию наук, где мы купили первый и единственный том только что вышедшего ежегодника, показал старые книжные магазины и познакомил нас с друзьями, с которыми он встречался, что казалось совершенно ненормальным после жестокой изоляции Москвы. Это было похоже на день в Оксфорде. Даже в настоящее время, по его словам, в городе обучается 50 000 студентов. Он рассказал о своем детстве и Гражданской войне, когда Киев захватывали и отбивали пятнадцать раз, а однажды — три раза за один день, иногда, почти неделю кряду, было невозможно выйти на улицу из-за уличных боев[263]. После ужина, следуя его совету, мы отправились в собор послушать субботнюю вечернюю службу. Зрелище и пение отличались трагичным величием. С сияющего золотого свода взирала на многочисленную паству глазами девятивековой давности громадная Дева; как водяные звери в джунглях, гремели басы, а дисканты дико взмывали ввысь. В кульминационный момент службы ризничий, с которым мы подружились утром, поманил нас за иконостас, где вокруг алтаря совершали таинства священники в великолепных ризах. С некоторым смущением мы вмешались. Однако впечатление святости ослабевало при виде того, как каждый священник, когда приходила его очередь предстать перед паствой, пробегал по алтарю и причесывался перед задрапированным зеркалом, очевидно хранившимся там для этой цели. Нам предстояло еще одно путешествие. Конечно, на линии произошла авария, и поезд, который должен был прибыть вечером, в половине седьмого, и заставил нас поторопиться с ужином, в конце концов прибыл ночью, без четверти два. В ту ночь больше никаких происшествий не произошло,

263 Автор несколько преувеличивает — в годы революции и Гражданской войны власть в Киеве сменилась не более десяти раз.

но рано утром загорелись колеса соседнего вагона. Мы прождали час, пока его убирали на запасные пути. Снег падал плотной завесой, сквозь нее из громкоговорителя, прикрепленного к крыше вокзала, звучала старая граммофонная запись «Пер Гюнта»[264]. Это был наш последний день в России, и звуки этих законсервированных мелодий, несущих великолепное послание культуры сквозь снежинки, над поврежденным поездом, к белому безлюдному пейзажу, послужили меланхоличным, но точным эпилогом. Нашлось время и для еще одной неприятности: нас по ошибке обогнал другой поезд. Пароход уже должен был отчалить. В Одессе мы на всех парах неслись на автомобиле вдоль набережной, а по замерзшему морю разливался закат, похожий на догорающую печь. Судно исчезло, но считалось, что его можно догнать у другого причала, на заправке. Посадив в одну из наших машин нескольких таможенников, мы погнались за судном вдоль побережья, как шайка бандитов.

В час ночи я выглянул из иллюминатора. Корабль плыл, с хрустом пробираясь сквозь льдины вслед за ледоколом. Огни России отдалялись. Затем мы вышли в открытые воды, и ветер будто стал немного теплее.

264 Камерное симфоническое произведение Э. Грига, написанное для постановки пьесы Г. Ибсена в 1875 году.

Фотографии Роберта Байрона

Роберт Байрон был незаурядным фотографом-любителем. В своих путешествиях он с равным вдохновением и мастерством снимал пейзажи и архитектуру, портреты и жанровые сценки. Значительный фотоархив Байрона сосредоточен в Библиотеке Бейнеке Йельского университета и в Библиотеке Конвея Института искусств Курто.

Москва. Красная площадь. Очередь в Мавзолей Ленина

Москва. Дом Наркомфина (1928–1930), архитекторы М. Гинзбург и И. Милинис

Москва. Планетарий (1929), архитекторы М. Барщ и М. Синявский

Москва. Здание Птицеводсоюза (1928–1929), архитектор В. Цветаев

Москва. Клуб мыльно-косметической фабрики «Свобода» (1927), архитектор К. Мельников

Ленинград. Площадь Урицкого (Дворцовая площадь)

Ленинград. Летний сад

Новгородская область. Церковь Спаса на Нередице (1198)

Новгородская область. Церковь Жен-мироносиц (1510) и Церковь Прокопия Мученика (1529)

Новгородская область

Великий Новгород. Вид на Софийский собор (1050)

Москва. Многогранная башня Китай-города (1538)

Москва. Башня Варварских ворот (1538)

Москва. Вид на церковь Николая Чудотворца на Берсеневке (1657)

Москва. Вид на ГЭС-2 Мосэнерго (1905–1907), архитектор В. Башкиров

Ярославль. Бутусовский поселок (1927–1929), архитектор В. Кратюк

Ярославль. Спасо-Преображенский монастырь, вид на Святые ворота (1516)

Ярославль. Церкви Владимирской иконы Божией матери (1669) и Иоанна Златоуста (1649)

Ярославль. Деревянный дом (постройка до 1914 года)

Харьков. Главпочтамт (1927–1929), архитектор А. Мордвинов

Харьков. Госпром (1925–1928), архитекторы С. Серафимов, С. Кравец, М. Фельгер

II. Тибет[1]

1 Краткая хронология: перелет Байрона из Кройдона в Карачи — 27 июля — 3 августа 1929 года; экспедиция в Тибет — 30 сентября — 2 ноября того же года. Компаньоны Байрона: Гэвин Хендерсон, 2-й барон Фарингдон (1902–1977), в юности — богемьен; лейборист, пацифист, организатор ряда гуманитарных акций во время Испанской гражданской войны; и тот же участник путешествия в СССР — Майкл Парсонс, 6-й граф Росс.

Путешествие, о котором я здесь пишу, можно не без основания назвать необычным, поскольку кроме выживших участников экспедиции Янгхазбенда [2] и некоторых офицеров индийской армии и должностных лиц его совершили сравнительно немногие. Путешествие в Тибет сопряжено с очевидными трудностями, одна из которых непредсказуемые малоприятные физические ощущения, но наше, которое рассматривается, как «одно из» путешествий, не может претендовать на уникальность или примечательность: трудности мы преодолели с обычными усилиями, знания получили для удовлетворения личного любопытства. Таким образом, выпуская еще одну серию путевых заметок, я преследую лишь одну цель, а именно: если получится, порадовать читателя каким-нибудь бледным отблеском чистого наслаждения, которое я познал, впервые посетив Asia Magna [3]. Путешествуя по Европе, видишь предсказуемое, в исламских краях — осматриваешь наследие близкого и хорошо знакомого двоюродного брата. Но, путешествуя по глубинам Азии, открываешь для себя новое, о котором ранее не подозревал и представить которое невозможно. Вопрос даже не в том, чтобы исследовать эту новизну, анализировать ее социологическую, художественную или религиозную природу, интересно просто узнать, что такое существует. Неожиданно, как только мы открываем глаза, потенциальный мир — сфера человека и его окружения — расширяется вдвойне. Это ощущение непостижимо для тех, кто его не испытал. На мой взгляд, наиболее яркие впечатления европеец может получить в Азии, и отправиться ему следует на север от Гималаев. Там и ландшафт,

2 Подполковник Фрэнсис Эдуард Янгхазбенд (1863–1942) — британский разведчик и путешественник, известный путешествиями по Дальнему Востоку и Центральной Азии, вооруженным британским вторжением в Тибет, которое он провел в 1904 году а также, как президент Королевского географического общества.

3 Великая Азия (*лат.*).

и атмосфера, и облака, и краски не подходят ни под какие известные мерки. К тому же в Тибете, единственном из политических регионов мира, на повседневную жизнь еще не повлияли последствия научно-технического прогресса.

Существование Тибета будоражило мои мысли с раннего возраста, привлекая внимание буквой «Я» к яку, тибетскому быку, в зоологическом алфавите. Позже, во время каких-то военных операций со школьным центром военной подготовки близ Горинга, мы с другом стали разрабатывать сказочные планы дальнейшего развития личности, одним из которых была поездка в Тибет, но, как оба признали, самым невероятным. С ростом чувства ответственности мечта постепенно тускнела, как и ранее появившиеся другие, такие как вождение автомобиля. Пока однажды не пришло письмо из Индии, прельщая меня «поездкой в Сикким»[4]. Сикким? В географическом атласе я обнаружил, что Сикким — это небольшое государство в Гималаях, на границе с Тибетом. Очевидно, в Сиккиме я даже увижу яка. Но почему вдруг Сикким? Почему не Тибет? Современные путешествующие литераторы делятся на тех, кому денежные затраты — не преграда, и тех, кто извлекает выгоду из полного безденежья, чтобы предаться колоритным лишениям и обрести необычных спутников. Сам я не попадаю ни под одну из категорий. Непривычный к голоду и всегда предпочитавший роскошь нищете, я не имел ни желания, ни намерения, перебиваясь случайными заработками, пробираться в Центральную Азию. Тем более чтобы отправиться даже в ознакомительный вояж в Индию с обычным комфортом, придется выложить кругленькую сумму. Но однажды вызванного духа угомонить не так-то просто. «Надо ехать», — решил я. Однако «любишь кататься, люби и...». И заставил себя изыскать средства. То, как они нашлись, по какой неве-

4 Княжество Сикким — государство в Гималаях, в культурном отношении связанное с Тибетом; с 1861 года под британским протекторатом; правящая династия — Чогьялы Намгьялы (1642–1975). В настоящее время штат Индии. Во время путешествия Байрона Сиккимом правил Таши Намгьял (1893–1963).

роятной случайности, стало событием, при воспоминаниях о котором у меня до сих пор перехватывает дыхание.

Однажды после спектакля меня пригласили на ужин. Не ахти какое развлечение: и сначала я отказался, потом с неохотой согласился, и еще более неохотно спустился в полуподвальное помещение ночного клуба. Там я сидел, полусонный, и собирался уже сухо попрощаться, когда вошел знакомый[5], который сообщил мне, что лорд Бивербрук[6] ищет новых репортеров. С этим самым знакомым я не встречался года два и, если бы не глупый поход в ночной клуб, когда следовало бы спать, возможно, не увидел бы еще столько же. Я уже понимал, что, поскольку вообще добраться до Индии с любым намерением и целью было едва ли осуществимо, лучше всего выбирать самый дорогостоящий из возможных способов. Таким была авиапочта, которая тогда работала в обычном режиме всего неделю или две. Если лорду Бивербруку нужны новые писатели, может, потребуются и новые сюжеты. А не предложить ли мне ему и то и другое?

На следующий день, благодаря любезному посредничеству нашего общего друга, я встретился с лордом Бивербруком. Ничуть не смущаясь присутствия воодушевленного лорда Каслросса[7], я поделился с хозяином несколькими глубокими мыслями (наспех придуманными в такси) о более эффективном укреплении наших имперских связей, отметив, хотя и без неподобающего давления, какие перспективы открывает новый маршрут на Восток. Брошенное мною семя, неведомо для меня, пало на благодатную почву. Две недели спустя на общественность обрушилась

5 Гэвин Хендерсон, один из компаньонов Байрона в путешествии в Тибет.

6 Уильям Максвелл Эйткен, 1-й барон Бивербрук (1879–1964) — английский политический деятель, в разных правительствах занимал различные министерские посты; предприниматель, владелец газетно-издательской империи, в частности, ему принадлежали «Ивнинг стандард» и «Дэйли экспресс».

7 Валентин Эдвард Чарльз Браун, 6-й граф Кенмэр, лорд Каслросс (1891–1943) — журналист, друг лорда Бивенбрука.

кампания лорда Бивербрука «Империя свободной торговли»[8]. Я воспользовался этим преимуществом. Разговоров было тьма. Я даже попытался написать статью для «Ивнинг стандард», но безуспешно. Дальше планов дело не продвинулось, а тема была мне неизвестна. Между тем, если отправляться в Индию, то сроки поджимали, пора было определиться со временем и хоть как-то подготовиться. Наконец солнечным июньским утром я сидел с лордом Бивербруком у него в саду с видом на парк и без обиняков спросил, готов ли он оплатить мне дорогу в Индию в обмен на несколько статей. Он, как и я, знал, что вряд ли статьи на такую тему могут стоить 126 фунтов стерлингов на рынке журналистики. Однако с щедростью, которую никогда не поколебать политическим убеждениям, согласился, вошел в дом и, потянувшись к телефонному аппарату, отделанному слоновой костью, отдал необходимые распоряжения конторе.

Сообщая хорошую новость семье, я опасался, что они со своей стороны станут возражать из-за опасности нового путешествия. Мама, однако, заговорила вдруг о гостиных англо-индийских родственников. И попросила, чтобы я не привозил домой статуэток Будды. Старшая сестра полагала, что теперь мне придется стать сахибом.

— Ты сахиб?[9] — с сомнением спросила она. Младшая сестра, вспомнив мои предыдущие приключния, пробормотала себе под нос:

— Теперь будут племена, а не монахи.

Отец молчал, вероятно размышляя об опасности солнечного удара[10]. В последующие недели родители наслу-

8 Концепция Британской империи как единого экономического целого, проповедуемая лордом Бивербруком, которую он с лета 1929 года активно продвигал в контролируемых им средствах массовой информации.

9 Сагиб (также саиб, сахиб) — вежливое название европейца в колониальной Индии, а также форма обращения к нему.

10 У Эрика Байрона, железнодорожного инженера, и Маргарет «Дэйзи» Робинсон помимо сына Роберта было две дочери, Анна и Люси.

шались рассказов о том, какие меры предосторожности для сохранения здоровья принимали прошлые и нынешние правители Индийской империи, мужчины и женщины всех возрастов и цвета кожи. Один сорок лет носил пояс, утягивающий живот, другой принимал ежевечернюю дозу хинина в течение того же периода времени. Ясно было одно: смерть мою предотвратить могло только чудо, и шансы на это чудо были опасно ограничены жарой. Я с неохотой согласился на разные прививки. Самолет вылетал в субботу. В пятницу утром у меня было важное событие — прощальный обед в отеле «Ритц», на котором присутствовала мисс Тилли Лош[11]. В тот вечер многочисленные друзья прислали мне телеграммы, составленные так, будто я шел на казнь. Мой билет едва помещался в нагрудном кармане, поскольку это была книжица с купонами на обед в этой стране, ужин в той и транзит между ними. До полуночи я укладывал одежду, медикаменты, ручки, карандаши и блокноты в дорожную сумку и синий чемодан «Ревелейшн».

В субботнее утро двадцать седьмого июля я с облегчением вздохнул, словно это был первый день отпуска. Какие бы ужасы меня ни ждали, по крайней мере, их можно встретить безучастно и не испытывать судьбу, упаковывая начатую бутылку. В девять часов я добрался до здания авиакомпании «Эйрвейз»[12] на Чарльз-стрит. Вместе с багажом я весил на кило триста больше допустимой нормы. На аэродроме мы торопливо миновали переходы и заграждения и, выйдя из двери, увидели гудящий и ревущий «Сити-оф-Веллингтон»: три его огромных пропеллера едва не сдували с нас шляпы. По крошечному

11 Тилли Лош (1903–1975) — австрийская танцовщица, хореограф, актриса и художник, бóльшую часть жизни проработавшая в Англии и США.

12 Авиакомпания «Империал Эйрвейз» возникла в 1924 году в результате объединения четырех авиаперевозчиков: «Инстон Эйрлайн», «Даймлер Эйрвейз», «Хэндли Пейдж Транспорт» и «Бритиш Марин Эйр Навигейшн». Национализирована в 1939 году.

трапу я поднялся к своему месту. Дверь захлопнулась. И машина покатилась по аэродрому, развернулась, поскакала обратно и поднялась над морем маленьких красных домиков. Сначала я почувствовал, что задыхаюсь, и впал в депрессию. Ведь кроме пятнадцатиминутного полета в жестяно-брезентовой «Фли»[13], которая за лишние семь шиллингов шесть пенсов сделала мертвую петлю, а неделю спустя развалилась пополам, я раньше никогда не летал. Теперь вот сижу в темной кабине едва ли полутора метров шириной, съежившись в тесном плетеном кресле, и всё больше убеждаюсь, что вскоре полностью распадусь на мелкие частички от одного шума. Во мне проснулась долго дремавшая тоска по дому, по поезду или пароходу, этим старым и уютным друзьям путешественника. Полет в Париж еще можно было перетерпеть, но сносить и дальше это адское дребезжание, гул и рев, а также сидеть будто в смирительной рубашке в течение восьми дней подряд, означало отказаться от веры в малейшую благосклонность судьбы. Прощание с матерью приобрело трагический оттенок. А ведь я мог бы проводить дни в приятном безделье на палубе корабля или на голубом бархате спального вагона, вместо созерцания нелепых плотных хлопчатобумажных штор, потрепанных и бесполезных, как в кукольном домике. Когда маршал авиации сэр Джеффри Салмонд[14], пытаясь встать, случайно ударил меня по голове, я чуть не развернулся и не толкнул его через весь самолет. Веселила лишь карусель-

13 Самолет сконструировал Анри Минье в начале 1930-х, для сборки в домашних условиях. После серии смертельных случаев французские судебные власти в 1936 году запретили его использовать, а в 1937 к ним присоединилось Министерство авиации Франции.

14 Сэр Уильям Джеффри Хэнсон Салмонд, главный маршал авиации (1878–1933), во время Первой мировой войны был старшим командиром Королевского летного корпуса. Оставшись после войны в Королевских военно-воздушных силах, он занимал руководящие должности на Ближнем Востоке, в Великобритании и Индии. С 1 июля 1929 года маршал.

ная болтанка, когда я с удовольствием разглядывал пассажиров, склонившихся над пакетами-плевательницами. Как только мы поднялись на высоту примерно тысячи метров, мозаика английских полей, густо отороченных вязами, исчезла в дымке. Одна линия обозначала Ла-Манш, а после получасового мрака открылась и другая — побережье Франции. Здесь лоскутный пейзаж стал четче, полосы и квадраты поспевшей кукурузы перемежались с более крупными, неправильной формы клочками зеленого бархатного леса. Иногда из-под него, словно полоса подкладки, белела дорога, а вдоль нее виднелись пни деревьев. В час дня мы обедали в Ле Бурже в зале с обоями, изображавшими пьяных птиц. Окружающие поедали восхитительные омлеты. Нас, прилетевших из Англии, угостили пародией на нашу национальную говядину.

В два часа мы вылетели в Базель. За обедом я познакомился с профессиональным журналистом по имени Бутчер, который сказал, что терпеть не может самолеты, но летает повсюду ради материала для статей. Его тошнило. В конце концов появились холмы и облака, последние наполнили кабину странным зимним светом. Затем под нами раскинулся город, и мы плавно приземлились на аэродроме Бирсфельден [15], где здание таможни было украшено превосходными современными фресками, изображающими носильщиков. Отсюда автобус доставил нас в отель «Эйлер». В окно автобуса мы увидели «швейцарский Кру» [16], очаровательный, тенистый городок со множеством старинных домов, фонтанов и цветочных клумб. Плакаты с тюленями рекламировали местный зоопарк. Из отеля я отправился в художественный музей [17], который, хотя официально не работал, на самом деле был открыт. Лай собаки привлек ее хозяина, который, когда я объяснил,

15 Бирсфельден — город в Швейцарии, в кантоне Базель-Ланд.

16 Кру — город в графстве Чешир в Великобритании.

17 Базельский художественный музей обладает крупнейшей коллекцией картин династии Гольбейнов; создан на основе приобретенного в 1661 году городскими властями собрания Б. Амербаха.

что прилетел самолетом специально для того, чтобы посмотреть «Лаокоона» Эль Греко, впустил меня в галерею. К сожалению, картины там больше не было. Позже она появилась в Лондоне. Гвоздем коллекции были Гольбейны, в том числе знаменитая миниатюра, изображающая Эразма[18] в преклонном возрасте, и акварельный портрет английского короля Эдуарда VI[19] с маленькой ушастой собачкой на руках. Хранитель обратил мое внимание на фантазии своего соотечественника Беклина[20], который пользовался большой популярностью примерно в 1880 году. Отобедав на террасе отеля и передав требуемые купоны из билетов, группа, теперь уменьшившаяся до пяти человек, отправилась на станцию в сопровождении официальных лиц «Империал эйрвейс», которые несли пальто, трости и оставшиеся свертки.

— Мы всегда относимся к пассажирам, как к детям, — покорно заметили они.

Поезд с зарезервированными спальными вагонами ждал на перроне. Мы погрузили багаж, но паровоза всё еще не было. Он опоздал на сорок пять минут, а потом несся через Альпы с невероятной скоростью, останавливаясь так резко, что я один раз слетел с полки.

В северной Италии забрезжило утро. В Генуе нас встретили еще несколько должностных лиц компании, одетых в красивую форму из синей саржи с золотой тесьмой.

— Плоховато ухаживают за здешними домами, — заметил один пассажир, который раньше не бывал в Италии.

Пройдя через самый неопрятный порт в мире, мы подошли к небольшой барже, принадлежащей SANA (Società

18 Эразм Роттердамский, настоящее имя Герхард Герхардс (1469–1536) — голландский философ, мыслитель, теолог, библеист и писатель. Один из крупнейших представителей Северного Возрождения.

19 Король Англии в 1547–1553 годы, умер шестнадцати лет от роду.

20 Арнольд Бёклин (1827–1901) — швейцарский живописец, график, скульптор; один из выдающихся представителей символизма в европейском изобразительном искусстве XIX века.

Anonima Navigazione Aerea)[21], где на столах красовались яйца пашот и клубничный джем. Мы изнывали от жары. В гавани сверкали белые гидросамолеты «Калькутта», «Сити-оф-Роум», на кабине которого развевался маленький британский флаг. После небольшой задержки, вызванной проверкой почты, самолет подготовили к взлету. Флаг свернули, люк закрыли, мы понеслись. Старт летающей лодки, особенно когда море волнуется, немного напоминает аттракционы Луна-парка. Впрочем, им до этого далеко. Двигатели ревут, поплавки на крыльях опускаются сначала с одной стороны, затем с другой, при каждой волне машина взлетает, как на ухабе. Скорость растет, в иллюминаторы бьют брызги, и внезапно мы попадаем в иную стихию, над морем. Описав на прощание круг над базой гидросамолетов, мы отправляемся на юг, оставляя побережье Италии слева. Один из участников экспедиции, капитан Беннетт-Бэггс, вес которого явно превышал квоту, разрешенную каждому пассажиру с багажом, занял место второго пилота.

Воцарилась приятная дружеская атмосфера. Когда открылись иллюминаторы, стало прохладнее, шум уменьшился, поскольку двигатели были установлены сзади, на крыльях, мягкие кожаные сиденья позволяли передвигаться свободнее. Снаружи, на фоне лазурного Средиземного моря, лежавшего внизу на расстоянии ста пятидесяти метров, сверкали белизной крылья, а поплавки под ними походили на огромных серебристых рыб, случайно выловленных из глубины. Время от времени радист присылал нам сообщения: справа — Эльба, слева — Ливорно. В назначенное время мы пролетели над Остией, сделав круг в честь базы гидросамолетов, где разглядели машины «Дорнье-Вал»[22], стоящие каждая в маленьком

21 Итальянская авиакомпания (1925–1934), специализировалась на перевозке гидросамолетами в Средиземноморье. С 1929 года в альянсе с «Империал эйрвейз» участвовала в перевозке пассажиров из Европы в Индию.

22 Гидросамолеты «Дорнье-Вал» — уникальные воздушные суда, созданные немецким инженером Клодом Дорнье, запущенные в производство в конце 1920-х годов.

доке. Согласно расписанию мы должны были там пообедать, но спускаться на мелководье небезопасно. Тогда механик приготовил типичный итальянский обед из ветчины, салями, курицы, свежих булочек, сыра, соленых грибов, нектаринов и вина. Всё это мы ели с оловянных подносов, которые выдвигались из спинок кресел, как подставки для молитвенников. Нам дали две вилки, три стакана и одну чашку. Поступило ещё одно сообщение: пилот спрашивал, не хотелось бы нам пролететь над Везувием и заглянуть в кратер. Конечно, хотелось. Но когда показался Неаполитанский залив, вершину горы заволокло облаком. В золотистом блеске послеполуденного южного солнца город и прилегающие к нему территории, протянувшиеся на пятьдесят километров вдоль берега, представляли собой великолепную панораму. Мы пролетели между островом Искья и материком, над Позиллипо [23] и по спирали спустились к гавани. Нас встретили новые чиновники. Таможенный контроль прошли быстро. В автобусе говорили о Муссолини, называя его «мистер Смит», а об удовольствиях Капри — в еще более загадочных выражениях [24]. Приняв ванну в отеле «Эксцельсиор», я отправился за пределы Позиллипо и съехал с шоссе на дорогу с односторонним движением, огороженную высокими глинобитными стенами виноградников. Она привела к воротам, за которыми ряды старательно политых гвоздик свидетельствовали о решимости англичанина унести дом с собой [25]. П. [26], преисполненный несметных классических знаний, стоял на подъездной дорожке, одетый только в жилет и брюки. Здесь была скала, подобная многим поблизости, где Вергилий [27] написал «Энеи-

23 Район Неаполя.

24 Остров Капри известен как один из центров квир-культуры.

25 «Всё свое ношу с собой». Пословица.

26 Патрик Бальфур, 3-й барон Кинросс (1904–1976) — историк ислама, автор научной биографии Кемаля Ататюрка и других трудов.

27 Публий Вергилий Марон (70 до н. э. — 19 до н. э.) — римский поэт.

ду», а там дворец Лукулла[28], его расписные комнаты всё еще целы, дальше — туннель[29], ведущий к той же главной дороге, который Сеян[30], министр Тиберия[31], прорубил в скале, вместо того чтобы воспользоваться другой, по которой неохотно согласился ехать мой таксист. Современным итальянцам приходится это терпеть, поскольку туннель является национальным памятником, и поэтому ему позволено прийти в упадок. Решив искупаться, мы разделись и по другим туннелям и ступеням, выбитым в камне, спустились со скалы, на которой стоит вилла, к морю. Словно вернувшись домой, я плавал по бурлящим водам Средиземного моря с легкостью, о которой забыл за два года отсутствия. Мы сорвали со скалы жирного морского ежа, которого садовник позже опознал как самку. На ужин подавали блюда из морепродуктов и домашнее вино из садовых плодов. Здесь Муссолини называли «мистер Джонс». Брат П.[32], служивший тогда в Военно-воздушных силах, сказал, что перед приездом в Италию он получил строгие инструкции не разговаривать ни с кем из сотрудников соответствующей итальянской службы и не допускать, чтобы разговаривали с ним, опасаясь, что его обвинят в шпионаже. Потом мы сидели и смотрели на залив, на полукруг дрожащих в темноте

28 Луций Лициний Лукулл (ок. 117 — ок. 56 до н. э.) — знаменитый римский полководец и политик; в последние годы жизни предавался роскоши, расточительности, изысканности и изнеженности (см. «Сравнительные жизнеописания» Плутарха).

29 Туннель служит входом в археологический комплекс Позиллипон, что означает: «отдохновение от трудов», ряд вилл времен Римской империи, построенных в самой высокой части холма.

30 Луций Элий Сеян (ок. 20 до н. э. — 31) — римский политический деятель, командующий Преторианской гвардией императора Тиберия — ключевая должность в системе римского принципата; казнен по обвинению в заговоре против императора, быть может ложному; в английской литературе — персонаж исторической трагедии Бена Джонсона.

31 Тиберий Юлий Цезарь Август (42 год до н. э. — 37) — римский император.

32 Дэвид Эндрю Бальфур, 4-й барон Кинросс (1906–1985).

желтых звезд. Высоко в небе парила неподвижная комета. Это был Везувий: железная дорога изображала хвост кометы, а обсерватория — тело. Вспомнив о своих обязательствах перед «Дейли экспресс», я поспешил вернуться и наконец укатил в повозке, запряженной пони, миниатюрным коричневым Пегасом, который совершенно не обращал внимания на овраги, зиявшие на каждом повороте. На главной дороге ждал трамвай, который отвез меня обратно в отель. В номере я засиделся до часу ночи, сочиняя статью, и встал в пять, чтобы ее напечатать.

В четверть восьмого я, незастегнутый, небритый и некормленный, с шумом ввалился в холл, где меня уже ждали другие пассажиры. Без четверти восемь мы тронулись в путь, пересекли подъем «итальянского сапога», где самолет изредка потряхивало, достигли самой южной точки Галлипольского полуострова[33] и час спустя приземлились в гавани острова Корфу на обед. В последний раз в апреле я провел здесь семь часов, рисуя зелено-желтый остров. А увидев его сейчас тускло-коричневым, расстроился. Лев Святого Марка[34] над нами напоминал о Венеции. Завязался спор с чиновниками, которые запретили нам доставать фотоаппараты, хотя мы видели, как группа немецких туристов деловито фотографировала на скале над нашими головами. Можно подумать, что сам факт путешествия по воздуху наделил нас сверхъестественными способностями к шпионажу. Чтобы уладить вопрос, я предъявил пропуск от греческого министра в Лондоне[35], после чего, к удивлению остальных пассажиров, меня провозгласили «другом Греции» и разрешили де-

33 Галлипольский полуостров — полуостров в европейской части Турции, между Саросским заливом Эгейского моря и проливом Дарданеллы.

34 Святому Марку во сне явился ангел в образе крылатого льва и предсказал, что мощи святого обретут покой и почитание в Венеции.

35 Полномочным послом Греции в Лондоне в 1918–1935 годы был Димитриос Какламанос, историк, литератор, член Афинской академии.

лать все, что угодно. Во время обеда сэр Джеффри Салмонд заметил, что, наверное, он старомоден, но «На Западном фронте без перемен»[36] — не та книга, которую можно оставить в гостиной. Бутчер с оттенком удивления ответил, что со всем подобным давно покончено, мягко намекая, не отстал ли маршал от времени? На что маршал авиации вздохнул: «Что ж, полагаю, гостиные бывают разными». Затем вспомнил, что Корфу когда-то был британским, и какими же чертовыми дураками мы были, когда задаром от всего отказались. У меня вертелась на кончике языка надежда на аналогичное восстановление целостности Кипра при помощи лейбористского правительства, но я был слишком доволен тем, что снова нахожусь в Греции, чтобы утруждать себя спорами[37]. Осмотрев итальянский моноплан «Дорнье-Вал» и французскую машину, выкрашенную в эстетичный оранжевый цвет, доставившую почту из Бейрута, мы облетели остров, чтобы увидеть Ахиллеон[38], дворец, построенный императрицей Елизаветой Австрийской, а позже опошленный кайзером. Затем мы продолжили движение на юг вдоль побережья, пока поворот на восток не вывел нас вглубь страны над плоской болотистой местностью. Узнав, что я хочу сфотографировать место гибели Байрона[39], капитан Стокс, пилот, пригласил меня в кабину, где я ступил на две алю-

36 Знаменитый роман Э. М. Ремарка был во время путешествия Байрона бестселлером; впервые он был напечатан в конце 1928 года (журнальный вариант), а английский перевод появился в начале 1929 года.

37 Корфу был британским протекторатом в 1815–1864 годы, а Кипр в 1878–1960 годы.

38 Дворец Ахиллеон — достопримечательность острова Керкира (Корфу), находящегося в Северной Греции. Величественное здание ранее было резиденцией австрийской императрицы Елизаветы (Сисси), а после ее гибели стало собственностью ее мужа — кайзера Франца Иосифа. В наше время это музей.

39 Поэт Дж. Г. Байрон скончался от лихорадки, участвуя в войне за независимость Греции, во время обороны Месолонгиона (19 апреля 1824 года).

миниевые платформы позади него. Пока я стоял, голова и грудь находились над ветровым стеклом, и, поскольку пропеллеры были расположены сзади, я мог спокойно оставаться там. Под нами простиралась вдаль болотистая равнина. Слева виднелись горы, справа — еще одни, между ними пятна воды отражали голубое небо. Вся земля излучала тот нежный розовый блеск, который и есть Греция. И вот он я, в свой четвертый визит за пять лет, прибываю по небу — не с порывом и ураганом, как можно было бы себе представить, а размеренно и обстоятельно двигаясь по голубому своду. За спиной раскинулись, как дом, огромные крылья, у ног сидел пилот, считающий излишним осуществлять более чем малейший контроль над столь рациональным и самодостаточным средством передвижения. Ощущение было превосходным и ни на что не похожим. Корабль всегда находится на воде, подвластный, более смиренный, чем самая смиренная волна. Наше гордое транспортное средство в безоблачный солнечный день не нуждалось ни в какой видимой поддержке. Стоя с непокрытой головой, опьяненный ветром, который трепал мне волосы и пробегал по коже под развевающейся рубашкой, я путешествовал как властелин вселенной, солнечный император.

Когда мы подошли к городу Месолонгион, я спустился с насеста в пространство между салоном и кабиной, где сидит радист. Здесь был иллюминатор, через который по свистку от Стокса я добился удачного ракурса, стараясь, чтобы на камеру не дул ветер. Радистом, который помогал мне, был мистер Стоун, по прозвищу Искра, поддерживавший мое хорошее настроение на протяжении всего путешествия. Его круглые глаза и маленький рыбий рот наводили на мысль о том, что он чем-то постоянно возмущен, пока лицо не расплывалось в улыбке, словно по встревоженной воде пробегала рябь. Вспоминаю о нем с грустью, потому что Стоун с механиком Пемброуком погибли в октябре следующего года, когда гидросамолет «Сити-оф-Роум» с четырьмя пассажирами на борту затонул недалеко от Генуи.

Наконец мы добрались до Коринфского залива, пролетев вблизи огромной горы, встречающей, словно обелиск, у входа. Это первый греческий пейзаж, который видят плывущие на корабле. На противоположном берегу белыми брызгами раскинулся город Патры[40], под нами виднелась Лепанто[41], коричневая деревня; там, за сиренево-синей водой, вдоль побережья проходила железная дорога, соединявшая Пирей[42] и Афины с Пелопоннесом. Через час мы были над Коринфом. На станции стояли те же поезда; работал тот же ресторан, где я отведал так много необычных блюд во время стольких необычных поездок; те же кучи шлака, откуда я спустился к морю и шлепал босиком по воде во второй день пребывания в Греции. Залив изгибался, встречаясь сам с собой, и закончился бы, если б не крошечный разрез, который ведет к Эгейскому морю. Мы пролетели вдоль канала и над мостом, как раз когда его, тяжело пыхтя, пересекал игрушечный поезд, а по дну канала крадучись ползла еще более нелепая лодка. Наконец, когда мы обогнули остров Саламин[43], в поле зрения показались трубы Пирея, за которыми последовали Акрополь и изогнутый конус Ликабетта[44].

В Афинах, к моему разочарованию, авиакомпания «Империал эйрвейс» зарезервировала для нас комнаты в «Акрополь палас», новом отеле с ванной комнатой в каждом номере, но расположенном в низине, в трущоб-

40 Патры — третий по величине город Греции. Расположен на северо-западной оконечности Пелопоннеса, на берегу залива Патраикос, в 177 километрах к юго-западу от Афин. Крупнейший город и порт на Пелопоннесе.

41 Лепанто — прежнее название города Нафпактос.

42 Пирей — четвертый по величине (после Афин, Салоник и Патр) город в Греции, на северо-восточном побережье залива Сароникос Эгейского моря.

43 Саламин — крупнейший из Саронических островов в заливе Сароникос в Греции недалеко от Афин.

44 Ликавит, Ликабетт — крутой каменистый холм конической формы в центре города Афины, столицы Греции. Высота — 263 метра над уровнем моря.

ном квартале города. Персонал был неопытным и плохо обученным. Меня ожидало множество встреч. Я узнал, что в книжном магазине продали пятнадцать экземпляров моей последней книги[45]. Доктор Зервос прислал в подарок корзинку с кофе «Мокка», который на самом деле вырос в Мокке. Позже мы собрались в отеле «Гранд Бретань», где в баре уже сидели Стокс, Беннетт-Бэггс и маршал авиации. Ужинали мы в ресторане мистера Ромпапы под открытым небом в садах Заппейон, недавно обнесенных декоративной решеткой. В полночь я заснул прямо на стуле. Мои попутчики сидели и пили до четырех часов утра.

Во вторник утром мы покинули отель в сравнительно разумное время — в половине десятого. Недалеко от Пирея мы низко покружили над перевернувшейся рыбацкой лодкой, жутким обломком в кристально голубой воде, и передали описание катастрофы по радио на материк. Из всей компании остались только Бутчер, маршал авиации и я. К половине первого попутный ветер доставил самолет в бухту Суда на острове Крит, где нас ожидал чрезвычайно радушный английский прием. Ведь авиакомпания разместила здесь яхту «Империа», ранее принадлежавшую многочисленным миллионерам и способную бороздить любые моря в любую погоду в случае вынужденной посадки самолета. За морским купанием у борта яхты, которое, как и все греческие купания, навсегда останется в памяти, последовал обед из шести блюд, сервированный на столе, украшенном букетом цветов, которые будто сорвали в английском саду. Аппетитные блюда щедро сдабривались остротами капитана Маклеода и старшего офицера Горна, которых английская пресса недавно назвала «Адамами в Эдеме без Евы».

В тот день капитан Стокс снова позволил мне посидеть в кабине пилота. На Белых горах[46], сказочном доме

45 Книга Байрона о монастырях Афона, вышедшая в 1928 году.

46 Лефка-Ори — горный хребет в западной части острова Крит. С греческого название хребта переводится как «белые горы», что связано со снегами, укрывающими горы до начала лета.

вампира, не было ни облачка, и Стокс решил лететь через остров над широким перевалом, который я уже пересекал пешком два года назад. Стокс рассказал нам, как однажды вечером, в темноте, когда он пытался проложить этот курс, альтиметр вдруг заклинило. Перевал приближался, а самолет не мог набрать необходимую высоту. Испуганный и отчаявшийся Стокс ударил по циферблату, и стрелка подскочила на тысячу метров. Теперь испугался и я. Огромный крылатый корабль, задрав нос, слегка покачиваясь, то опускаясь, то подпрыгивая, будто врезался в бесплодный склон холма, как вдруг виноградники и кипарисы уступили место россыпи камней и кустарнику. Стокс постучал по альтиметру, который на этот раз не отозвался и стрелка вверх не устремилась. Хотя впоследствии выяснилось, что мои опасения были результатом оптического обмана и на самом деле пространства вокруг нас было достаточно, мы повернули, избегая окружающих гор, как мне казалось, на волосок, и взлетели по широкой спирали. А потом направились к перевалу. Но оптические галлюцинации продолжались. На каждом ухабе, когда горные течения швыряли нас из стороны в сторону, а крылья ныряли вверх и вниз, откосы и скалистые склоны оказывались в угрожающей близости. Я посмотрел вниз. Вот та дорога, по которой я ехал на машине холодным октябрьским утром, а вот дом, где нашел мулов, вот деревня, где ко мне присоединился полицейский эскорт, и вот рассекающее сам перевал на глубину триста метров безвоздушное ущелье, по которому я спустился. Вниз, к морю, словно черная нить, вела извилистая, то вздымающаяся, то опускающаяся тропа. Ну вот и всё, пролетели. Внезапно остров остался позади, и более гладкие южные склоны, сухие и коричневые от летней жары, спустились к деревне Сфакия, где два года назад я провел ночь, завернувшись в полицейское одеяло, уже обжитое. От вершины горы Ида слева от нас до морского дна на расстоянии двадцати пяти километров от берега поверхность земли опускается примерно на семь тысяч метров. По мере того как остров удалялся, казалось, вот-вот нас поглотит эта ужасающая бездна. Спускались мы медленно и осторожно, пока плоская синяя морская поверхность постепенно не искривилась и, наконец, можно было различить волны. Мы направлялись на юг, к побережью Африки.

В перелете с одного континента на другой, совершенном за два часа, было что-то впечатляющее. По сравнению с Испанией разница невелика: побережья похожи. Полоса мертвенно-оранжевого цвета, ограничивающего чернильно-сапфировое море, бесконечно тянулась вдаль, и становилось ясно, что это земля, не похожая ни на какую другую, наделенная различными формами, цветами и огнями, обширная земля черной расы и странных культур, которые существовали изолированно от великих обменов веяниями между Европой и Азией. Когда самолет кружил над гаванью Тобрука[47], открылась необозримая выжженная равнина, покрытая рябью, но не холмистая, и сливающаяся на расстоянии пятидесяти, ста, тысячи километров с горизонтом, затянутым бледной дымкой с молочным оттенком. Я невольно поискал глазами Кейптаун. Мне показалось, что я узнал это место. Затем я подумал о египетском искусстве, и это узнавание объяснилось.

Тобрук, единственная достопримечательность на сотни километров вдоль этого пустынного союза воды и суши, – столица итальянской провинции Киренаика и центр промысла губок, которым занимаются греческие дайверы Додеканеса[48]. Город состоит из глинобитных лачуг, перемежающихся одним или двумя официальными зданиями, защищенными стеной, укрепленной колючей проволокой, за пределы которой не осмеливается выйти ни один итальянец. Совсем недавно, сказал Стокс, он прибыл сюда и обнаружил, что набережная усеяна трупа-

47 Тобрук — город на востоке Ливии, на Средиземноморском побережье, недалеко от границы с Египтом.

48 Додеканес — архипелаг в юго-восточной части Эгейского моря, принадлежит Греции. Расположен у юго-западного побережья полуострова Малая Азия, в нескольких километрах от берегов Турции.

ми и ранеными. Мы сошли на берег в толпу арабов и негров, собравшихся на одном пирсе, закутанных в лохмотья и драпировки в пресловутых цветах Востока. Чай ждал в маленьком кафе, за которым, примыкая к внутреннему двору, заполненному приевшейся домашней утварью, находились спальня и гостиная агента «Империал эйрвейз». Он предоставил в мое распоряжение гостиную, откуда, написав очередную статью для «Дейли экспресс», я вышел весь в поту, стремясь принять ванну. Губернатор[49], мрачный мужчина в пенсне, любезно одолжил нам «Форд», а также, поскольку мы собирались покинуть город, снабдил эскортом, чтобы враждебные силы (силуэты на верблюдах, как в Пурилии)[50] не появились из-за горизонта и не украли нашу одежду. Пока мы ехали, согбенные и оборванные старые арабы, увидев государственный флаг, развевающийся над машиной, отдавали нам фашистское приветствие, которое при таких обстоятельствах выглядело более чем нелепо. Впоследствии агент сказал нам, что они смертельно ненавидят итальянцев и что тем буквально вообще не разрешается покидать город, за исключением купального сезона, и то только на расстояние 460 метров. Вода была приятной, но не как в Греции.

Сэр Джеффри Салмонд остановился в «Резиденси», и Стокс, Бутчер и я обедали в одиночестве на веранде с видом на гавань. Агент, которому было всего девятнадцать, составил подробное меню. Стокс рассказывал о своих первых полетах во время открытия авиапочты, о трудностях с получением бензина, нехватке механиков и, как следствие, о своей бессоннице. Самый интересный случай был с возвращавшейся с отцом из Индии голодной девчонкой, которая залезла в продовольствен-

49 Губернатором Итальянской Киренаики в 1929–1930 годы был генерал Доменико Сицилиани (1879–1938), участник всех войн, которые вело Итальянское королевство при его жизни; был королевским адъютантом в 1920-е годы.

50 Снова Байрон вспоминает антиутопию Э. Райса.

ные запасы и проглотила обед летчиков. Бутчер заметил, что маршал авиации для своего возраста выглядит очень неплохо. Стокс уточнил, что маршал — «мужчина крепкий». Мы отдали ему должное за обаяние в обращении с обслуживающим персоналом маршрута.

Когда мы вылетели из Генуи, в море под нами появилась яхта, похожая на ту, что стояла в заливе Суда, которая в то время направлялась в Тобрук для размещения пассажиров. Однако, не подозревая об этом, какой-то предприимчивый житель снял и обставил дом на окраине города, в котором мы теперь и ночевали. Через окна доносился бой барабанов дервишей. Комнаты были чистыми с высокими потолками, москитными сетками на окнах и обитыми плюшем стульями. Когда меня разбудили в половине пятого, я обнаружил цементный бассейн, наполненный холодной водой, и с удовольствием искупался.

Позавтракав в том же кафе, без пяти шесть мы уже взлетели. Цвет воды ошеломлял: густой темно-синий, рядом с которым даже греческое море казалось блеклым. На суше простиралась вездесущая пустыня, где не видно было следов человека. Мы пересекли итальянскую границу, вереницу низких холмов, и доставили связку газет в Мерса-Матрух[51], где на крыше домика обнаружили надпись крупными буквами: «Гостиница Хиллера». Именно здесь после двух несчастных случаев, последовавших один за другим, Махарани Куч Бехар[52] высушила одежду и уснула, а Уильям Джерхарди[53] перевязал пятку, ко-

51 Мерса-Матрух, Марса-Матрух (*араб.* «Брошенный якорь») — город в Египте, на побережье Средиземного моря, примерно в 240 километрах к западу от Александрии, на трассе Александрия — граница с Ливией. Столица провинции Матрух.

52 Индира Деви (1892–1968) — жена махараджи Куч Бехара Джитендры Нараян, после его смерти в 1922 году и до 1936 года была регентшей княжества при своем маленьком сыне; светская львица, молва приписывала ей романы с будущим Эдуардом VIII и Георгом Кентским.

53 Уильям Александр Джерхарди или Герхарди (1895–1977) — английский писатель-модернист, родился в Петербурге,

торую почти оторвало пропеллером[54]. Погода была суровой: на той же неделе затонул гидроплан «Сити-оф-Роум». Стокс, который, к счастью, избежал той катастрофы из-за болезни, был их пилотом. При попытке взлететь гидроплан ударился о буй. Через два или три часа прибыли спасатели, и они снова отправились в путь, но тут же наткнулись на риф. В кабину хлынула вода, все они выбрались на крышу, откуда лодка снова доставила на берег тех, кого не тронули винты самолета. В то время я был в Калькутте, и мои письма пришли без штемпелей и в пятнах морской воды.

В четверть двенадцатого мы подлетели к Александрии. Когда мы пролетали озеро Мариут, нас поразило необычное явление: вода из-за чрезмерной солености и падавших под углом солнечных лучей сияла белизной, а длинная тень, вероятно вызванная туманом, точно совпадала с дальним берегом. Создавалась иллюзия покрытого снегом холма, возвышающегося на фоне ноябрьского неба. За озером простирался огромный город. Мы сделали круг над гаванью и сели перед дворцом короля Фуада[55].

На набережной мы расстались с маршалом авиации, который продолжал путешествие на самолетах военно-воздушных сил. Я с грустью попрощался со Стоксом, который был не только пилотом, но и хозяином самолета и в чьей книге посетителей, ныне лежащей на дне Генуэзского залива, мы все расписались. Я пожал руки Пемброуку и Стоуну. И, обернувшись, увидел мистера Казулли, с которым познакомился три года назад, ждав-

работал в английской гражданской и военной миссиях в России, наиболее известен романом «Полиглоты» о Гражданской войне в России.

54 Эти авиакатастрофы произошли в ноябре 1929 года, когда Байрон жил в Калькутте. Пассажиры направлялись туда же к началу светского сезона.

55 Ахмед Фуад (1868–1936) — второй султан Египта, потом первый король Египта и Судана. Выступал за независимость Египта от англичан.

шего меня на сверкающем автомобиле «Ла Саль»[56]. Недавно прочитав редкие и занимательные публикации в путеводителе Форстера по Александрии и его книге «Фарос и Фариллон»[57], я озабоченно расспрашивал о местонахождении старого маяка, зеркало которого, освещенное гигантским костром, было одним из чудес Древнего мира. Когда мы ехали вдоль набережной, высокие дома с выветренным кирпичом сливового цвета и старинной опалубкой странным образом напоминали нашу архитектуру эпохи Тюдоров. Кассира в офисе мистера Казулли звали Атанасий[58], очень подходящее имя. Мистер Казулли говорил о трудностях продажи хлопка. Затем мы поехали обедать к нему домой — в богатое поместье, оформленное в викторианско-арабском стиле и расположенное в саду с цветущими деревьями и кустарниками. Мадам Казулли пожаловалась, что работавшие у них английские гувернантки всегда пеняли ей из-за того, что их не кормили английской едой.

Пустыни

Новый самолет, как нас предупредили, отправлялся в два часа. Аэропорт Абукир находится в тридцати километрах от Александрии. В немыслимую жару мистер Казулли вел машину со скоростью свыше ста километров в час. Мы проехали мимо его фермы, где выращивают бананы, хлопок и финики и разводят арабских скакунов, до дворца короля Фуада, где дорога, теперь без коро-

56 «Ла Саль» — марка легковых автомобилей, выпускавшихся корпорацией «Дженерал моторс» с 1927 по 1940 год. Она была названа в честь Рене-Робера Кавелье де Ла Саль.

57 Знаменитый писатель Эдвард М. Форстер жил и работал в Александрии, встретил там свою любовь; написал историко-культурный путеводитель о городе (1922) и книгу очерков о нем же (1923), соединив в названии имя знаменитого старого маяка (Фарос) и безвестного нового (Фариллон).

58 Атанасий — «бессмертный».

левского попечения, изменилась и вынудила его сбавить скорость. Добравшись до Абукира за пять минут до вылета, мы обнаружили, что почта, которую отправили самолетом «Сити-оф-Роум», еще не прибыла. В результате пришлось ждать около часа. Среди пассажиров были два директора французской авиапочты, летевшие из Марселя в Бейрут, и мальчик-перс, возвращавшийся в Тегеран после четырех лет учебы в Йорке.

В конце концов, в три часа дня мы взлетели на мощном самолете «Сити-оф-Кайро», который мог подниматься на двух из трех двигателей. Путь лежал через северную границу «пустыни», той земли, где скитались и страдали дети Израиля, а дети, получившие христианское образование, по-прежнему продолжают традицию. На послеполуденном солнце пустыня смотрелась довольно необычно: море дюн, каждый округлый холмик отбрасывал на золотистый песок овальную синюю тень, пока все они не растворились в переливающемся опаловом свете гор вдали. Деревень встречалось немного — небольшие скопления квадратных глинобитных хижин, окруженные редкими пальмами и участками возделанной земли. Иногда по тропам, вьющимся среди дюн, к ним шли верблюды. Даже с высоты трехсот и шестисот метров был виден каждый след.

Мы прибыли в Газу к чаю. Ангар и гостиница «Империал эйрвейс» расположены недалеко от города, на месте военных сражений, в которых турки, как правило, имели преимущество. Среди пассажиров оказался бывший артиллерист, в этих местах он получил серьезное ранение и с тех пор здесь не бывал. Мы благосклонно слушали его воспоминания. Британские окопы, которые мы увидели позже, еще усеяны костями и обрывками одежды. Там находят неразорвавшиеся гранаты, которыми цыгане, к возмущению местных рыбаков, глушат рыбу. О том, что теперь мы находимся под благодатной сенью британского мандата, мне напомнил следующий разговор:

Р. Б. (*обращаясь к владельцу гостиницы*). Какой у вас славный спаниель!

ХОЗЯИН. Да. А уж как на дичь хорошо охотится!

Р. Б. И много вы подстрелили?

ХОЗЯИН. Разве вы не знаете, что сезон охоты на тетеревов открывается только двенадцатого августа?

У гостиницы была удобная планировка: в двух рядах одноэтажных зданий располагались спальни, душевые, столовая, кабинеты обслуживающего персонала и кладовки для почты. Сад только начали разбивать: уже виднелась геометрическая форма ограды из беленого камня, внутри которой посадили бананы, кипарисы и один эвкалипт среди штамбовой герани. Там нас ждал чай и удобные кресла.

На мое предложение искупаться хозяин вывел машину, и Бутчер, артиллерист и я поехали к морю, расположенному в одиннадцати километрах от гостиницы. Французы отказались, буркнув: «Assez de transport»[59]. По пути мы миновали городок, который, как известно моим читателям, раньше был крепостью филистимлян[60]. Этот город осыпали проклятиями Амос, Софония и Захария[61]. «Оплешивела Газа»[62], — утверждал Иеремия. В то время Самсон, которому жители совершенно справедливо угрожали за аморальное поведение во время первой ночевки в Газе, выломал городские ворота. Место подвига, как теперь считают, расположено слева от универсального магазина. Историки могут возразить. Однако, к счастью, они не сомневаются в том, что Далила осталась жива.

Когда мы добрались до моря, сгустились сумерки. Водную границу обрисовал оранжевый закат, на фоне которого маячил силуэт трехмачтовой бригантины, стоявшей на якоре. Мы торопливо разделись под соломенным навесом и, избегая дынных корок, которыми был усыпан

59 Накатались (*франц.*).

60 Филисти́мляне — древний народ, населявший приморскую часть Ханаана (от современного Тель-Авива до Газы) начиная с XII века до нашей эры. Неоднократно упомянут в Ветхом Завете.

61 Малые пророки.

62 Иеремия 47:5.

берег, вошли в воду, слишком горячую, чтобы освежиться. Медленные маслянистые волны подняли нас на зазубренные края скрытых в воде скал. Я запутался ногами в рыболовной леске. Стемнело. На обратном пути водитель сообщил нам, что он только что потратил пять тысяч фунтов стерлингов на посадку и уход за апельсиновыми деревьями.

Нас накормили отвратительным и скудным ужином. Однако поскольку управляющий только что оправился от одного нервного срыва и был на грани следующего в связи с возможным изобличением в «Дейли экспресс», я сказал ему, что еда превзошла все ожидания. Французы были явно недовольны, но страдали молча, поскольку рядом не было ни единой души, с кем они могли бы поделиться, если бы я не решил им помочь. После ужина мы сошлись на том, что французы понимают англичан лучше, чем англичане когда-либо смогут понять французов.

В четверг утром нас разбудили в пять утра на чай, а потом снова отправили спать, поскольку почтовый поезд из Порт-Саида, как обычно, сломался. В семь мы позавтракали копченой рыбой, которую привез из Александрии капитан Алкок, наш летчик и брат сэра Джона[63]. Потом обнаружилось, что прибывшая почта тяжелее, чем ожидалось, и у самолета слили соответствующий запас горючего. К тому времени управляющий гостиницей был изможден донельзя. В восемь мы взлетели, покружили над Вифлеемом, мельком взглянули на Иерусалим, как, наверное, Ричард Львиное Сердце[64], и добрались до зло-

63 Джон Алкок (1892–1919) — знаменитый английский авиатор, совершил первый беспосадочный перелет через Атлантику.

64 Английский король, возглавил Третий крестовый поход, целью которого был возврат утраченного христианами Иерусалима, в 1191–1192 годах. Ричард предпринял четыре наступления на город, но на решающем совете 4 июля его штаб не решился на штурм: «Не пришло еще время, когда Бог сочтет людей Своих достаточно освятившимися, чтобы Святая Земля и Пресвятой Крест могли быть переданы в руки христиан». *Johnston R. C.* The Crusade and death of Richard I. Oxford, 1961.

вещей впадины Мертвого моря, где в него впадает Иордан, ленивый поток, несущий по ландшафту слой зелени почти так же, как это изображено на географических картах. Впереди перед нами высились Моабитские горы. Необычные постройки по всей стране напоминают игрушки великана. Купола и башни, храмы с ребристым украшением, торчащие дымоходы, обелиски и кенотафы, бесконечно повторяющиеся фасады и крыши сформировали город из неразличимого обожженного камня, с бездонных улиц которого по обширным растрескавшимся перпендикулярам стен поднимались молочно-туманные призраки. Ничего удивительного в том, что Избранные, ползающие, как муравьи, в пастушеских хлопотах, создали неприступное божество, за которого этот ландшафт несет ответственность перед потомками, как побережья Греции за эволюцию формы и смысла.

Мало-помалу утесы и каньоны уменьшались на глазах, пока не превратились в песчаное плато, усыпанное черными камнями. Здесь, без всякой видимой причины, мы вдруг начали снижаться. Взрыв ракет, которые пилот выпустил, чтобы определить направление ветра, прозвучал как отказ двигателя. Тревога рассеялась при виде небольшого металлического круга, какие обычно соединяют тротуар с угольным погребом, установленного посреди пустыни, к которому мы подобрались сквозь песчаную бурю и который на самом деле открывал доступ к бензобаку. Неподалеку возвышался форт Каср-Харана, руины, в верхних покоях которого лежали скелеты в одежде.

— Ох! Трупы! — пробормотали французы.

Чуть дальше виднелись турецкие могилы, разграбленные шакалами.

В полдень мы снова взлетели, в воздухе чувствовалась жара, что казалось невероятным. Даже на высоте полторы тысячи метров лицо и шею обжигало, словно пламенем. Нас бросало то вверх, то вниз, к очевидному огорчению других пассажиров, крылья раскачивались из стороны в сторону, и самолет то камнем падал в пространство, то взмывал в небеса с дрожью и трепетом скакуна перед барьером. Мальчик-перс и Бутчер совсем пали духом, артиллерист встревожился; и даже французы, опытные летчики, впоследствии признали, что это было «une voyage pénible»[65]. Мы пообедали в Рутбе[66], где транспортная компания «Нэрн» арендует у правительства Ирака большой квадратный форт. Вход охраняли члены местного верблюжьего корпуса, свирепые мужчины, увешанные кинжалами, и с винтовками в руках. Во внутреннем дворе, заполненном оборванцами, располагалась удобная и очень прохладная гостиная, еженедельно снабжаемая газетами. Чтобы позабавить гостей, жена управляющего привела двух ручных мангустов. Для развлечения она училась скакать на верблюде и стреляла по газелям из автомобиля. Я сидел за одним столиком с артиллеристом, который, узнав о моей первой более привилегированной альма-матер[67], заметил, что никогда такого не подумал бы, и продолжил разглагольствовать о том, какими судьбами ее питомца занесло на Восток. Я был польщен.

Во второй половине дня жара усилилась. Парило нещадно, так неправдоподобно сильно, что я удивился, как это мы еще живы. Появилось озеро, и грязная лента, окаймленная пальмовыми рощами, — река Тигр. Облако пыли возвещало о городе из «Тысячи и одной ночи»[68]. Мы приземлились, чтобы выпить чаю. Я спросил, почему из всех изобретенных головных уборов в качестве национального иракцы выбрали черную викторианскую пилотку. Никто не знал.

Нас ждали в ветхой деревянной гостинице «Мод» четырехугольной формы. Я тут же удалился в номер, чтобы написать очередной репортаж для газеты: «Жара над нами шутит: бумага морщится, когда я печатаю, стакан, хотя и наполнен имбирным пивом со льдом, излучает теп-

65 Непростое путешествие (*франц.*).

66 Эр-Рутба — город в Ираке в провинции Анбар.

67 Речь идет об Итоне, одном из старейших колледжей, основанном в 1440 году. Байрон окончил его в 1923 году.

68 Багдад.

ло». К номеру примыкала деревянная ванная, на которую я питал надежды. Но вода, просочившаяся через километр трубопровода под пустыней, была горячей, как кипяток, и даже после того, как ее налили в ванну, остыла только через семь часов, став терпимой для купания.

Ужинали мы в просторном саду, огороженном финиковыми пальмами, из-под листьев которых свисали гроздья созревающих плодов. Чуть ниже на стволах торчали электрические лампочки. Еда была превосходной: рыба из реки Тигр, жареная утятина и изысканное миндальное мороженое с привкусом цианистого калия.

— В нашем отеле всегда вкусно готовят, — с аристократической интонацией, присущей арабам, сообщил официант. — Расскажите об этом другим джентльменам.

Пока мы с Бутчером ужинали, из ночи донеслось пение, романтическое восточное послание. Однако нам пришлось отвлечься от трагических интонаций на нашего спутника, американца, которого звали — читатель не поверит — Боггинс[69]. Он страдал от скопления мокроты и, отплевываясь, подкармливал росшую неподалеку живую изгородь из кактусов.

— Последние несколько лет я провел в Южной Америке, — сообщил он. — Но моей компании понадобилось, чтобы я перреехал сюда. — Тьфу... кап. — И вот, я здесь. — Кхе, тьфу... кап, тьфу... кап. — Полагаю, «Кросс и Блэкманс» — ведущие в Европе производители консеррвов?

— Вы имеете в виду «Кросс и Блэкуэлл»?

— Ну, Блэкуэлл или Блэкман, я думаю, это те, о ком я слышал. — Тьфу-тьфу-тьфу, тьфу!.. Кап.

Над головой на деревьях протестующе щебетали птицы.

В этот момент, словно первые предупреждения газовой атаки, к нам присоединилась пара моих соотечественников, объявляя, что Ирак официально входит в сферу интересов Англо-Индии.

— Принесите сахибу виски, — сказал один из них официанту.

69 Грязный, вонючий (*англ.*).

Значит, я сахиб, как ни странно.

— Как вам понравилось в Алекс? [70] — поинтересовался другой. — Моя мемсахиб сейчас там.

Таким образом он уведомил меня, что женат и не сможет указать путь к удовольствиям, которые я, возможно, предвкушаю. Но остановить меня было невозможно, и я ответил, что хотел бы посмотреть город. Хотя уже стемнело, мое желание было совершенно естественным. Багдад, как Афины и Рим, — один из городов, о которых читаешь в детстве.

— Зачем, черт возьми? — ответил он. — На что там смотреть, на местных голодранцев?

Я настаивал, и даже встал на мостки гостиничной пристани. С другого берега огромной реки доносились звуки восточного танго, и в реке отражались огни кафе. Передо мной предстали арабы всех мастей — толстые и худые, в традиционной одежде из ткани и брюках, бешено бегающие, задумчиво поющие, бедуины с усами образца 1880 года, более утонченные с усами Чарли Чаплина, женщины в чадре, а другие, особенно с пышным бюстом, в самых коротких хлопчатобумажных платьях, дети, шатающиеся под фесками, которые больше их самих. По улицам гоняли лихие извозчики.

Компания тем временем ушла в ночной клуб «Тысяча и одна ночь», мрачноватое заведение на открытом воздухе со сценой в одном конце. За другими столиками сидели арабские альфонсы в костюмах из Палм-Бич, бедуины в тех великолепных нарядах, которые стали удручающе знакомыми благодаря полковнику Т.Э. Лоуренсу [71], и несколько англичан, сияющих праведной нескромностью. На заднем плане в тюле и блестках ожидали проститутки, в то время как наша компания обсуждала свое прошлое и прошлое каждой другой белой женщины между Средиземным и Аравийским морями за последние десять лет.

70 Александрия. — *Примеч. авт.*

71 Томас Эдвард Лоуренс (1888–1935) — британский археолог, путешественник, военный, шпион, писатель и дипломат.

— Эта на самом деле была очень милым созданием... Видите полноватую женщину с барабаном? Когда она появилась здесь с оккупационными войсками, то была просто конфетка. Потом ее попытались выслать, и она вышла замуж за местного, и приняла его гражданство, и осталась здесь навсегда, поделом ей... Общественная жизнь в Багдаде кипит, скажу вам. Клубы абсолютно респектабельные... Конечно, никого, кроме британцев. Там бывает и охота, и конное поло, и всевозможные скачки, лошадей можно купить недорого... Что нового сейчас в городе?

Было около полуночи, и поскольку «шоу» здесь не началось, я побрел спать, по пути отметив, что отдаленные меланхолические мелодии, которые мы слышали за ужином и которые заглушил своими звуками мистер Боггинс, на самом деле исходили не из уст задумчивых райских дев, а из розовых граммофонных труб. Я искупался в уже остывающей воде. Внизу раздались пронзительные вопли гиены, из чего я предположил: мучительные роды, не иначе. Сна не осталось ни в одном глазу. Спотыкаясь, я в пижаме вышел во двор и на улицу. Увидев меня, из канавы, как по волшебству, материализовался швейцар, который утихомирил зверя и принес мне, кроме того, большую бутылку пива. Был уже час ночи, и я заснул. В десять минут третьего меня разбудили. Позавтракав яичницей, мы выехали на аэродром и без малого в четыре утра в кромешной тьме взлетели. Надо пояснить, что согласно расписанию в Басре нас ждали вчера вечером. Однако после задержки в Газе и из-за вероятного попадания в один из баков воды Алкок благоразумно остановился в Багдаде и решил вылететь пораньше.

На земле было относительно прохладно. Однако «горячий воздух направляется вверх». И поскольку мы поднялись туда же, тьма превратилась в удушающий ад. К счастью, летчик получил сообщение по радио о том, что на большей высоте ожидается попутный ветер, и увеличил скорость со 145 до 190 километров в час, чем немного облегчил наши страдания. Арку Хосрова в Ктесифоне[72] увидеть не довелось. И хотя к тому времени, когда мы подлетели к Уру, солнце уже взошло, разглядеть дом Авраама тоже не смогли[73]. В Басре, на родине Синдбада, мы приземлились, чтобы сменить пилотов и насладиться вторым завтраком на базе Британских военно-воздушных сил. Солнце уже палило нещадно. Миновав группу нефтеперерабатывающих заводов и резервуаров, напоминавших деревню из маленьких газохранилищ, мы вышли к Персидскому заливу и около половины одиннадцатого добрались до Бушира на северной стороне, где нас ждал третий завтрак, на этот раз из рыбы. Теперь мы оказались в Персии. У машины стоял солдат, одетый как шах. Таможенники для пущей важности перерыли весь багаж. Толпа полуобнаженных мужчин, смуглых и темнокожих, приступила к заправке самолета, забравшись по лестницам на верхнее крыло и там соединив длинными шлангами баки с контейнером на колесах Англо-Персидской нефтяной компании[74]. На аэродроме было нестерпимо жарко. Когда мы готовились к вылету, местный механик попросил пилота привезти из Карачи лейку с распылителем для опрыскивания саженцев. Пораженные контрастом человеческого увлечения и окружающими услови-

72 Ктесифон — крупнейший город поздней Античности, располагался примерно в тридцати двух километрах от современного Багдада. Во II–VII веках Ктесифон служил столицей Парфянского царства, а затем — царства Сасанидов. Единственное сохранившееся сооружение Ктесифона — величественный сводчатый зал Таг Касра, от дворца царя Сасанидов Хосрова I, конца VI века. Арка — один из крупнейших в мире однопролетных сводов из неармированной кирпичной кладки 37 метров в высоту и 26 метров в ширину.

73 Согласно Библии, город Ур был родиной Авраама; экспедиция Л. Вулли (1922–1934) раскопала строение, традицией признанное как «дом Авраама».

74 Межгосударственный консорциум был основан вскоре после открытия первого нефтяного меторождения в Иране и существовал в 1909–1954 годы.

ями, мы снова поднялись в воздух и полетели на высоте полторы тысячи метров вдоль склона еще более высокой горной гряды. Этим ослепительным августовским утром берега залива пустовали и были похожи на чистилище, им так не хватало пронзительной синевы и золотистых скал Средиземноморья. Солнце обесцветило землю и воду, наградив лишь зловещей бледностью.

Во время путешествия мы ели крошащиеся от жары сэндвичи с сардинами и пили разбавленный водой сок лайма из глиняного кувшина, в котором он сохранился на удивление холодным. Следующей остановкой был Линге, где снова потребовалась дозаправка. Здесь жара превратилась в белый бред, танцующий над сухой галечной пылью. От пыли резало глаза и першило в горле. На фоне гальки, как на заснеженном поле, выделялись силуэты пальм и нескольких женских фигур. На заднем плане виднелись колодцы, прикрытые крышками вроде тех, что ставят на пчелиных ульях.

Переправившись на южный берег Оманского залива, мы теперь летели над неприступными вершинами Мусандама[75], огромной грозной системой изрезанных горбов, серо-черных на фоне зловещего желтого заката и рассеченных двумя огромными фиордами, на дне которых мерцала серебристая вода. Необычное образование является одним из древнейших в мире. Оно возвышается перед Гималаями. Его видел адмирал Александра Македонского Неарх[76], но не рискнул посетить. О нем знал Плиний[77]. Сейчас его населяет народ, известный как шихух[78], язык которого другим арабам непонятен.

75 Мусандам — северо-восточная оконечность Аравийского полуострова. Главная вершина Мусандама — гора Джебель Харим.

76 Один из военачальников Александра Македонского, наиболее известен морской экспедицией.

77 Гай Плиний Старший (22/24–79) — древнеримский ученый, чиновник; автор многотомной «Естественной истории»; география Азии изложена им в книге VI этого сочинения.

78 Шиху́х — арабское племя, обитающее в ОАЭ и Омане. Говорят на собственном диалекте арабского языка — шиххи́.

Мы снова летели над морем, когда солнце, светившее всё ярче с тех пор, как шесть дней назад мы покинули Геную, внезапно спряталось. Воздух стал липким. Нам навстречу шел индийский муссон. Мы пересекли лагуну, покружили над Джаском[79] и приземлились на ночевку, пролетев за день 1700 километров. На аэродроме нас встретила странная бородатая фигура, похожая на шейха, но одетая в льняные брюки-гольф. Это был доктор Уильямсон[80], исповедующий ислам и известный как Хаджи Уильямсон, поскольку он совершил паломничество в Мекку. Нас ждал грузовик «Форд» — недавнее новшество, которое жители, достаточно привыкшие к самолетам, считали дьяволом. Он привез нас к дому начальника Индоевропейского телеграфа, прожившего в самом жарком месте тридцать лет, а его работодатели так и не удосужились снабдить его средством для приготовления льда, хотя почти рядом с его садом была большая электростанция. Он был не первым англичанином в Джаске. Сэр Томас Герберт[81], посетивший это место в начале XVII века, написал следующую эпитафию[82]:

79 Джаск — город в южной части Ирана, в остане Хормозган. Административный центр шахрестана Джаск.

80 Уильям Ричард («Хаджи») Уильямсон (1872–1958) — английский авантюрист, затем секретный агент в районе Персидского залива в годы Первой мировой войны, с 1924 года представитель Англо-Персидской нефтяной компании; есть версия, что Уильямсон — биологический отец аятоллы Хомейни.

81 Сэр Томас Герберт, первый баронет (1606–1682) — государственный деятель и путешественник, в 1627–1629 годы совершил путешествие в составе посольства в Персию; оставил замечательное сочинение «Описание персидской монархии, ныне являющейся Восточными Индиями, островами и портами Большой Азии и Африки» (1634) с уникальными зарисовками вымерших птиц, клинописных надписей и Персеполя.

82 Передано сэром Арнольдом Уилсоном. Арнольд Уилсон (1884–1940) — британский колониальный и военный чиновник, гражданский комиссар в Месопотамии во время и после Первой мировой войны; сотрудничал с Англо-Персидской нефтяной компанией; курировал выставку персидского искусства →

«Здесь покоится капитан Шиллинг, к сожалению убитый португальцем: но его костям нужно понимание и сочувствие, они сказали бы вам, что земля недостойна его приема и что люди чопорны, грубы, вероломны и упрямы».

Мы с Этвудом, летчиком, задумали искупаться. Однако поскольку уже стемнело, и акул в полуметровой толще воды в последнее время стало больше, чем креветок, и они даже выпрыгивали, хватая гуляющих по пляжу за ноги, решили не рисковать. Жара стояла невыносимая, тело быстро покрывалось липким потом. Поужинав фаршированными крабами, мы легли спать на крыше, под тростниковым навесом, где прохладный ветерок дал нам выспаться как следует.

На следующее утро мы вылетели в шесть часов и продолжили путь вдоль негостеприимного побережья, пока не пересекли границу с Персией и не оказались над Белуджистаном. В туманную даль тянулись одна за другой горные цепи, бледные и гнетущие, словно бастионы засухи и запустения. Когда мы летели над ущельем, внезапный толчок заставил нас с Бутчером подпрыгнуть с мест почти до крыши кабины. В полдень мы прибыли в Гвадар, где на покрытой белой пылью равнине в странном одиночестве стояла палатка, виднелась горка канистр с горючим и чайник с чаем. В поле зрения не оказалось ни одного жилища, и представитель «Империал эйрвейс», словоохотливый индиец, целое утро добирался верхом на верблюде до места посадки и готовился к приему. Прошла ровно неделя с тех пор, как мы покинули Лондон, и, попивая чай, вспоминали первый обед в Ле Бурже. Затем мы снова отправились в Индию, пролетая сквозь полосу прохладных облаков. Появилось новое побережье, засушливое, однако менее неприступное.

→ в Лондоне в 1931 году; член Британского парламента от Консервативной партии с 1933 года; записался добровольцем — воздушным стрелком и погиб в авиакатастрофе над небом Франции 31 мая 1940 года. — *Примеч. авт.*

— Через десять минут, — предупредил механик.

Под нами возникло видение американского города на Среднем Западе. Мы приземлились в десятке километров от него на десять минут раньше времени, обозначенного в расписании.

Самолет окружили несколько смуглолицых джентльменов в белых задрапированных кусках ткани, обернутых вокруг талии, длиной до лодыжек[83], в черных курительных шапочках и с зонтиками. Английский таможенник поинтересовался, не привез ли я какие-либо граммофоны, велосипеды или пианино, а если нет, то не занимаюсь ли контрабандой оружия. Меня встретили друзья моего друга на машине и обратили мое внимание на новый ангар для дирижаблей, самое высокое одноэтажное здание в мире, полностью построенное из гофрированного железа.

— Во время строительства погибло много людей, — не удержавшись, отметили они.

Впоследствии я опубликовал это замечание в «Калкутта стейтсман», к негодованию прессы Карачи, которая несколько недель твердила о «бессердечии автора». Писали, что жертв на самом деле было крайне мало. Оценив высоту, с которой упали тела, мы отправились в город.

«Это Индия», — вдруг вспомнив, сказал я себе и выглянул из-под капюшона. Под унылым, затянутым тучами небом тянулась асфальтированная дорога, черная и удобная, пункты которой были обозначены черными английскими буквами на белом указателе. Время от времени попадалось бунгало, заботливо скрытое палисадником. В остальном земля была голой, мертвенной лилово-коричневой, где лишь изредка росли кустики кактусов или невысокий, похожий на инжир кустарник с лиловы-

83 Дхоти — традиционный элемент мужской одежды, несшитый кусок ткани, плавно обернутый вокруг талии и спускающийся до лодыжек. Его стиль и длина драпировки зависят от региональных традиций, в разных частях страны предпочитают разные стили дхоти, совсем как сари.

ми цветами, которые трепетали на ветру. На заднем плане виднелась низкая железнодорожная насыпь, прерываемая горизонтальным мостом. Вдали возвышались башни англиканской церкви Святой Троицы[84], шотландской конфессиональной церкви Святого Андрея[85] и готического лекционного зала, все они были построены из желтого камня. Эту безмятежную картину оживляли дама в желтом сари и джентльмен в белой драпировке на велосипеде, ехавшие в одну сторону, и вереница верблюдов, явно боявшихся асфальта, которые брели в другую.

Оказывается, мои гостеприимные друзья, без чьей доброты я бы плакал горючими слезами, провозгласили меня почетным членом клуба «Синд», дворца всяческих удобств, хорошей еды и нескончаемой выпивки, расположенного в окружении цветущих деревьев, где я стал владельцем апартаментов из трех комнат с обычными службами. В моем распоряжении также был загадочный смуглый волшебник с белыми усами.

— Сегодня вечером, конечно, вам понадобится смокинг, — предупредили меня.

Я с сожалением извинился за отвратительные непредвиденные обстоятельства авиаперелета, объяснив, что ограничения по весу не позволили включить в багаж вечерний костюм. Днем я мог бы прийти хоть в набедренной повязке из травы, это никого бы не волновало. Но в индийской ночи нет места раздетым. Дилемма разрешилась тем, что я согласился поужинать в одиночестве у себя в комнате. Так и поступил, волнуясь, словно в первый день в школе, испытывая на себе эту необычную черту индийской жизни — невозможность закурить сигарету под постоянно вращающимся вентилятором. Снаружи военный оркестр играл сложные мелодии, развлекая гостей. Четвертое августа наступало только завтра, в поне-

84 Кафедральный англиканский собор в Карачи, построен в 1855 году, использовался в качестве маяка.

85 Пресвитерианская шотландская церковь в Карачи, построена в 1867–1868 годы.

дельник, поэтому праздничный ужин назначили на воскресный вечер[86].

На следующее утро я проснулся от свистящего ветра, который встревожил бы ведьм из «Макбета», к которому примешивались звуки попугайника в зоопарке: муссон и пение местных птиц. Я робко отважился позавтракать. Ничто не могло сравниться с дружелюбием членов клуба; моя застенчивость начала исчезать. Но мрачная пелена отсутствия подобающей одежды угнетала, и меня отвезли в город к мусульманскому портному, который в тот же вечер доставил в мою комнату белый костюм с перламутровыми пуговицами. Подходящую обувь с не меньшей поспешностью принес военный сапожник по имени Мохонджи Нагджи.

Недельный перелет, хотя в то время я этого не осознавал, вымотал меня. И в промежутке между моим прибытием в субботу днем и отправлением парохода в Бомбей в следующий четверг я довольствовался малым. Каждый день происходило что-нибудь интересное. Я был потрясен, обнаружив, что «чота хасри», которое я всегда считал формой самоубийства, на самом деле означало ранний утренний чай. Мужчины, с которыми я общался, смутили меня, спросив, что я думаю о них и их товарищах. На что я уклончиво ответил, что заметил какую-то грусть, охватившую недавно прибывших. Однажды днем мы отправились в гавань искупаться. Сцена была мрачной: у наших ног лежали кучи гниющей рыбы, на которые кидались истощенные собаки; пирс по ту сторону воды был заставлен грузовиками и кранами. Небо затянули тяжелые тучи. Пока я цеплялся за ржавый буй, убожество мира довершалось тщетными попытками двух индийцев высадить корову с лодки с высоким изогнутым треугольником парусов, похожей на старую рабовладельческую дау[87].

86 Британский праздник, летний банковский день, выпадает на первый понедельник августа (в некоторых регионах последний понедельник).

87 Дау — быстроходное парусное судно.

Но в то время мои мысли действительно были заняты путешествием, которое я только что завершил. Сейчас я рассматриваю его как одно из величайших переживаний в жизни, период яркого, безоблачного наслаждения открытием огромных просторов, неожиданных и невообразимых красот, невероятной жары и запустения, нового удовольствия от физического движения. Об откровении, которое должно было последовать, о самой Индии я писал в другом месте. Настоящее путешествие описывает еще одно откровение. Благодаря гималайской границе Индия существует как сознательный и обособленный субъект. Теперь я собирался пересечь эту границу и через собственные ощущения понять, насколько Индия отличается от плато Центральной Азии.

Англо-Гималаи

В предполагаемой экспедиции участвовали трое: Г., который уже несколько месяцев находился в Индии, он же изначально предлагал поездку в Сикким; М., который приплывал в начале сентября; и я. Как только лорд Бивербрук установил, как и когда я должен добраться до Индии, мы с М. еще в Лондоне решили сделать Тибет конечной целью наших путешествий на Восток.

Первым делом нужно было разузнать: возможно ли вообще, и если да, то при каких обстоятельствах, получить разрешение пересечь границу между Сиккимом и Тибетом. И от кого. Запрос переслали мистеру Веджвуду Бенну[88], в то время государственному секретарю по делам Индии. Он ответил, что, если мы будем придерживаться торгового пути, правительство Индии не станет препятствовать нашему путешествию до Гьянгдзе.

88 Уильям Веджвуд Бенн, первый виконт Стэнсгейт (1877–1960) — офицер Королевских ВВС, он был государственным секретарем по делам Индии с 1929 по 1931 год и государственным секретарем по делам авиации с 1945 по 1946 год.

Заявления министра-лейбориста по любому вопросу в индийской сфере неизменно вызывали насмешки со стороны более информированных знатоков. Те, кто, по их словам, знали, о чем говорят, исходя из собственного опыта, предсказывали непреодолимые трудности. Опасаясь неудачи и сбитый с толку противоречием между авторитетом и опытом, я обратился за помощью к сэру Чарльзу Беллу[89], чьи работы о Тибете убеждали, что он наделен и тем и другим. Сэр Чарльз сообщил, что после опрометчивых действий последней экспедиции на Эверест[90] получить разрешение на пересечение границы стало труднее; но, по его мнению, при разумном обращении в нужные инстанции нам откроется путь до Гьянгдзе, где с 1904 года, времен экспедиции Янгхазбенда, проводит часть года британский торговый агент из Ятунга. Там же для обеспечения его безопасности расквартирован небольшой отряд индийских войск. Одним из результатов его миссии в Лхасе в 1921 году стало общее разрешение для путешественников посетить Гьянгдзе, одобренное правительством Индии. Гьянгдзе, по его словам, — третий по величине город в Тибете. Естественно, я ответил, что нам не терпится отправиться дальше, в Шигадзе или Лхасу, в два других города. Но когда мы обсудили детали

89 Сэр Чарльз Альфред Белл (1870–1945) — англо-индийский тибетолог; в 1908–1920 годах британский политический советник в Сиккиме, Бутане и Тибете, посетил Лхасу в 1920 году; составил англо-тибетский словарь; автор биографии 13-го Далай-ламы (1946), с которым был близко знаком.

90 История британской экспедиции к вершине Эвереста в 1924 году весьма драматична. Эдвард Нортон установил мировой рекорд высоты — 8 572,8 метра, но Джордж Мэллори и Эндрю Ирвин пропали без вести во время третьей попытки покорения вершины (достигли они ее или нет — неизвестно; тело Мэллори обнаружили в 1999 году). Кроме того, демонстрация фильма об экспедиции (режиссер Джон Ноэл) вызвала протест Тибета из-за выступлений группы тибетских монахов, нанятых Ноэлом, перед показами. В результате Далай-лама не разрешал экспедиции на протяжении десяти лет.

экспедиции, ее вероятную стоимость и нашу самую раннюю возможную дату выезда, выяснилось, что, если мы не хотим разориться из-за транспортных расходов и рисковать здоровьем, зимуя на гималайских перевалах, конечной целью должен остаться Гьянгдзе. И это не считая очевидной невозможности продвинуться дальше, разве что тайно и ценой чести.

Так, наконец, мы получили конкретные и обнадеживающие сведения. Но удовлетворение быстро нарушил лорд Зетленд[91], выразивший мрачные сомнения. Как бывший губернатор Бенгалии, не только проезжавший первую часть нашего путешествия, но и описавший его с очарованием и пониманием в «Стране грома», он говорил со знанием дела, недооценивать которое было нельзя. По его мнению, надеяться можно было лишь на вице-короля Индии. Нам крупно повезло: лорд Ирвин[92] только что приехал в Англию в отпуск.

Подогреваясь противоречивыми мнениями по поводу проекта, который он ранее считал несбыточным, М. с энтузиазмом связался с полковником Харви[93], военным секретарем вице-короля. Настроен он был оптимистично. Он также сообщил, что напишет от имени вице-короля сэру Денису Брэю[94], министру иностранных дел Индии,

91 Лоуренс Джон Ламли Дандас, 2-й маркиз Зетленд (1876–1961) — британский аристократ и консервативный политик, который был известен как лорд Дандас с 1876 по 1892 год и граф Рональдсей с 1892 по 1929 год. Эксперт по Индии, губернатор Бенгалии с 1917 по 1922 год, государственный секретарь Индии с 1935 по 1940 год. Автор нескольких книг об Индии, в том числе «Страна грома» (1923), и биографии лорда Керзона.

92 Эдуард Фредерик Линдли Вуд, маркиз Галифакс, известный как лорд Ирвин, был вице-королем Британской Индии в 1926–1931 годах; министр иностранных дел в 1938–1940 годах, затем посол в США.

93 Генерал-майор Чарльз Харви (1888–1969) — офицер британской индийской армии.

94 Денис Брэй (1875–1951) — государственный чиновник, министр иностранных дел Британской Индии в 1920–1930 годах; известный лингвист, автор исследований языка Шекспира.

полковнику Уэйру[95], британскому политическому представителю в Сиккиме, и губернатору Бенгалии. Всё это происходило за два дня до того, как я покинул Англию.

В тот же день мы телеграфировали Г., что, если наше путешествие по Гималаям превратится в трансгималайское, мы настоятельно посоветовали ему отложить бронирование бунгало, как предполагалось первоначально. Сикким, как он дал нам понять, был излюбленным курортом отдыхающих в Калькутте. И поскольку в штате одновременно разрешено находиться весьма ограниченному числу европейцев, он стремился к тому, чтобы в следующем октябре мы оказались среди них.

Только я добрался до Индии и присоединился к Г., как на нас обрушились новые прогнозы официальной оппозиции. Поэтому я написал лично сэру Денису Брэю, которому меня представил сэр Чарльз Белл. Он ответил, что правительство Индии никоим образом не берет препятствовать нашему предполагаемому путешествию; но сначала следует получить официальное разрешение от полковника Уэйра как британского политического представителя в Сиккиме, должность которого, хотя внешне незначительна, несет в себе чрезвычайно важную обязанность: поддерживать связь между Лхасой и Дели. В конце концов, это была определенная уступка, которую нельзя было оспорить и которая вскоре подтвердилась письмом от самого полковника Уэйра, предупреждавшего нас, что офицеры из Гьянгдзе сменяются примерно ко времени нашего предполагаемого начала путешествия и нам необходимо заранее забронировать жилье в гостиницах вдоль маршрута.

Дожидаться М. было невозможно, и пришлось принять меры, не посоветовавшись с ним. В ходе обширной

95 Джеймс Лесли Роуз Уэйр (1883–1950) — полковник Британской индийской армии, коммерческий агент в Тибете, затем политический британский советник в Сиккиме и Тибете в 1911 и 1928–1933 годы, неоднократно встречался с 13-м Далай-ламой.

переписки с торговым агентом[96] в Ятунге[97] мы согласовали даты и остановки в пути, чтобы не мешать возвращающимся со службы офицерам. Мы получили пограничный пропуск, сопровождаемый списком условий, которые пообещали соблюдать. Ловить рыбу и охотиться запрещалось, поскольку буддизм, несмотря на то что тибетцы из-за климата склонны к охоте на хищников, принципиально возражает против лишения жизни. Кроме того, запрещалось отклоняться от установленного торгового пути и впоследствии нельзя было ничего писать или публиковать без предварительного согласования материалов с правительством Индии во избежание оскорбления тибетцев. Казалось, что Далай-лама не только питает трогательную слабость к иллюстрированной прессе, но и разделяет склонность к западному национализму. Обнаружив на страницах лондонского еженедельника фото убогой рябой старухи, шутливо названной «тибетской красавицей», он был поражен и заявил официальный протест. Подобные неразумные картинки появились на свет в результате последней экспедиции на Эверест, и, соответственно, хотя и ошибочно, предполагалось, что другой подобной экспедиции не будет в течение многих последующих лет.

Посетив храмы Дравидии[98], Г. и я теперь вернулись в Калькутту, где приступили к серьезным приготовлениям к путешествию. Разрешение подтвердили, и мы собирались им воспользоваться. Но грозные пророчества продолжали нас тревожить. Произносимые со всей

96 Дэвид Макдональд (1870–1962), шотландско-сиккимского происхождения; британский коммерческий агент в Ятунге и Гьянгдзе в 1909–1930 годах, политический советник в Сиккиме в 1921 году; считается, что он спас жизнь 13-му Далай-ламе во время китайского вторжения 1910 года; владелец построенного им отеля «Гималаи» в Калимпонге.

97 Ятунг — главный город в Тибетском автономном районе Китая. С 1905 года Ятунг функционировал как торговое агентство для торговцев из Британской Индии.

98 Южная Индия.

искренностью, они лишь перекликались с высказываниями сэра Чарльза Белла и касались вопроса физической выносливости. Хотя мы рассчитывали (как оказалось, ошибочно) избежать тибетской зимы, вернувшись до середины ноября, было очевидно, что следует ожидать сильных холодов. Поверить этому было трудно, поскольку в Бенгалии в сентябре, даже просто походив по комнате, где работает электрический вентилятор, обильно потеешь. Тем не менее мы бродили по базарам, покупали матрасы, тюки ярко-красных одеял и свитера. Мы наняли полкового портного, и он сшил нам пальто и бриджи из темно-зеленой ткани, похожей на ковер и настолько непроницаемой, что после каждой примерки требовалось принимать прохладную ванну и полчаса отдыхать. Ветрозащитные жилеты типа тех, что поставляются в экспедиции на Эверест, водонепроницаемые перчатки без пальцев, шлемы-балаклавы, бутылки с водой, ранцы и всё остальное, чего требовал полярно-тропический характер нашего маршрута, предоставило калькуттское отделение армейских и военно-морских складов.

Это заведение оказалось всеведущей и всемогущей крестной матерью нашего проекта. Случилось так, что капитан Ноэль[99], фотограф, чьи шутливые подзаголовки так встревожили Далай-ламу, недавно прибыл в Калькутту с целью вновь побывать на месте прежних подвигов. Собрав большой запас продовольствия и добравшись до Дарджилинга, он узнал, что ему не разрешат пересечь границу. В результате он вернул припасы, и поэтому мы заполучили ящики, специально сконструированные таким образом, чтобы они подходили как для хранения продуктов, так и для удобной перевозки их на мулах. Час за часом мы корпели над списками продуктов в горшочках и консервных банках, составляя ежедневное меню для каждого приема пищи. В конце концов решили уложить

99 Джон Баптист Люциус Ноэль (1890–1989) — фотограф и кинооператор, офицер (капитан), альпинист, участник восхождения на Эверест в 1924 году, автор фильма об этой экспедиции.

провизию на каждую неделю в два ящика, которые мог бы нести один мул. К каждому ящику приложили дубликат списка содержимого, один хранился внутри, другой у нас, а также свой ключ и необходимые средства, чтобы вскрыть банки. Теоретически всё было идеально. Но на практике в первую же ночь содержимое каждого ящика оказалось разбросанным по полу.

Наконец прибыл М., которому повезло избежать острых споров, сопровождавших попытки собраться. Его попутчиками, как он сообщил, были исключительно генералы. Жена одного из них, обнаружив на борту корабля молодого офицера, который умел играть на пианино под ее банджо так, как на нем никогда раньше не играли, тут же перевела его с Хайберского перевала к себе в гарнизонный городок. Таково удобство радиосвязи в имперских делах.

В течение предыдущих двух недель, несмотря на то что мы занимались делами плотскими, культура не была полностью забыта. Г., которому неведомы языковые трудности, настоял на том, чтобы мы брали уроки тибетского у сиккимца, которого Азиатское общество наняло в качестве переводчика. Его длинная косичка и мерцающее эльфийское личико, похожее на осенний лист, расположили нас к нему; а он с чувством юмора и с невозмутимостью воспринял предположение Г. о том, что весь язык был его собственным изобретением, составленным исключительно для того, чтобы нас позлить. Интонации языка покорили нас полностью. Слушая учителя, казалось, что по-человечески невозможно отличить «нга», что означает «я», от «нга» («барабан») или что-либо из этой пары от «нга», которое означает «пять».

— Не «нга»,— поправлял он,— а «нга».

И мы тщетно напрягали слух, пытаясь уловить хоть малейшую разницу между двумя высказываниями. А в результате только повторяли проклятый слог басом, баритоном и альтом, получив в награду сочувственную улыбку. Другая трудность заключалась в том, что тибетский язык включает не один вариант, а три: обычный, почтительный и очень почтительный. На первом говорят с простыми людьми, на втором — с джентльменами, а на третьем обращаются к Далай-ламе. Можно было подумать, что эти разновидности отличаются лишь приставками. Но нет: даже корни соответствующих слов в каждом из них не имеют никакого отношения друг к другу. Опыта преподавания у нашего учителя не было. И поскольку времени освоить грамматику не хватало, изучение состояло в том, чтобы представить себя в ситуациях, обычных для путешествий во всех странах, а затем попытаться выучить наизусть замечания или вопросы, подходящие для каждой из них. Но поскольку невозможно было произнести ни одной фразы, не определив сначала социальный статус человека, к которому обращались, и наше знакомство с классовыми различиями в Тибете было невелико, большая часть уроков посвящалась правилам этикета и хорошего поведения, знание которых впоследствии оказалось весьма полезным. Тем не менее мы постепенно продвинулись к таким внушительным структурам, как: «Можно мне надеть вашу желтую шляпу?», «Могу ли я стать монахом в вашем прекрасном монастыре?», «Но сначала я должен навестить умирающую мать». Наш успех был иллюзорным. За всю поездку мы и между собой едва ли произнесли дюжину слов. Эти же, по крайней мере исходившие от меня, я с должным вниманием опишу позже.

Среди правил вежливости, которые нам внушил учитель, самое важное предусматривает вручение белого шарфа гостем хозяину по прибытии, а хозяин дарит шарф гостю при отъезде. Эти шарфы, как и язык, бывают трех видов. Но поскольку у нас не было никакой возможности нанести визит Далай-ламе, нам нужно было запастись только двумя. Их мы договорились приобрести в китайском квартале Калькутты, куда нас повел учитель утром в день приезда М. Глубокий коридор вел к нескольким лестничным пролетам, по которым мы поднялись. Полы были покрыты красной слюной, образующейся из листьев бетеля; через полуоткрытые двери доносились антисанитарные запахи. Не спрашивая, нас привели в комнату, заполненную спящими людьми, которые вставали только для того, чтобы показать язвы и бинты. В немытой посуде разлагались остатки пищи. Внезапно учитель заметил:

— В Тибете, сэр, вы не найдете таких чистых магазинов и домов.

Поспешно купив шарф, который, по слухам, был привезен из Пекина и действительно был завернут в китайскую газету, с дурными предчувствиями мы покинули здание.

Благодаря доброму отношению секретаря вице-короля, М. получил приглашение для себя и компании остановиться в Доме правительства в Дарджилинге[100] на время последних приготовлений к отъезду. Мы надеялись посетить бал странствующих рыцарей Дарджилинга, кульминацию англо-гималайского сезона, который состоится 30 сентября. Это была бы вечеринка герцогини Ричмондской в честь нашего Ватерлоо[101]. Однако из-за того, что многие бунгало в Сиккиме были уже забронированы, выехать пришлось на день раньше, чем ожидалось, отказавшись от этого удовольствия. Нас пригласили в субботу, 28-го. Я решил покинуть Калькутту в среду вечером, чтобы сделать последние приготовления и акклиматизироваться к высоте.

В тот день, получив из армейских и военно-морских складов железнодорожную квитанцию на перевозку коробок, я заметил, что вместо предписанных двенадцати отправили тринадцать. Затем выяснилось, что Г. и М. тайно заказали целый ящик виски, намереваясь устроить оргию в Гьянгдзе, где, как нас заверили, нам будут рады только как вестникам разврата. Эта расточительность обернулась против них самих, потому что не прошло и поло-

100 Радж Бхаван — летняя резиденция губернаторов Бенгалии с 1877 года.

101 Бал был устроен Шарлоттой Леннокс, герцогиней Ричмондской, в Брюсселе 15 июня 1815 года, в ночь перед битвой при Ватерлоо.

вины пути, как вкус виски стал им отвратительнее воды, вскипяченной на кизяках яка.

В Дарджилингском почтовом поезде, как и во всех поездах, отправляющихся точно в обеденное время, не было вагона-ресторана. Всё еще держа в руках связку сырных соломинок, я с грохотом ехал на север, мучимый кашлем и чиханием от начинающейся простуды. Стояла невыносимая жара, и вентиляторы ее только усиливали. Наутро мы приехали в Силигури, откуда нужно было добираться на автомобиле. На самом деле горная железная дорога шириной в шестьдесят сантиметров достигает Дарджилинга. На передней тележке каждого паровоза сидит человек, разбрасывающий песок, чтобы колеса не соскользнули с рельсов. Однако путь занимает шесть часов, а у меня было много дел.

Индия осталась позади. Малиновый американский автомобиль, щедро украшенный серебряными номерными знаками и щеголявший огромным металлическим рупором, похожим на змею, которая изрыгала предупреждения во все стороны, принадлежал двум смуглым горцам, чьи круглые черные кепки с красными пуговицами и мерцающие глаза-щелочки выдавали жителей окраины Поднебесной империи. Их природное чувство юмора проявлялось в управлении автомобилем. Птиц на лету мы сбивали стаями. А корова, которой угрожали аналогичным образом, ответила крепким ударом в глаз змеи.

Дорога вывела со двора станции, повернула за угол и направилась прямо к возвышающейся гряде темных, зеленовато-голубых холмов, простиравшихся во все стороны насколько хватало глаз. Я почувствовал укол разочарования. Я надеялся, что Гималаи — это нечто большее, чем Альпы. И здесь сразу же появился тот жесткий, бескомпромиссный прусский синий, враг цвета и формы в пейзаже, который наши бабушки с удовольствием рисовали, выглядывая из окон швейцарских отелей, что объясняет, почему немецкая раса не дала миру ни одного художника и никогда не даст и почему в музыке Вагнера так много утомительных интерлюдий. У подножия холмов мы оказались в мгновение ока. Потом поднялись чуть выше и оглянулись. Позади нас, простираясь на юг до бесконечного непрерывного горизонта, пышно зеленела Бенгальская равнина. На небесах уже сияло солнце — зловещий предвестник полуденной жары.

На равнине железная дорога и шоссейная вились бок о бок. Однажды в горах показалось, что их маршруты будто были проложены в игре в догонялки, в которую инженеры играли по ходу движения. Дорога в Дарджилинг на протяжении шестидесяти километров поднимается на две тысячи метров, и две колеи, запутанные, как завитки душистого горошка, пересекаются три или четыре раза через каждые сто метров и один, а иногда и два раза на каждом повороте, так что спускающийся поезд может запросто проткнуть поднимающийся паровоз. На каждой станции машинист вынужден останавливаться и спрашивать, с каким транспортом — паровозом, ручной тележкой, поездом, автомобилем, автобусом, подводой — он может столкнуться на следующем этапе. В то же время новость о его прибытии немедленно сообщается по телефону на вышестоящую станцию.

Дорога по большей части вилась вверх по живописному лесу, под огромными изогнутыми деревьями которого она казалась не более чем пешеходной тропой. С ветвей свисало множество лиан, растительной бахромы длиной метров десять-двенадцать. На диковинных растениях и кустарниках красовались цветы, которые раньше мы видели лишь на фарфоре или шляпках пожилых дам. Постепенно дорога поднималась, переходя из тени на солнце, и снова пряталась в тень, а редкие проблески открывали расстилающиеся вдалеке внизу равнины. Мимо бродили отряды эльфов с косичками, того утонченного монгольского типа, который присущ народам южных Гималаев. Временами встречались жилища, построенные, как и все здания в этом романтическом регионе, из гофрированного железа и приплюснутых канистр из-под бензина, выкрашенных в красный цвет.

Вдруг из-за угла в небо взметнулась заснеженная спина Канченджанги[102] — колоссальный горизонт сверкающих позвонков, заполненный ватными облаками и занимающий три четверти неба. Внизу, словно на дне колодца, терялась в тени бездна отрогов и долин, покрытых темными перьями сосен. У меня участилось дыхание и заколотилось сердце, пока за очередным поворотом не показался Дарджилинг, и всё снова погрузилось в ненависть и страдание.

Представьте себе Маргейт[103], Файли[104] и Богнор-Реджис[105], полностью крытые красным гофрированным железом, искаженные в фантасмагорию шале и замков, какие даже им еще предстоит построить, выплеснувшиеся в веселье итальянского горного городка, а затем под присмотром восседающего на белом троне Господа[106] вознесенные целиком вертикально на восемь тысяч метров на длинный отрог, мыс, выступающий из морских глубин, которые проникают в самую сердцевину земли, континент, деревья, утесы и снежные берега, когда взгляд поднимается по ним к голубому своду над головой, и по-прежнему сохраненные неизбежные атрибуты нашей национальной жизни: эксклюзивные клубы, англиканскую, шотландскую и католическую церкви, отель «Тюдор», курортных модисток и площадку для игры в поло как дно чайной чашки; улицы без автомобилей, но с муниципальным ограждением; рикш, которые тянут и толкают толпы оборванных монголов; крошечных пони с седлами, похожими на стульчики, на которых кормят малышей; все расы, живущие в Гималаях: непальские женщины с тяжелыми ожерельями из золотых бусин и красной фланели, как цепи у лордов-мэров; похожие на эльфов лепча

102 Горный массив в Гималаях.
103 Маргейт — приморский город в округе Танет в графстве Кент, Англия.
104 Файли — приморский город в Северном Йоркшире, Англия.
105 Богнор-Реджис — город и морской курорт в Западном Сассексе на южном побережье Англии.
106 «И увидел я великий белый престол...» Откровение 20:11.

и сиккимцы; тибетцы-мужчины с пестрыми кусочками бирюзы в ушах, женщины с крупными ромбовидными серебряными шкатулками-талисманами на груди, украшенными камнями. С наступлением утра небо затягивают облака, таинственно наползая как сверху, так и снизу, пока последний проблеск Канченджанги не прячется за пеленой тумана, долины тоже скрываются, и, наконец, хвала небесам, невидим даже Дарджилинг, если не считать двух ближайших вилл с палисадниками. Такое противоречивое ощущение восторга и ужаса возникает при первом взгляде на Англо-Гималаи.

Добравшись до отеля «Тюдор», несколько запыхавшись из-за высоты, я поспешно переоделся в твидовый костюм и, сделав необходимые распоряжения относительно бунгало в Сиккиме, сбросил костюм и на два дня улегся в постель у камина, чтобы вылечить надоедливый насморк. В это время Наспати, местный подрядчик по транспортировке, привел А-Чанга и Ан-Дена, которых предложил мне нанять в качестве повара и сирдара, причем последний должен был прислуживать и смотреть за караваном.

— По кье шинги юдгам?— спросил я, имея в виду «Вы говорите по-тибетски?».

Они изумились, но потом успокоились, обнаружив, что это почти все, что я мог сказать. Еще я нанял уборщика для выполнения грязной работы. И, поднявшись, отправился на базар, чтобы купить новой прислуге ботинки и свитера.

В тот вечер метрдотель попросил меня разделить ужин с другими.

— Скоро у нас все будут сидеть за отдельными столиками,— пожаловался он.

Заметив, что в столовой собралась примерно четверть всего персонала и что половина официантов простаивала без дела, я набросился на него с такой яростью, что окончательно поколебал его веру в добрые отношения между гостями.

На следующий день была суббота. Ранним утром я направился к Дому правительства, расположенному в конце мыса, с багажом на спинах оборванных кули. Процессия напоминала шествие нищего разносчика. Тем не менее у ворот отряд маленьких солдатиков в шортах взял на караул, и я проследовал по аккуратной викторианской аллее, петляющей между ухоженными лужайками, а на противоположной стороне хвойные деревья, казалось, вот-вот рухнут в бездонную пропасть. В конце этой панорамы возвышался викторианский приморский пансионат, под которым, на более низком уровне, ютилось менее неприступное детище. Это была небольшая гостиница, к которой примыкал террасный сад исландских маков, который был бы очарователен, если бы вид не портила неизбежная памятная плита, сообщавшая будущему археологу о том, что достопримечательность спроектировали граф и графиня Литтон[107]. Внутри, однако, скрывались комфорт и хороший вкус: цветы в вазах, обитые ситцем гостиные, пылающие камины и просторные письменные столы, украшенные сургучными печатями и тисненными позолотой приглашениями для гостей заказать лошадей или рикш по своему усмотрению. Рикши у Дома правительства были похожи на маленькие коляски, выкрашенные в красный цвет и украшенные коронами. Администраторы без конца предлагали нам напитки. На завтрак, обед и ужин мы могли приходить или уходить, когда заблагорассудится, главное, предупредить заранее. Это ли не идеальное развлечение в загородном доме?

Прибыли остальные, и во время обеда один помощник выстроил нас в гостиной, а другой привел губернатора и леди Джексон[108]. Нас представили друг другу, мы по-

107 Виктор Александр Бульвер-Литтон, 2-й граф Литтон (1876–1947), британский дипломат и колониальный администратор, губернатор Бенгалии в 1922–1927 годах, внук известного писателя, и его жена Памела Фрэнсис Одри Чичел-Плауден (1874–1971), поклонником которой некоторое время был Уинстон Черчилль.

108 Фрэнсис Стэнли Джексон (1870–1947), известный крикетист, государственный чиновник, губернатор Бенгалии в 1927–1932 годах, и его жена Харрисон-Бродли.

ели, поспали, выпили чаю, а затем нас пригласил мистер Ладен-Ла[109], сияющий сиккимец с маленькими заостренными усиками, начальник местной полиции и известный масон. Он говорил о Тибете, рассказал об участии в экспедиции Янгхазбенда в 1904 году, когда за ночь от пневмонии погиб человек, и сообщил, что его нанимали в миссию сэра Чарльза Белла в Лхасу в 1921 году. Затем он остался, чтобы организовать полицейские силы Лхасы, и получил звание генерала тибетской армии. Теперь эта армия была расформирована, все, кроме нескольких полков, дислоцированных на китайской границе, из-за опасений монахов, как бы ее лидеры не спланировали государственный переворот. Он был в Лхасе во время экспедиций на Эверест, и когда появились сообщения о фильмах, показанных в Дарджилинге капитаном Ноэлем, высмеивающих тибетские обычаи, и Далай-лама получил иллюстрированные газеты на английском языке, в которых говорилось то же самое, последний послал за ним и потребовал объяснений. В то же время, как оказалось, трех монахов уговорили переехать из Гьянгдзе в Лондон без необходимого разрешения, и они там нарядились в одежды начальников, что вызвало еще большее неудовольствие тибетских властей. В период, последовавший за миссией 1921 года, он действительно перевез через Гималайские перевалы два автомобиля, собрал их в Пхари и за день добрался до Гьянгдзе, но вскоре их остановили. Затем разговор зашел о невозможности продвинуться дальше Гьянгдзе и о тех, кто пытался это сделать после войны. Генерал Перейра[110] при-

109 Сонам Вангфель Ладен (1876–1936) — британский колониальный чиновник тибетского происхождения; глава полицейского департамента Дарджилинга с 1899 года; участник тибетских экспедиций 1904 и 1910–1912 годов и многочисленных тибетских переговоров; с 1931 года в отставке.

110 Джордж Эдвард Перейра (1865–1923) — офицер британской армии, писатель, дипломат, исследователь Тибета, Западного Китая и Средней Азии, британский военный атташе в Пекине в 1905–1910 годах, побывал в Тибете в 1921–1922 годах, умер в очередной экспедиции.

был в Лхасу из Пекина и поклялся, что даже за миллион фунтов стерлингов он ни за что не вернется таким образом. Доктор Макговерн [111] добрался до Лхасы из Дарджилинга под видом кули и впоследствии оклеветал Ладен-Ла, который получил компенсацию от своих издателей [112]. В 1921 году была миссия сэра Чарльза Белла, в ходе которой было получено разрешение на экспедиции на Эверест, а также мистеру Кингдону Уорду [113] и лорду Коудору [114] разрешили доступ к реке Цанго-по или Брахмапутре. Французская буддистка также добралась до Лхасы [115], переодевшись нищенкой, и оказалась журналисткой. Полковник Бейли [116] впоследствии посетил столицу во время пребывания в резиденции в Сиккиме. В этом году полковник Уэйр, его преемник, также должен был отправиться в столицу, но в последний момент получил сообщение с просьбой не приезжать.

111 Уильям Монтгомери Макговерн (1897–1964) — американский искатель приключений, антрополог и журналист. Написал книгу о путешествии в Тибет «Переодетым в Лхасу» (1924).

112 Мы часто слышали заявления якобы хорошо информированных людей о том, что Макговерн вообще не добрался до Лхасы. Его рассказ о пережитом там может быть частично вымышленным. Но с тем, что он преуспел в достижении своей цели, согласны все, кто был в Тибете в то время или сразу после этого. Более того, он был чрезвычайно храбрым человеком, что подтвердит любой, кто путешествовал по Тибету зимой. — *Примеч. авт.*

113 Фрэнк Кингдон-Уорд (1885–1958) — британский путешественник по Восточной Азии и коллекционер растений.

114 Джон Дункан Воан Кэмпбелл, 5-й граф Кавдор (1900–1970) — подполковник, член Королевского географического общества.

115 Луиза Александрина Давид (1868–1969) — бельгийско-французская активистка, спиритуалистка, буддистка и писательница; известна своим тайным посещением Лхасы в 1924 году; ее работы оказали влияние на битников.

116 Фредерик Марчмэйн Бейли (1882–1967) — офицер Британской индийской армии, колониальный чиновник в Сиккиме в 1921–1928 годах, в 1930–1940-е годы служил на дипломатической службе; многократно посещал Тибет с рабочими и политическими визитами; также известен головокружительными приключениями во время миссии в Ташкент в 1918 году.

Самой любопытной была попытка мистера Карпентера, богатого американца, который в преклонном возрасте увлекся теософией. Из его рассказа следовало, что в Шигадзе жили «три мастера», от которых он обычно получал послания, передаваемые не ведомым никому способом, включая его самого. Горя желанием навестить их, он прибыл в Дарджилинг и с помощью Ладен-Ла составил цветистое послание к Далай-ламе, которое было написано на пергаменте на английском и на тибетском языках. Послание вложили в папку из декоративной кожи, в которую, как медальоны, были вставлены две золотые десятидолларовые монеты. Всё завернули в подарочный шарф третьей и высшей категории, на котором были напечатаны молитвы; затем подарок отправили британскому торговому агенту в Гьянгдзе для передачи Его Святейшеству[117]. Мистер Карпентер подождал — ответа не последовало. Наконец, с нашим бывшим тибетским учителем-сирдаром он отправился в путь на поезде и прибыл в Гьянгдзе. Там он снова ждал, пока не отправил телеграмму. Пришел ответ, в котором говорилось, что, возможно, через четыре года у него появится надежда. Как человек чести, он воздержался от тайного путешествия в Шигадзе в поисках «наставников» и вернулся.

Похоже, что единственный способ наверняка добраться до Лхасы в настоящий момент — это овладеть профессией телеграфиста. Возможность звонить и посылать телеграммы в Индию тибетцы очень ценят, и средства связи необходимо содержать в порядке. Во время нашей поездки в Лхасе находился европеец, который присматривал за этой техникой.

Ладен-Ла, наконец, предупредил нас, что в деревнях полно свирепых мастифов, которые могут сорвать

117 Считается, что Его Святейшество является реинкарнацией каждого из предшествующих тринадцати Далай-лам Тибета (первый родился в 1351 году нашей эры), которые, в свою очередь, считаются проявлением Авалокитешвары, или Ченрезига, Бодхисаттвы сострадания, держащего белый лотос.

нас с седла, и что монахи, если мы переступим через их ряды молитвенных подушек вместо того, чтобы обойти их, могут нанести нам удар в спину. На привязи собаки, конечно, были свирепыми, на свободе же они обычно слишком заняты любовными утехами и не обращают внимания на прохожих. Монахи встречали нас гостеприимно и с улыбками.

Мы оделись, проглотили поданные в высоких бокалах коктейли, словно лимонад, и собрались в гостиной на ужин. За губернатором и леди Джексон, как и прежде, заехал помощник. Сначала в столовую вошли два помощника, пока хозяева разговаривали с гостями через плечо. Это резко отличалось от поведения лорда Ирвина, который, когда я обедал в Дели, входил следом за гостями. Когда мы вошли, у входа в столовую в двойную шеренгу выстроился полк звякающих медалями оруженосцев в золотой и алой униформе, в синих с золотом пиджаках. Они поклонились. Одновременно невидимый оркестр, скрытый за сеткой, используемой для театральных постановок, заиграл детскую песенку. Мы сели. Во время ужина губернатор с негодованием рассказал, как толпа в Дакке, куда он недавно ездил с инспекцией, кричала: «Джексон, убирайся!» Детская песенка уступила место патриотической мелодии Элгара[118]. Ужин подходил к концу. Губернатор встал и произнес:

— Король-император.

Пока играл оркестр, все стояли, прижимая бокалы с портвейном к животам, каждая рука дрожала в своем темпе. Когда мелодия закончилась, все буркнули:

— Король-император.

И нервно отхлебнули. Не успели смолкнуть эти слова, как два помощника поставили бокалы и вышли из комнаты. Губернатор и леди Джексон последовали за ними, переговариваясь через плечо. Затем образовались группы

118 Сэр Эдвард Уильям Элгар (1857–1934) — английский композитор, многие произведения которого вошли в британский и международный классический концертный репертуар.

для беседы, пока, наконец, леди Джексон не удалилась.

Несколько минут спустя в комнату вошел помощник, встал по стойке смирно перед губернатором и, дождавшись, пока последний закончит то, что говорит, доложил:

— Пожар, ваше превосходительство.

Затем он снова вышел, чтобы позвонить и позвать на помощь, оставив нас всех в некотором замешательстве.

«Сначала дамы», — подумал Г. и побежал наверх с огнетушителем.

— Не входите! — крикнула через дверь леди Джексон.

Г., который никогда в жизни огнетушителем не пользовался, был полон решимости сделать это сейчас и вылил его содержимое в ближайший дымоход. Прошло четверть часа. «Где же пламя?» — гадали мы. Зазвонил телефон.

— Это Дом правительства? — произнес голос. — Я звоню, чтобы узнать, действительно ли у вас пожар.

Тем временем губернатор куда-то пропал. Мы с М., трясясь от смеха, вышли из парадной двери в поисках огня и обнаружили одиноко стоящего в облаке на подъездной дорожке хозяина с зонтиком в руках, который время от времени изо всех сил дул в свисток.

— Сигналю, сигналю, — простонал он, — но толку чуть. Охрана не появляется.

В помещении снова зазвонил телефон.

— Дом правительства? Говорит пожарная команда. Помощь нужна?

Героический помощник был уже на полпути к крыше, свисая, как ленивец, с водосточной трубы и напрягая силы, чтобы обнаружить пламя. Внезапно в зал одновременно прибыли охрана, пожарная команда и сто двадцать слуг и встали по стойке смирно. Перед лицом таких сил дальнейшая помощь с нашей стороны казалась излишней. Но нам хотелось бы увидеть пламя.

Воскресенье прошло в надлежащем английском стиле. Сначала я сломал стереотипы, отправившись кататься на пони для игры в поло, который грозил сбросить меня к подножию Канченджанги на каждом повороте аккуратно посыпанной гравием пешеходной дорожки. Затем набежали облака и заволокли вид. Стало темно и холодно. Г. и М. нарушили заведенный порядок правительства Бенгалии, оставшись завтракать в постели. Его превосходительство и леди Джексон храбро отправились в церковь на рикшах, которые тянули мужчины в сине-красной униформе, как у футболистов Итона[119]. Прибыл Наспати, ведя за собой трех пони для осмотра. По его команде они весело поскакали галопом вверх по дороге; и с тех пор на медленный шаг не переходили, пока месяц спустя их не приструнили купленными в Гьянгдзе хлыстами, которыми можно было освежевать носорога.

В полдень нас пригласили на званый обед, на котором присутствовал пастор.

— Много ли здесь снега зимой? — вежливо начал Г.

— Очень много, — ответил священник.

— Красиво, наверное?

— Да, и, знаете, такой чудесный снег.

— Правда? Как это?

Пастор доверительно подался вперед.

— Снежки выходят замечательные, — прошептал он.

Я сидел рядом с облаченным в пурпуровое одеяние епископом, который любезно развеял мои сомнения относительно того, действительно ли Абиссинская церковь канонизировала Понтия Пилата.

— У них есть еще одна любопытная особенность обрядов, — продолжил он, — посвящение епископов дыханием, а не возложением рук. Поскольку избранным епископам Абиссинии часто бывает трудно приехать в Александрию, где проживает коптский патриарх, для этого используют бумажный пакет. Патриарх дышит в него. Пакет запечатывают, перевозят в Абиссинию и — хлоп! — разрывают над головой избранного епископа!

Он разразился громовым хохотом, поразив весь стол.

Мы договорились выехать в понедельник в десять

119 В Итоне играют в специфическую разновидность футбола с особыми правилами. Официальные цвета спортивной одежды — красный и синий — были установлены еще в 1860 году.

часов утра, хотя Г. и М., жертвы возрастающей депрессии, сочли, что это неоправданно рано. Туман был непроницаем, шел проливной дождь, мы не могли собрать вещи. М. порезал палец.

— Впервые за десять лет, — сказал он и засомневался, сможет ли начать путешествие.

Попрощавшись с хозяевами и приведя себя в чувство мадерой, мы наконец отправились на автомобиле к некоей нематериальной достопримечательности, известной как восьмая миля. Перед нами шли девять мулов, два перевозили багаж. Дорога вела вниз, и М. решил пройтись пешком.

Мы с Г. оседлали пони. Я заметил, что мой друг похож на миссионера-иезуита, который собирается покорить континент. Не оставшись в долгу, он парировал, что я вылитый московский вероотступник. Спереди доносилось бормотание Вергилиевых ритмов — наблюдения М. о местной флоре. Через полтора часа из тумана показались чайные плантации, а затем и фабрика, названная «Пешок», владельцы которой, мистер и миссис Листер, угостили нас восхитительным обедом. Книгой посетителей здесь служила стена, испещренная именами знаменитостей, каждое из которых соединялось со строкой о росте владельца. Из их сада, ненадежной террасы в устремленном в небеса мире, можно было смотреть вниз на шестьсот или девятьсот метров в долину Тиста, этот чернильный колодец с заключенными в тюрьму фарфоровыми облаками. Мы начинали путешествие среди рододендронов и хвойных деревьев. Ныне растительность сменилась тропической, и замечания М. превратились в сказание. Извилистый мощеный спуск обрамляли высокие, как соборы, деревья, ветви которых начинались в пятнадцати метрах от земли. Кричали попугаи; сознание пронизывали несмолкающие звонкие сирены — цикады; покрытые лишайником простыни паутины с черными и желтыми чудовищами сдвигали на затылок шляпу; словно радужные летучие мыши, порхали в солнечных бликах бабочки; свисали с кустов или высовывались из плотных листьев цветы бругмансии, красные и белые. Здесь не было ни разноцветья, ни воздуха, только царство пышной зелени. Наконец показалась река Тиста — зажатый между огромными стенами леса широкий мутный поток с перекинутым через него подвесным мостом. На другой стороне ждал автомобиль, который доставил нас в Калимпонг по удивительной дороге, пострадавшей от многочисленных оползней: в одном месте дорога образовывала петлю и пересекалась сама с собой на мосту. Моя голова, которая в Дарджилинге вела себя нормально, при спуске на тысячу метров в Пешоке начала гудеть; на Тисте, всего на высоте ста пятидесяти метров, шум прекратился; теперь, при подъеме на тысячу пятьсот метров в Калимпонг, всё началось снова. Позади нас, на закате, холмы почернели, и только неподвижные фарфоровые облака отражали розовый блеск.

В Калимпонге мы остановились в отеле «Гималаи», который много лет содержал мистер Макдональд, британский торговый агент в Ятунге в долине Чумби, к которому сэр Чарльз Белл дал мне рекомендательное письмо. Ему помогал мистер Перри, его зять. Наш приезд совпал с приездом ныне покойного торгового агента в Гьянгдзе и его жены, которые сказали, что зима в этом году началась на месяц раньше, как нам и предстояло выяснить. С ними был щенок лхаса-терьера, напоминавший пушистого коричнево-белого пекинеса. После ужина мистер Макдональд дал мне подробные инструкции относительно тибетского этикета, обращения к официальным лицам, раздачи шарфов и подарков; а на следующее утро с помощью ламы написал нам несколько рекомендательных писем, ссылаясь на мою дружбу с сэром Чарльзом Беллом. Именно он во время бегства Далай-ламы в Индию переодел главнокомандующего тибетской армией британским почтальоном и таким образом позволил ему беспрепятственно пересечь границу, спасаясь от преследования китайских войск.

М. и Г., которые легли спать необычно рано, в восемь часов проснулись и начали бродить по дому, однако, решив выехать поздно, не одевались до половины одиннадцатого. Затем они просидели до полудня, оплакивая последнюю ванну, последнюю горячую еду, последние нож и вилку, последний день на земле. Тем временем я прогулялся в город с мистером Макдональдом и купил у толстухи с зобом тибетскую шляпу из черного фетра, густо расшитую золотом, с четырьмя меховыми отворотами, причем самые длинные защищали уши. Из украшений высшего класса, которые могут похвастаться короной из плотного шелка с навершием из красных коралловых бусин, я не смог найти ни одного подходящего. Мистер Макдональд сказал, что Калимпонг, как центр крупной тибетской торговли шерстью, — растущий город, а Дарджилинг, расположенный в стороне от основного маршрута, просто обязан существованием Дому правительства с его законодательной и социальной базой. Раньше европейцам не разрешалось жить в Калимпонге. Теперь для них выделили специальную зону застройки. Это место в основном известно пропагандой гималайского искусства и ремесел, которые в зимний сезон наводняют Калькутту тошнотворными «модными товарами», здесь также несколько сиротских приютов. Воспитанник одного из них, родившийся и получивший образование в Гималаях, в конце концов получил работу в Калькутте. Добравшись до Силигури и увидев простирающуюся перед ним равнину Индии, он воскликнул: «Ничего себе футбольное поле!» Таковы прелести британского образования.

Когда мы вернулись в отель, мистер Перри вручил мне жестяную коробку со свадебным подарком для старшего сына раджи Теринга[120] и его жены[121], дочери бывшего

120 Джигмед Теринг Намгьял (1908–1991), старший сын Раджи Теринга из правящей династии Сиккима; государственный деятель в Тибете, командовал армией (1932), помощник министра иностранных дел (1950), в эмиграции с 1959 года; архитектор, оператор; учитель английского языка 14-го Далай-ламы.

121 Ринчен Долма «Мэри» Теринг (1910–2000), общественная деятельница Тибета; первая тибетская девушка, получившая английское образование, дочь Царонга Вангчуга Гьялпы (1866–1912), с 1903 года возглавлявшего тибетское правительство.

тибетского главнокомандующего, которому мистер Макдональд помогал переходить границу. Раджа Теринг[122] и его семья жили, как нам сказали, в поместье примерно в десяти километрах от Гьянгдзе. Тем временем мулов навьючили, а пони отправили вперед по дороге к тому месту, куда мы доехали на автомобиле. Мы сели на пони; и я медленно ехал впереди, когда М., похожий на лорда Кардигана[123] во главе Легкой бригады с викторианской гравюры, пролетел мимо и исчез за углом. Тропинка была не очень широкой, под ней зияли бездонные долины, и он признался, что одиннадцать лет избегал верховой езды, но его пони стоил пять рупий в день, а наши — всего четыре; и мы пришли к выводу, что свои деньги он ценил. Через некоторое время он сбавил скорость, когда из-под обрыва неожиданно вынырнула маленькая девоч-

Был обвинен в сотрудничестве с маньчжурскими (китайскими) оккупационными войсками и казнен в апреле 1912 года. Первым мужем «Мэри» (до 1928 года) стал Царонг Намганг Дзаса (1888–1959) — успешный военачальник тибетской армии во время войны с Китаем 1910–1912 годов, фактический светский правитель Тибета в 1914–1925 годах, до конца жизни сохранявший значительное влияние на политическую жизнь Тибета (умер в китайской тюрьме после оккупации Тибета). В 1929 году Ринчен «Мэри» была помолвлена с Джигмедом Терингом. Много занималась гуманитарной деятельностью, была депутатом Тибетского парламента в изгнании.

122 Раджа Теринг (1878–1942) — наследник престола махараджи Сиккима, из-за разногласий с британской администрацией жил в «эмиграции» в Тибете; в 1922 году британское индийское правительство присвоило ему титул раджи, но в политической жизни он не участвовал.

123 Джеймс Томас Бра́днелл, лорд Кардиган (1797–1868) — британский военачальник, участник Крымской войны, генерал-лейтенант. Он командовал английским отрядом в эпизоде сражениия под Балаклавой 25 октября 1854 года, известном как «Атака легкой кавалерийской бригады». 673 кавалериста атаковали укрепления превосходящих русских сил и понесли тяжелые потери. Сражение описано в литературе и запечатлено в живописи.

ка, и он отпрянул. Затем он спешился, и его место занял Г., хотя и ненадолго. Пока он удлинял стременные ремни, животное внезапно скакнуло, и он упал в пыль. Седельные сумки, которые на самом деле были причиной неприятностей, упали вместе с ним, испортив нам обед. К счастью, банка маринованной свеклы уцелела. Еще через милю мы увидели пони, который отдыхал под зарослями бамбука. Я с трепетом вскочил в седло, но двигался тише, поскольку седельные сумки теперь переложили на дряхлую пародию на четвероногое, которую не тревожило ничто.

Тропа привела нас с высоты полутора тысяч метров до двух тысяч. Склоны холмов в основном были возделаны. Кое-где виднелись скудные лесопосадки. Мы пообедали в облаке, на плоском камне. Печеный картофель продолжал запекаться на животе пони. Через два часа спуска показался зеленый склон. Мой пони пустился галопом и доставил меня к бело-розовому зданию, гостинице Педонга. Началась неразбериха, пони расседлывали, мулов разгружали, каждый требовал пожитки, повар спешил приготовить чай. Открыли ящики с припасами, но найти ничего не удалось. В конце концов виски, чай, сахар, мука, молоко, печенье, язык, французская фасоль и вишни были отложены на вечер. А-Чанг, повар, миниатюрный колдун с косичками, который обслуживал первую экспедицию на Эверест, упросил нас съесть на ужин курицу. Он нес несколько штук в плетеной корзинке. Зная консистенцию индийской дичи, мы подумали, что разумнее отложить курицу до большей высоты, где она и сохранится, и станет помягче. Около пяти часов стемнело; зажгли лампы; и до ужина мы спали или читали. Сирдар ждал, ему помогал кули, от которого плохо пахло. М. теперь повеселел.

Из-за недоразумений завтрак был готов только в четверть десятого. У виски не было пробки, и его пришлось перелить во фляжку, маринованная свекла не хотела укладываться под крышку, фотоаппарат упаковали в постельное белье. Снаружи при погрузке доносились грохот и крики. Поначалу эти раздражения казались странными. По мере того как проходили дни и мы немного приспособились, они становились всё реже, превращаясь просто в неприятную рутину. Ниже по склону лежала деревня, где охранник в темно-зеленой униформе и фуражке посыльного потребовал у нас пропуска. Сикким, единственный буддийский штат в Индии, находящийся под британским протекторатом, не допускает европейцев на территорию без специального разрешения. Увидев, что оно у нас есть, охранник вернулся копать огород, и мы пересекли границу.

Сегодня мы планировали добраться до Ари, точки напротив Педонга, примерно в шести километрах по воздуху, в пятнадцати по земле. Широкая мощеная дорожка вела круто вниз. Наше движение прервал караван из сотни мулов, направлявшихся из Тибета в Калимпонг, каждый из которых нес тюки сырой шерсти. Нас окружали деревья высотой с фабричные трубы; стройные плакучие пальмы, блестящие, как морские водоросли; широколиственные кустарники; пышные лилии. Над головой плели сети пауки, кричали попугаи, а орхидеи роняли пучки коричневых зубчатых листьев. Вдоль канав пробирались сухопутные крабы, закованные в черный панцирь. С холма стекали ручьи, мгновение отдыхали в каменных поилках и продолжали путь. Из теней выпорхнули бабочки всех размеров и расцветок: медленно взмахивающие изумрудными ласточкиными хвостами, подсвеченные квадратами переливающейся лазури, овальные крылья мягкого серо-коричневого цвета, обрамленные серповидной небесно-голубой каймой; экзотические и огромные радужницы с переливающимися полосами на трепетных силуэтах; фонтан ярких золотисто-желтых лепестков, поднимающийся над комком навоза; огромная белянка с оранжевым окрасом, сверкающая белым и золотисто-красным сквозь густую зелень; красно-бело-желтый флаг с черными прожилками — всё это проплывает сквозь пятна солнечного света и тут же исчезает среди зловещих смутных очертаний растительности.

Спустившись в долину, где было очень жарко, мы искупались в реке, лежа на поверхности воды и держась за сменяющие друг друга валуны, пока их не срывало течением и нас не уносило к другим. Река была бурной, вода накатывала на тело, и сразу же образовывался водопад. Поднявшись на тысячу футов, мы прибыли в деревню Ренок, где нам подали для подписи государственную книгу посетителей. Гостиница «Атари» располагалась в саду с мощеными дорожками, окруженная розами и цветущими хризантемами. Долина то понижалась, то снова поднималась, открывая место нашего вчерашнего отдыха. За ужином принесли марву, местный напиток. Кипятком заливали толченое пшено, помещенное в бамбуковый стебель высотой сантиметров в тридцать и шириной в восемь, и потягивали через тростинку. Вкус был неопределенным, а алкогольные свойства весьма слабыми.

На следующее утро мы спустились в долину, такую же влажную и плодородную, как и вчерашняя, и пошли вверх по реке. Вокруг возвышались огромные, нависающие горы; на каждом повороте казалось, что нет иного выхода, кроме как их покорять; и всё же река находила какую-то непредвиденную расщелину и продолжала путь. Заросли сгустились. На противоположном холме в лучах полуденного солнца сверкали верхушки деревьев, всё остальное было черным: листья банановых деревьев развевались как разорванные зеленые флаги, виднелись спутанные ленты пальмовой водоросли, огромные очертания плюща, звездчатые гроздья листьев магнолии, а вокруг нас болтались гирлянды орхидей и папоротников и что-то вроде лианы, со ствола которой свисали переплетенные «елочкой», зеленые клеенчатые листья[124]. Река под нами, словно пенящаяся нить, рассекала перевернутый дендрарий.

Вверху небо превратилось в простой треугольник, откуда на край нашей тюрьмы надвигались полосы облаков.

124 *Postelsia palmaeformis*, известная как морская пальма или пальмовая водоросль.

Внезапно подножия гор расступились, открыв долину с деревней и дом, в верхней комнате которого пели монахи. Река снова была с нами, поглотив дорогу. Скользя по следам лавины, мы перешли через поток по двум стволам деревьев, а животные с некоторым трудом устояли против течения. Затем начался подъем, которого мы ожидали, несколько крутых поворотов по перпендикулярному склону. Через два часа, когда облака устроились на ночевку, скользя и пыхтя, мы вышли к Седончену. Под гостиницей сквозь сгущающийся туман виднелись широкие крыши низеньких домиков, деревенские жители, бредущие по делам, овцы, сбившиеся в кучу на крошечной площади, на мачтах которой уныло развевались белые молитвенные флаги, и караван с шерстью, прибывший на ночлег. А дальше была пустота. Вся сцена сосредоточилась в одном месте. Постепенно края дальних домов исчезли. Ночь сгущалась. От ощутимого холода мы поежились. Мы выпили чаю, а затем поужинали. А-Чанг подал курицу, картофель, лук и морковь, консервированные персики и пикантное блюдо из сардин.

В Тибет

Утром в пятницу, 5 октября, взору открылась панорама, предложить которую могут только Гималаи: хребет за хребтом, вершина за вершиной заполнили пространство справа. Со своего места в небесах сквозь плывущие облака неуверенно кланялась Канченджанга. Гора, на которую мы взобрались, была слишком крутой и не давала полюбоваться Канченджангой, но деревня, исчезнувшая вчера вечером, как ни странно, оказалась внизу. Караваны с шерстью готовились отправиться в путь: навьюченные пушистыми, перевязанными шкурами тюками, мулы один за другим удалялись по тропинке и скрывались из виду. Обычно за утро на крутом повороте узкой тропы нам встречались и другие караваны, насчитывавшие от тридцати до сотни мулов, и приходилось лишь терпеливо ждать, пока они пройдут мимо. Вожаки позвякивали ожерельем из тяжелых колокольчиков, украшенных алыми хвостами яков. На многих животных были маленькие шапочки, расшитые таинственными яркими узорами, похожие на те, что видишь на слонах. Караванщики носили либо обычные тибетские темно-бордовые саржевые халаты, свободно подпоясанные на бедрах, либо нечто вроде брюк-гольф из местных тканей, на ногах — высокие войлочные сапоги с загнутыми носками, украшенные на подъеме красным и зеленым и завязанные сзади, там, где был разрез, подвязками. Впечатление дополняла фетровая шляпа, обычно на несколько размеров меньше, чем нужно, которая крепилась на макушке с помощью косички.

Уступ, за который цепляется Седончен, находится на высоте двух тысяч метров над уровнем моря. Наверху тропинка зигзагами неумолимо взбиралась по перпендикулярному склону, булыжная мостовая становилась все жестче, а пропасти, отвесно падающие с сужающейся пешеходной дорожки, заставляли понервничать, хотя их угроза терялась в море серых облаков, откуда доносился мерный шум невидимых вод. Пышная растительность, ставшая привычной за последние два-три дня, исчезла и сменилась странно украшенными серебристыми елями. Из тумана поднимались другие изможденные хвойные, зазубренные и изорванные временем и ветром. Под ними почти четырехметровой оградой росли вдоль тропы рододендроны, листья которых, окрашенные в нетипичный для английских сортов голубовато-серый и собранные в звездообразные пучки, варьировались в длину от пяти до двадцати пяти сантиметров. Контраст узких листьев на фоне широких, бесчисленные узоры из маргариток, прерываемые тонкими, угловатыми, как натянутые кости, ветвями, вились необычайно красиво, напоминая китайские изделия из слоновой кости, за исключением неосязаемой окраски и призрачной дымки. Внезапно, словно из облака, появился одинокий тибетец, в утепленном линялом красном халате с широкими рукавами, который доходил до колен и создавал иллюзию беременности: пазуха подпоясанного и запахнутого от плеча до противоположного бедра одеяния служила ему карманом. На голове у тибетца была высокая шляпа с конической тульей и широкими загнутыми впереди фестончатыми полями. На казавшемся пергаментным лице виднелись узкие глаза и ярко-красные губы и щеки — типичная тибетская внешность, как у зловещей восковой куклы. На спине болталась сковородка, а за поясом вместо штыка в серебряных ножнах висел нож.

От наших пони исходил пар, они тяжело дышали и, казалось, вот-вот рухнут, но неожиданно деревья и рододендроны сменились мрачными силуэтами хижин в сгущающемся тумане. Заранее подготовившись, я отрепетировал тибетскую фразу на двух женщинах с ребенком, которые сказали, что до Гнатонга шесть с половиной километров. Дорога перестала подниматься и свернула влево, отмахав шесть с лишним километров, мы оказались на высоте полутора тысяч метров, причем последние километры были отмечены столбами. Другим нашим спутником был одинокий телеграфный провод до Лхасы, прикрепленный к деревьям или столбам, по обстоятельствам, и, пока мы петляли из стороны в сторону, он с дразнящей прямотой поднимался вверх по склону горы. После деревни мы миновали границу деревьев и в половине первого прибыли в Гнатонг, расположенный на высоте три с половиной тысячи метров. Предыдущей ночью я не мог заснуть, зажег свечу и прочитал книгу Эдгара Уоллеса[125]. Книга, хотя и стоила шесть пенсов, была в роскошном золоченом переплете, и в предисловии сообщалось о том, что редакторы серии стремятся сделать доступной для пролетариата не только классику, но и украшение для домашнего интерьера. Жаль только, что бумага напоминала старин-

125 Ричард Горацио Эдгар Уоллес (1875–1932) — английский писатель, киносценарист и драматург, журналист, военный корреспондент. Автор множества произведений, поэтому название книги, прочитанной Байроном, невозможно установить даже предположительно.

ную промокашку, а шрифт различался с большим трудом. От напряжения у меня заболела голова, а из-за высоты боль значительно усилилась.

Гнатонг расположен в котловине между горами, местечко насчитывает около двадцати домов, в том числе телеграф и почтовое отделение. В недавно построенной гостинице мы пообедали и погрелись у камина, заплатив за привилегию по восемь анн[126] с каждого. После этого мы отправили телеграмму в Ятунг, извещая о нашем завтрашнем прибытии, что казалось преждевременным. Я быстро написал несколько писем, чтобы их доставили почтальоны, которые пересекут перевал Джелеп Ла тем же утром. По воле судьбы позднее мы с ними встретились — четверо посыльных невзрачной внешности.

До Капупа оставалось восемь километров. Пейзаж напоминал шотландский, только краски были насыщеннее и четче. По склонам гор, вершины которых поднимались к облакам и в них терялись, стелились обширные пространства мокрой желтой травы и остроконечных листьев ирисов, усеянные черными валунами и перемежаемые звонкими ручейками. Среди желтизны пробивались низкорослые кустики со звездчатыми листьями прозрачного розовато-красного цвета. Кроме того, на склонах мелькали пятна карликового мелколистного рододендрона размером с утесник. В целом удаляющиеся холмы чередовались то буйными желтыми зарослями, испещренными осенними красными звездочками, то насыщенным, неподражаемым сине-серо-зеленым, пугающим, меланхоличным цветом, сливающимся с едким фиолетом отдаленных долин, затемненных зимними тучами. То там, то сям виднелись выступающие черные и серые квадратные скалы, усиливая мрачный негостеприимный пейзаж. С горы вспорхнул стервятник, присоединяясь к сородичам, съежившимся комочкам перьев с обнаженными головами и шеями, двигающимися взад и вперед, как у комических кукол. Мы поднимались всё выше и выше, голов-

126 Анна, ана (1/16 рупии; мелкая монета в Индии).

ная боль сводила меня с ума, и пони пришлось вести под уздцы. За поворотом, в трехстах метрах под нами, открылось озеро, дымчатый, неприступный водоем вытянутой формы. Розовое пятнышко вдали было крышей гостиницы Капупа. Над ним, вздымаясь в небо, по фиолетовому склону горы вилась желтая дорога — через Джелеп Ла в Тибет.

В гостинице, до которой я добрался, пошатываясь, полуслепым от мигрени, было всего две комнаты, там уже пылал камин. У А-Чанга, который нас опередил, поднялась температура, но тем не менее нас ждал ужин из стейка, почек и сливового пудинга. Я лег спать, прислушиваясь к стуку молоточков в голове, но, поев, почувствовал себя лучше. В соседней комнате опьяневшие от рома Г. и М. обратили мысли и беседу к Лондону, будто и не слышали о милосердии. Вероятно, так ведут себя люди, оказавшиеся в безвыходном положении на исчезающих ныне необитаемых островах.

Пока мы ужинали, пошел дождь. Опасения росли с каждой каплей, барабанившей по гофрированной железной крыше и отражаемой эхом. В половине девятого я лег спать и, соответственно, проснулся в три. Несмотря на алюминиевую грелку, завернутую в розовую жилетку, пять одеял и пальто покроя XIX века, которое могло прослужить — и прослужило — безукоризненно сорок лет, я замерз. «А чего ты хочешь? Ты на высоте четыре тысячи метров», — сказал я себе, катаясь по кровати и закутываясь в одеяла. Сквозь тонкий матрац проникал холод. Дождь грохотал словно ружейная стрельба. Завывал ветер. Когда рассвело, окружающие вершины и перевал, который нам предстояло преодолеть, занавесило снегопадом. Мы в нерешительности лежали в постели, пока не вошел сирдар и не сообщил, что у повара и уборщика жар и в любом случае отправляться дальше нельзя. Мы подозревали, что это не так, но согласились.

Позавтракав сосисками, картофелем, помидорами, яйцами пашот, булочками и кофе, мы устроились перед камином. На единственной книжной полке стояло несколько экземпляров «Ревю де дё монд»[127]. М. читал «Вольфа Солента», роман Дж. К. Поуиса[128] о простых людях, который, по его словам, идеально соответствовал нашему нынешнему окружению. Г. лежал на полу, его теперь уже заметная борода торчала из-за края увесистого тома «Суть и лицо большевизма»[129].

С нетерпением ждали обеда, как это бывает в дождливые дни. Во второй половине дня, воспользовавшись мраком и временной передышкой от дождя, мы с Г. прогулялись по деревенской улице, состоявшей из двух лачуг и скамейки. Дождь зарядил снова. Собрав немного семян рододендрона и взглянув мельком на озеро, мы вернулись.

В ночь показались звезды, а утром небо стало чистым и безоблачным. Заснеженные вершины сверкали на солнце. Выехав раньше всех, я направился к перевалу. Пологий склон усеяли крупные, похожие на трубы горечавки неописуемого синего цвета. С валуна спрыгнула чернильно-синяя птица с рыжеватым хвостом и белым пятном на голове. Вокруг порхали наполовину белые трясогузки. Затем я оказался почти по щиколотку в снегу. Внезапно по обе стороны тропинки появились сложенные из камней пирамиды. Спешившись, я посмотрел вниз и вперед, на Тибет.

Зрелище поражало, являя рельеф такого масштаба, что не в силах окинуть глаз и который не снился воображению. Берлинская лазурь Англо-Гималаев и Альп, постоянный бесформенный оттенок, который угнетает половину гор мира, исчез навсегда. В воздухе витал новый свет, жидкое сияние, предвкушение картин, подобных которым больше нет на земле. И не было ни постепен-

127 «Ревю де дё монд» — французский журнал либерального направления. Издавался в Париже с 1829 по 1944 год, далее с 1945 года под различными названиями и по настоящее время. В 1982 году журнал вернул себе исконное название.

128 «Вольф Солент» (1929) — популярный роман воспитания английского писателя и публициста Джона Каупера Поуиса (1872–1963).

129 Рене Фюлёп-Миллер, «Суть и лицо большевизма».

ного перехода, ни нейтральной границы — в мгновение ока мы переместились из привычного мира в незнакомый. Видение было мимолетным. Не прошло и трех дней, как мы покинули долину Чумби, и перед нами предстала реальность. На этой земле естественные краски, как мы их понимаем, неприменимы, ее сияние подтверждает положительный и менее объяснимый смысл, чем случайное, приятное сочетание тепла и света.

У моих ног гора обрывалась, тропа скрывалась где-то под ней и появилась только на триста метров ниже, на берегу озера, темно-зеленого холодного горного водоема, похожего на глыбу инкрустированного льда. Находилось оно на опасной площадке, откуда по кругу вздымались горы, спускаясь к хребту, на самой низкой точке которого я сейчас стоял. На нижних склонах росло вразброс множество темно-зеленых елей. За озером образовалась долина, опускавшаяся всё ниже и ниже, в дымку лесистых склонов, а в шестидесяти километрах от нее поднимался очередной поросший вереском хребет цвета поседевшего шоколада[130], где каждая долина темнела, а каждый отрог блестел в лучах утреннего солнца. Стоя на высоте четыре с половиной тысячи метров, я поднял глаза на волнистую линию снега, сверкающий пояс голубого неба, откуда подняли головы ввысь над облачком два блестящих белых пика: грандиозный Чомолхари и еще один. С обеих сторон надвигались тучи; я успел вовремя — через десять минут вершины исчезли. Пока я смотрел, далеко внизу вверх по склону поползла цепочка людей, настолько крошечных на фоне окружающих вершин и расстояний, что пони и я, силуэты которых вырисовывались на вершине с Индией за спиной, казались исполинами. Когда путники приблизились, я увидел бутанских кули, несущих тяжелые грузы и увешанных любопытной домашней утварью. Большинство носило темные очки,

130 Так называемое «поседение» шоколада — это довольно частое явление, связанное с перепадами температуры и влажности при его хранении. «Седина» ухудшает вкус шоколада.

а один — тонкую соломенную шляпу, похожую на крышку корзины для грязного белья. Они тут же забрались на более высокую из тех двух пирамид, где несколько минут занимались украшением большой ветки, стоявшей посредине. На ней висели молитвенные флажки, рваные вымпелы разных цветов, к которым кули добавляли свои, стараясь их получше разместить. Потом процессия ушла, и я остался в одиночестве.

Через час подтянулись мои друзья, а за ними и несколько слуг, также с соответствующими молитвенными флажками. Спускаться верхом было одно мучение. Мы скользили по снегу и по грязи, пока не приблизились к озеру и к лесу. Однако впоследствии нам рассказали, что именно этим путем прошли два слона из зверинца Далай-ламы в Лхасе. Вехи больше не встречались, и дорога, даже теперь, когда долина казалась более надежной точкой опоры, была скорее помехой, чем подмогой, будто какой-то великан по пути играл в футбол валунами. Изредка попадались деревни, небольшие лесные хижины с широкими деревянными крышами, прижатыми камнями, к которым примыкали просторные открытые конюшни. Нас сопровождала река, по берегам ее паслись черные яки с шелковистой шерстью, будто закутанные в викторианские каминные коврики. Окружающие склоны разнообразились и обогатились осенними красками: золотые лиственницы с ниспадающими ветвями, тусклые желтые клены, огненно-красный сумах, бесчисленные сине-серые кусты рододендронов, на которых время от времени появляются оранжевые цветы, огромные серебристые ели со сломанными от бурь и времени вершинами, которые постепенно уступили место соснам с ярко-зеленой хвоей, тонкому и колючему цветущему кустарнику и пучкам астр, напоминающим нам о том же сезоне в Англии. Всё это нас окружало, пока мы шли, ехали или скользили, переходя через реку по искусно построенным деревянным мостам.

С нашей экспедицией ехал юноша на сером пони, резвой поступи которого, невзирая ни на камни, ни на грязь, можно было лишь позавидовать. Собрав скудное знание тибетского, я вовлек его в беседу. Тибетец ли он? Нет, бутанец. Куда направляется? В Ринченгонг, тут, за углом — углом оказался горный склон размером со Скиддо[131]. А там монастырь? Да, и он собирался стать монахом. Как зовут? Дамбу. Потом словарный запас у меня иссяк.

Я ехал впереди и, обогнув промежуточную гору, увидел крыши Ринченгонга. Грохот барабанов возвестил о каком-то событии. Завернув за угол, я столкнулся с религиозным шествием.

Первая встреча с людьми, одеждой, необычными обрядами вызвала странное чувство, почти страх. Я много лет думал о Тибете, читал о нем, жадно разглядывал фотографии природы и фантастической одежды. Реальность тем не менее меня поразила.

Долина немного расширилась. Со всех сторон поднимались горы, покрытые темно-желтой травой и ярко-зелеными соснами. Вдалеке показались крыши Ринченгонга, недалеко от которых виднелось несколько возделанных участков. Между ними, среди двух полуразрушенных каменных стен, шла группа примерно из сорока женщин и детей. Дети махали руками и смеялись, женщины несли на спинах длинные ящики со священными книгами. Как и большинство тибетцев, они были одеты в грубые лилово-фиолетовые саржевые халаты. Черные волосы женщин были уложены на затылке на манер сестры Кэвелл[132]. Черты лица у всех четкие, губы чувственные ярко-красные, кожа смугловатая с румянцем — необычные краски — отличительная черта внешности тибетцев, которая с непривычки кажется неестественной.

Рядом с женщинами и детьми шло множество монахов с выбритыми головами, закутанных, как им свойствен-

131 Скиддо — гора в национальном парке «Озёрный край» в Великобритании (вершина находится на высоте 931 метр над уровнем моря).

132 Эдит Луиза Кэвелл (1865–1915) — британская медсестра; помогла около 200 солдатам союзников бежать из оккупированной германскими войсками Бельгии, за что была арестована и казнена немцами.

но, в толстую красную саржу. Некоторые били в небольшие бочкообразные барабаны, один колотил в большую тарелку. Многие из них носили поразительные красные остроконечные конусообразные шляпы или фригийские колпаки того же цвета. По всей видимости, нам встретилась секта красных шляп. Во главе процессии двигался добродушный седовласый человек, который улыбнулся, когда я спешился, но на самом деле велел слугам провести нас другой дорогой. В паланкине несли золотую статую, перед которой стоял хмурый толстый монах. Всё это напоминало сцену в итальянской деревне: статуя могла быть Пресвятой Девой, а монах священником.

Ринченгонг располагался на обоих берегах новой, более крупной реки, которую пересекал деревянный мост, опирающийся на две горизонтальные сваи из огромных балок, причем каждый более высокий слой выступал дальше от берега, чем тот, что под ним, и самые верхние почти смыкались посреди пешеходной дорожки. Дома были двух- и трехэтажными, высокими, прочными, с тяжелыми квадратными застекленными окнами, которые двадцать лет назад закрывали бумагой, и украшенными богатой резьбой цветными деревянными рамами. На нижних этажах, куда вели массивные двойные ворота, находились конюшни; верхние, под крышей, были открыты — там хранился фураж. В центре города возвышался великолепный чортен — похожее на луковицу сооружение, поднимающееся из квадратного основания и поддерживающее медный шпиль, который блестел на солнце, как золото. Как обычно, его окружала плантация ободранных шестиметровых шестов, к каждому из которых на расстоянии двух метров от земли крепился узкий молитвенный флаг с надписью «Ом Мани Падме Хум»[133]. Неподалеку

133 «О, жемчужина, сияющая в цветке лотоса». Мантра наделена множеством значений. Все они сводятся к объяснению смысла совокупности сакральных звуков составляющих ее слогов. Далай-лама XIV поясняет, что мантра олицетворяет собой чистоту тела, речи и ума Будды.

стояло прямоугольное сооружение, похожее на большой каменный сундук, около шести метров в длину, два с половиной в высоту и полтора в ширину, за которым виднелся ряд молитвенных колес, вращающихся барабанов высотой в тридцать сантиметров. Снаружи на бесчисленных маленьких раскрашенных табличках было выцветшее изображение Будды. Чортены и мендонги можно найти во всех тибетских деревнях, а иногда они стоят на людных тропах. Выезжая из Ринченгонга, на пороге дома мы заметили седого старика, усы которого торчали пучками из внешних уголков рта. Он медленно вращал за ручку медное молитвенное колесо с помощью небольшого грузика на конце цепочки.

Мы ехали вдоль берегов новой реки, Чумби, широкого, бурлящего потока, испещренного волнами. Между горами простирались возделанные поля. Попадались даже ровные лужайки, по которым галопом скакал только мой пони. В каждой деревне, где есть чортен, молитвенные шесты и мендонг[134], нас пристально разглядывали румяные жители, иногда улыбаясь, иногда нет. Телеграфный провод нас провожал. Мы пообедали на берегу реки. Такой пейзаж можно найти в Канаде. В три часа, проехав почти тридцать километров и спустившись на высоту три тысячи метров над уровнем моря, мы прибыли в Ятунг, небольшой городок с главной улицей, обрамленной молитвенными шестами, над которой возвышалось бунгало с британским флагом, резиденция Британского торгового агента, а также жестяные казармы с писсуаром и футбольное поле для двадцати пяти индийских солдат. На другом берегу реки, в огороженном саду, заросшем мальвой и японскими анемонами, располагалась гостиница. Путешественников встречала неожиданная роскошь: парчовые занавески, мягкие кресла, репродукции Гейнсборо, Ромни и Франца Хальса, подлинный и несколько неудачный натюрморт, множество книг и еще несколь-

134 Каменная пирамида, или каменная стена, украшенная молитвенными флагами.

ко экземпляров «Ревю де дё монд», очевидно оставленных каким-нибудь чиновником колониальной администрации. Над каминной полкой висел цветной портрет принца Уэльского[135] с керн-терьером на руках, одетого для игры в гольф по моде 1924 года.

На следующее утро лил дождь. Мы настолько устали, что в путь отправились поздно. Через три или четыре километра нам встретился местный почтальон, сообщивший, что за Гауцей, целью нашего дневного путешествия, идет снег.

— Вы направляетесь в Гьянгдзе? — продолжил он.— Боже мой, вашим лицам придется несладко.

— Мы запаслись кольдкремом и вазелином.

— Они тут не помогут. Если вы ими пользуетесь, сотрите перед выходом на солнце... Что ж, удачи! Не завидую я вам.

Мы расстались. Дождь лил не переставая. День хмурился. Справа над тропинкой возвышались руины старых китайских казарм, которые пришли в запустение после отзыва императорских войск в 1911 году[136]. Мы ехали по заболоченной равнине, донышку овальной чаши, образованной горами. Река расширялась, превращаясь в спокойный поток, а яки щипали осоку. Реку пересекал мост, тропа вела к монастырю на уступе горы напротив — новому зданию, восстановленному со всей живописностью. Именно здесь лорд Зетленд и мистер Ладен-Ла посоветовались с оракулом относительно исхода войны; на что, после серии судорог, он дал дельфийский ответ[137], не отличавшийся особой проницательностью. Мы тоже надеялись получить у него совет относительно некоторых домашних проблем, но перед отъездом узнали, что недавно в лесу его соблазнила женщина, и, следовательно, от обязанностей его освободили.

135 Будущий король Эдуард VIII (1936).

136 Речь идет о китайско-тибетской войне 1910–1912 годов.

137 Дельфийский оракул был известен двусмысленными предсказаниями.

За равниной долина сужалась, превращаясь в неприступное ущелье. То мы с рекой были на одном уровне, то в ста метрах над ней, то она бурлила и пенилась над нами. Огромные вершины, склонявшиеся от нашей поступи, вздымались в оставшееся небо. Тропинка была крутой, каменистые ступеньки перемежались лужицами грязи. Капли дождя медленно стекали по длинным красным плодам и кустам китайских роз. Вода текла за шиворот и в рукава, и мы приуныли. Время остановилось. Пони самостоятельно выбирали куда идти. Наконец, сами того не подозревая, мы прибыли в Гауцу, россыпь деревянных хижин, наполовину вросших в землю будто от страха перед окружавшими их мрачными неприступными бастионами.

В тот день, перед закатом, и здесь повалил снег. Он продолжался всю ночь и следующее утро. Когда мы проснулись, на земле лежал слой снега сантиметров пятнадцать, а на ветках и валунах вдвое меньше. По мнению сирдара, отправляться в путь было небезопасно. Вряд ли он лукавил, но на этот раз запугать нас не удалось. Мы с Г. закутались в костюмы из плотной ковровой ткани, шлемы, макинтоши и перчатки без пальцев. М. облачился в зимнюю спортивную одежду и выглядел как на иллюстрации в «Татлере», разве что не улыбался. Тропинка напрочь исчезла, и нам посоветовали положиться в ее поисках на мула. А-Чанг, одетый в макинтош с капюшоном с оборками, двинулся вперед, как какой-нибудь кардинал, направляющийся на суд инквизиции. Моего пони, как более выносливого, снова нагрузили седельными сумками. Испугавшись звона консервных банок и бутылок, он пустился вскачь, не обращая внимания на снежный наст, и, спотыкаясь и поскальзываясь, опередил караван мулов. Когда мы поднялись на высоту четырех тысяч метров, нога проваливалась почти по колено и деревья сменились кустарником. Тропа, проходившая высоко над рекой, превратилась в выступ. В воздухе повисло безысходное отчаяние, только снежинки непрерывно летели с желтушно-свинцового неба, опускаясь сверху, проскальзывая мимо и еще ниже, к реке, протекавшей далеко-далеко внизу, которая черной ленточкой струилась в белом мире, огражденная побеленными откосами, не оставлявшими ей берегов и вздымавшимися отвесно от самой воды. Звенящую тишину нарушал лишь отдаленный шум реки. Идти ли дальше? Идти ли? Вопрос превратился в навязчивую идею. Мы поднимались. Не завязнем ли мы в снегу, когда выйдем на равнину Фари? Неужели не сумеем достичь цели, повернем назад, несмотря на все усилия, или будем стоять на пороге и не сможем сдвинуться с места, признаем, что непогода взяла над нами верх — такие угрозы стучали у меня в голове. Шагов мы не слышали, просто шли в неизвестность, на равнинах могли оказаться снежные заносы, сугробы, в которых не пройдешь ни вперед, ни назад, можно замерзнуть насмерть, и слуги явно боялись. Страдания перенести можно, в отличие от неудачи, даже если она повлечет смерть героя.

Теперь тропинка сузилась до метра шириной. Обрыв к реке под ней становился всё глубже, и пони пробирался осторожнее. Вдруг весь уступ перекрыла снежная лавина, оставив на белом склоне грязный след. В высоких сапогах, которые я привез с их родного острова Крита просто из любопытства, я стал утаптывать рыхлый снег, доходивший до груди. Пони, следовавший за мной на расстоянии вытянутой руки, решил поваляться в снегу и при этом съехал с края задними ногами. Я вытащил его, пока он прочно не застрял в сугробе, и продолжал утаптывать снег. В теплой одежде я быстро запыхался. В конце концов я пробился сквозь стену сугробов, воздвигнув вал со стороны обрыва, чтобы предотвратить дальнейшие тревоги. Прямо перед нами лежало еще одно похожее препятствие, гораздо большего размера, в которое я судорожно вгрызался, а пони ждал в одиночестве, слегка надменно на меня взирая. Через полчаса показался поезд, похожий на вереницу черных насекомых, медленно ползущих вверх по белому склону. У первого заноса А-Чанг спешился и повел мула. Следующий мул упал, и его пришлось освобождать от ящиков. Однако конюхи и погонщики мулов, проделав такой долгий путь, проявили достойную восхищения решимость, и после долгих копаний и топтания оба препятствия были преодолены.

Немного дальше, там, где тропа шла по долине, мы добрались до одинокой хижины, возле которой нас ждал посыльный. Почта из Фари так и не прибыла. Мы впали в отчаяние. Решив немного подождать, пока мужчины попьют чай из жестяных кружек, мы присоединились к ним. Десять минут спустя появились четыре почтальона, а за ними большой караван с шерстью. Обе группы подтвердили, что, как только вышли на равнину, снега стало меньше. Мы снова отправились в путь, на этот раз по протоптанному следу.

Долина расширилась, снег закончился, и склоны гор стали более пологими: мы оказались на поднимающемся плато. Над его бровкой появились двое верхом на яках, ведя в поводу другого, нагруженного кладью, — неуклюжие силуэты пробирались сквозь снег, всадники перебрасывали единственную веревку, прикрепленную к ноздре яка, с одного рога на другой. Мы встретились у болота, которое обнаружилось после внезапного исчезновения мула, везшего багаж моих друзей. Его голова еще торчала, и животное спасли. Только чемоданы потонули. Солнце светило смутно, однако и при таком свете через час или два возникло странное жжение в носу, и у сирдара появилась снежная слепота. Кроме А-Чанга, наши слуги, похоже, были плохо подготовлены к испытаниям, которые они должны были предвидеть. У половины из них не было очков. В то утро один из конюхов остался дома из-за того, что у него не было обуви. Догнал он нас только к вечеру, почти у самого Гьянгдзе. И по пути вниз, когда условия ухудшились, мне пришлось поделиться ботинками и носками с другими.

Мы добрались до плато и поняли, что находимся в Тибете. Снег, за исключением окрестных холмов, уступил место голой земле и камням. Неподалеку паслось огромное стадо яков, молодняк и взрослые, густой и черный окрас шерсти не нарушался ничем, кроме редких белых полос на пушистых хвостах. За ними на семь тысяч метров возвышался громадный кривой конус Чомолхари с обнаженными зазубренными кубами и пирамидами нависающих скал, на которых не держался снег. Землю вокруг покрывали норы — жилища сурка, занятного животного, на вид — нечто среднее между кроликом и крысой, которое сидело на задних лапах, дергая усами, пока мы не подошли поближе, а затем исчезло в норке.

Наконец за участком возделанной земли завиднелся Фари Джонг, или за́мок, впечатляющий туманно-серый великан в послеполуденном свете. Его перпендикулярные линии слегка сближались и собирались в приземистую центральную башню-этаж. Несколько струек дыма возвещали о городе. Казалось, до за́мка рукой подать, такой обман зрения часто наблюдается в Тибете. Мой пони захромал, и прошел еще час, прежде чем мы добрались до гостиницы. Здесь также находилось почтовое отделение. Почту из Гьянгдзе в Фари перевозят раз в две недели на муле, из Фари в Индию — ежедневно и пешком. Услуга поддерживается правительством Индии по цене от пяти до шести тысяч фунтов стерлингов в год. Документов на этот счет мы не обнаружили. Почта высоко ценится тибетцами, чьи связи со Лхасой, хотя и ежедневные, не столь надежны. Богатые жители столицы и Шигадзе часто отправляют письма и посылки на почте Гьянгдзе с частным посыльным. Их объем увеличивается, поскольку сухопутное сообщение с Китаем, откуда тибетцы получают большую часть бытовых товаров, становится всё более и более ненадежным, и предпочтение отдается маршруту через Калькутту и море.

Несмотря на усталость, как физическую, так и моральную, мы поспешили отправить в Джонг рекомендательные письма, которыми нас снабдили господа Макдональд и Ладен-Ла, вместе с подобающим шарфом. Каждый Джонг — резиденция пары административных чиновников с полномочиями судьи в определенных округах, которые, предположительно, контролируют друг друга. В Фари, наверное, работали молодые чиновники, начинающие карьеру в Лхасе. Как это часто бывает, они отсутствовали, а их полномочия были делегированы двум представителям. Примерно через полчаса те прибыли лично: один — высокий, смертельно бледный, другой — пухлый и низкорослый, у обоих не хватало несколько зубов, а в ушах блестели кольца диаметром в десять сантиметров с бирюзовыми каплями, оправленными в золото, — признак состоятельных людей. Чиновники носили халаты из обычной пурпурной ткани и золотисто-черные шапочки с меховыми отворотами, поднятыми, как лопасти ветряных мельниц, под которыми виднелись длинные косички. Позже нам рассказали, что чиновники очень бедные. Вероятно, им не доверяли или ими пренебрегали. Прежде всего они попросили нас передать Далай-ламе их письмо, поскольку вся корреспонденция, поступающая по обычным каналам, тщательно проверяется секретарями, прежде чем представить Его Святейшеству. К сожалению, у нас не было возможности доставить письмо.

На следующее утро я проснулся в муках, каких не испытывал ни до, ни после Фари. Расположенный на высоте четырех с половиной тысяч метров над уровнем моря Фари — вероятно, самый высокогорный город в мире. Голова, еще вчера спокойная, начала стучать и пульсировать, будто гидравлическая машина перекачивала в нее всю кровь из тела. Холод пронизывал насквозь. Вдобавок лицо превратилось в гноящееся желе из желтой жидкости, которую ничто не могло остановить и которая стекала по бороде на простыни и на одежду, когда я скованными движениями натягивал ее на себя. Хотя было только шесть часов и едва рассвело, сирдар внезапно объявил, что снова прибыли чиновники из за́мка. Вытирая лицо носовым платком, я вышел в гостиную и обнаружил на столе освежеванную овцу, рядом с которой лежало несколько яиц. Мы уговорили гостей выпить чаю, а затем неразбавленное виски, которое они потягивали с таким же отвращением, как и мы сами. В качестве ответных подарков они приняли банки имбирных орешков, копченого лосося, сардины и шоколад. Поскольку мой пони так и не поправился, они пообещали найти другого.

Нам не терпелось посетить сам Джонг, и, встретив час спустя на навозной куче высокого чиновника, я изложил просьбу по-тибетски. В помощь нам дали сопровождающего. Городок был невзрачным, как и отмечали путешественники до нас. Кроме нескольких добротных строений на окраинах, над землей едва возвышались дома из дерна, и, казалось, столбы дыма поднимаются из земляных холмов, где-то на высоте плеча. Повсюду, словно круглые лепешки, лежали кучи кизяков; поскольку мы поднялись за пределы лесной зоны, нам пришлось дорого заплатить за дрова для очага в гостинице. По улицам шириной в два метра, усеянным костями и обрывками окровавленных шкур, ручейками текла жидкая грязь. На крышах домов, хлопая крыльями почти над нашими головами, отвратительно каркали огромные вороны, будто выбирали в жертву нас самих. При нашем приближении залаяли приземистые черные мастифы, к счастью, на привязи. В открытых стойлах переминались привязанные за ноги яки, пони и мулы.

Джонг, обстрелянный англичанами в 1904 году, с тех пор был отремонтирован и оказался значительно менее солидным, чем того предполагали превосходные очертания. Поднявшись по лестнице, мы прошли через дверной проем в метр высотой в низкую комнату, потолок которой посередине поддерживался деревянным столбом-костылем. Мне показалось, что там не слишком чисто, но ничем не пахло, и окна были открыты. Одна из жен чиновника с помощью многочисленных слуг разлила чай из синего эмалированного чайника в чашки с надписью «Сделано в Японии». Чай, хотя и сваренный с молоком и сахаром, был английским и поднял нам настроение. Проедем ли мы снова по этой дороге? Надо будет непременно заглянуть в гости. Женщина, пригласившая нас, оказалась довольно симпатичной, крепкой, с чистым и светлым лицом и обычным румянцем на щеках. Через двадцать минут мы попрощались, сели на пони и отправились в путь по равнинам.

Мой рассказ подошел к стадии, знакомой читателям книг о путешествиях по Тибету, когда запустение страны затмевает все остальные впечатления. Пока взор ослеплен яркими блестящими красками и формами настолько, что кажется, будто нашу однообразную и невзрачную планету заменили луной или каким-то другим небесным телом, в тенях которого таится невольный страх, будто ему угрожало постепенное, но полное исчезновение, то прекращение существования или становления, которое, как учит буддизм, является целью человека и его совершенствования. Возможно, любители книг о странствиях по Тибету не испытают особого восторга от нашего короткого путешествия, совершаемого в относительно комфортных условиях по одной из самых оживленных дорог и сравнительно гостеприимной части Тибетского плато, путешествия, подобного которому британским офицерам приходится предпринимать по нескольку раз в год по долгу службы. Разве его сравнить с трудоемкими и опасными путями с севера и востока Гюка[138], Пржевальского[139] и Перейры, где высота над уровнем моря и дикая природа превосходят всё на земле? Тем не менее неспешная поездка на двести пятьдесят километров через границу рассказывает достаточно о Тибете и характере ландшафта, чтобы представить реальную картину за скучными вымученными записками более предприимчивых исследователей, кото-

138 Эварист Режис Гюк и Жозеф Габе — французские миссионеры-путешественники первой половины XIX века. В 40–50-х годах они посетили Китай, Монголию и Тибет, в 1846 году проникли в столицу Тибета Лхасу, где, кроме них, за период от 1811 до 1904 года не было ни одного европейца.

139 Н. М. Пржевальский (1839–1888) — русский генерал-майор, колонизатор, путешественник, географ, совершил пять путешествий по труднодоступным районам Центральной Азии, умер от брюшного тифа во время последнего. До Лхасы он не дошел всего 250 верст в 1879 году из-за сопротивления тибетских властей.

рые не в состоянии передать словами ни ужас, ни красоту путешествий. Теперь Тибет для нас больше не просто темно-коричневое пятно на физических картах, не «таинственная земля», захваченная нечестивой теократией, где нет никаких удобств для жизни, только дьявольские танцы[140] да скульптуры из масла[141], но такая же физическая, эстетическая и человеческая определенность, как и подразумеваемая словами «Франция» или «Германия». Отныне он существует не только в атласе, но и на карте нашего разума. Если газеты сообщают, что в Тибете происходит какое-то событие, для нас оно что-то значит в отличие от того, что происходит на Огненной Земле. Более того, оно наделено особой романтикой. Мы снова видим выжженные солнцем дали, красновато-синие горы и позолоченные скалы, надвигающиеся снега, яков, вспахивающих блеклую землю долин, молотильщиков, поющих на задворках крестьянских домов кубической формы, смех прохожих, пылающее бирюзовое небо и пучеглазые облака. Эта страна стала частью нашей жизни. Мы желаем ей всего наилучшего.

От Фари дорога шла километров пять или шесть по равнине, по деревенской улице, а затем постепенно поднималась к Танг Ла, неприметному перевалу высотой пять тысяч метров и вершине нашего путешествия. По пути встречались заснеженные островки, окружающие же горы были сплошь белыми вплоть до подножия. Справа над нами всего в нескольких сотнях километров возвышался в прозрачном воздухе массивный конус Чомолхари, его выступающая голая вершина, повернутая в сторону, грозила обрушиться нам на головы с высоты трех тысяч метров. За ним, по мере того как мы спускались с перевала, отклоняясь к северо-востоку, на север простирался еще один хребет с белесыми зубчатыми вершинами, а его впадины были заполнены вздувшимися сияющими обла-

140 Традиционный танец «Чам».

141 Скульптура из масла яка (Suyou hua) — это древняя тибетская традиция, форма сакрального искусства.

ками. Подобных облаков я не встречал нигде. Их форма напоминала мне о китайских пейзажах. Низ и середину наполняет танцующий свет, суть света, не серебро и не золото, а именно свет, проявляющийся резкими трехмерными тенями. Выпуклые белые тела облаков кажутся плотными, так бы подбрасывал и ловил, если б дотянулся. Облака пронизывает розовое сияние: в дополнение к гнетущему ультрамариновому небу, темному, как расщелины волн, близкое, словно искорки за плотно зажмуренными веками — розовый цвет, который бывает и на снегу, и на всей земле, выразительный оттенок сверхъестественного присутствия. На переднем плане, отражая все эти чудеса, протекала небольшая речка, с крошечными островками и горбатым мостом. За ней земля поднималась террасой, на вершине которой стояла тибетская гостиница. За двойными воротами виднелся квадрат конюшен и дома, где наши люди остановились выпить чаю. Хромой пони тоже был там, и мне пришлось за ним вернуться.

Теперь перед нами простиралась бесконечная равнина длиной километров шестнадцать, поперек которой вытянулись в единую пунктирную линию металлические телеграфные столбы. Это было не так нелепо, как кажется, поскольку Гюк для ориентировки путешественников зафиксировал линии черных столбов, пересекающих аналогичные равнины. Справа, у подножия Чомолхари, лежал осел, которого била женщина, а вокруг них в недоумении бегал жеребенок. С другой стороны на горизонте, там, где снова начинались низкие холмы, как сноп кристаллов, сверкало в синеве странное ледниковое образование, вершина какого-то огромного горного хребта. Когда мы устремили взгляд вперед в погоне за столбами, пока холмы не скрылись за ними, то различили Туну — россыпь черных прямоугольников, детали которых постепенно вырисовывались всё четче. Наше утомительное передвижение казалось невыносимым. Меня преследовал кошмар: лошадь убегает от меня прочь. Восседая верхом на подобии собачонки, похожей на осеннюю хризантему, с плечами угря, на шею которой постоянно соскальзывали то седло, то я сам, я скакал, иногда спотыкаясь, поскольку одновременно дергал поводьями за голову и хлестал круп. Г. и М., хотя и сидели повыше от земли, были не в лучшем положении. По досадной оплошности мы не захватили с собой ни кнута, ни розги. За четыре дня подряд нам не встретилось ни кустика, ни веточки, а после Самоды рос только колючий кустарник, который царапал руки и ломался при первом ударе. Продолжительность поездок сократилась вдвое, и это обстоятельство, соответственно, нагоняло тоску.

Туна, где когда-то экспедиция Янгхазбенда разбила лагерь на зиму, находится на высоте четырех с половиной тысяч метров над уровнем моря, и отсюда открывается панорамный вид на хребет Чомолхари. Когда солнце село, тени холодного, невообразимого синего цвета придали новую форму огромной длинной массе и ее главному пику. Набросив три пальто, я, сидя на стуле, попытался зарисовать пейзаж, но стальной, ледяной ветер загнал меня в помещение. При свете лампы я продолжил, пока не начала болеть голова. Ночью череп раскалывался на части, словно на дольки апельсина, и я представил себя в облике губернатора Бенгалии, вынужденного прийти на вечеринку в саду, и оделся в макинтош, разработанный Бертом Томасом[142], чьи рисунки в «Панче» я просматривал.

Наступившее наконец утро стало переломным моментом экспедиции. С лица, для которого я соорудил маску из двух носовых платков, перестало капать, и теперь оно было покрыто желтыми струпьями, неприятно прилипшими к поверхности бороды. Корки М. и Г. за ночь разжижились, и они пришли ко мне в комнату завтракать, от уныния потеряв дар речи. Стоял сильный холод, комната провоняла кизяками и чадом от лампы, голова у меня раскалывалась, и, одеваясь, я в отчаянии шептал себе, что, если... ну вдруг кто-нибудь из друзей предло-

142 Герберт Томас (1883–1966) — английский карикатурист, известный военно-политическими шаржами во время обеих мировых войн.

жит изменить план, возражать не стану. Терпеть эту боль еще три недели было бы просто слабоумием.

М., с небритого лица которого текло, и он морщился от тошноты, когда открывал банку, чтобы получить кусок консервированной колбасы, впервые в жизни меня упрекнул:

— Зачем ты привел нас в это ужасное место?

Будто в этом было больше моих заслуг, чем его. После чего Г. безапелляционным тоном раннехристианского отца церкви объявил:

— Я возвращаюсь в Фари.

Именно этот тон нас спас.

— Как хочешь, — обиженно сказал я, хотя десять секунд назад последовал бы за ним. — Я еду дальше. Во всяком случае мне хотелось бы увидеть озеро Дочен.

Такого желания у меня не было, но, поскольку в то утро мы должны были добраться до озера, появился хоть какой-то стимул.

— Ну? — спросили мы М. в один голос.

— Мне так плохо, — ответил он, вытирая лицо и отодвигая сосиску, — что совершенно всё равно, куда ехать. Однако менять планы не люблю.

— Полный идиотизм! — прорычал Г. и повернулся ко мне: — Хочешь увидеть озеро Дочен, поезжай и посмотри.

После этого никто не произнес ни слова. За окном навьючивали мулов. Затем шум прекратился. Они ушли. Сирдар убрал со стола завтрак, А-Чанг сидел на муле. Мы надели шарфы, перчатки и шлемы и, вскочив в седла, продолжили путь на север.

Покинув ущелье Туна и свернув за гору, мы подошли к равнине, где находилось озеро Дочен, воды которого после долгого болотистого простора проявлялись серией переливчатых синих и зеленых диагоналей, тянущихся к тому же хребту Чомолхари, который, казалось, преследовал нас по пятам, хотя теперь вершина была за спиной. Нам не терпелось успеть вовремя, так как мы наметили для себя двойной перегон примерно в сорок километров. На склоне озера, на полпути, стояло бунгало Дочен, которое

М. и Г. решили обойти стороной и пойти кратчайшим путем по низине у озера. Измученный недосыпом, я пожелал поесть с комфортом за столом и, взяв седельные сумки с провизией, направился к бунгало, перед которым ждала огромная вереница пони и грумов. На входе я столкнулся с капитаном Смитом[143], британским торговым агентом в Гьянгдзе, который направлялся в Ятунг и остановился с той же целью, что и я. Его спутник, врач, ускакал, чтобы остановить остальных. Тем временем я жадно выпил немного овалтина[144] и впервые за несколько недель почувствовал, что сыт. Капитан Смит, вежливо отводя глаза от моего опухшего лица и фиолетовых губ, заметил, что эти высоты ему тоже не подходят и что он надеется никогда больше не увидеть Гьянгдзе. Врач, вернувшись, сказал, что если кто-то не захотел, то и не остановился, и с этим ничего не поделать, от чего я расстроился. Во время обеда вошел другой офицер, Маклеод[145]: он подстрелил газель, небольшое животное, около метра ростом, с рогами, как у антилопы, которую свежевали и разделывали, чтобы выделить нам бедро. Смит потом признался, что выглядели мы все плоховато и что в тот момент он сомневался, сможем ли мы дойти.

— О, у вас тибетская шапочка? — заметил доктор, когда мы собрались уходить.

— Да, — ответил я. — Она в сущности спасла мне жизнь. Нравится?

— Ну, знаете, я не стал бы ее надевать — не очень теплая.

Сказав это, он взял небольшой твидовый колпак. Поскольку тибетская шапка, по-видимому, самая теплая за полярным кругом, он, очевидно, счел меня предателем англосаксонских приличий.

143 Капитан Д. Р. Смит был британским агентом в Гьянгдзе всего два месяца, с сентября по ноябрь 1929 года, оказалось, что он не может адаптироваться к жизни на высокогорье.

144 «Овалтин» — какао с ячменным солодом.

145 Лейтенант А. Дж. В. Маклеод был офицером сопровождения британской торговой миссии в Гьянгдзе.

— Лично мне Тибет нравится, — продолжил он. — Индийские военнослужащие в Гьянгдзе страстно увлечены хоккеем. Я на самом деле играю все матчи, какие хочу. Иногда, бывает, затоскуешь, но, повторюсь, я играю, когда хочу.

И он пожал плечами жестом совершенного удовлетворения.

Мы поехали своей дорогой, они — своей, к нашей зависти, легким галопом. В то утро я приобрел второго пони размером не больше собаки, тоже рыжего и дряхлого. Теперь появился третий, внешне похожий, но отличающийся характером. К моему удивлению, он резво потрусил прочь от бунгало и, обогнув озеро, направился вверх по его западному берегу. Примерно километров через десять мы подъехали к реке, вытекающей из озера в западном направлении, очевидно, на более низкий уровень. Там было ущелье, в которое я свернул, окончательно потеряв из виду Чомолхари. Над тропинкой возвышалась приземистая квадратная башня, слегка сужающаяся кверху и сложенная из грубых коричневых камней, что говорило о стратегическом значении этого пункта. Подъехав к деревне, где ущелье расширялось, я принял ее за Кала и, вернувшись в седло после расспросов двух женщин, столкнулся с группой всадников, которые, очевидно, спешили добраться до места назначения до наступления ночи. У некоторых были ружья, седельные сумки из красновато-коричневой кожи свисали с их высоких, покрытых коврами седел. Они ехали на мулах, которые бегают очень быстро, без лошадиной тряски, потому что ни один тибетец не приподнимается в стременах. Я предложил сигарету тому, который сидел рядом, — запретный плод всегда сладок, — и продолжал ехать обычным шагом, а он остановился, чтобы прикурить, и вдруг галопом обогнал меня. Мой пони, как гадаринская свинья[146], кинулся за ним вдогонку. Поводья прогнили и порвались бы, если бы я дернул чуть сильнее. Мы с грохотом мчали вверх и вниз по узкой тропинке, пока, наконец, не соскользну-

146 Евангелие от Марка 5:11. Об изгнании Иисусом бесов.

ли с нее в воду в полметра глубиной. На скорость, однако, это никак не повлияло. Затем мешковина у меня под седлом отвалилась, одна подпруга порвалась, и я остановился, сидя у пони на ушах посреди удивленной компании. Мой соперник подобрал мешковину и принялся заново закреплять седло. Перед нами была Кала, и он указал мне дорогу к бунгало.

Как только я сел, кровь в моей голове начала стучать с силой, неизвестной в предыдущие дни, и я нарушил однообразие, занявшись лицом. Прибыли остальные, и как только появились зеркала, приступили к тому же. Мы не разговаривали, не было ни малейшего желания, а стоически занимались своими делами. Удивительно, какой живой интерес вызвало лицо. Отныне каждый вечер по прибытии в тепло это стало первой заботой и развлечением. Кожа отслаивалась сначала небольшими кусочками, смазанными бесполезным жиром, затем там, где не было бороды, огромными полосами, слой за слоем, оставляя сырое лицо, как мясо освежеванного кролика. Обработки избежали только губы, покрытые язвочками, которые превращали каждый укус в муки. При совместном появлении нашей компании особое внимание привлекал нос Г., выдающийся орган, который пылал — хоть руки грей.

В тот вечер в Кала мы ели превосходную ножку газели с фасолью по-французски и грибами. «Сколько осталось дней?» — спросили мы и отправились спать.

Кала дала название другому озеру, где компания британского торгового агента подстрелила пару гусей, одного из которых они очень любезно оставили для нас. Озеро мы увидели лишь мельком — дорога уводила нас в противоположном направлении, через равнину, протянувшуюся на десять километров, поверхность которой была покрыта трещинами в форме звезд, как дно высохшего пруда летом. С тех пор как мы покинули озеро Дочен, ландшафт изменился: теперь мы опустились ниже четырех тысяч метров, и ледниковое воздействие хребта Чомолхари и озера уступило место более насыщенным и ощутимым краскам. Над нами возвышались красновато-синие, коричневые и золотые горы, когда мы достигли конца равнины, их вершины были покрыты голубоватым снегом, и их цвет, в отличие от туманных глубин шотландской долины, был четким, как под микроскопом, что позволяло разглядеть на высоте тысячи метров над головой каждый камешек. Позади простиралась синева неба. Горы подступали совсем близко. Над головами громоздилось огромное скопление резко очерченных валунов, осыпавшейся породы и клетчатых пластов, цвета золотисто-карамельного атласа с розовым оттенком: темный тон сохранялся, несмотря на ослепительное солнце, которое его освещало. За этой грудой, когда я взглядом добрался до ее края, небо снова показалось темным, как лужица чернил, впитывающаяся в чистую промокательную бумагу и при этом не теряющая сине-фиолетового цвета. Этот эффект невозможно описать словами. Освещение было таким, что цвета приобрели соотношение и характер, выходящие за рамки обычного восприятия. И пока солнце, отвратительно близкое, нас не щадило, а разум старался поверить в открывающиеся перед ним картины, опустошение усиливалось. Покинув Фари, мы оказались на луне. В этом было что-то правдоподобное. Луну мы себе представляли. Но ни мы, ни кто-либо другой не представлял себе этого. Днем, пока мы ехали, если не считать цокота копыт пони и костяного стука увядших ирисов, над горными вершинами висела тяжелая тишина, а резкие очертания камней становились всё чернее и длиннее.

— О, полцарства за дерево! [147] — с темпераментом простонал М., который находит красоту только в роскоши.

— Какой простор для автогонок! — пробормотал Г.— Поглядел бы Сигрейв [148].

147 Аллюзия на «Ричарда III» У. Шекспира: в разгар сражения Ричард потерял коня и произнес часто цитируемую фразу «Коня, коня, полцарства за коня!» (пер. Я. Брянского).

148 Генри Сигрейв (1896–1930) — британский автогонщик, обладатель мировых рекордов скорости. Владел тремя рекордами скорости на суше и одним рекордом на воде, во время установления которого он погиб.

— Нет, сюда я больше ни ногой, — резко ответил М., — разве что когда появятся спальные вагоны.

После Самоды, где мы заночевали и съели гуся со сладкой кукурузой, равнины закончились. Дорога, незаметно, но верно спускаясь, вела через ряд долин, более гостеприимных на вид, где жарко палило солнце и было мало пространства: по обе стороны те же золотисто-коричневые горы, вершины которых теперь почти очистились от снега. Над головой, от одного пика к другому, нависал голубой небесный свод. Вокруг тянулись возделываемые поля; яки, парами в упряжке, с трудом тащили по сухой спекшейся земле деревянные плуги. Каждой упряжкой управлял крестьянин в меховой шапке и высоких сапогах. Вдалеке виднелись белые дома с квадратными стенами, их перпендикуляры сходятся, и по четырем углам они украшены маленькими башенками, откуда ростки душистого горошка передавали во вселенную молитвы обитателей, написанные на неопрятных обрывках тряпья. Вокруг стояли хозяйственные постройки, а за ними — обнесенные стеной загоны, заваленные зерном, в которых был расчищен ток: мужчины и женщины по пояс в золотистой мякине и соломе молотили, высвобождая зерно. Работая, они пели протяжные ритмичные фразы на одной или двух нотах, наполненные нарастающим одиночеством, как будто говорили сами горы. Песнопения пахарей за работой, разносящиеся на многие мили в чистом воздухе и танцующем свете, где между берегом реки и каменистым склоном холма виднелись два горизонтальных черных пятнышка и одно вертикальное, медленно перемещающееся взад и вперед в заданных пределах, до сих пор звучат у меня в голове, напоминая о той земле и ее народе.

Немного ниже по долине, в Самоде, мы проехали мимо старого монастыря, за которым возвышалась высокая квадратная башня. Храм и внешний двор ремонтировали. На крыше собралась неприметная толпа, смеявшаяся, когда мы проезжали мимо. Долина расширялась и плавно переходила в другую, на дальнем склоне завиднелись коричневые конические руины с черными тенями. Вдалеке к крестьянскому дому примыкала обнесенная стеной желтеющая ивовая роща, первые деревья с тех пор, как мы покинули долину Чумби над Гауцой. По дорожке легкомысленно порхала бабочка. В тот вечер мы остановились в Кхангме, откуда телеграфировали капитану Бладу[149] в Гьянгдзе. На следующее утро долины продолжались, а солнце становилось всё жарче. На склонах холмов рос барбарис с красными листьями. В реке плавала мелкая рыбешка, а по берегам прыгали огромные радужные сороки и крапчатые хохлатые удоды. На лужайке паслись распряженные мулы, а их погонщики лежали под навесом из поклажи, где и ночевали.

Внезапно река и тропинка сошлись, чтобы войти в «Ущелье красного идола», проходя под вереницей молитвенных флагов, которые отмечали врата в святое место. Стены ущелья из блестящего золотистого камня были поразительным геологическим образованием, похожим на огромную груду бутербродов и булочек. Внизу каждая скала была усеяна миниатюрными пирамидками, сложенными из фрагментов мрамора. На вертикальной поверхности огромного валуна была вырезана фигура Будды в натуральную величину, раскрашенная в красный, белый, холодный синий и зеленый цвета и укрытая беседкой из разрозненных камней. Затем ущелье расширилось, превратившись в другую долину, и мы добрались до бунгало в Саугонге, где обнаружили, что капитан Блад уже прислал пони, чтобы доставить нас завтра в Гьянгдзе. Там, впервые после Фари, у меня перестала болеть голова. Мы находились на высоте ниже четырех тысяч метров.

Гостиницы между Фари и Гьянгдзе, отложившиеся в памяти из-за скуки и страданий, скорее тибетского, чем индийского типа и внешне напоминают другие тибетские гостиницы, которые мы видели и которые завершают маршруты в Лхасу и Шигадзе. Вечный ориентир путешественника — телеграфная линия заканчивается у низкого квадратного ограждения, мало чем отличающегося от

149 Офицер эскортного отряда торговой миссии в Гьянгдзе.

тибетского крестьянского дома, хотя и более опрятного на вид. Двойные ворота ведут во внутренний двор, где расположены кухни, спальные места для прислуги и кладовки для запасов, ожидающих дальнейшей транспортировки. Снаружи стоят несколько мужчин, навьючивающих или разгружающих животных. Женщины-работницы, одетые в ту же грубую одежду, что и мужчины, и носящие удивительные полукруглые головные уборы и жакеты, расшитые свастикой и полумесяцем, стоят или сидят в лучах послеполуденного солнца, роняя и ловя катушки пряжи. Малые дети, одетые в миниатюрные саржевые халаты, упражняются в метании шерстяных пращей в заблудившихся яков или играют у ног матерей. Путешественник, прибыв сюда, спешивается с трудом, не может разогнуть колени и зовет на помощь сторожа. Его пони отводят в конюшню. Он проходит внутренний двор, где, если позволяют высота и время года, в горшках растут карликовые мальвы, бархатцы и васильки, и входит в бунгало в задней части, где после солнца снаружи становится прохладно.

Двойные двери из внутреннего дворика ведут в две главные комнаты, за которыми находятся две комнаты поменьше, а рядом с ними две ванные комнаты с умывальниками с жестяными тазиками, жестяными ваннами и шаткими комодами, маленькими и ржавыми. В других комнатах есть кровать и камин, причем последний представляет собой отверстие в стене такой глубины, что всё тепло надежно сохраняется в дымоходе. В комнатах поменьше стоят стол, деревянные стулья и книжная полка с романами эдвардианской эпохи[150] без обложек, начальные и конечные страницы которых постепенно исчезают, экземплярами журнала Королевского географического общества и «Ревю де дё монд», а также томиком «Панча»[151]

150 Первое десятилетие XX века — правление короля Эдуарда VII, сына Виктории.

151 Сатирический и юмористический журнал «Панч» (1841–1992) многие десятилетия был весьма популярен, в нем печатались Диккенс, Теккерей, Джером, но в 1920-е годы он считался безнадежно устаревшим.

в переплете. Стены на метр выкрашены в блестящий красный цвет, как почтовые ящики, который вызвал у нас отвращение, а над ним — в холодный зеленый. Между этими двумя проходит лента из красных, синих и зеленых полос, каждая шириной в восемь сантиметров и выделенная золотом. На дверях и окнах висят шторы из очаровательной тибетской ткани, грубой и ворсистой, с рисунком в виде маленьких крестиков, как на средневековом рыцарском плаще. Они выполнены во многих цветах, самые красивые узоры получаются с красными крестами на желтом и белом фоне. Эти занавески могут служить дополнительными одеялами и, если промокнешь, в них можно завернуться, как в римские тоги. На полу расстелены тибетские ковры площадью около трех квадратных метров смелой расцветки с китайским рисунком, которые имеют поразительное сходство с теми, что можно найти в более культурных жилищах пригорода.

В комнату торопливо входит смотритель, кладет в камин веточку какого-то сухого растения, видимо с кустарника, а на нее ячий кизяк, или лепешку, сверху укладывает другие и, таким образом, разжигает очаг, в который нужно подбрасывать топливо каждые десять минут. Сначала мы стеснялись произносить слово «лепешка», пока не придумали более утонченную форму «галета». Точно так же шведское печенье, получившее от своих изобретателей название «хрустящее печенье», со временем превратилось в лаконичные «галеты».

С наступлением темноты суматоха снаружи возвещает о прибытии слуг и каравана мулов. Багаж поспешно размещают не в тех комнатах, затем меняют местами. Уборщик, закутанный до самого носа, сидит на корточках во дворе, заправляя лампы маслом из канистры А-Чанга. Они бывают двух видов: одна со стеклянным корпусом — хуже некуда: она либо тускло мерцает, либо, когда ее поднимают, дымит, как горящая нефтяная скважина, так что вся комната заволакивается пушистой черной копотью, набивается в нос за ночь — стекло же тем временем трескается, лампа гаснет, и остается только возместить ущерб смотрителю; другая — гениальное немецкое изобретение: без стекла, но сжигающая долю воздуха, который подается тикающим часовым механизмом, и время от времени выходит из строя и тоже оставляет нас в темноте. Вслед за этими несовершенными светилами появляются чай и булочки с маслом, джемом и молоком из банок. Это блюдо демонстрирует то, что пресса называет «человеческим фактором». Благодаря предусмотрительности покойного политического деятеля в Сиккиме майора Бейли и его жены[152], в каждом бунгало есть несколько образцов посуды «Госс», чьи муниципальные гербы остро напоминают о счастливых играх в Долгелли и приятных вечерах в Стратфорде. Однако дарители предполагали, что воспоминание в конечном итоге должно быть взаимным, поскольку начальная буква каждого представленного родного города соответствует названию тибетской деревни, в которой сейчас находится его потомок. Таким образом, если мне когда-нибудь, в течение нынешнего воплощения, удастся проникнуть в крепость КИНГУССИ, мое воображение сразу же перенесется в прошедшие годы, к уютному гостеприимству КХАНГМЫ. СИФОРТ перенесет мой дух в сладкий СОГОНГ, а СИФОРД — в САМОДУ. Самым причудливым выбором был за́мок БАРНАРД для ФАРИ ДЖОНГА. Майор и миссис Бейли, которым, со всей серьезностью, следует выразить благодарность за настоящий комфорт бунгало, привнесли изюминку в искусство путешествий.

После чая и описанных выше священнодействий по уходу за лицом наступает время рома. Г. и М. предпочитают ром, поскольку виски, для перевозки которого потребовался лишний мул, им до того опротивел, что они к нему не прикасаются. Разбавляют ром кипятком, щедро сдобренным запахом кизяка, а также сахаром. Мы сидим на корточках у очага, потягиваем ром и дрожим, подбрасывая «галеты» в ненасытную пасть. Следует ужин, организованный Г.; постельное белье распаковано и засте-

152 Ирма, дочь 2-го барона Козенс-Харди.

лено; внутри разложены грелки. Мы желаем друг другу спокойной ночи, неохотно сбрасываем многочисленную одежду, которая становится всё более вонючей и грязной, забиваем щели в дверях и окнах и, болтая о том о сем, лезем под одеяло. На следующее утро, помимо моей особой головной боли, которая, к счастью, не повторилась на обратном пути, мы просыпаемся с ощущением сильной тошноты. Комнату заполняют запахи изо рта, ячьих лепешек и ламповая копоть. Вместе с сирдаром в комнату врывается ледяной воздух. Слуга приносит полный чайник горячего чая, без которого жизнь неминуемо бы угасла. Одевшись, мы направляемся в ванную, где губка хрустит льдом, и осторожно моем руки и веки, проделывая другие, не подлежащие упоминанию операции, влекущие рваные раны и обморожения. Часто слышишь: тибетцы такие грязные. Может, и так, но, по крайней мере, с лицами у них всё в порядке. Когда мы прибыли в Гьянгдзе, во всей стране, наверное, не нашлось бы никого грязнее и омерзительнее нас.

Развлечения Гьянгдзе

Я будто заново ощутил радость жизни. Головная боль отпустила. Настало последнее утро путешествия. Приземистые китайские пони, словно сошедшие с иллюстраций Мейбл Люси Эттвелл[153], стремились преодолеть оставшиеся двадцать четыре километра легким галопом.

Примерно в шести километрах от бунгало на обочине дороги стоял монастырь, с виду — небольшой деревенский домик, окруженный стеной и тополино-ивовой рощей, перед которой молотили зерно мальчики-послушники в поношенных красных одеждах. Дорога вела дальше, в широкую возделанную долину, на одной стороне которой располагался более крупный монастырь

153 Мейбл Люси Эттвелл (1879–1964) — британский иллюстратор, известна остроумными изображениями детей.

Найни, несколько строений, обнесенных стеной и уходящих в расщелины горы — конической массы из золотистой глины, увенчанной разрушенной крепостью. Издали самые выдающиеся постройки, храм обычного малиново-красного цвета и другие сверкающе-белые, казались незначительными, но впечатление создавалось главным образом из-за отсутствия окон, по которым определяются размеры. Вблизи они возвышались надо мной и сопровождающим грумом, поражая массивными деревянными воротами высотой около пяти метров, очевидно предназначенными для защиты от врагов. Внутри мы оказались перед пещерой, в которой находились три дьявольские пузатые и ужасно раскрашенные фигуры в рост человека. Их защищала проволочная сетка, предположительно от голубей, которые, усевшись, образовывали дополнительный карниз на соседнем храме. За ними возвышались три огромных чортена с искусно выполненными навершиями из терракотовой плитки. Насколько я понял, монастырь состоял из множества маленьких домиков, окна которых украшали ящики с бархатцами и другими цветами. Вокруг не было ни души, за исключением дряхлой фигуры с кувшином, которая сообщила нам, что осмотр запрещен. Мы вернулись на дорогу, где встретили монаха в красном халате и высокой остроконечной лимонно-желтой шапочке.

Миновав горное ущелье, мы вышли на широкую равнину, не бесплодную пустошь, а разбитую на небольшие поля сложной системой орошения и усеянную крестьянскими хозяйствами и загородными домами. Со всех сторон равнину стеной окружал горный хребет. Справа и далеко-далеко слева, на концах равнины, горы, казалось, цеплялись друг за друга, как зубчатые колеса, что позволяло проложить маршруты в Лхасу и Шигадзе. Впереди нас дорога постепенно спускалась по диагонали на запад, открывая вид на огромную крепость, возвышающуюся на остроконечном пике, а за ним темно-розовую стену, тянувшуюся волнистой линией от вершины к вершине, от подножия гор к пику. Это были Джонг и монастырь

Гьянгдзе. Позади снова возвышалась гряда покрытых вереском гор, за которыми в синеве поблескивали редкие снежные вершины.

Дорога оживилась движением, и я как средневековый рыцарь в сопровождении оруженосца легким галопом огибал повороты и проезжал по маленьким мостикам. Погонщики спешили убрать с пути вьючных животных, мужчины-всадники в знак уважения спешивались, женщины придерживали коней. Крестьянские и небольшие загородные белые домики, украшенные темными карнизными полосами, удивительно походили на европейских собратьев, за исключением угловых башенок и молитвенных флагов, поскольку располагались среди ив и тополей, и к ним вели подъездные дорожки, а иногда и вычурные ворота. Наконец мы добрались до русла реки шириной метров в сорок пять, в котором бурлило изрядное количество прозрачной голубоватой воды. Реку пересекал широкий мост без перил, поддерживаемый через равные промежутки массивными ромбовидными опорами из разрозненных камней высотой около четырех метров. На другом берегу раскинулся город, зрелище поразительной красоты: на переднем плане — рощицы и ряды тополей и ив, каждое дерево — изысканный фонтан ярких красок, как в мозаике, рассыпающий золотистые листья. Джонг, построенный из горной породы, изогнутый приземистый каменный конус, черные тени которого достигали кульминации благодаря большим граням и ярусам каменной кладки, сходящимся один над другим в единый плоский купол. Позади краснела монастырская стена, петлявшая от холма к холму, как живописная железная дорога, и скрепленная на каждой вершине приземистой белой башней. Под ней раскинулся огромный монастырь, несколько строений, обнесенных стеной спереди, внимание привлекал малиновый храм и огромный белый чортен, последний венчала остроконечная золотая башня, которая сверкала на солнце и переливалась всеми оттенками окрестной листвы. За храмом снова шли холмы, полоса плоской земли фиолетового цвета; плоское голубое небо; и, наконец, прямо над Джонгом — одинокое облако, пухлая китайская штучка с черной тенью на пузе.

Гостиница, как я рассудил, находилась слева от Джонга и, очевидно, на некотором удалении от города, который был наполовину скрыт горой. Однако грум повел меня направо, вниз по дороге, аккуратно посыпанной серым гравием и окаймленной аллеей молодых тополей. В конце дорожки находились глинобитные форт и казармы в архитектурном стиле баухаус[154], штаб-квартира британского торгового агента, когда он находился в резиденции, и его сопровождающих. Я галопом взлетел наверх, въехал во двор и, поднявшись на наружный балкон, обнаружил Г. и М., отказавшихся посетить монастырь Найни и сидевших с капитаном Бладом в уютно обставленной комнате с невероятно уродливыми обоями. Мое внимание привлекла книга о том, как следует одеваться ко двору, интересная работа, хотя и не сказать, что полезная для жизни в Гьянгдзе, ее присутствие, вероятно, было связано с одним из тех периодических смотров, которые омрачают жизнь солдат и приводят их к раннему старческому маразму. Подали чай, затем Блад проводил нас мимо моста в гостиницу, большую по сравнению с теми, где нам довелось останавливаться ранее. У каждого из нас была отдельная спальня. Столовая выходила на веранду и в заросший травой сад, окруженный тополями и стеной.

Первым делом необходимо было побриться — отвратительный процесс, когда нужно снять всего четыре шкуры вместо семи и отращённую за десять дней щетину. Мы приняли ванну и уселись перед каминами. Встретившись за чаем, мы поразили друг друга довольно симпатичной и холеной внешностью, как у деревенских щеголей.

154 Собственно, Баухаус — школа архитекторов в Веймаре и Берлине (1919–1933), основанная В. Гропиусом, но ее педагоги и ученики оказали такое влияние на архитектуру XX века, что название учебного заведения стало почти синонимом архитектурного модернизма.

В тот же вечер мы отправились в форт, допили оставшуюся у Блада бутылку джина и отужинали супом, лососем, бараниной, абрикосами и пикантным блюдом из почек. Затем пришли Литтл, чиновник, по прозвищу Дирижер, ответственный за снабжение войск, и Мартин, который участвовал в экспедиции 1904 года как телеграфист и с тех пор остался здесь жить. Других европейцев не было. Мартин, искрометный кокни, предался воспоминаниям о юности. Врожденная склонность ко греху не позволила ему добиться успеха ни в качестве мальчика на побегушках, ни продавца программок на скачках, ни владельца книжного киоска; так что пришлось записаться в армию.

— О, мюзиклы, — мечтательно произнес он, — раньше у них были прекрасные мелодии. Вы когда-нибудь слышали это:

«Лотти Коллинз[155] танцевала,
панталоны потеряла.
Не будете ли вы так любезны одолжить ей свои»?

— Зачем здесь вообще нужен торговый агент? — спросил я Блада. — Такие большие затраты без видимой причины.

— Понятия не имею, — ответил он. — Ни он, кажется, ничего не делает, ни мы, только встречаем его на четвертой вехе, когда прибывает.

— Очевидно, обычный процесс «мирного проникновения», — огрызнулся Г., который в последнее время надевал маску напускного либерализма. — Вот сфабрикуют надлежащие «инциденты», и мы будем править всей страной.

— Сейчас мы далеки от этого, — сказал Блад. — Мы здесь ни в коем случае не главные шишки. Реальной властью обладает Кенчунг, тибетский торговый агент. Он держит ситуацию в руках.

На самом деле несколько удивительно, что в Тибете вообще находятся индийские войска. Однако, пораз-

155 Шарлотта Луиза (Лотти) Коллинз (1865–1910) — английская певица и танцовщица.

мыслив, я понял: в 1904 году британского политического представителя нельзя было оставить абсолютно одного в сердце потенциально враждебной страны, какой был Тибет, когда создали агентства, да и в стране, лишенной нормальных средств связи.

На следующее утро мы с М. снова пошли в форт, чтобы отправить письма и телеграммы. Блад, который муштровал семьдесят пять солдат, был в военной форме. Он рассказал, что они развлекались хоккеем и поло, что военным запрещено появляться в городе из-за боязни подцепить венерические заболевания и что зимние запасы зарытой в траншеи репы испортились, и это стало большим ударом. Остаток утра я рисовал Джонг, греющийся на солнышке прямо над стеной гостиничного сада. Теперь мы находились на высоте трех с половиной тысяч метров. После обеда, присоединившись к Бладу и Пембе, крепкому и интеллигентному юноше в тибетском халате и коричневой шляпе-хомбурге, который получил образование в Дарджилинге и теперь выполняет большую часть работы Мартина в торговом агентстве, мы направились через поля, по стерне и пашне к Джонгу. Поднимались по крутой тропинке с россыпью камней. Огромные сходящиеся над головой перпендикуляры создавали тот уникальный архитектурный эффект, передаваемый фотографиями тибетских строений, который мне всегда хотелось увидеть воочию. Пробравшись по карнизу к своего рода лестничной площадке, мы увидели заключенного, закованного в кандалы, который показал нам язык — жест отчаянной мольбы. Оказалось, что его подкупила женщина, чтобы уничтожить мужа, и когда это обнаружилось, и он, и она получили, лежа ничком, по сто ударов плетью от пяток до шеи, и получат столько же, после чего, вероятно, их приговорят к вечному рабству. Суровость наказания зависит от того, насколько родственники заключенного смогут или захотят подкупить палачей. В настоящее время за осужденным присматривали две маленькие девочки.

Теперь мы находились примерно в полутора тысячах метров над равниной. Сразу же внизу показался ряд добротных домов, кучи ячьих кизяков на плоских крышах, во дворах сушился корм для скота, а вокруг них виднелись оживленные гумна, с которых доносился несмолкаемый хор криков и песен, крестьяне гоняли кругами упряжки из четырех волов, помеси яка и коровы, по разлетающейся кукурузе. Дальше местность усеяли более крупные хозяйства и загородные дома, каждый из которых окружали золотистые деревья. Затем серией небольших неправильных квадратов шли поля, ограниченные канавами с высокими бортами, которые зимой вскрываются, чтобы затопить их и заморозить. Мы прошли на другую сторону от зубчатых стен и взглянули оттуда вниз на главную улицу города, длинную и прямую, которая вела в монастырь. Между стенами вверх по горе тянулись дома, храмы, красные и белые чортены со сверкающими медными навершиями. Всего в нескольких километрах от них вздымались к темнеющему небу позолоченные пурпурные склоны гор. От стен Джонга с этой стороны отвесно обрывался утес, отбрасывая огромную черную тень на хозяйства и дома под ним.

Пока мы стояли и смотрели, из Джонга вышел совершенно непохожий на заместителей чиновника в Фари человек, воспитанный и спокойный, с хорошо сохранившимися зубами. Его волосы не были заплетены в косичку, а, собранные на макушке в маленькую колбаску, были завязаны красным и украшены в центре золотой с бирюзой брошью превосходного дизайна, представляющей собой круг из плоских сегментов, поддерживаемых двумя стержнями. Это украшение он носил как сын чиновника четвертого ранга. Его брат, как сообщил нам Пемба, служил премьер-министром, на нем была серая мантия из некогда великолепной парчи, теперь полинявшая и грязная, и туфли с загнутыми носами из черного бархата, расшитые желтым. Вьющиеся усы обрамляли вечную улыбку. Он высоко держал голову, показывая пульсирующее горло. Говорили, что как правитель он пользовался большим уважением, в отличие от чиновников в Фари. Его авторитетное правосудие, не ограниченное хитростью юристов или слабоумием присяжных, простирается от Гьянгдзе до перевала Танг Ла, который мы пересекли в первое утро после выезда из Фари. По его словам, он пробыл тут восемь лет, и после сравнительной защищенности Лхасы ему показалось, что ветер очень сильный. Именно с этого утеса раньше сбрасывали осужденных на смерть заключенных, таких как каторжник, которого мы только что видели. Теперь смертную казнь отменили.

Он пригласил нас к себе домой выпить чанга, куда повел по крутой тропинке с удивительной для человека его возраста и манер ловкостью. Сзади шел его личный слуга, юноша с плохо отросшей косичкой, который перебрасывался словами с хозяином и не проявлял к нему особого уважения. Пройдя по крыше его дома и заглянув в дымоходы, мы спустились сквозь дыру по лестнице во внутренний двор, а оттуда в темноватую комнату, где сели на задрапированные сиденья высотой сантиметров тридцати. Большие окна с одной стороны были застеклены. Мебель состояла из различных сундуков, самый большой был обшит панелями и расписан цветочным орнаментом красного, оранжевого и зеленого цветов. На обычном столбекостыле из резного и раскрашенного дерева висели две официальные шляпы. У стены стояла груда кожаных сундуков и шляпная коробка из белой кожи, по форме напоминавшая цилиндр. Поверх них висело несколько мечей в серебряных ножнах ручной работы, а также несколько зонтиков и винтовка, последнее говорило о передовых взглядах хозяина. От палочки для благовоний исходил восхитительный запах.

Над сундуком висело несколько танка, изображающих Будду и Колесо бытия. Эти картины, широко используемые как в храмовом, так и в домашнем убранстве, подобно православной иконе, выполнены на продолговатом листе грубой, похожей на пергамент бумаги, длина которого варьируется от метра до двадцати сантиметров и который закреплен на прямоугольнике из темного китайского шелка с ярким рисунком, расширяющимся книзу. К картине прилагался ролик с латунной головкой. Картина, наполовину индийская, наполовину китайская по характеру, чрезвычайно хрупкая, и ее лучше всего можно сравнить с искусством художника-осветителя. Для изображения буддийского пантеона существует определенная иконография, которая создает картины необычайной красоты. В цвете художники демонстрируют чувство традиционной гармонии. Золото, как на греческих и русских иконах, широко используется для выделения контуров и обозначения ауры. Полотна, которые с возрастом потемнели, обычно более декоративны, хотя у нашего хозяина было одно, которому мы позавидовали, специально выполненное для него в Шигадзе. В конце концов мы купили несколько полотен из других источников, несмотря на опасения, что их подлинные художественные достоинства будут затемнены предубеждением против возвращенных англо-индийских трофеев.

Чанг, бледно-зеленый напиток на основе вытяжки из ячменя, разливали из синего эмалированного чайника в маленькие фарфоровые чашечки на серебряных блюдцах, которые сами держались на ножках. После каждого глотка их немедленно наполняли заново. Приличия требовали сделать не менее трех глотков. Однако вкус, кисловатый и освежающий, был приятным, и мы не почувствовали никаких затруднений. Из-за сундука позади выглядывали слуги и одетый в красную монашескую саржу маленький сынишка хозяина, не поддававшийся на уговоры подойти поближе.

Выйдя из дома, мы заметили несколько фигур, стоящих на крыше, находящейся на сотню метров ниже. Блад сообщил, что там в разгаре свадебный пир, который идет четвертый день и будет продолжаться еще шесть. Нам захотелось туда попасть. Пемба заметил, что нам, несомненно, будут рады. Оседлав пони, мы спустились вниз, грум шел впереди. Я уже дошел до ворот дома, когда внезапный топот сзади заставил меня обернуться: я увидел скачущую резвой рысью кавалькаду, мулов и пони в ярких попонах, посреди которой ехала дородная фигура в пурпурно-буром шелке, в высоких кожаных сапогах темного цвета, очках и маленькой шляпе-хомбурге. Это был Кенчунг, тибетский торговый агент, монах-чиновник четвертого ранга и влиятельная фигура в Гьянгдзе, которому мы привезли письма от Ладен-Ла и Макдональда. По словам Пембы, внутренние административные обязанности ложатся на плечи джонгпена, работа Кенчунга в основном дипломатическая, хотя он успевает везде и своего не упустит. Спешившись, он пожал всем руки и пригласил на обед послезавтра.

Свадебный пир устраивал Тукса, служащий Кенчунга, богатый человек, ибо, по мнению Пембы, простые люди боялись его больше, чем Кенчунга, поскольку, согласно иерархии, со всеми вопросами приходилось идти к нему. Пройдя через внутренний двор, в конюшнях которого стояли в ряд оседланные мулы и пони, мы поднялись по короткой двойной лестнице на прием к хозяину, пожилому человеку с выдающимся носом, седыми усами, скошенным подбородком и доброжелательным взглядом викторианского генерала. Его короткие седые волосы были зачесаны назад в неопрятный пучок, как у парика Хогарта[156]. Хозяин, одетый в длинный узорчато-синий шелковый халат, провел нас в окружении множества любопытных в покои для почетных гостей, недавно построенные в знак его богатства.

Это жилище было самым странным из всех, которые я видел. В зал площадью примерно девять на шесть метров, отличавшийся помостом с перилами и провалом в потолке, можно было попасть через прихожую. Помещение освещалось сзади длинным окном, к которому прижимались носами два неприятных оборванца в лохмотьях,

156 Гравюра «Пять ордеров для париков, на коронации Георга III. 1761». Сатирическая реплика на книгу архитектора Дж. Стюарта «Античные постройки в Афинах». Используя зарисовки с коронации Георга III, Уильям Хогарт создает пять ордеров, на манер «Правил пяти ордеров архитектуры» архитектора и теоретика архитектуры эпохи Возрождения Джакомо да Виньолы, для «построения» парика.

взгромоздившиеся на невидимую крышу. Над дверью, которая находилась сбоку и напротив, висели два огромных полотнища, словно алые пятна на светло-голубом фоне. При подходе к помосту я заметил, что нижний потолок поддерживается двумя колоннами-костылями с ярко раскрашенными капителями и столбами, задрапированными разноцветными шелковыми оборками.

За возвышением вся торцевая стена была оформлена гипсовой лепниной для моления. В ярусах ниш, обрамленных белыми, голубыми и голубовато-зелеными облаками, на которых расположились газели и другое зверье, восседали чудовища и философы тибетского пантеона. В центре находилась ниша побольше для огромного Будды, задрапированного объемистым белым шарфом, а по бокам стояли две высокие китайские вазы, с красно-зеленым рисунком на белом фоне. У подножия божества, напротив отверстия в перилах помоста, стопкой лежали свадебные подарки: брикеты крупнолистового чая, банки с маслом, вяленая баранина, тонкие ткани, которые портные называют «ангола»[157], и тюки шелка, белого и золотистого, красного и фиолетового. Вернувшись в гостиницу, мы добавили к ним кое-что от себя: по банке имбирных орешков, сардин и копченого лосося каждому. А пока, усевшись на низкие скамейки в углу помоста, мы ожидали появления чанга. С нами сидел хозяин, а также офицер расформированной тибетской армии, одетый в светло-голубой шелк и шляпу цвета хаки, сдвинутую набок, как у новозеландца.

За перилами собралась толпа любопытных, из-за которой появились слуги, несущие огромные серебряные кубки, украшенные медью. Круглые по форме кувшины полметра высотой заслуживали своего названия «клюв», потому что из горлышка каждой торчал большой, похожий на лопату носик. Из них наполнялись латунные с серебряным узором кубки емкостью литра в четыре. Из них же служанки, вооруженные серебряными половниками,

157 Шерстяные ткани с мохером.

украшенными бирюзой, неустанно наполняли наши бокалы из нефрита или бело-голубого фарфора.

Прислуга была в более необычной одежде, чем показывали на фотографиях из жизни Поднебесной. На каждой из женщин был головной убор гьянгдзе — жесткая дуга из красной саржи, сорока пяти сантиметров в поперечнике и тридцати пяти в высоту, густо усыпанная кораллами и крапчатой бирюзой и перевязанная от центральной стойки лентами из мелкого жемчуга шириной в семь сантиметров. Блузки и юбки неопределенного красновато-фиолетового цвета создавали поразительный эффект, напоминая миссис Ной[158]: первые были с длинными рукавами, а вторые частично прикрывались зеленовато-лиловым фартуком в горизонтальную полоску, отделанным по верху треугольниками цветочной вышивки, окаймленными золотом. На поясе висел ряд больших набалдашников, вероятно деревянных, нанизанных на толстый шнур. На шее — непременная шкатулка-амулет, серебряный квадратик, усыпанный бирюзой и подвешенный за уголок. Поперек груди тянулась полоса мелкого жемчуга, в центре которой переливалась круглая бляшка, инкрустированная разноцветными камнями. Запястье было обвито весьма любопытным украшением: огромной морской раковиной, частично срезанной и чем-то напоминающей накрахмаленную манжету медсестры. Подобная одежда, хотя и различается в деталях, характерна для тибетских женщин всех сословий на государственных торжествах. Однако головной убор типичен только для Гьянгдзе. В Лхасе он состоит из двух коралловых и бирюзовых рогов, с которых по обе стороны черным потоком спускаются волосы. Любопытно, что именно эти украшения должны были стать традиционными, ведь мелкий жемчуг, бирюза и манжеты из ракушек родом из Индии, а некоторые кораллы привозят из Италии.

Мужские головные уборы поражали не менее. Один походил на круглую тарелку, сорока сантиметров в попе-

158 Добродетельная жена Ноя, имя которой неизвестно.

речнике, балансирующую на плотно прилегающей крышке, прикрытой густой красной бахромой, спускающейся с края тарелки, другой — на желтую булочку, двадцати сантиметров в диаметре, которая никакими видимыми средствами на голове не поддерживалась, а на бритой голове в сочетании с единственной серьгой с голубым жемчугом длиной в десять сантиметров создавала фантастически странный вид.

На подносе из серебра и меди внесли десерт: консервированные апельсины с сахарной пудрой, сушеными яблоками и печеньем из Рединга. Мы принялись за еду, а женщины с половниками нависали над нами, как сердитые няньки, уговаривающие младенцев выпить молока. М., узнав из какого-то таинственного источника, что восемь — счастливое число, решил выпить восемь бокалов. Я поскромничал. А симпатичный курносый, румяный слуга горько пожаловался хозяину на мое упрямство. Сцена была поразительной: ряды кукол-кувшинов под покачивающимися арками, украшенными драгоценными камнями, алые зонтики и желтые булочки, подрагивавшие, когда мужчины наливали напиток из кувшинов в бокалы, напряженная толпа под помостом, повторные изображения облаков и образов, расписные колонны и полотнища; и огромное окно с омерзительными силуэтами.

Мы осторожно поднялись. Хозяин провел нас через богато обставленные комнаты поменьше: в одной сидели женщины, в другой мужчины играли в домино. Среди них был и жених, красивый юноша в коричневой парчовой мантии с высоким воротником, перевязанной на талии зеленым кушаком. Он занимал пост чиновника в Лхасе и приехал в отпуск по случаю женитьбы. В комнате стоял шкаф, напоминающий чиппендейловское[159]

159 Томас Чиппендейл (1718–1779) — крупнейший мастер английского мебельного искусства эпохи рококо и раннего неоклассицизма. Изготовленная из красного дерева, мебель мастера отличалась сочетанием рациональности, ясности формы и декоративности с использованием мотивов восточного искусства.

сочетание бюро и книжного шкафа, только самого бюро не было. Шкаф покрывала кованая латунь. На желобе сидел дракон.

В тот вечер Блад, Мартин и Литтл ужинали с нами в гостинице. К сожалению, с переменой обстановки инициативы мы не проявляли, и настроение резко упало. Г. и М. всё чаще находили утешение в виски. Мартин пел:

Она птичка в клетке золотой.
Какой красивый портрет!
Порхает счастливо день-деньской.
Но всё не так, нет-нет.
Как грустно, что жизнь ее прожита зря,
Ведь юность и старость — не пара.
Кошелек тугой завладел красотой,
Птичка в клетке золотой![160]

Затем его мысли обратились к радужным мечтам о старости, о том, как он выйдет на пенсию и поселится в коттедже на берегу моря, прожив четверть века в Тибете, похоронив двух жен. Однажды он посетил Дарджилинг и, наконец, выиграл солидный куш в лотерею, который осел в банке.

— Я предпочитаю южное побережье, — размышлял он. — Что это за «тихая гавань», о которой так много говорят?

— Южное побережье, полагаю, сейчас несколько отличается от того, каким оно было, когда вы покидали Англию, — сказал М., стряхивая апатию после выпитых восьми чашек.

— Пожалуй, так и есть, — медленно ответил Мартин и помедлил, размышляя: — Я скажу, послушайте, лорд Уджа[161], как насчет симпатичного домика, где можно бы упокоиться с миром? Заметьте, я серьезно — человек остепенился и всё такое.

160 «Птица в золоченой клетке» (музыка Гарри фон Тилзера, слова Артура Лэмба). Одна из самых популярных песен 1900 года.

161 Имя слона, персонажа комикса в газете «Дейли скетч»; художник Т. Майбанк; выходил в 1919–1929 годы, до смерти художника.

Гьянгдзе не так давно стал местом событий, которые печально отразились на безупречной репутации наших соотечественников. Командовал тогда ныне покойный капитан А., и военная казна, с тех пор переданная на хранение индийским банкирам, была в его распоряжении. В форте находилось почтовое отделение, пристанище игрового сообщества, в которое входил тогдашний управляющий. Оргии обычно продолжались целыми днями, без перерыва, на угощении не экономили. У всех были любовницы. Это счастливое времяпрепровождение прервал Б., начальник, который приступил к реформам. А., однако, обнаружил, что за Б. также водились грешки, хотя и другого плана, и предложил компромисс. Они сговорились бы, если бы о проступках Б. не узнал В., сторонний наблюдатель, и не подал на него рапорт. Б. бежал, за ним последовал А., который полагал, что Б. собирается убить тогдашнего торгового агента в Ятунге из-за неприятностей. В конце концов Б. оставил службу, А. спокойно продолжал играть в азартные игры, пока естественным ходом вещей его не сменили. Тут и обнаружилось, что в казне не хватает ста пятидесяти тысяч рупий. А. был арестован, бежал в Индию, где его поймали и разжаловали. Его преемником стал индийский офицер, который, не сильно разбираясь в арифметике, передал казну и счета старым сослуживцам А. Прошло два года. Индиец должен был выйти в отставку, но однажды рано утром его обнаружили при смерти. Мартин и Литтл взяли на себя роль детективов, но их предположения лучше не повторять.

На следующее утро без четверти десять прибыл Пемба и сообщил о визите Кенчунга, которому мы накануне отправили рекомендательные письма. Сначала мы пошли на базар. Мы прошли через поля, обогнули основание Джонга и вышли на длинную узкую улицу, похожую скорее на сточную канаву, чем на дорогу. Из домов, покрытых мрачной серой штукатуркой, время от времени в крошечном окошке выглядывала чья-нибудь голова. Теперь позади нас Джонг приобрел новую форму — фантастической ступенчатой вершины, похожей на замок в долине Рейна, только попроще и не загроможденный крышами, похожими на перечницы. Лотки базара, который закрывается в полдень, располагались в узком переулке, где были выставлены бусы и шкатулки с зеркальными крышками из Индии, отвергнутые шляпы-хомбурги со всего мира, груды бирюзы, ряды национальных головных уборов Гьянгдзе, аккуратно сложенных и неизогнутых, и ножницы особого вида, лезвия которых напоминали потрепанные столовые ножи. Ничем не соблазнившись, мы в изнеможении вернулись в гостиницу, прошагав километров пять на такой высоте.

О появлении Кенчунга возвестили освежеванная туша барана и блюдо с яйцами. Мы поспешили ему навстречу. Войдя, он поклонился и обеими руками вручил нам широкий белый шарф из плотного шелка. Его повседневная одежда была такой же, как и вчера: короткая коричневая бархатная куртка, вытканная смелым изображением бамбука, этим набившим оскомину узором каминных решеток в гостиницах, ставшим красивым благодаря окружению, юбка фиолетового цвета в цветочек и сапоги из натуральной кожи. Шляпа, вместо хомбурга, сменилась официальной: неглубокий купол из ярко-желтого шелка, поднимающийся над жесткими закругленными полями, богато расшитый яркими цветами и увенчанный большим коралловым набалдашником, — изысканное украшение, сдвинутое набок с самой макушки на льстивое смуглое лицо с широкой улыбкой и сверкающей зубной коронкой. Он откинулся на спинку стула и отхлебнул чая.

Через Пембу мы поинтересовались, звонит ли когда-нибудь Кенчунг Далай-ламе? Звонит, и довольно часто. У него в комнате телефон.

Посещал ли он когда-нибудь Пекин? Да, сначала восемнадцатилетним мальчиком, когда стал изучать китайский, на котором теперь может говорить, но не писать, и в 1904 году в качестве переводчика Далай-ламы, когда тот бежал от англичан.

Через полчаса он, как это принято, попросил разрешения откланяться, надеясь увидеть нас завтра.

Во второй половине дня нас навестили сыновья раджи Теринга. Об истории этого высокопоставленного лица я расскажу позже. Джигмед, старший, красивый юноша лет девятнадцати, говорил по-английски и носил короткую стрижку. Его брат щеголял косичкой. Оба были в фиолетовых халатах, застегивающихся на маленькие золотые пуговицы. Мы доставили Джигмеду свадебный подарок от Перри и показали книгу «Народ Тибета» сэра Чарльза Белла. На фронтисписе книги изображена семейная группа, в которой сидят два живых Будды, маленькие дети и их матери.

— Да это же моя сестра! — воскликнул он, указывая на снимок.

Они ушли, а я решил прогуляться верхом: обогнул Джонг и направился в соседнюю деревню. Моей целью был Цечен, коническая гора, усеянная строениями, примерно в восьми километрах отсюда. Однако я проскочил нужный мост и, увидев в горной расщелине у себя высоко над головой другую деревню, повернул к ней. Дорога была густо засыпана камнями, похожими на формочки для печенья, и пересекалась глубокими оврагами. Чем дальше я ехал, тем дальше отодвигалась деревня. Солнце клонилось к закату, и в конце концов пришлось повернуть назад. Представший передо мной пейзаж был в высшей степени величественным. На переднем плане возвышался пологий хребет, по другую сторону которого виднелся монастырь, который от вершины к вершине окружала красная стена — цепь длиной с километр, прикрепленная к скале укрепленными башнями. Вдалеке на вершине вздымался Джонг — искривленный силуэт, за исключением тех мест, где заходящее солнце окутывало края отдаленных верхних блоков золотой пеленой. Внизу простиралась равнина. От каждого тока отдавались эхом крики и песнопения молотильщиков. Вокруг возвышались пурпурные горы, с расселинами и долинами, залитыми резкой сверкающей синевой. Земля уносилась прочь, изгибалась у подножий гор, неуверенно опускалась, подпрыгивала и снова опускалась на равнину, поднималась приливной волной к ближайшим горам, билась о Джонг и, мерцая, убегала вдаль, замедлялась, сжималась, погружалась в темноту, исчезала и выходила на свет вдали, чтобы поглотить упавшую огненную туманность, последние языки которой еще держались над горизонтом, взывая к пробуждающимся звездам. Красная стена, подвешенное между пиками творение великанов, потемнела до малинового цвета.

В гостях

В четверг, 12 октября, мы проснулись в предвкушении приключения: обеда у Кенчунга. В половине двенадцатого прибыл Пемба, и мы выехали к Джонгу, обогнули его и поднялись по главной улице города ко входу в монастырь. Порог, обрамленный массивными порталами, открывал вид на другой город, более разнообразный и многоцветный, чем его гражданский собрат, храмы и жилища, насчитывающие несколько сотен, были разбросаны по скалистому склону. Постройки доходили до обрыва, их окружали те розовые стены, которыми я любовался предыдущим вечером, только с другой стороны. Я спросил Пембу, как община из пятисот или шестисот монахов использует огромное скопление строений. Он ответил, что есть храмы, общие для всех, их посещают в основном на праздники, а, как я понял, в приходских храмах постоянно молится около пятидесяти монахов из одной местности. Кроме того, монахам нужно где-то жить. Низшие чины делили жилища. У иерархов и чиновников, таких как Кенчунг, были отдельные дома, при них находились конюшни и помещения для прислуги.

Почти безлюдный пейзаж поражал своеобразной живостью, которой дышат абстрактные композиции художников-модернистов, только здесь он был объемным и занимал около двадцати гектаров вместо стольких же квадратных сантиметров. Нигде, кроме стран, унаследовавших культуру Поднебесной империи, архитектура не пронизана такой же лучезарной живостью. Секрет частично кроется в использовании красок в беспримерном масштабе, но, главное, в повсеместно применяемой кладке, благодаря которой каждая стена любого здания, независимо от высоты, отклоняется внутрь по прямой линии, начиная от основания. Каково бы ни было происхождение этого обычая — практическое, эмоциональное или просто наследие исчезнувшей традиции, — он создавал непревзойденную гармонию между зданиями и подчеркивал гениальность архитектора. С архитектурной точки зрения ничто не могло быть более хаотичным, чем представшая перед нами мешанина, расположенная на всех уровнях, в одном месте теснящаяся, в другом оставляющая огромное свободное пространство. При ближайшем рассмотрении оказалось, что строения на самом деле невелики по размеру, а большинство из них построены плохо и производят впечатление временного жилья, которое, как и на колониальных выставках, возникает от оштукатуренного покрытия и побелки. Однако рассматриваемый как единое целое, огромный комплекс впечатлял не только движением, но сплоченностью и органичной силой. Каждый малиновый храм и пастельного цвета жилище, чисто вымытые и обильно затененные утренним солнцем в отличие от мрачного камня на склоне холма, поднимали перпендикуляры стен ввысь, чтобы сойтись у длинной качающейся стены, венчающей ограждающий гребень. Между бледной скалой и сверкающим лазурным небом с целой флотилией лучистых, наполненных светом облаков эта стена, будто вылепленная из толченой клубники, украшенная кремоватыми башнями и зубцами, образовала пограничную линию с точки зрения чистого цвета, интенсивность которого была странной для архитектуры в том виде, в каком я ее до сих пор представлял. Только в двух местах линия была прервана: справа — огромным каменным пилоном, серым и серьезным среди окружающего празднества, на котором во время священных обрядов вывешивается раскрашенное полотнище с изображением Будды высотой около двадцати метров, а в центре, у здания поменьше, — танка пылающего золотисто-оранжевого цвета, которая взмывала в небо над стеной, как крик наступающей толпы.

До обеда оставалось еще немного времени, и в сопровождении группы монахов в поношенных халатах из красной саржи мы отправились осматривать местные достопримечательности. Самой выдающейся из них, расположенной почти у входа, был главный храм, строгое здание, розовое, словно торт с глазурью, обрамленное вверху узкой белой полосой, над которой проходила еще одна, более яркая полоса малинового плюша, подчеркивая его встречу с небом. Такие карнизы традиционны для тибетской храмовой архитектуры, и богатство фактуры, так же как и цвет, долго были для меня загадкой, пока во время нашего обратного путешествия я не наткнулся на женщин, украшавших храм. Женщины связывали пучками какое-то крепкое растение, похожее на вереск, затем обрезали корни так, чтобы получился аккуратный круглый конец, и обмакивали эти концы в густую малиновую краску. Когда пучки высохли, их положили один на другой окрашенными концами наружу, украшая карниз. Снизу украшение напоминает роскошную бархатную ленту, которая окаймляет каждый храм, объединяя сходящиеся стены и крылья в единую композицию.

На карнизе главного храма монастыря Гьянгдзе, над входом виднелись два аккуратных золотых символа, и над линией крыши, как обычно бывает, сверкал ряд витых латунных шпилей с луковичными формами. Квадратная арка над входом резко контрастировала с пирамидальными очертаниями рядом с ней. Посередине был балкон, опиравшийся на четыре столба, который поддерживал еще четыре, меньших, а на них непосредственно под бархатным карнизом выступало нечто вроде резной ширмы. Мы прошли между нижними колоннами, чтобы осмотреть интерьер. Потолки также опирались на выкрашенные в красный столбы-костыли, на них из маленьких окон падали блики света. Пол устилали ряды мягких подушек, на которые мы старались не наступать и даже не перешагивать через них, как наставлял нас Ладен-Ла. В задней части находились различные святыни и алтари, над каждым из которых возвышалось большое золотое изображение. Внутреннее убранство храма напоминало римско-католические церкви. Изображения были прикрыты шарфами, перед ними стояли вазы с искусственными цветами и бесчисленные масляные лампы, большие и маленькие. За главными алтарями находилось нечто вроде галереи, уставленной другими образами, их сверхъестественные размеры и близкое соседство внушали посетителю благоговейный страх. Комната пропиталась запахом прогорклого масла — отвратительным, всепоглощающим. Он напоминал о маслобойне, где, в конце концов, сбылись опасения относительно сомнительной чистоты.

К храму примыкала библиотека, где в деревянных ящиках хранились книги, отпечатанные с деревянных блоков на длинных полосках бумаги и покрытые толстыми деревянными дощечками вместо переплета. Кроме того, там был еще и музей, одно из самых странных помещений, которые я посещал. В полной темноте хранились самые разные экспонаты, покрытые толстым слоем пыли, которую можно было собирать горстями и зажимать между пальцами. Мы увидели трофейное китайское знамя, средневековые кольчуги, луки и стрелы, металлические шлемы и чучела чешуйчатых животных, напоминающих броненосцев. Из этой пещеры прошлой и, наверное, славной истории извилистыми ходами со множеством лестниц мы прошли в другие храмы, где с кресел на нас взирали реалистично раскрашенные и облаченные в подобающие одеяния статуи знаменитых лам. Наконец мы вышли на воздух, щурясь от солнечного света и готовясь посетить великий чортен монастыря, вавилонскую башню многоугольных галерей с бесчисленными выступающими бойницами, каждая из которых воспроизводит в миниатюре бойницы галереи внизу и снабжена окном, создавая сложный, но понятный узор теней и орнамента. На вершине пяти ярусов этого огромного белого муравейника, а по форме именно на него чортен походит больше всего, возвышался невысокий белый барабан с четырьмя дверными проемами, искусной резьбой и росписью. Он подпирал квадратную конструкцию, украшенную на карнизе парами глаз, над которой сверкал последний конус, сказочное сооружение из ребристой латуни под последним навершием, державшее резное двойное зубчатое колесо диаметром от шести до девяти метров.

Был уже час дня, и настало время назначенного обеда. Дом Кенчунга виднелся сквозь узкий проход, мощеный склон и высокие полуразрушенные стены которого напомнили о Нюрнберге. Отсюда можно было попасть во внутренний двор, похожий на колодец, над которым возвышались три этажа. На первом этаже, защищенном галереей на деревянных опорах, жевали корм мулы и шустрые пони. На верхние этажи вела череда крутых лестниц с металлическими ступенями. Хозяин встретил нас на верхнем этаже и провел в длинную низкую комнату, разделенную посередине перегородкой. Окна, выходившие во внутренний двор, были открыты, подперты внутрь и вверх, как мансардные. Хотя они были застеклены, внутри местами еще сохранилась бумага. Под ними вокруг низкого столика, покрытого американской скатертью, были расставлены квадратные диваны. Мы сидели лицом к свету, Кенчунг напротив нас. Он снял кожаную куртку и теперь был в фиолетовом шелковом одеянии. На его широком смуглом лице красовались очки в золотой оправе, голова была выбрита. Как обычно, неосвещенная стена комнаты была заставлена сундуками, обтянутыми белой кожей или черным мехом, причем у каждого был свой чехол. В Индии, заверил он нас, эти сундуки сгнили бы и воняли.

В углу висели дешевые кухонные часы. На комоде стояли еще одни в стиле позднего ампира, из красного дерева и позолотной бронзы. Из кармана Кенчунг достал толстые серебряные часы, к цепочке которых была прикреплена золотая зубочистка, которой хозяин без стеснения пользовался. В дополнение к этому вошел слуга с будильником, завернутым в вату и картон. Сверившись со всеми четырьмя часами, хозяин сообщил нам, что мы опоздали. Мы согласились на пять минут, но он утверждал, что на полчаса. Мы увидели в этом ограничении не грубость, а скорее желание убедить нас в том, что человек он занятой и у него много важных дел.

Сначала принесли английский чай с сахаром, молоком и чайными ложками. Затем Кенчунг спросил нас, не хотели бы мы вместо английского попробовать тибетский чай. Конечно, хотели. Чай подали в голубовато-белых фарфоровых пиалах на серебряных подставках, а он пил из чаши, изготовленной из редкого нефрита с вкраплениями бледного золота. У нее была серебряная крышка, украшенная капелькой коралла. Заметив наше восхищение, он показал еще одну чашу из более белого нефрита. Но ту портила плохая резьба, изображающая деревья. Сам чай, приготовленный из муки, масла, соды и соли, был бы, возможно, не таким уж неприятным на вкус, если бы не ассоциировался с запахом храма. Я к нему не притронулся. Остальные выпили по две чашки.

Наконец подали первое блюдо — несколько тарелочек с закусками: кусочками сваренного вкрутую яйца, морскими водорослями, гороховым желатином и бараниной, капустой и чили, мясом яка, репой и неизвестными овощами. Каждому гостю дали пару полированных костяных палочек для еды, изящно скругленных, которыми нужно было манипулировать как щипцами, закрепляя их на указательном пальце. Я обнаружил, что довольно хорошо ими управляюсь, чего нельзя было сказать о Г. и М., которым принесли фарфоровые ложки с короткими ручками, чтобы собирать еду. Через несколько минут и мои манеры были скомпрометированы: я нечаянно проглотил большой кусок чили и был вынужден поспешно попросить бокал чанга, хотя здесь во время еды пить не принято.

За этими предварительными деликатесами последовали другие, более претенциозные, которые подавались в больших тарелках: голожаберные моллюски, баранина, печень, фрикадельки и спагетти с овощами. К последнему прилагался вкуснейший китайский уксус, приготовленный из ячменя и налитый в графинчик, как в английском пансионе. Разговоры стихли — мы тыкали, хватали, жевали и посасывали. Снаружи доносилось позвякивание бубенчиков на мулах и непрекращающийся глухой стук странно мелодичного барабана, свидетельствующий о том, что где-то поблизости возносят молитвы. Величественное достоинство хозяина, а также его прислуги и окружения напомнили мне о подобных случаях на горе Афон, хотя тибетская кухня предпочтительнее любой греческой, — и это воспоминание усилили два белых голубя в плетеных клетках с кожаными днищами, которые висели за окном. По словам Кенчунга, когда-то в доме жила обезьяна, но она кусала посетителей. Теперь по комнате бродил только щенок охотничьей породы салюки, с удобством поглощая те лакомые кусочки, которые время от времени мы тайком вынимали изо рта и прятали под столом.

Мы спросили нашего хозяина, есть ли у него библиотека. Он ответил, что много читает. Внесли книгу, отпечатанную в Шигадзе и состоящую из страниц размером сорок пять на десять сантиметров, с нумерацией на полях и текстом с обеих сторон. Когда обложки из дощечек были открыты, они удерживались лентой под прямым углом, образовывая нечто вроде стола для чтения. Книга описывала святость некоего ламы, жившего около восьмисот лет назад, и была составлена его учениками. Мы будто снова вернулись в Средневековье, когда единственной литературой была религиозная. Я задумался, а были ли среди бессмертных тибетской религии более светлые фигуры, такие как Сусанна или Иосиф и Балам[162].

После обеда мы попросили разрешения осмотреть комнату за перегородкой. Здесь стоял телефон, похожий на старинный деревянный ящик, по которому, как снова заверил нас хозяин, он часто разговаривал с Далай-ламой. По диагонали с балки свисала фотография храма в Катманду, столице Непала. В углу молитвенное колесо в форме полого бумажного цилиндра вращалось само по себе, благодаря таинственному действию стоявшей под ним лампы,

162 Добродетельные и принципиальные библейские персонажи.

которая нагревала воздух так, что вызывала сверхъестественное вращение. Там висели различные картины и изображения. Но главной достопримечательностью комнаты были две великолепные вазы из перегородчатой эмали — «клуазоне» [163] полметра высотой и диаметром сантиметров тридцать, присланные в подарок из Лхасы.

Когда мы встали из-за стола, было три часа. Пересекая лестничную площадку, чтобы спуститься, мы услышали из соседней комнаты бой барабана и через открытую дверь увидели монаха, читающего молитвы под составным портретом китайской королевской семьи. Выйдя наружу, я спросил Пембу, нельзя ли подняться на холм к розовой стене и сделать зарисовку и сфотографировать. Он сказал, что это невозможно: тропинки там нет. Подождав, пока все уйдут, я поднялся на холм, оставив обеспокоенного грума держать пони у входа. Не успел я отойти, как ко мне присоединился молодой монах, от которого разило маслом, но он упорно хотел помочь мне нести вещи и перебираться через камни. Вспомнив как Ладен-Ла советовал не оставаться в монастыре одному, я был рад компании. Пока я делал наброски, монах следил за каждым движением карандаша. Когда я дул, чтобы удалить кусочки ластика, он присоединялся, отравляя меня зловонным дыханием. Но этот дружеский, почти собственнический интерес к моим делам наполнил день умиротворением и довольством. Тени сгустились, и я сидел на возвышенности, впитывая раскрывшуюся передо мной, отдаленную и великолепную красоту.

В поместье Теринг, примерно километрах в десяти от Гьянгдзе, проживает богач, известный как Раджа Теринг,

163 Перегородчатая эмаль. Слово «клуазоне» означает технику создания предметов из эмалированного металла, украшенных сложными узорами. При работе в технике перегородчатой эмали на металлическую поверхность напаивают проволочку или полоски, а образовавшиеся таким образом ячейки наполняют стеклянной массой — эмалью. Этим позднейшим словом обозначался стиль кладки византийской архитектуры.

его титул считается почетным в Индии, и когда-то он был наследником трона Сиккима. В конце прошлого века его отец, тогдашний махараджа этого штата, бежал в Тибет от англичан, и, хотя правительство Индии пригласило старшего сына махараджи вернуться, тибетцы убедили его отклонить предложение, одарив поместьями по соседству с Гьянгдзе и с Кампа Джонгом, недалеко от Эвереста. В конце концов он женился на тибетке. Среди родившихся от нее детей были двое сыновей, которые уже навещали нас в гостинице несколько дней назад. Старший, Кумар Джигмед Намгьял, получил образование в Дарджилинге, и, поскольку нынешний махараджа Сиккима при восшествии на престол был бездетным, казалось, что Джигмед станет его преемником. Однако с тех пор у махараджи появились дети. И Джигмед, и его брат недавно взяли в жены дочерей великого дома Царонгов, чью мужскую линию пресек приемный отец девушек, самая примечательная фигура после Далай-ламы в современной истории Тибета. Этот джентльмен, человек без семьи — а семья в Тибете имеет большое значение, — затем принял имя Царонг и дослужился до главнокомандующего тибетскими вооруженными силами. Именно он участвовал в арьергардных боях при Цангпо, которые спасли Далай-ламу от преследовавших его китайцев в 1910 году. Согласно тибетскому обычаю, его долг по отношению к «дочерям» был выражен, когда они достигли зрелости, скорее интимно, чем по-отечески[164]. Но как лидер прозападной партии в стране, он приложил все усилия, чтобы одна из них тоже получила образование в Дарджилинге, и именно на этой девушке женился Джигмед. Англичане назвали ее Мария, потому что ее настоящее имя, Тромса или что-то в этом роде, обозначало соответствующее божество в тибетском пантеоне. Мы познакомились с ней как с Мэри. Ее сестру мы не увидели, потому что та была серьезно больна. Бедная девочка умерла, когда Джигмед

164 Здесь Байрон спутал двух Царонгов — отца и первого мужа Ринчен Долма «Мэри» Теринг (см. выше).

и Мэри поехали в Индию, примерно через полтора месяца после того, как мы покинули Тибет.

На следующий день после обеда с Кенчунгом нас пригласили в гости в эту семью — провести вторую половину дня. Блад, слава богу, усадил нас на коренастых лхасских пони, и около одиннадцати часов мы кавалькадой выехали из форта в Теринг. Сначала ехали напрямик через деревню — страну интенсивного земледелия, где площадь поля никогда не превышала сорока пяти квадратных метров и оно неизменно было окружено со всех четырех сторон оросительными канавами. Поскольку канавы значительно различались по ширине, а мы ехали быстрым галопом, всадника подстерегали сюрпризы. Иногда пони подпрыгивал, иногда останавливался как вкопанный, чтобы степенно перешагнуть через водоем, а иногда, при появлении главного канала, заходил вброд по брюхо. Но пони не сопротивлялись, и ни камни, ни насыпи, ни пропеченные борозды на осенней стерне не замедляли хода. Постепенно мы по очереди возглавляли процессию, превращая движение в гонку от точки к точке. Блад время от времени махал рукой в сторону горизонта и говорил:

— Дальше едем мимо вон того дома и деревьев слева.

Наконец показался ряд телеграфных столбов не выше подпорок для бельевой веревки, и мы выехали на дорогу в Лхасу. На ней виднелось несколько отдельных колей для мулов, шириной около тридцати сантиметров каждая, петлявших по мелким камешкам и между валунами.

Незаметный перевал, отмеченный традиционной парой пирамид из камней, вывел нас на другую равнину. Находясь впереди процессии, я рискнул спросить двух пешеходов о Теринге. В ответ они указали на деревья в пяти километрах от нас. На севере погода испортилась, холмы казались синими, а на их вершины опустились угрожающие тучи. Когда мы поравнялись с деревьями, недалеко показался особняк, напомнивший мне те непритязательные дома, которые занимали венгерские сквайры. Перед нами предстал длинный побеленный фасад, украшенный обычной карнизной лентой наверху и построенный из глиняного раствора. Три ряда окон обозначали три этажа. Наверху подъездной аллеи ждали слуги, которые провели нас с другой стороны дома к главному входу в широкий внутренний двор, где держали лошадей, а также хранили дрова и ячьи кизяки. Нас встретил Джигмед, и мы прошли через двери с богато украшенными резьбой цветными створками, ступили на земляной пол и поднялись по двойной лестнице. На лестничной площадке наверху собрались остальные члены семьи: раджа Теринг, его жена и невестка Мэри. Раджа, невысокий, смуглолицый, с тонкими, загнутыми книзу усиками, из-под которых его серьезное лицо освещала улыбка, был в пурпурном шелковом халате с высоким воротником и носил в ухе традиционную серьгу. Джигмед красовался в бордовом шелковом халате, под которым виднелось одеяние из парчи янтарного цвета. Это великолепие портила твидовая шляпа, которую он снял. Рани щеголяла в превосходном головном уборе Гьянгдзе, диаметр которого превосходил все, что мы видели, со шкатулкой-талисманом на шее. Пожимая нам руки, она со старомодной скромностью потупила глаза. На Мэри была блуза из плотного фиолетового шелка и обычный фартук в горизонтальную полоску, на бедрах отделанный треугольными вставками из золотой и шелковой вышивки. Волосы она заплела в толстые косы. Мэри имела право носить головной убор Лхасы, но считала его слишком тяжелым для всех случаев, кроме самых торжественных.

Нас провели в продолговатую комнату с низким потолком и открытыми окнами. Я заметил Бладу, что тибетские комнаты никогда не кажутся душными, как можно было бы ожидать в столь негостеприимном климате. Он согласился, но это значит, что зимой в них очень холодно. Мы уселись на роскошно задрапированные диваны и отведали пирожных и сухофруктов. Подали английский чай и новый чанг с пеной. Раджа пил тибетский чай из нефритовой чашки. Джигмед и Мэри принесли два музыкальных инструмента — тибетское банджо и китайскую скрипку. Они исполняли тибетские и непальские мелодии, которые были вполне понятны нашему слуху и напоминали шотландские народные песни. Затем вошел слуга и станцевал шаркающий танец.

Обед примерно из тридцати блюд окончательно убедил нас в превосходстве тибетской кухни. В завершение раджа достал три европейские бутылки, содержимое которых — портвейн, мартини и анисовая водка — подогрели любопытство. В тот день был религиозный праздник, хозяин не ел мяса. Мы спросили, должен ли он теперь посетить религиозную службу? Нет, в этом не было необходимости, поскольку вместо него эти обязанности выполнят ламы. Нам разрешили их увидеть. Итак, мы прошли через лестничную площадку снаружи к часовне, где на корточках сидели четверо монахов в желтых одеждах и под звуки висячего барабана, в который один из них бил изогнутой палкой, нараспев произносили молитвы — и, предположительно, молитвы раджи. Время от времени другой монах совершал пассы в воздухе колокольчиком и изображением молнии, а также странные движения пальцами. Джигмед не смог нам объяснить смысл обрядов. Он извинился, сказав, что никто из семьи не принимал участия в религиозных обрядах, поскольку все они проводились доверенными лицами. Мы решили, что это очень удобно. Тем не менее позже я увидел Джигмеда в Боддх-Гае, где он молился сам.

На той же лестничной площадке была другая комната, где на больших станках, с которых свисали клубки разноцветной шерсти, ткали ковры. Поблизости слонялась дочь хозяина дома, которой хоть мельком хотелось на нас взглянуть. Это была хорошенькая девушка с нежным розовым цветом лица и бритой головой, поскольку она стала монахиней. Затем мы вышли посмотреть сад — клочок жесткой травы за каменной стеной, укрытый посадками тополей, чьи золотистые листья ярко выделялись на фоне грозного неба и дождем падали на землю под порывами злого ветра. Здесь к нам присоединился любимец семьи, озорное создание четырех лет от роду, с оттопыренными ушами и вечным смехом. Принесли лучшую шапочку, расшитую цветами, чтобы я мог его в ней сфотографировать. Он пугал слуг, глядя сквозь устрашающую маску из папье-маше.

На окраине сада стоял дом поменьше, на верхнем этаже которого, куда вела наружная лестница, жили Джигмед и Мэри. В их комнатах царила суматоха с упаковкой вещей, так как на следующий день они собирались посетить свое поместье в Кампа Джонге с намерением отправиться в Индию и совершить паломничество в Бодх-Гаю. Мы планировали встретиться в Калькутте. В доме было несколько предметов европейской мебели, портрет короля-императора и школьная фотография Джигмеда. Когда он был в Дарджилинге, его заставили выучить латынь, и теперь, к нашему изумлению, склонял mensa в единственном числе. Наконец, попрощавшись со всеми домочадцами, собравшимися во дворе и на крыше, мы снова поскакали в Гьянгдзе, стремясь добраться домой, пока нас не настигла приближающаяся буря.

На следующее утро, с разрешения Кенчунга, мы договорились посетить Донгдзе, расположенный в двадцати километрах. Блад разбудил нас, и в половине десятого мы отправились в путь, обогнули город и направились в Цехен, деревню на конической горе, куда я намеревался прогуляться несколько дней назад. Напротив этого места реку пересекал солидный мост на каменных сваях. Пошел дождь, и Г. и М. начали сомневаться в целесообразности продолжения экспедиции. Услышав это, я пришпорил пони и пустился во весь опор в направлении Донгдзе, прежде чем они смогли принять неблагоприятное решение. Мой грум последовал за мной, и в конце концов Блад догнал меня с другим грумом. Затем мы обнаружили, что, в то время как тарелки, ножи и вилки были у нас, еду несли другие. Грума Блада отправили обратно, чтобы произвести обмен, если остальные передумали ехать.

Сначала дорога шла по неогороженному пастбищу, чем-то напоминавшему английскую пустошь, затем сузилась до простой пешеходной дорожки, окаймленной возделанными полями. Горы вокруг казались черными, и на их вершины падал снег. Блад указал перевал Шигадзе, и я почувствовал, что только его присутствие помешало мне направить пони в том направлении. Мы проехали мимо огромного молитвенного колеса, приводимого в движение ручьем и бьющего в колокол каждые десять секунд. Чуть дальше показались четверо монахов, сгрудившихся в саду под шляпами, похожими на красные коврики для камина, и распевавших на холодном ветру молитвы. На горизонте, взгромоздившись на скалу, возвышался Джонг, центр небольшого административного района. На голом склоне холма белыми камнями была написана молитва, похожая на название английской железнодорожной станции в саду. В конце концов тропинка исчезла. Мы поскакали галопом по заросшему травой склону, по главной улице Донгдзе и вверх по обрыву к монастырю. Тут на равнине внизу появились Г. и М. Дождь на мгновение прекратился.

Перед обычными строениями с малиново-бархатными карнизами и сверкающими медными башенками нас ждали монахи в красной, как запекшаяся кровь, одежде. Снизу доносились неизменные крики и песни молотильщиков, гонявших волов по разлетающейся в стороны кукурузе. Вдалеке, над равниной, виднелся Джонг Гьянгдзе. Монахи провели нас в храм, где на длинных подушках в желтых ризах рядами сидели люди. Были накрыты два стола с чашами под крышками и приготовлены почетные места. Но маслом пахло невыносимо, и, выразив признательность за оказанную нам честь, мы попросили перенести столы на балкон, где могли поесть в более непринужденной обстановке. Холод был жуткий, несмотря на укрытие занавесом из ячьей шерсти, зато масло не чувствовалось. После обеда нас отвели наверх и показали небольшую комнату, расписанную портретами настоятелей монастыря. Последнего из тех, кого таким образом увековечили, казнили по приказу из Лхасы за то, что в конце прошлого века он приютил индийского геодезиста, который переодетым пересек границу Тибета.

Сэр Чарльз Белл в одной из своих книг о Тибете поместил иллюстрацию загородного дома семьи Палха[165], который стоит в Донгдзе. Картина вызвала у меня интерес, и я захотел увидеть дом. Как всегда бывает в таких случаях, мое невинное желание вызвало бурю возражений. Пемба утверждал, что этого дома не существует. Г. сказал, что, судя по фотографии, он предпочел бы его не видеть. Тогда я настоял, чтобы Пемба спросил монахов, где он находится. Оказалось, что прямо под монастырем. В конце концов мы его нашли, и всё было очень интересно, по крайней мере для меня. Внутренний двор с трех сторон окружала двойная галерея, опирающаяся на сучковатые бревна, верхний этаж которой был полностью заполнен рядами молитвенных колес, напоминающих огромные пустые катушки для хлопка. Четвертую сторону, лежавшую у подножия холма, занимал дом, возвышающееся пятиэтажное сооружение, чьи окна и галереи напомнили мне лондонскую гостиницу времен Диккенса. Его особенности мало привлекли Г., который от каждого здания требует: «Всё или ничего», «всё» — в его понятии выглядит как дворец Бленим[166], не меньше. Поэтому я забрался на крышу монастыря, где не было слышно его ворчания, и сделал несколько фотографий.

На обратном пути лил дождь. Пони потеряли всякое терпение, и удержать их было нелегко. Наконец в сумерках мы, усталые и окоченевшие, спешились у гостиницы. Бедный Пемба едва передвигал ноги. На ужин пришел Блад с бутылкой мятного ликера, чтобы отпраздновать

165 Пятидесятисемикомнатное сооружение середины XVIII века.

166 Дворец Бленим — родовое имение герцогов Мальборо, один из крупнейших дворцово-парковых ансамблей Англии. Расположен на окраине Вудстока в графстве Оксфорд. Построен в 1705–1724 годах в характерном для английской архитектуры стиле барокко по проекту Джона Ванбру и Николаса Хоксмура как резиденция первого герцога Мальборо и его жены Сары. Название получил в честь победы герцога над французами при Бленгейме. В 1874 году во дворце родился потомок герцога — Уинстон Черчилль.

последний вечер. Мы поговорили о британцах в Индии, и он проявил терпимость и понимание, которые обычно встречаются среди офицеров индийских полков и никогда — среди торговцев Калькутты и Бомбея. Я жалел, что не могу остаться, чтобы составить ему компанию. В Гьянгдзе мы славно провели время. Но последняя пара дней показала, что не за горами зима, а у нас не было желания путешествовать по Гималаям в более суровых условиях.

В последнее утро в Гьянгдзе мы проснулись в унынии. День был воскресный, как мы помнили, и даже здесь это ощущалось. Но горевать было некогда. Долг вежливости обязывал. Не успели мы с М. позавтракать, как вбежал недремлющий Пемба и сообщил, что у ворот ждет раджа Теринг. Кровати были не застелены, чай у нас закончился. Но по намеку Провидения — а может, Пембы — раджа почувствовал наше затруднительное положение и отправился навестить второго сына, жившего неподалеку, с которым и вернулся час спустя. На радже был фиолетовый шелковый халат, поверх фиолетовая бархатная куртка без рукавов и шляпа с типичным китайским узором и с загнутыми кверху темно-коричневыми бархатными полями, из-под которой сзади ниспадала алая кисточка. Шляпа указывала на особый статус, присвоенный ему в Лхасе.

Он выпил чаю, с некоторым трудом съел печенье, намазанное маслом и мармеладом, и подарил нам очень большой белый шарф и красивый ковер, изготовленный у него в поместье. Мы поговорили о Лхасе. Он пояснил, что из-за британских связей — поскольку индийское правительство официально присвоило ему титул раджи — ему не поручали административной работы. Однако он каждый год ездил в Лхасу, чтобы засвидетельствовать почтение Далай-ламе, и от этих встреч получал удовольствие. Останавливался он у замужней дочери. Еда была самой лучшей, проводилось множество празднеств и театральных зрелищ, устраивались частные вечеринки, длившиеся ночь напролет. Его рассказ и другие, услышанные нами, лишь подтверждали, что насладиться прелестями тибетской жизни в полной мере можно только в столице.

Раджа откланялся, а мы принялись упаковывать вещи, прежде чем отправиться на последний званый обед, куда нас пригласил Тукса, хозяин свадебного пира, ожививший наш первый день в городе. Старик и сын встретили нас не у дверей, как ранее, а за пределами двора, тем самым оказав нам большую честь. Компания собралась в комнате, где находился ранее описанный медный шкаф. Пришло около двадцати человек, только мужчины, сливки местного общества. Под окном на почетном месте восседал Кенчунг, одетый в оранжевую парчу, справа от него — джонгпен[167], в сапфирово-синей куртке поверх зеленовато-желтого халата. Напротив Кенчунга сидел почтмейстер, пузатый субъект с косичками в грязно-бордовом одеянии. Слева от Кенчунга сидел богатый торговец, чей узел на макушке, завязанный красным, означал, что он созрел для продвижения по служебной лестнице. Основная группа гостей играла в разновидность маджонга[168], напоминавшую бридж, только в масти было шестнадцать карт. Очередная победа противника сопровождалась громкими криками, и груды тибетских денег кочевали от одного игрока к другому: грубые медные монеты и банкноты с ксилографическим отпечатком льва[169]. Я заметил, что джонгпен обернул ноги фиолетовым ковриком. Кенчунг, наоборот, сбросил темно-бордовую шелковую накидку,

167 Джонгпен — «владыка джонга», глава военно-полицейской власти в регионе, обычно в теократических государствах Тибета.

168 Маджонг — китайская азартная игра для четырех игроков. Игра по правилам подобна покеру, требует от играющих таких качеств, как опыт, память и наблюдательность. При игре в маджонг используется либо набор костей для маджонга, либо специальные игральные карты, с изображениями, соответствующими костям.

169 Ксилография — графическое искусство, способ гравирования по дереву, а также оттиск на бумаге с деревянной печатной формы. Гравюра на дереве относится к технике высокой печати, в которой углубления на доске, вырезанные штихелем, остаются на оттиске белыми, а краску накатывают валиком на выступающие части формы, и при переводе на бумагу под давлением она дает черный тон.

расшитую золотыми кругляшками и подбитую теплой тканью, как красный коврик для камина.

Кроме нас, все присутствующие были в великолепных одеждах, что придавало вечеринке атмосферу торжественной веселости. Хозяин красовался в одеянии из тончайшей темно-зеленой шерсти, перевязанном алым кушаком. Сын, также с красной лентой в волосах, носил рыжевато-коричневую парчу, перехваченную желтым поясом. Под ней виднелись высокие мягкие кожаные сапоги, украшенные темным тиснением. Нас подвели к почетным гостям, с которыми мы обменялись рукопожатиями, и усадили за отдельный столик в конце зала. Остальные участники вечеринки расположились за другими столами вдоль стены напротив окна и тоже играли в азартные игры.

Как только мы пришли, служанки подали чанг. Хмурая девица, которая в прошлый раз мне прислуживала, и теперь старалась, чтобы я пил до дна. Мы ускользнули и перекусили сухофруктами, пока шум в дверях не возвестил о начале самого обильного обеда, который мне когда-либо довелось отведать.

Искусство приема пищи, доведенное до совершенства китайцами и перенятое тибетцами, коренным образом отличается от того, которое практикуется в Европе. У нас и размеры, и состав блюда тщательно продумываются заранее, гостя угощают готовым шедевром, в создании которого он играет незначительную роль или не участвует вообще. По обычаю Поднебесной, именно гость создает рецепт из разложенных перед ним продуктов. Процесс ни на секунду не прерывается: когда убирается одна серия мисок, на столе оказывается следующая. Напитков не подают. А значит, ешь непрерывно, и аппетит подогревается, помимо чистой жадности, любопытством из-за разнообразия блюд. Палочки для еды перелетают от одного блюда к другому в бесконечной смене, и внезапно, в конце трапезы, некоторые из предыдущих блюд повторяются, так что можно снова попробовать то, что понравилось в начале. В данном случае мы просидели более двух часов и жевать не прекращали ни на минуту.

Меню, насколько впоследствии вспомнили общими усилиями, было следующим: арахис и другие орехи, сардины, которые мы сами привезли в подарок, нарезанный овощ, похожий на сельдерей, с кусочками мяса, китайские креветки, фрикадельки, мясо, смешанное с грецким орехом, по вкусу напоминающее засахаренные каштаны, баранина, мясо под соусом карри, сладкий рис с изюмом, изюм в сахарной пудре, пончики с сиропом, шарики из теста, морские водоросли, до того вкусные, что не описать словами, различные другие овощи твердой консистенции, корни бамбука, мясо с квашеной капустой, белокочанная капуста, грибы, маленькие моллюски с грибами, крупные моллюски, четыре вида рыбных рубцов, один из которых был неприятно губчатым, желудок акулы, гороховое пюре и печень или почки. А чтобы всё это запить, принесли два обычных вида чая и бокалы с мятным ликером.

На протяжении грандиозной трапезы за нашим столом сидели сын хозяина дома, а также великан с усами Гинденбурга[170] по имени Нишап, слывший главным богачом в Гьянгдзе. Репутацию он укрепил, надев на одну руку рубин, а на другую сапфир, каждый более двадцати сантиметров в поперечнике. Несмотря на светлые тона и множество изъянов, они придавали ему великолепный вид. Как раз в тот момент, когда мы собирались спросить, сколько они стоят, он задал нам тот же вопрос.

Нишап почти ничего не ел, и Г. не удержался от вопроса. Тот ответил, что ему невыносимо чувствовать, как растет живот. Г., чьи познания в буддизме не уступают остальным знаниям, возразил, что всегда считал желудок вместилищем мудрости. Замечание, когда его перевели, вызвало взрыв смеха у зала. Нишап, неисправимо материалистичный, повторил, что большой живот — это

170 Пауль фон Гинденбург (1847–1934) — генерал-фельдмаршал, немецкий военный, государственный и политический деятель. Видный командующий Первой мировой войны. Рейхспрезидент Германии (1925–1934).

неудобно, ему и этого достаточно. Пемба, через которого велась эта беседа, сообщил нам, что дома тибетцы едят в шесть раз больше, чем на вечеринках. Мы только удивлялись, как они вообще передвигаются.

В три часа снова появились женщины с чангом, а мы вспомнили, что до наступления сумерек нам нужно добраться до Согонга, расположенного в двадцати четырех километрах. Багаж уже отправили. Пони Блада должны были еще раз переправить нас на первом этапе путешествия в Индию. После грустных прощаний с ним и Пембой, совместная опека которых позволила нам узнать гораздо больше о тибетской жизни, мы пустились галопом. Сумерки сгустились быстро. Последние шесть километров мы скакали во весь дух. К половине шестого, когда мы добрались до гостиницы, уже стемнело, и слуги ждали с фонарями, чтобы нас проводить.

Вспоминая Гьянгдзе, я понимаю, какой драгоценный опыт дала нам та неделя: мы познакомились с образом жизни, который больше нигде в мире не сохранился. Для европейцев он сродни Средневековью, этапу, пройденному давным-давно, но тем не менее корни нашей традиции еще подпитывают из него большую часть силы. И никто не знает, как скоро западный материализм преодолеет барьеры, которые до сих пор успешно поддерживаются. Со стороны Непала на юге и Китая на западе постоянно жива угроза насильственного вторжения, и даже в течение нашего путешествия она дважды достигала такой опасной точки, что требовалось посредничество Британии. Трудно представить, как можно постоянно отражать врага, без обученной и управляемой по западным образцам армии, против которой категорически выступает правящая верхушка. Более того, стране, где правосудие жестокое и тайное, где распространены болезни, а независимое мышление невозможно, западные идеи могли бы принести некоторую выгоду, но перевесят ли преимущества недостатки? В нынешнем состоянии западной цивилизации, чья духовная пустота по отношению к Азии маскируется грубым утверждением о моральном превосходстве, мне кажется, что не смогут. Надеюсь, что образ жизни, который мы наблюдали в Гьянгдзе, сохранится, и желаю Тибету удачи в его попытках закрыться от мира до тех пор, пока не изменится Запад и не научится более обоснованно рекомендовать новшества тем, кто до сих пор их избегает.

Зима приходит рано

Все предсказывали нам снегопад, и мы выехали из Гьянгдзе, ожидая встретить его верхом, так как над долиной Согонг лежали густые тучи, а горные вершины уже побелели. Что касается перевалов в Индию, Джелепа и Натху, до Пембы доходили слухи о полутораметровых сугробах, а то и выше. Мы же проснулись под безоблачным небом, на котором ярко светило солнце, но холодный ветер пронизывал насквозь, и, спасаясь от него, мы все надели по зеленой шелковой маске с прорезями для глаз, купленной на базаре в Гьянгдзе. Вероятно, предосторожность на данном этапе путешествия была излишней, поскольку на самом деле следовало опасаться метели или таяния снега. Однако, столкнувшись с невзгодами путешествия при подъеме, рисковать не стали и, конечно, встретили тибетцев в таких же масках. Помимо этих устрашающих средств защиты, мы запаслись хлыстами и преодолели перегон между Согонгом и Кхангмой в двадцать четыре километра за два с половиной часа. И всё же нас охватила беспричинная тоска, которая, кажется, неотделима от путешествий по Тибету. После прогулки по долине Кхангма, насмотревшись, как малыш отправляет камни из вязаной пращи так же далеко, как взрослый игрок отбивает мяч на площадке для гольфа, я снова ощутил тяжесть в голове, поэтому в четверть третьего лег спать.

К следующему утру пара таблеток эмпирина[171] привела меня в чувство, и я наслаждался неторопливой по-

171 Эмпирин — аналог аспирина.

ездкой в Самоду. По дороге я заехал в монастырь Декзу, который ремонтировали. Именно здесь я наблюдал за процессом изготовления карниза с помощью крашеных веток. Ко мне подошел вежливый джентльмен с красивой серьгой в ухе и, хотя и удивился маске и очкам, показал храм. Монахов поблизости не наблюдалось. Казалось, он один руководит текущей работой. В тот день я путешествовал в одиночку и, добравшись до гостиницы в Самоде, призвал на помощь свои познания в тибетском, чтобы испытать для езды яка. С соседнего поля привели животное, на которое я взгромоздился, испытывая невероятные неудобства, перебрасывая поводья из шерсти яка, прикрепленные к его ноздрям, с рога на рог, безуспешно стараясь направить животное туда, куда надо. Впоследствии я узнал, что его дом находился в противоположном направлении, на дальней стороне горного хребта, и, когда я отпустил яка, он потопал неуклюжей рысью туда. Через некоторое время я попытался его развернуть, на что он негодующе закрутил головой, бодая мои сапоги. В конце концов мне удалось вернуться в гостиницу как раз, когда прибыли остальные, которые несколько удивились, увидев, что я безвозмездно провожу испытание еще одного транспортного средства.

Из Самода мы замышляли совершить двойной перегон в Дочен, в сорок два километра. И снова я отправился в одиночку, плавно поднимаясь одиннадцать километров по скалистым долинам, пока не выехал на равнину Кала, простиравшуюся передо мной еще на одиннадцать километров. По необъятному пустынному пространству, безмолвному и великолепному в окружении заснеженных вершин, шло стадо из семи рыжевато-коричневых диких ослов с белыми ногами, которые двигались в такт, как кордебалет в мюзикле. Мой пони, отдохнувший в Гьянгдзе, был в прекрасной форме и погнался за смешной труппой. Словно выпущенная из лука стрела, он проскакал три мили галопом и, только чтобы досадить мне, выискал на равнине единственный камень и споткнулся о него. В полдень мы позавтракали в гостинице

Кала и сразу после этого въехали в одноименное ущелье. Пока мы выезжали на берега озера Дочен, постепенно открывался вид на хребет Чомолхари: появлялись вершина за вершиной, ярко блестящие, под свежевыпавшим снегом, не в пример свинцовым водам озера, угрюмая, взъерошенная ветром поверхность которого грозилась замерзнуть у нас на глазах. Стаи уток всё еще плавали в тщетной надежде предотвратить непредвиденную неприятность, а у берега по мелководью беспокойно расхаживали взад и вперед две пары черноспинных журавлей. Я последовал за одной из них. Сначала птицы шли одна за другой ровным шагом, разделенные расстоянием в восемнадцать метров. Когда я ускорил шаг, они тоже заторопились, пока внезапно один из них не развернулся, и они продолжили маршировать в разных направлениях, всё еще в ногу, как часовые при смене караула.

Поднявшись значительно выше четырех тысяч метров, мы наконец добрались до снега, слой которого доходил до тридцати сантиметров, и, поскольку он запорошил тропу, пришлось самим искать дорогу. В роли первопроходца выступил Г. и безошибочно привел нас к гостинице Дочен. Пока мы ехали, солнце клонилось к закату. Небо над озером налилось сияющей зеленоватой голубизной — чудо-цвет, далекий и неземной, какой можно представить в межпланетном пространстве. Холодные вершины выделялись четче, чем раньше, с холодными, чистыми голубыми тенями на восточных склонах и залитыми мягким желтым светом западными. Между ними в легком напряжении повисли облака, неосязаемые, как тюлевая вуаль, и лучащиеся тем же золотистым сиянием. Внизу расстилалось темное озеро, глубокое и зловещее, хотя его свинцовая хмурость немного рассеялась. От берега до гостиницы нетронутый снег прерывался только приземистой хижиной и несколькими кучами ячьих кизяков. Слева показался горный хребет пониже, еще не покрытый снегом и выделявшийся на фоне зелени цветом увядших розовых лепестков. Ветер стих, и воцарилась тишина, напряженная, нерушимая, поразившая слух, как звездное послание.

Сумерки сменились тьмой, когда со звоном колокольчиков прибыли мулы. Слуги почему-то решили, что на следующий день мы поедем в Фари, расположенный в пятидесяти восьми километрах отсюда, и были полны решимости этого не допустить. Здесь можно было подключиться к связи, и А-Чанг бросился к телефону, по которому узнал, что, хотя почта с севера до Фари дошла, дорога из Фари в Гауцу в долине Чумби полностью перекрыта. М. был подавлен этой новостью, он предложил вызвать полторы сотни яков, чтобы расчистить дорогу до нашего прибытия, но после пары бокалов горячего рома перспектива остаться на зиму в Тибете показалась скорее романтичной, чем трагичной. К ужину осталось немного мятного ликера, подаренного Бладом, а в гостинице нашлись три томика «Панча». Вечер закончился в более благоприятном настроении, чем большинство предыдущих.

На следующее утро, выглянув из гостиницы, мы не увидели ни голубого неба, ни даже гор — они исчезли за железной завесой, от которой нисходили полосы, а значит, по ту сторону озера бушевала метель. Было страшно холодно. Я надел семь слоев одежды. Мы снова попытались дозвониться до Фари, но линию отключили. Затем, как по волшебству, сквозь тучи пробилось солнце, и они начали рассеиваться. Один за другим вновь появлялись спутники Чомолхари, сверкающие голубым, коричневым и белым, пока не завиднелся фантастический конус их вождя и горная цепь не отразилась в ледяном спокойствии озера. Справа, на фоне солнца, блеснула смятая связка голубых кристаллов, которые мы приняли за Канченджангу. Перед нами, как свежая скатерть, сияла белизной нетронутая равнина и ослепляла даже сквозь темные очки. Невооруженным глазом смотреть на снег было невозможно даже минуту. Ночью дул сильный ветер, так что высота снежного покрова варьировалась от пяти до пятидесяти сантиметров. Возвышенности оголились, холмы пониже покрылись сугробами, похожими на огромных жирафов. До Туны было рукой подать, но в таких условиях передвигались мы медленно. Когда солнце подошло к зениту, мы почувствовали, как снежные блики прожигают маски. На горизонте возникло стадо диких ослов, на этот раз за ними никто не гнался. Когда мы добрались до гостиницы, было уже далеко за полдень. Чомолхари стал ближе, а закат производил еще большее впечатление, чем накануне.

Из Туны мы выехали в восемь часов утра. Снега подвалило, и пришлось идти по нему, следуя по узкой тропинке, проложенной цепочкой яков. Ночью она подмерзла, заледенела и не проваливалась. Яки ходят иначе, чем пони, так что копыта последнего не совпадают со следами, оставленными первым. Тропа полностью состояла из следов, пони приходилось ступать осторожно, но всё равно какой-нибудь так и норовил рухнуть. Шли мы в среднем по полтора километра в час. Чомолхари неотвратимо приближался, крутые склоны, казалось, нам угрожали. В гостинице под Танг Ла я подождал, пока подойдут мулы, и выудил из багажа еще один свитер. Солнце село, и поднялся ветер, который прорезал мои семь покровов, как бритва.

Подъем на Танг Ла оказался более пологим, чем обычно ожидается от перевала высотой более четырех тысяч метров над уровнем моря. Когда я потащился следом за Г. и М., ставшими крошечными черными точками над головой в белом мире, переход превратился в ледяной ад. Снег становился всё глубже. Движение со стороны Фари оживилось, и не дай бог было сойти с тропы, пони увяз бы по брюхо. Ничего не оставалось, как отгонять с дороги кнутом приближающихся животных, а вместе с ними и их хозяев. М., ехавшего впереди, вышибли из седла одновременно два яка. Наш караван, следовавший позади, тоже столкнулся с трудностями, мулы начали ложиться. Я сосредоточился только на собственном движении, не обращая внимания на происшествия. Стадо овец, идущее той же дорогой, что и я, оказалось почти непреодолимым препятствием. Когда я добрался до вершины, маска, мокрая от дыхания, превратилась в зеленую шелковую льдинку. По пути часто встречались трупы животных. Кровавый след привел к искалеченному ослу, которым уже занялся черный мастиф. Наконец на горизонте показался Фари Джонг — маленький голубой силуэт на фоне белых очертаний Гималаев. Я миновал деревню, обычную грязь которой подчеркнула белая мантия в пятнах крови и мочи. Улицы Фари, когда я до них доехал, были не менее омерзительны. В гостинице обнаружилось, что у М. появились боли внутри. По его словам, он не осмелился принять таблетку из-за долгого завтрашнего путешествия. Сегодня мы проехали тридцать четыре километра и устали донельзя.

Из кувшина с водой для умывания выпали пара мошек, букетик астр и кусок ячьей лепешки. Мы собирались встать в шесть, но вышли только в восемь, но и тогда мулы не тронулись в путь. Равнина постепенно спускалась к началу долины Чумби, и сугробы росли. Только вчера, после недельной блокады, по дороге пробились первые животные. В тумане неясно вырисовывались черные стада яков, некоторые из них были нагружены, а на спинах одного или двух развевались флажки, укрепленные на шестах, — вероятно, молитвенные флаги. Сурки пробрались сквозь снег и сотнями сидели у круглых нор.

Наконец показались горы, и склон между ними превратился в спуск. Начиналась долина Чумби. Горы сомкнулись, и тропа снова превратилась в извилистый узкий уступ, который живо напомнил о путешествии вверх и связанной с ним тревоге. Небо закрыли исполины, перед которыми чувствуешь себя крохотным. Не в моих привычках читать мораль о незначительности человека, но Гималаи действительно вызывают такое ощущение. Они зашкаливают размерами до такой степени, что вызывают страх — полагаю, такой же охватывает человека в глубинах океана, какой бы безопасной ни была подводная лодка. Порадовало дерево, первое за неделю, маленький дружелюбный куст рододендрона чуть меньше метра высотой. Затем появились хвойные, измученные и суровые, как армия ветеранов, черные, забрызганные снегом силуэты которых опирались на белые башни скал. Внизу с огромной скоростью неслась река, используя последний шанс пуститься во все тяжкие до наступления весны. С лежавших между деревьями валунов уже со всех сторон свисали сосульки, и, присыпанные сверху снегом, они напоминали диваны, обитые белым ситцем с рюшами. На противоположных склонах остались грязные следы лавин, запрудив воды внизу и засыпав тропу, где ее пересекали, насыпями из пушечных ядер, по которым пони прокладывали путь очень осмотрительно. Неудивительно, что солдат, которого неделю назад доставили в госпиталь, не смог добраться до Фари.

За поворотом мне повстречались монахи в красных одеяниях, высоких желтых шляпах и желтых масках с выпученными глазами, которые в этом странном мире казались естественными. Старший по ходу размахивал молитвенным колесом. Чуть дальше на берегу реки на коленях стояли двое мужчин. Рядом с ними была привязана пара мулов, а вокруг прыгало несколько воронов. Мне было любопытно, что они задумали, как вдруг один из них замахнулся на меня окровавленной конечностью. Они разделывали тело, которое я принял за человеческое, поскольку для забоя животного место было неудобным, а от мертвых в Тибете всегда избавляются подобным образом. Далее показался Гауца, где мы встретили знакомых по путешествию наверх, доктора и Маклеода. Они сообщили, что недавний снегопад был одним из самых сильных за всю историю наблюдений.

Здесь мы наскоро пообедали, так как было уже поздно. Тропинку окружал густой лес, который казался гостеприимным после пустошей плато. Тибет остался уже далеко позади: путешествие последних трех недель стало чем-то отстраненным, выходящим за рамки обычного. Лиственницы еще не утратили золотистого цвета. Но с них исчезли осенние краски. Природные бедствия с землей и камнями изменили ландшафт. В одном месте целая группа деревьев скатилась по склону горы и вертикально приземлилась на тропинку. Не понимая, что произошло, и помня это место таким, каким оно было раньше, я удивился, почему тропинка внезапно исчезла в лесу.

Мой пони устал меньше остальных, и я поехал впереди. Солнце клонилось к горизонту, а пройти оставалось еще шестнадцать километров. Сгустились сумерки, я ускорил шаг, несясь беспорядочным галопом по неровной тропе, через валуны и русла ручьев, мимо разрушенных китайских казарм, пока в половине шестого, когда уже совсем стемнело, не добрался до окраин Ятунга и не попросил первого встречного указать дорогу в гостиницу. Сначала меня не поняли. Я проревел слово во всех тональностях, какие только пришли в голову. В конце концов, понимание забрезжило, и он отправил меня через мост и вверх по противоположному холму, где на пороге гостиницы ждал сторож. Знаками я объяснил ему, что за мной едут остальные, и убедил послать им навстречу проводника с фонарем. Он оказался весьма услужливым и, когда через полчаса прибыли мои спутники, приготовил для нас превосходный ужин из собственных запасов: омлет и немного жареного мяса яка. Навстречу каравану из мулов послали еще одного проводника. Они прибыли только в половине девятого после двенадцатичасового марша без остановки.

День был утомительным, как, впрочем, и вся неделя. Мы с радостью провели следующее утро, праздно просматривая пачки писем, ждавшие нас здесь. Судя по размеру шрифта, «Дейли экспресс» сочла, что мои статьи о полете в Индию представляют ценность. Позже мы навестили Смита, торгового агента, в официальной резиденции на другой стороне долины, обычном англо-гималайском шале, крытом красным гофрированным железом и украшенном едва заметным британским флагом. Место было не лишено удобств. В саду еще цвели розы, и до выпадения снега рос душистый горошек. Слуги носили фиолетовые рубашки на китайский манер и короткие алые куртки на английский. Смит, как и мы, как раз собирался в Гангток. Мы обещали встретиться с ним вечером.

Когда мы вернулись в гостиницу, нас приветствовали музыканты в масках с блестками с плюмажами на головах. Когда мы уезжали, насладившись затяжным и усыпляющим обедом, появился еще один исполнитель с великолепным зеленым с золотом банджо, которое я тут же купил за десять рупий. Несчастному груму пришлось тащить инструмент до конца путешествия, но я почти не терзался угрызениями совести, поскольку другие слуги купили в Гьянгдзе лхасских терьеров для продажи в Индии и для перевозки их по заснеженным равнинам сами наняли слуг.

Чтобы добраться до Гангтока, столицы Сиккима, а также ради удовольствия воспользоваться другим маршрутом, мы решили пересечь Гималаи по Натху, вместо Джелеп Ла. Проехав несколько километров по долине Чумби, мы повернули на холмы направо, впервые с начала нашего путешествия потеряв из вида телеграфные столбы. Узкая тропа круто поднималась вверх и петляла вдоль ужасающего полукруглого обрыва, с которого незадолго до нашего появления свалился мул. Бедняга лежал на дне, стервятники спускались, причудливо кружась, как аэропланы, его ребра уже обнажились. Потом мы въехали в облако, и раздвоенная долина с серебряной нитью реки, извивающейся на пути в Бутан, исчезла из виду. Внезапно из тумана появился небольшой монастырь, примостившийся на изолированном выступе. Его крыша, за исключением золотого купола, была сделана из сплющенных жестянок из-под керосина, выкрашенных в красный цвет настолько аккуратно, что нелепого впечатления не создавалось.

Когда мы проезжали мимо входа, из монастыря выбежал монах, подзывая нас жестом. Но у нас не было времени. Призрачное здание растаяло внизу. Внезапно зазвучала труба, шестиметровый инструмент ламаистского ритуала. Тщетно взывал он, звук эхом разносился по скрытым долинам и перескакивал с вершины на вершину, как будто извещая нас, невидимых, окутанных облаками, о незапертых высотах и невообразимых тайниках. Еще один зов, послабее, подхватил затянувшуюся фразу, а затем третий сильно ударил по второму, так что эхо перекрещивалось и расходилось, и сам туман ожил от отдаленных звуков. Труба замолкла. Неохотно, в бесконечных поисках последнего спасения во всё более отдаленных местах, звук затих. Мы карабкались вперед сквозь деревья, понимая про себя, что Тибет с нами распрощался.

Мы снова ехали по снегу. Переход был худшим, с чем мы до сих пор сталкивались: мы не видели долины под нами, однако это никоим образом не уменьшало глубины пропасти. На каждом повороте путь преграждали оползни и поваленные деревья. В лучшем случае тропа была едва ли в метр шириной. Иногда попадались мосты, гротескные сооружения, похожие на груды поваленных деревьев, в щели между которыми могли соскользнуть ноги пони и повиснуть над непостижимыми пропастями. С деревьев падали на нас каскады снега, попадая за шиворот и в ботинки. Из непроницаемой тучи сочилась противная влага: дождь со снегом. Похолодало невыносимо.

С приближением ночи черные деревья, с которых капала вода, стали мрачнее. Добравшись до крошечной гостиницы в Чампитханге, мы обнаружили, что Смит уже прибыл, и с облегчением вздохнули: лампы горели, а в камине потрескивали дрова.

На следующее утро мы выехали рано. Смит, довольно крепкого телосложения, ехал на гладком черном муле. Из-за этого альпинизма казалось, что мой пони постепенно превращается в мула. При каждом препятствии у него даже уши удлинялись. Ночью выпал снег. Но сейчас светило солнце, и на темном фоне глубоких лесистых долин сверкали потрепанные серебристые ели с плоскими верхушками, увешанные длинными гирляндами мха, словно мишурой на рождественской елке. Наконец мы проехали пограничную линию деревьев и оказались перед белой стеной горы — подходом к перевалу. И тут же спустились тучи. Мы попали в метель. Несколько шагов — и не видно ни зги. Тропа совсем исчезла из виду. Оставалось лишь подниматься и верить, что невидимых пропастей, таившихся в воображении, не существует.

В разгар продвижения вслепую пони рванул очертя голову вперед и сбросил меня в сугроб высотой по грудь. Пони М., шедший чуть позади, накренился назад у другого сугроба, и мой друг соскользнул через хвост в снег. Мы вытащили пони, снова сели на них и приготовились к повторным падениям, которые не заставили себя ждать. Делать нечего, пришлось идти пешком. К такому решению побудила бы обычная доброта, только и в лучшие времена не так-то легко взбираться по крутому склону в разреженном воздухе на высоте четыре тысячи метров, а когда, вдобавок, приходится преодолевать снежные заносы, утопая то по бедра, а то и по пояс, тащить на себе тяжелый ворох одежды, замерзшую маску, которая и без того затрудняет дыхание, и полностью потерять ориентацию, то иногда казалось, что придется отложить возвращение в Индию на другой день. Через каждые три-четыре шага мы останавливались и отдыхали, после чего пони проваливались в снег по самое седло, их с усилием вытаскивали, прежде чем приготовиться к очередному рывку. В какой-то момент появился проблеск надежды: я увидел впереди чьи-то следы. Я пошел по следам как можно быстрее, и показалось, что идти стало немного легче, как будто оставивший их знал, где находится тропа, и вдруг наткнулся на него: за скалой сидел одинокий бормочущий идиот, которого мои жесты не заставили сделать ни шага.

К этому времени склон стал почти отвесным, и мы рассудили, что лучше подождать Смита, вдруг он, благодаря инстинкту или опыту, знает дорогу, но ни он, ни его главный тибетский служащий, чье обычное спокойствие было нарушено нашими затруднениями, ничем не помогли. Этот персонаж, чья единственная серьга в ухе и куртка из пегого меха придавали ему властный вид, рискнул предположить, что до вершины метров триста пятьдесят. Сможем ли мы их преодолеть без дополнительной помощи — вопрос сомнительный. Однако каким-то чудом помощь пришла. Смит предлагал вернуться, М. колебался, а я был не прочь сделать последнюю попытку, когда из снежной бури высоко над нами донесся крик. Наши ответили. Крики сверху прозвучали снова. И благодаря единодушию наши слуги соединились с погонщиками такого же сбитого с толку каравана с юга. Даже идиот воспрянул духом и взял под уздцы моего пони, когда мы взобрались на последнюю скалу, такую крутую, что снега на ней лежало совсем чуть, и наконец снова встали во весь рост на узком краю перевала. Я был рад его помощи, потому что мой грум, нагруженный огромным банджо, отстал.

Так мы пересекли границу Тибета и, ступив на тропу каравана мулов, спустились в Индию.

Тропа стала настоящей, ровной и хорошо вымощенной. Снег почти пропал. Пройдя пешком около мили, мы снова поехали верхом. Пейзаж оживила разнообразная дичь — стайки белых куропаток, еще одна из гималайских уларов, которые, как говорят, встречаются редко, и одинокий олень. На скале играла пара куниц. Еще мы увидели гималайского фазана, самую великолепную из местных птиц, который поднялся у наших ног и уплыл в туман над бездонной долиной, фиолетово-рыжее видение. После полудня мы добрались до гостиницы в Чангу и там расстались со Смитом, которому до наступления сумерек предстояло совершить еще один переход. После тяжелого путешествия из Фари в Ятунг мулы устали, и мы решили, что лучше поберечь силы.

Чангу расположен на берегу озера, которое опасно нависает среди горных вершин. В одном конце озера построена тонкая плотина, откуда льется водопад. У магараджи Сиккима здесь лодочный домик. Я выехал верхом перед завтраком, после того как меня чуть не накрыло снежной лавиной с крыши гостиницы, и обнаружил коробочки мака, которые, как я надеялся, окажутся голубыми, но это было не так. Этот день мы решили посвятить ботанике в интересах М. На следующем этапе предстоял спуск с трех с половиной тысяч метров до двух с половиной. Всё началось с хвойных деревьев, перемежающихся бесчисленными видами рододендронов и азалий, с разной длиной листьев: от тридцати сантиметров до одного. Появились огромные пушистые светло-зеленые заросли бамбука, а также ярко-желтые и ярко-красные клены. Уже сейчас, несмотря на зияющие, заполненные облаками долины, которые открывались на каждом шагу, возникало ощущение роскоши, которой в долине Чумби нет, гнетущее чувство, как будто влаги чересчур много, а почва слишком богата для нормальной жизни растений.

Я задумчиво ехал верхом, когда на тропинке показался Уорд, мой друг-солдат из Калькутты, со своим приятелем. Их сравнительно чистый внешний вид обратил мое внимание на собственную неряшливость. Они направлялись в Чангу в надежде подстрелить тибетского фазана, и им было интересно услышать, что мы одного из них видели. Добравшись до Карпонанга, где недавно построенная гостиница казалась дворцом, мы все побрились, и, подобно Самсону, потерявшему свои локоны, меня внезапно охватила ужасная апатия. Путешествие подходило к концу. На следующее утро мы с М. отправились дальше. Орхидеи были в цвету: в расщелинах деревьев виднелись одиночные розовато-лиловые, а с верхних ветвей свисали гроздья маленьких коричневых цветков. В шести километрах квадратная крыша храма на лесистом отроге возвещала о приближении Гангтока. Мы проскакали галопом по проторенной тропе и на въезде в город обнаружили ожидающего нас посыльного, который должен был отвести нас в резиденцию. На нем была одежда племени лепча[172]: алый пиджак, юбка и соломенный цилиндр с павлиньим пером. Когда мы шли по подъездной дорожке, миссис Уэйр[173] собирала в саду цветы. На пороге стоял полковник Уэйр, за ним Смит. Подали бокалы с пивом, и после казавшейся бесконечной экзотики, мы очутились в обычном доме.

Не могу не отозваться с теплотой о гостеприимстве полковника и миссис Уэйр. Они, привыкшие путешествовать по Тибету, вряд ли восприняли нашу небольшую экскурсию как серьезное путешествие. Миссис Уэйр предви-

172 Лепча — племя, живущее в Гималаях, на северо-востоке Индии. У народа лепчи уникальная национальная одежда, яркая и привлекательная.

173 Тайра Летиция Александра Соммерс, родом из Новой Зеландии, дочь золотоискателя; в семье Уэйр было две дочери.

дела удовольствие, которое мы испытаем, возвратившись к цивилизации, и предоставила все возможные удобства и развлечения. В том году их пригласили посетить Лхасу, но, оказавшись примерно в ста тридцати километрах от цели, они к великому разочарованию узнали, что приглашение отменили. Теперь их интересовало, появится ли такая возможность снова. Рад сообщить, что это произошло, и не один раз, а дважды. Дипломатия в столице Тибета продвигается медленно. В общей сложности они, должно быть, провели там больше года. Миссис Уэйр не только наблюдатель, но и замечательный художник. Если придет время обнародовать результаты этих двух миссий, наши знания о наименее известном городе мира значительно расширятся.

В тот вечер у них гостил сэр Абдул Карим Газнави[174], член Совета губернатора Бенгалии, проехавший почти тридцать километров на машине со средней скоростью пять километров в час. На следующее утро мы все вместе отправились во дворец, чтобы засвидетельствовать почтение магарадже[175]. Недавно отремонтированный дворец напоминал кукольный домик, похожий на приморскую виллу. На подъездной дорожке нас встретил секретарь, одетый в зеленый шелк. Магараджа в небесно-голубой парче и дымчатых очках ждал на пороге, очаровательный невысокий человек с нежным музыкальным голосом. В его гостиной, благодаря вкусу миссис Уэйр и ее предшественницы миссис Бейли, не было чудовищных предметов, с помощью которых восточные властители обычно стремятся создать европейский антураж, ублажая гостей. Кроме нескольких резных и позолоченных столиков местных мастеров, мебель и обстановка могли

174 Абдул Карим Газнави (1872–1939) — британский индийский политик, путешественник, министр, член Исполнительного совета губернатора Бенгалии, провинциального совета Бенгалии и Центрального законодательного собрания, один из инициаторов мусульманского возрождения в Бенгалии.

175 Таши Намгьял — магараджа Сиккима (см. выше).

принадлежать какому-нибудь милому английскому загородному дому. Магараджа пожаловался на маломощный радиоприемник, который держал связь только до Калькутты. Он заказал аппарат помощнее. Он также пожаловался на трудности, с которыми столкнулся, выезжая через парадные ворота, из-за враждебного духа, жившего на близстоящем дереве. Мы передали ему приветственное письмо от раджи Теринга, которым — или у нас разыгралось воображение? — он, кажется, остался недоволен. Наконец он повел нас посмотреть храм на вершине отрога. Перед храмом лежала открытая площадка, выровненная для строительства нового дворца. Я приватно переговорил с секретарем, который пообещал раздобыть мне пару масок танцовщиков. Сэр Абдул Карим разыгрывал сурового политика, призывая магараджу разрабатывать минеральные ресурсы.

После полудня королевская свита вернулась на чай во главе с Римпоче[176], монахом в желтой шляпе, похожей на пагоду, почитаемым настолько, что слуги падали на колени перед его белыми сабо. Появилась и махарани[177]. Они прибыли на богато украшенных пони. Несмотря на их приветливость, есть было нелегко. Ужин показался мне еще более трудным. Потому что мой желудок, который последние день или два выдавал определенные предупреждения, теперь вообще отказывался усваивать какую-либо пищу, и я был вынужден выйти из-за стола. На следующее утро меня напоили касторкой, и мы попрощались с Уэйрами, которых позже нам предстояло снова увидеть как в Калькутте, так и в Лондоне, и отправились в Пакьянг. А на следующий день, то есть второго ноября, добрались до Рунгпо, где нас ждала машина. Мы пообедали среди благоухающих кустов, искупались в реке и попрощались со слугами, которые были более чем ис-

176 Тубтен Чокьи Дордже (1872–1935) — 5-й Дзогчен Ринпоче Тибета школы Ньингма.

177 Махарани Кунзанг Дечен; их брак был заключен в 1918 году, в нем родились трое сыновей и три дочери.

полнительными и расторопными. Через год или два мне попалась фотография А-Чанга в «Таймс». Он работал поваром в экспедиции на Камет[178].

В Силигури мы проехали по добротной дороге. Перед нами снова расстилалась Бенгальская равнина. Ждать поезда пришлось три часа. В привокзальном ресторане мы заказали бутылку бургундского. Из нее вытекла светло-оранжевая жидкость. Мы послали за метрдотелем. По его мнению, нам подали бургундское, но, если мы считали иначе, платить было не нужно. Тогда вместо него мы заказали кларет, портвейн и кюммель. С комфортом переночевав в поезде, мы добрались до Калькутты, где позавтракали. Еда была роскошной. Центральная Азия стала сном.

Паломничество

У Джигмеда и Мэри, которые покинули Теринг в тот день, когда мы отправились в Донгдзе, путешествие в Индию не обошлось без происшествий. Они намеревались попасть в Сикким прямо из Кампа Джонга, но выбранный ими перевал, высота которого превышает пять тысяч метров, был полностью завален тем же снегопадом, который так мешал нам. И после очень неприятной ночи в самом неказистом из убежищ они поневоле повернули назад, в конце концов вернувшись на торговый путь в Туне. В Калимпонге они провели несколько дней у старого друга мистера Макдональда, а оттуда спустились в Калькутту, где я с трудом нашел их на балконе того китайского караван-сарая, который ранее снабдил нас церемониальными шарфами. Целью их поездки было паломничество в Бодх-Гаю. А пока они наслаждались прелестями запад-

178 Камет — пик в Центральных Гималаях высотой 7756 метров. Он расположен в районе объединенных областей Гархвал и являлся вторым по высоте пиком на британской территории, а самый высокий пик — Нанда Дэви, 7821 метр, на него в 1936 году поднялась англо-американская экспедиция.

ного города. В этом я мог бы им немного помочь, после чего, возможно, попросил бы разрешения отправиться с ними в паломничество.

Следующим вечером мы ужинали в «Фирпо», где появление тибетской пары при всех регалиях вызвало бурю удивления и — насколько я мог судить — неодобрения. Общаться с индийцами было уже само по себе зазорно, для этого же диковинного народа, облаченного в небесную парчу, оправдания быть тем более не могло. Я угостил их шампанским, вкус которого, к моему огорчению, напомнил им о чанге. Подзаправившись таким образом, мы отправились в театр. Нас ждало гала-представление, первый показ «Конца путешествия» [179]. В ложе сидел губернатор, в партере — все остальные. Мне было любопытно посмотреть эту пьесу, а вот, на мой взгляд, для пары, которая знала о войне не больше, чем мы о голоде в Китае, ее значимость была сильно преувеличена. Диалог оказался для них непонятным, а еще больше они были озадачены разрывами снарядов. И всё же каким-то непостижимым чутьем оценили юмор повара-кокни. В целом вечер удался.

Далее нужно было пригласить их на обед в Дом правительства. Этого я добился, приведя их в офис знакомого адъютанта, чтобы они написали имена в гостевой книге.

— Я полагаю, — сказал адъютант военному атташе, — пригласить их политически важно.

— Я полагаю, — повторил военный атташе губернатору, — пригласить их политически важно.

Так моих друзей пригласили, и им это понравилось. Они также пообедали со мной в квартире, которую мне предоставили, и похвалили банджо, которое я купил в Ятунге. За банджо, старинное лхасское, очень необычное, цена, которую я заплатил, даже по тибетским меркам считалась небольшой.

179 «Конец путешествия» — драматическая пьеса 1928 года английского драматурга Р. С. Шерриффа (1896–1975), действие которой происходит в окопах близ Сен-Кантена, Эна, с 18 по 21 марта 1918 года, перед последним германским наступлением.

Помимо развлечений, у них были определенные дела. С ними приехали двое слуг из Лхасы, один из которых всё время смеялся, по-видимому, из-за того, что когда-то он был богачом и проиграл всё свое наследство. Слуг отправляли на корабле в Китай, чтобы закупить шелка и парчу, необходимые для строго предписанной тибетской одежды и платьев для высокопоставленных дам. Из-за беспорядков внутри страны сухопутные торговые пути закрылись, и получить ткани можно было только так. Когда слуг отправили, пришло время делать покупки. Джигмед уже приобрел пишущую машинку. Теперь он подумывал о граммофоне. Тем не менее однажды вечером мы встретились на вокзале: Джигмед и его слуга, Мэри и ее горничная, я и мой слуга, и сели на поезд до Гаи.

Мэри бывала в Гае раньше, в сопровождении «отца», главнокомандующего. Когда мы около семи утра вышли из поезда, к нам, шаркая ногами, подошел пожилой станционный служащий, которого, к его великому изумлению, она спросила:

— А у вас нет козы с длинными ушами?

Он вспомнил 1925 год, приезд главнокомандующего с маленькой девочкой, которая играла с его козой. Тут появился еще один тибетец — лама, также совершавший паломничество, — и присоединился к нам. Мы уселись в две машины. Джигмед и Мэри, считавшие, что в Индии всегда жарко, не взяли с собой пальто и озябли в предрассветном тумане. Тибетских слуг, непривычных к подобному способу передвижения, тошнило. В Бодх-Гае нас ждало новое, но очень маленькое бунгало, в котором мы были первыми гостями. Сторож с гордостью показал небольшой английский сад с рядами аккуратно посаженных на клумбы цветов.

В двухстах или трехстах метрах от нас, из углубления, которое соответствует уровню почвы две тысячи лет назад, возвышалась башня великого храма Махабодхи[180], квадратная пирамида, слегка усеченная и увенчанная

180 Махабодхи переводится с санскрита как «великое пробуждение».

шпилем, с общей высотой пятьдесят два метра. К основанию этого огромного сооружения, форма которого напоминает только один храм в Индии, мы направились после короткого завтрака, пробираясь среди цветущих деревьев и рощ древних каменных памятников — ступ, колонн, Будд и бодхисаттв, — пока не подошли к главному входу. Я сопровождал паломников внутрь — и, когда они прижались лбами к коленям Будды, резко остановился. Мое внезапное вторжение показалось вульгарным и неприличным, тем более что Джигмед, учившийся в школе в Дарджилинге, наверняка приобрел ту застенчивую неловкость в религиозных вопросах, которая неотделима от английского образования, поэтому я оставил их и, бродя по территории храма, утешал себя тем, что, даже если буддизм не моя религия, я всё равно мог бы воздать должное его основателю, как философу, которым он был от природы, а не как богу, которого из него сотворили.

Мудрость, представление которой о пространстве и времени предсказано нами самими, и критерий уверенности в себе является самым высоким комплиментом, какой когда-либо делал человек человеку, всегда должна вызывать уважение, даже у невежд. Но сейчас меня охватило более близкое историческое чувство, которое прославляло не саму мудрость, а ее появление в этом священном месте. Ибо именно здесь Будда, достигший, наконец, центра Вселенной, медитировал под деревом пипал[181] и получил просветление, озарившее землю. В ярком неподвижном свете индийского утра, когда солнце насаждает покой и ничто не движется и не звучит, кроме доносящегося аромата цветка или быстрого мелодичного звона колокольчика, я искал genius loci[182]. В течение шестнадцати столетий, между правлением царя Ашоки[183] в III веке

181 Пипал (*Ficus religiosa*, или Священная фига), которое позже стало известно как дерево Бодхи.

182 Genius loci — дух-покровитель места.

183 Ашока — император династии Маурьев (273–232), покровитель буддизма.

до нашей эры и мусульманским завоеванием в XIII веке нашей эры, храм Махабодхи был средоточием неустанных богослужений, откуда спустился дух места, пройдя через период разрухи и запустения, чтобы воспользоваться английской опекой и приветствовать паломников в автомобилях. Джигмед и Мэри исполняли свой ритуал. Для меня, незваного гостя, храм оставался плодом человеческих устремлений, которые сосредоточились на этом месте и к которым теперь добавлялись помыслы Джигмеда и Мэри.

Стоявший здесь более ранний храм построил Ашока или кто-то вскоре после его правления. Сохранилась каменная балюстрада[184], украшенная выступами на пересечении перил и балясин, как у ранних буддийских памятников. Их перестроили, чтобы окружить более крупное сооружение, воздвигнутое не позднее VI века нашей эры, хотя, возможно, и ранее. В первом десятилетии V века, Фа Сянь[185], китайский паломник, посетивший эти места, видел что-то вроде храма, но описания не оставил. В тридцатые годы VII века храм посетил Сюанцзян[186] и скрупулезно указал размеры, которые в точности соответствуют зданию в том виде, в каком оно сохранилось до сих пор. Башню, по его словам, сложили из голубоватого кирпича,

184 Перила вокруг храма Махабодхи довольно древние. Это старые столбы из песчаника, датируемые примерно 150 годом до нашей эры, в период Сунга. Есть резные панели, а также медальоны со многими сценами. Перила были расширены в течение следующего столетия грубым гранитом, украшенным сложными лиственными орнаментами и небольшими фигурками, а также ступами. Многие части первоначальных перил были демонтированы и сейчас находятся в музеях, таких как Индийский музей в Калькутте, и были заменены гипсовыми копиями.

185 Фа Сянь — китайский буддийский монах и путешественник, объехавший в 399–412 годах Непал, Индию, Шри-Ланку и установивший постоянную связь между Китаем и Индией.

186 Сюанцзян (602–664) — китайский буддийский монах, ученый, философ, путешественник и переводчик времен династии Тан; по Индии он путешествовал в 630–645 годах.

облицованного штукатуркой. В каждой нише на каждом ярусе находилось позолоченное изображение Будды.

В XI веке бирманцы провели ремонт. После этого храм приходил во всё большее запустение, пока в 1880 году по просьбе правительства Бенгалии не провели тщательную реставрацию. Обновили почти всю поверхность башни со строгим сохранением существующих рисунков ниш и лепнины, отремонтировали вершину и четыре угловых павильона, от которых сегодня не осталось и следа, их воссоздали по несколько сомнительным образцам, найденным поблизости. На реставрацию израсходовали два лакха рупий (15 000 фунтов стерлингов). Англичане, как обычно, в своеобразной любовной манере, когда занимаются археологическим восстановлением, оставили след: я сомневаюсь, что храм за всю долгую жизнь когда-либо имел такой опрятный, солидный вид, как сегодня. И всё же дух этого места не исчез, а возродился. Храм Махабодхи снова стал живой святыней, и молитвы его паломников со всех уголков буддийской Азии несут поэзию более яркую, нежели живописная тщета неухоженности и упадка.

Дерево пипал, тень которого вызвала столь важные последствия, к счастью, всё еще существует, хотя оно не то самое, а, вероятно, пятнадцатая или двадцатая копия предка. Настоящее детище последнего сохранилось в Анараджпуре на Цейлоне, и я его видел, теперь это всего лишь фрагмент древесного маразма. Посадили дерево около 240 года до нашей эры, и с тех пор его постоянно охраняли буддийские монахи. Деревья Бодх-Гаи, наоборот, пережили много невзгод. Оригинал срубил еще Ашока, когда был неверующим. На следующий день, когда дерево чудесным образом возродилось к жизни, королева срубила его снова, и корни пришлось оживлять душистым молоком. Так рассказывает Сюанцзян. Когда он увидел дерево, оно было около пятнадцати метров высотой. Ибо в 600 году раджа Сасангка снова его срубил, выкопал корни и сжег. Двадцать лет спустя пришел раджа Пурнаварма и оживил корни молоком тысячи коров. Следующее упоминание о дереве от 1811 года принадлежит доктору Бьюкенену[187]: по его словам, дерево, которому не было и ста лет, находилось в полном расцвете сил. Когда в 1876 году это дерево сгнило и было повалено ветром, на его место были готовы саженцы. А через несколько лет нашли остатки дерева пипал, которому было не меньше тысячи двухсот лет, что выяснилось благодаря придавившей их древней опоре. Их нашли в надлежащем месте, поблизости от трона Ваджрасана[188], алмазного меридиана, центра Вселенной, сиденья из песчаника, сохранившегося до сих пор, которое отмечает фактическое место великого просветления.

Я увидел, что блестящие темно-зеленые листья дерева увешаны молитвенными флагами разных рас, а из темного абажура внизу светятся крошечные огоньки бесчисленных лампадок. Я сидел под священным фикусом и смотрел на башню сквозь блестящие стальные листья. Сейчас в Индии буддистов нет, и по двору двигались служители храма, индуистские монахи в длинных розоватых с легким оранжевым оттенком одеяниях. Временами мелькало более яркое, насыщенного золотисто-желтого цвета одеяние монаха из Бирмы или Цейлона, обитателя изысканного общежития из красного кирпича и белого мрамора, которое меценаты из этих стран распорядились возвести по соседству. Наконец Джигмед и Мэри завершили первоначальные обряды, и мы вместе отправились в гостиницу обедать.

Мэри, которая совершала это паломничество не впервые, руководила различными обрядами. Теперь она объявила, что сегодня днем нам нужно посетить пещеру, где жил Будда до просветления. Это посещение было важной частью паломничества, и в Лхасе о нем обязательно спросят. И, как бы между прочим добавила, что для этой

187 Фрэнсис Бьюкенен-Гамильтон (1762–1829) — хирург, знаменитый исследователь Индии, геодезист, ботаник, зоолог; в Индии с 1794 по 1815 год.

188 Ваджрный трон, или Ваджрасана, был построен императором Ашокой между 250 и 233 годами до нашей эры, в месте, где Будда достиг просветления.

поездки нужно одолжить слона, словно собиралась попросить у соседа велосипед.

— Слона? — удивился я.

— Да, слона, — подтвердила Мэри.

Она уже ездила на слоне раньше, именно так они посещали пещеру. Тем временем, словно в ответ на наш запрос, на веранде появились два чиновника-индуса.

— Слон? — переспросили они.

Конечно, нам нужен был слон. Нам могли дать пони, но необходим был именно слон. О слоне нужно было договориться. После обеда мы гурьбой направились по деревенской улице к воротам индуистского монастыря, где нас должен был ждать слон.

Мы прошли по широкому двору, заполненному хозяйственными инструментами и предметами монастырского обихода и окруженного побеленными зданиями разной высоты и формы, потом нас провели на самую верхнюю крышу, где под тростниковым навесом сидел, скрестив ноги, махут, или настоятель монастыря, с бритой головой. На нем была бледно-розовая рубашка и золотые очки. Неподвижными чертами лица он напоминал американского индейца. Он безостановочно курил примитивный кальян. Для нас принесли три стула, и мы уселись напротив махута. Он продолжал курить. Не имея возможности обратиться к нему самому, я попросил Джигмеда и Мэри нарушить молчание несколькими словами на хиндустани. Они отказались. Он всё еще пыхтел, не удостоив меня ни взглядом, ни словом. Через десять минут мое терпение иссякло. Я встал. Остальные тоже встали. Мы поклонились, надеясь таким образом выразить благодарность за предоставленного слона. Настоятель слегка наклонил голову. И мы откланялись.

Внизу, во дворе, опустившись на колени, нас ждал слон с лестницей, приставленной к ребрам. Вместо ожидаемого паланкина я увидел на спине животного красный ковер, завязанный под брюхом. Людям нормального роста ездить на слоне неудобно. Мы уселись боком, Мэри прижалась к сидевшему между ушами погонщику, Джигмед прижался к Мэри, я прижался к Джигмеду, а служанка Мэри прижалась ко мне. Слон поднялся, выпрямив сначала передние ноги — и мы чуть не соскользнули с его хвоста, а затем задние — и только погонщик спас нас от падения через голову. Передышка дала нам возможность рассредоточиться, и слону приказали двигаться дальше. Слон поспешил вверх по лестнице, через ворота и вниз еще по одному пролету на открытую площадку. С каждым маневром служанка крепче хватала меня за пояс. Ступеньки ее доконали. Пышное создание в страхе обвило руками меня за шею, что грозило продолжением такой близости до конца путешествия. Тяжесть я еще вынес бы, но не исходивший от приоткрытых губ запах прогорклого масла. Я решительно вырвался на свободу. Она отшатнулась, чудом не свалилась слону под ноги, и громко запротестовала. Джигмед и Мэри решили отказаться от поездки. Оставить служанку здесь им и в голову не пришло. После обсуждения они решили попробовать еще раз. Тем временем слон остановился и опустился на колени. Увидев, что пони тоже в нашем распоряжении, я воспользовался возможностью сменить средство передвижения. Слон поднялся, Джигмед успокоил служанку, и мы снова отправились в пещеру.

Проехав полями, мы оказались у широкой реки, воды которой омыли мне ноги, когда мы переходили ее вброд среди плескавшихся там водяных буйволов с опасными рогами. Пейзаж был уныл и лаконичен. Горизонт очерчивала линия холмов, отмечая нашу цель. Песчаная пустошь, поросшая высокой пампасной травой, похожей на приют тигров на иллюстрациях, вывела нас к другой реке. Берега были крутоваты, но слон без труда их преодолел, барахтаясь в мягком песке к огорчению пассажиров. Мой пони отличался резвым нравом. Когда он перешел на галоп, слон последовал его примеру. Весь жаркий день мы ехали верхом по безвкусной сине-зеленой равнине с нескончаемыми деревьями, пока наконец над нами не показался горный хребет и мы не спешились у древних камней, которые свидетельствовали о деятельности человека. Отсюда вела крутая тропинка, обсаженная кустами и пропускающая только по одному человеку за раз, которая в конце концов привела нас к высокой мимозе. Под ней оказался вход в пещеру, небольшая дыра, защищенная решеткой. Джигмед и Мэри прежде, чем войти, разулись. Я заглянул внутрь и, увидев, что там пусто, остался снаружи.

О преданиях пещеры, о древних традициях этого паломничества я в то время ничего не знал, и лишь несколько лет спустя прочел рассказ Сюанцзяна, которому тринадцать веков, следующий за рассказом Фа Сяня, на два столетия старше, и он не вырвал меня из обыденности английского сада под дерево мимозу, в то время как двое тибетских друзей исчезли в недрах одинокого холма, а слон ждал внизу.

> «Будда шел на северо-восток и увидел эту гору, уединенную и темную, и возжелал искать на ней просветления. Когда он поднялся по северо-восточному склону до самой вершины, земля дрогнула и гора затряслась. Горный дэва[189] в ужасе обратился к бодхисаттве[190]:
> — Эта гора неудачное место для достижения высшей мудрости. Если ты остановишься здесь и сосредоточишься на совершенной мудрости[191], земля содрогнется и разверзнется, а гора обрушится на тебя.
> Тогда бодхисаттва спустился и остановился на полпути вниз по юго-западному склону. Там, за скалой, лицом к потоку, находится огромная пещера. Он сел, скрестив ноги. Снова земля дрогнула, и гора разверзлась.

189 Дэва — в буддийской космологии название для множества разнотипных существ, более сильных, долгоживущих и более удовлетворенных жизнью, чем люди. Термин «дэва» принято переводить как «бог» или «божество», хотя дэвы значительно отличаются от божеств других религий.

190 Бодхисаттва — существо, стремящееся к полному пробуждению и очищению сознания.

191 Самадхи — термин, используемый в индуистской и буддийской медитативных практиках. Описывается как полное поглощение в объекте медитации.

— Здесь не место для татхагаты[192] и совершенствования высшей мудрости. На юго-западе, в четырнадцати или пятнадцати ли отсюда, недалеко от места покаяния растет дерево пипал, под которым стоит «алмазный трон». Все будды прошлого, восседавшие на этом троне, достигли истинного просветления, и то же самое произойдет с теми, кто придет. Молю, иди к тому месту! — крикнул в пространство дэва чистой обители. Когда бодхисаттва поднялся, дракон, обитавший в пещере, молвил:

— Пещера чиста и превосходна. Здесь ты достигнешь святой цели. Если ты этого сильно желаешь, то не покинешь меня.

Осознав, что пещера не подходит для достижения цели, бодхисаттва, чтобы умилостивить дракона, оставил ему свою тень и удалился. Дэвы, шедшие впереди, указали путь и сопроводили его к дереву Бодхи».

Фа Сянь двумя столетиями ранее действительно видел тень длиной «около метра». Возможно, Джигмед и Мэри тоже ее заметили. Я их спросил бы, если бы знал. Такие тени на самом деле остаются. Нечто подобное наблюдается на Цейлоне, правда, сам я ничего не увидел, даже когда мне указали. Зато, поднявшись на пик Адама, рассматривал отпечаток ступни. Но такие реликвии нельзя назвать историческими. Хотя топография района Гая столь же достоверна, как и в Иерусалиме. Многие из ее наиболее почитаемых ассоциаций, особенно по соседству с храмом, я намеренно пропустил. Я уделил некоторое внимание пещере, так как там побывало мало европейцев, тем более в компании, подобной моей.

Снова спускаясь с горы, тибетцы признались, что даже им было значительно легче выполнять физические нагрузки на уровне моря, чем на высоте трех с половиной

192 Татха́гата — «так ушедший» или «тот, кто вышел за пределы». Исторический Будда, Сиддхартха Гаутама, называет себя Татхагата вместо «я, мне и сам», подчеркивая, что обучение проводит тот, кто вышел за пределы человеческого состояния.

тысяч метров. Когда мы подошли к слону, Мэри указала на старинные камни, которые, по ее словам, остались от ритуального очага, где тибетские паломники в завершение приносили в жертву прядь волос. Однако ни она, ни Джигмед соблюдать обычай не стали. Солнце уже опустилось к горизонту. Пока мы долго ехали обратно, оно скрылось за неизбежной линией деревьев, оставив силуэт шпиля башни храма на фоне линии красного огня. Добравшись до реки, я спешился, чтобы перейти ее вброд, ожидая, пока слон поравняется со мной. Водные буйволы ушли. Воздух вызывал дрожь, и от реки поднимался туман. Когда мы вернулись в деревню, совсем стемнело.

Деревенская улица была освещена, и слон, решив, что путешествие закончилось, повернул к воротам монастыря. Погонщик думал иначе, ведь до гостиницы было довольно далеко, а пассажирам идти пешком не хотелось. Подняв похожее на багор оружие, погонщик ударил животное по голове, чтобы отвлечь. Результат оказался неожиданным. Слон, откровенно говоря, возмутился таким обращением. Развернувшись на двух огромных ногах, как танцовщик балета, он выскочил на улицу и помчался бешеным галопом. Из-за угла вывернулась повозка. Они с грохотом столкнулись. Что сталось с повозкой, я так и не узнал, потому что тоже скакал галопом, боясь пропустить самое интересное. Животное мчалось вверх по склону, а пассажиры подпрыгивали на коврике, как теннисные мячи в корзине. Во дворе гостиницы он вильнул, как мотогонщик, подскочил к веранде и внезапно остановился. Услышав шум, в дверях с фонарем появился сторож. Слон же, в последнем порыве мести, крушил всё, будто разбушевавшаяся стихия. На землю обрушилась буря. Секунды превратились в минуту: буря не стихала. Внезапно, перекрывая шум, раздался отчаянный крик. Сторож был в ярости. Его сад исчезал на глазах. Вырванные с корнем неумолимым потоком, драгоценные цветы пропадали в ночи. Когда буря утихла, на месте уютных клумб осталась лишь вспаханная яма. Довольный слон наконец собрался с силами, отпустил пассажиров и степенно зашагал прочь. Сторож при виде катастрофы лишился дара речи, с поднятыми руками призывая проклятия небес.

Следующий день мы провели спокойно. Я, сидя под смоковницей, рисовал храм. Когда рисунок был готов, Джигмед отметил, что он почти так же хорош, как фотография. Тибетцы большую часть дня были заняты в храме. В трудах паломничества им помогал подобранный на станции лама, который приготовил и зажег для них не менее тысячи лампад.

Мэри меня просто очаровала. Она заботилась о том, чтобы мы ни в чем не испытывали неудобства. В ее движениях, какими бы обыденными они ни были, чувствовалась грация, воспитание и властность. Ее характер сформировался под влиянием местных традиций. За едой она с непринужденным уважением рассказывала о жизни в Лхасе, с каким дочь герцога могла бы говорить о Лондоне.

По ее словам, приемный отец теперь считается в управлении страной одним из четырех великих министров, шапе, следующих по значимости за Далай-ламой. По торжественным случаям отец носит мантию, которая так густо расшита золотом, что держится сама по себе, и одевают его два слуги. Мантия стоит 750 фунтов стерлингов, а еще столько же — зимняя шапка, сшитая из меха черной лисы. Однако недавно он приобрел мех в Америке по более разумной цене. Фактически он совершил бартер с американцами. В обмен на диковинки они присылают ему цветочные семена. В Лхасе у него большой цветочный сад и огород, где растут львиный зев и турецкая гвоздика.

В прежние времена отец был главнокомандующим, сопровождал Далай-ламу в Китай в 1904 году и спас ему жизнь, как уже упоминалось, в 1910 году. Как хороший солдат, он проникся западными идеями и в конечном итоге поднял тибетскую армию до достойного уровня боеспособности. Однако во время поездки по Индии в 1925 году Далай-лама прислушался к другим советам, и, когда главнокомандующий прибыл в Гьянгдзе на обратном пути в Лхасу, он узнал, что офицеров разжаловали и все его усилия сведены на нет. Должность главнокомандующего упразднили, и он стал министром. Он не возражал: работы стало меньше, и ему нравилось сидеть дома и развлекаться. Вероятно, монахи его не любят, зато простые люди обожают за доброжелательность.

Мэри добавила, что от старшего брата ждать хорошей карьеры не приходилось. За два года он проиграл в азартные игры тысячу фунтов стерлингов, заложил драгоценности жены и даже незаконно присвоил государственные средства, со службы его уволили. Надеждой семьи оставался серьезный младший брат[193], который учился в школе государственного управления, готовясь к административной работе. Далай-лама его хвалил и иногда даже посылал за ним. Когда Джигмед и Мэри вернутся в Тибет, то остановятся на месяц в Гьянгдзе, а затем всей семьей отправятся в Лхасу на новогодние праздники. Каждому из министров по этому случаю поручено устроить развлечение, что у ее отца всегда получается лучше всех. Далай-лама будет раздавать призы. Будет много вечеринок, и хорошо бы запастись электрическими фонариками, поскольку улицы не освещаются. Джигмед заметил, что в Теринге они также много развлекаются. Летом, для больших вечеринок, в саду устанавливают шатер. Они с Мэри планируют построить дом в английском стиле. Я подумал об английском стиле, каким они его представляют, и у меня на лице отразилось сожаление. Объяснять было бесполезно. Не поймут.

— Я люблю Тибет,— сказала Мэри.— Если бы там были поезда или автомобили, это была бы лучшая страна в мире.

— Монахам такое не понравится,— возразил я.

— Не понравится,— вздохнула она.— Некоторым, похоже, цивилизация не нужна.

Я хотел было посочувствовать вздоху. Вряд ли стоит ожидать, что трудности путешествий по Тибету нравятся тем, кому они уготованы на протяжении всей жизни, но

193 Вероятно, Намгьял Дундул «Джордж» Царонг (1920–2011) — писатель, режиссер, фотограф, политический деятель в изгнании (с 1957 года).

не смог. Ибо с появлением поездов и автомобилей Тибет, который любит Мэри, перестанет существовать.

В тот вечер Джигмед и Мэри посетили храм в последний раз и вернулись с ароматными гирляндами на шее. Мы втроем идем по дороге. Поднимается туман. Останавливаемся у колодца, чтобы понаблюдать за волами, совершающими извечный круг, и за тем, как в ведра набирается вода. Я спрашиваю тибетцев, приедут ли они когда-нибудь в Англию. А они допытываются, вернусь ли я в Тибет. Мы спрашиваем друг друга, удастся ли нам снова встретиться. Вполне возможно, даже если к тому времени состаримся. Ибо я всегда, словно по какому-то тайному закону, возвращаюсь туда, где бывал раньше. Джигмед дарит мне два золотых кольца для сестер, одно с рубином, другое с бирюзой, красивые лхасские ювелирные украшения. Мы идем по дороге к гостинице, где нас ждут машины, чтобы отвезти на станцию. Я снова вспоминаю голубое небо и чистый воздух плато, ветер и солнце, широкие горные хребты и песни пахаря и молотильщика. Когда я вижу невосприимчивый к западным идеям Тибет, то спрашиваю себя, как долго он сможет сопротивляться. Я смотрю на Джигмеда и Мэри. Они познакомились с западной мыслью. Однако их самообладание, особенно у Мэри, ничуть не пострадало. Будущее за ними. А за мной... какое будущее ждет мою страну? Сумерки сгущаются. Багаж упакован, слуги на пороге. На вокзале до прибытия поезда мы покупаем коробку восхитительных шоколадных конфет.

Послесловие редактора

*На собственном опыте узнаю, из кого и чего состоит этот мир**

В сентябре 1935 года в Ленинграде и Москве проходил 3-й конгресс по иранскому искусству и археологии. Среди выступавших в Эрмитаже был и автор этой книги — Роберт Байрон. Он прочитал доклад о памятниках Афганистана эпохи Тимуридов. Интересующиеся могут ознакомиться с текстом в русскоязычном сборнике**, изданном в 1939 году.

Из Ленинграда английский путешественник направлялся в Китай, но по пути, следуя Транссибирской магистралью, не отказывался осматривать достопримечательности. В Свердловске Байрон зашел в дом Ипатьева, где большевики убили семью последнего российского императора. Интересовавшая гостя музейная экспозиция была, впрочем, три года назад закрыта, в доме располагался местный архив. В Новосибирске Байрон побывал на большой стройке, ставшей ареной «недавней битвы архитектурных стилей» — Александр Гринберг спроектировал Дом науки и культуры (ныне Театр оперы и балета) как серию функциональных геометрических фигур, облицованных уральским камнем. Но конструктивизм был официально предан забвению, и мастерская Алексея Щусева дополнила фасады портиком, пилястрами, антаблементом. Бетонный купол был обшит досками и украшен железным узором, так что напоминал клубок шерсти. После Байрон побывал на Ольхое, среди укутанных мехом бурятов, и приехал во Владивосток, где один голландский предприниматель рассказал ему, что старается не

* Цитата из книги «Сначала Россия, потом Тибет».

** III Международный конгресс по иранскому искусству и археологии. Доклады. Ленинград. Сентябрь 1935. М.; Л.: Изд-во АН СССР, 1939.

подходить на улице к знакомым местным жителям, чтобы не навредить им. Общение с иностранцами казалось советским властям всё более подозрительным, не за горами были массовые репрессии и обвинения в шпионаже.

Без большого сожаления покинул Байрон советский край и несколько позже назвал в одной из статей Советский Союз «непритягательной и скучной страной». Он спешил в Пекин, чтобы встретиться со своим близким другом Десмондом Парсонсом и другими товарищами. Вскоре все они узнали ошеломляющую и трагическую новость: Парсонсу диагностировали болезнь Ходжкина и он через полтора года умер двадцати шести лет от роду.

Таковы были обстоятельства второго путешествия Роберта Байрона в СССР. Отчет же о первом путешествии предлагается вниманию русскоязычных читателей спустя девяносто лет после его оригинального издания.

Роберт Байрон был страстным ученым, пытливым путешественником и незаурядным литератором. Его перу принадлежат книги об Афоне и Индии, Советском Союзе и Тибете, Европе и Персии, византийской культуре и рождении европейской живописи. К сожалению, до сих пор сочинения Байрона российский книжный рынок вниманием своим обходил (есть только электронная версия перевода «Дороги в Оксиану»). Поэтому автор лежащих перед вами путевых заметок нуждается в представлении.

Роберт Байрон родился 26 февраля 1905 года в семье железнодорожного инженера-строителя Эрика Байрона и Маргарет, урожденной Робинсон. У него было две младшие сестры — Анна, талантливая художница (она оформила некоторые издания Роберта) и наездница, но с нерешительным характером, и Люси, много сделавшая для увековечения памяти брата. Она издала семейную переписку Роберта и значительно содействовала написанию его биографии*, а без этого фундаментального исследования Джеймса Нокса невозможны были бы и эти краткие строчки.

* *Knox J.* Robert Byron. London. John Murray, 2004.

Байрон учился в Итоне, а после — в Мёртон-колледже. Вместе с Гарольдом Эктоном, Ивлином Во, Энтони Поуэллом, Аластером Хью Грэмом, Альфредом Дагганом и другими «золотыми молодыми людьми» Роберт состоял в оксфордском Клубе лицемеров. Назвались они так потому, что девизом клуба выбрали строчку Пиндара «Вода лучше всего», а пили исключительно алкогольные напитки. Байрон украсил помещение клуба порнографическими фресками. Как литератор Байрон дебютировал в 1925 году в студенческой газете «Черуэлл», который издавал студент и богемьен Джон Сатро. Там печатались Во, Пауэлл, Эктон, Бальфур. Роберта Байрона нельзя упрекнуть в отличной учебе и примерном поведении. В январе 1926 года, после того как его оштрафовали за пьяную выходку в девятый раз, администрация предложила Байрону покинуть колледж. Будущий ученый не получил степени.

С того же времени, то есть с конца 1925 года, начинается журналистская карьера Байрона. Он получил место в «Дейли мейл». Почти сразу Роберт сделал своим излюбленным жанром путевые заметки. Его книга «Станция» об Афоне удостоилась положительных рецензий Арнолда Беннетта и Дэвида Г. Лоуренса. Очень скоро Байрон стал филэллином, всерьез увлекся искусством постгреческих культур — Византии и Персии, — его научные изыскания в этой области не утратили актуальности и поныне. Он хотел написать историю Греции от времен Византийской империи до катастрофы Смирны, но судьба отпустила ему слишком мало лет жизни.

Путешествия Байрона носили не только исследовательский, но и коммерческий характер. Так, чтобы совершить желанное путешествие в труднодоступный Тибет в 1929 году, он с помощью подруги Дафны Уэймут познакомился с медиамагнатом Бивербруком, который нанял Байрона написать четыре статьи об «Авиапочте» — новом авиационном сообщении между метрополией и Британской Индией. Август и сентябрь Байрон посвятил поездкам по Индии с Гэвином Хендерсоном, одновременно договариваясь о разрешении на поездку в Тибет. Кажется, решающую помощь оказал сэр Чарльз Белл, имевший определенное влияние на 13-го Далай-ламу. Друзья дождались Майкла Росса и предприняли трудную, но успешную экспедицию. Индийское путешествие Байрона было сопряжено с расходами, для оплаты долгов (300 фунтов) он устроился в Калькутте на работу в рекламном отделе топливной компании «Бурмах Шелл» на три месяца. Книга «Очерк Индии» вышла в апреле 1931 года, вскоре после заключения важного договора вице-короля лорда Ирвина с М. Ганди, но коммерческого успеха не имела.

Интерес к Советскому Союзу Байрон проявил еще в 1924 году, после знакомства с Оливером Болдуином, сыном премьер-министра Стэнли Болдуина. Оливер был военным советником в армии недолго независимой Армении в 1920 году, и его рассказ о крушении закавказской республики произвел сильное впечатление на Байрона.

В путешествие по СССР Байрону довелось отправиться в январе — феврале 1932 года, но осуществилось задуманное не полностью. Байрона интересовали равным образом искусство Древней и Московской Руси и Туркестана, однако побывать в Азии не довелось — визу Байрону не продлили. Как сказала ему одна из гидов — жена функционера Артемия Халатова (впоследствии ставшая, как и он, жертвой репрессий), в ГПУ решили, что «Байрон не любит Россию и русских». Читая путевые заметки нашего героя об СССР, нельзя согласиться со второй частью этого утверждения. Байрон пишет о встреченных им советских людях скорее с симпатией. А вот политический режим ему не понравился: Байрон четко уловил исходящую от СССР угрозу по отношению к другим странам. Кроме того, он точно подметил, что определенные мессианские настроения, присущие советским людям, только помогут правящему режиму в совершении агрессивных актов. Путешественник решительно описал репрессивную суть советского строя: в дневнике Байрон указал, что осенью 1930 года ГПУ арестовывало по шесть тысяч человек в месяц, что «немало для периода мирного послереволюционного строительства». Как было сказано ранее, Байрона в СССР влекла не политика, а культура, главным образом древняя живопись, и страницы о творчестве Андрея Рублёва и других, подчас безвестных мастеров, обладают немалой художественной и искусствоведческой ценностью. Тогдашний современный конструктивизм Байрону не особенно приглянулся, зато беседы со знаменитыми архитекторами Алексеем Щусевым («милый человечек») и Александром Гринбергом убедили его в скором повороте архитектурной политики: «Правительству надоел унылый серый бетон и ему нужны цвета». По возвращении Байрон напечатал в прессе ряд научных архитектурных эссе и путевых репортажей; последние понравились некоторым его индийским знакомым, в частности миссис Уэйр.

Издательская история книги «Сначала Россия, потом Тибет» вкратце такова. Байрон, как обычно, нуждался в деньгах. Соединение путевых заметок о двух путешествиях было скорее механическим, нежели идеологическим. Дело в том, что дневник тибетской экспедиции с многозначительным заголовком «Британские сумерки в рассветных землях» должен был составить первую часть книги 1931 года об Индии, но остался неизданным. И Байрон решил соединить тибетский дневник, опубликованные статьи об СССР и добавил главу о древнерусской живописи. Авторское название сборника — «На колесах и без колес» — подчеркивало антагонизм двух культур: автоматизированной советской и доиндустриальной тибетской. Книгу издательство Макмилланов (одним из партнеров был Гарольд Макмиллан, в будущем премьер-министр [1957–1963]) выпустило в октябре 1933 года. Рецензент в «Таймс» отметил: приятно, что автор сосредоточен не на пятилетке, а на искусстве и архитектуре. Сесил Робертс посетовал, что автор объединил две книги в одну. Через год было продано всего лишь восемьсот экземпляров. Надеюсь, участь русского издания Байрона окажется более счастливой.

Главный успех ждал ученого путешественника впереди: книга «Дорога в Оксиану» вышла в 1937 году и снискала популярность. Много лет спустя другой ученый путешественник — Брюс Чатвин назвал ее лучшей книгой о путешествиях.

Жизнь Роберта Байрона оказалась короткой. Двадцать четвертого февраля 1941 года транспорт «Джонатан Холт», на котором Байрон плыл в Западную Африку (он намеревался попасть в Египет), был торпедирован подводной лодкой U-97 и затонул. Тело Роберта так и не нашли. Помимо книг, потомства он не оставил.

Константин Львов

Роберт Байрон
Сначала Россия, потом Тибет

Издатели
Александр Иванов
Михаил Котомин
Исполнительный директор
Кирилл Маевский
Права и переводы
Виктория Перетицкая
Управляющий редактор
Екатерина Тарасова
Старший редактор
Екатерина Морозова
Ответственный секретарь
Алла Алимова
Корректоры
Светлана Харитонова
Любовь Федецкая
Препресс
Макс Ильинов
Принт-менеджер
Дмитрий Мершавка

Все новости издательства
Ad Marginem на сайте:
www.admarginem.ru
По вопросам оптовой закупки
книг издательства Ad Marginem
обращайтесь по телефону:
+7 499 763-32-27 или пишите:
sales@admarginem.ru
ООО «Ад Маргинем Пресс»,
резидент ЦТИ «Фабрика»,
105082, Москва,
Переведеновский пер., д. 18,
тел.: +7 499 763-35-95
info@admarginem.ru
Напечатано в полном
соответствии с качеством
предоставленных материалов
в ООО «ИПК „Парето-Принт“»,
170546, Тверская область,
промышленная зона
Боровлёво-1, комплекс № 3А,
www.pareto-print.ru
Заказ № 4192/24

Роберт Байрон
Сначала Россия, потом Тибет

Ad Marginem. Москва, 2024

УДК 821.111-992
ББК 84(4Вел)-4
Б18

Перевод: Вера Соломахина
Редактор: Константин Львов
Оформление: Евгений Григорьев

Байрон, Роберт.
Сначала Россия, потом Тибет / Роберт Байрон ; пер. с англ. — Москва : Ад Маргинем Пресс, 2024. — 352 с. : илл. —
ISBN 978-5-91103-783-3.

Эта книга соединяет в себе путевые заметки английского путешественника, журналиста, искусствоведа и писателя Роберта Байрона (1905–1941) о России, Индии и Тибете — трех странах, которые в начале 1930-х годов находились на рубеже значительных перемен в обществе и культуре. Приехав в Советский союз к моменту начала сталинских репрессий, Байрон погрузился в изучение древнерусской живописи, но еще успел пообщаться с творцами авангарда, в частности Щусевым и Гринбергом. Из страны, являющей собой апофеоз промышленной революции, через охваченную беспорядками Индию он отправился в доиндустриальный Тибет, где Далай-лама укрывался во дворце и передвигался исключительно в паланкине. Байрон предпринял свое путешествие с целью найти альтернативные Западу модели организации жизни общества, а также узнать, «из кого и чего состоит этот мир», и в результате оно вылилось в честный, страстный и визионерский рассказ очевидца об антагонизме двух великих культур и громких исторических потрясениях первой половины XX века.